DuMont's Kriminal-Bibliothek

Charlotte Mathilde MacLeod wurde 1922 in Kanada geboren und wuchs in Massachusetts, USA, auf. Sie studierte am Boston Art Institute und arbeitete danach kurze Zeit als Bibliothekarin und Werbetexterin. 1964 begann sie, Detektivromane für Jugendliche zu veröffentlichen, 1978 erschien der erste »Balaclava«-Band, 1979 der erste aus der »Boston«-Serie, die begeisterte Zustimmung fanden und ihren Ruf als zeitgenössische große Dame des Kriminalromans festigten.

Von Charlotte MacLeod sind in dieser Reihe bereits erschienen: »Schlaf in himmlischer Ruh'« (Bd. 1001), »... freu dich des Lebens« (Bd. 1007), »Die Familiengruft« (Bd. 1012), »Über Stock und Runenstein« (Bd. 1019), »Der Rauchsalon« (Bd. 1022), »Der Kater läßt das Mausen nicht (Bd. 1031), »Madam Wilkins' Palazzo« (Bd. 1035), »Der Spiegel aus Bilbao« (Bd. 1037), »Kabeljau und Kaviar« (Bd. 1041), »Stille Teiche gründen tief« (Bd. 1046), »Ein schlichter alter Mann« (Bd. 1052), »Wenn der Wetterhahn kräht« (Bd. 1063) und »Eine Eule kommt selten allein« (Bd. 1066).

Im März 1999 erscheint »Miss Rondels Lupinen« (Band 1078).

Herausgegeben von Volker Neuhaus

Charlotte MacLeod

Teeblätter und Taschendiebe

DUMONT

Für Carol Brener

Die Deutsche Bibliothek – CIP-Einheitsaufnahme

MacLeod, Charlotte:
Teeblätter und Taschendiebe / Charlotte MacLeod. [Aus dem Amerikan. von Beate Felten]. – Köln : DuMont, 1998
(DuMont's Kriminal-Bibliothek ; Bd. 1072)
ISBN 3-7701-3189-4

Umschlagmotiv von Pellegrino Ritter
Aus dem Amerikanischen von Beate Felten

2. Auflage 1999
Die der Übersetzung zugrundeliegende amerikanische Originalausgabe erschien 1988 unter dem Titel »The Recycled Citizen«
Satz: DuMont Buchverlag, Köln
Druck und buchbinderische Verarbeitung: Clausen & Bosse GmbH, Leck

Printed in Germany ISBN 3-7701-3189-4

Boston ist eine Stadt, die sehr viel für ihre Einwohner tut. Zahlreiche gemeinnützige Einrichtungen bemühen sich nach Kräften, die immer drängenderen Bedürfnisse der sozial benachteiligten Bürger zu erfüllen. Das Senior Citizens' Recycling Center jedoch ist frei erfunden. Es wurde im Jahre 1980 in den letzten Kapiteln des zweiten Bandes der Kelling-Saga* von Dolph Kelling und seiner Frau, die damals noch Mary Smith hieß, gegründet. Im vorliegenden siebten Band der Boston-Serie ist das Center noch genauso fiktiv wie damals – ebenso wie Mary, Dolph und alle anderen Figuren. Jede Ähnlichkeit mit realen Personen, Einrichtungen und Ereignissen ist daher rein zufällig.

* »Der Rauchsalon«, DuMont's Kriminal-Bibliothek Band 1022

Kapitel 1

Noch etwas Kaffee, Theonia?« Für ihr Alter und ihre Größe war Mrs. Adolphus Kelling erstaunlich stark. Sie schaffte es sogar, mit sicherer Hand die schwere barocke Silberkanne von Dolphs Großtante Matilda hochzuheben und daraus einzuschenken, ohne auch nur einen einzigen Tropfen zu verschütten.

»Vielen Dank, Mary.«

Mrs. Brooks Kelling, die es sich auf der Chaiselongue bequem gemacht hatte wie dereinst Madame Recamier in ihrem Salon, streckte ihre grazile Hand aus, um das zierliche, goldgrün verzierte Mokkatäßchen in Empfang zu nehmen.

»Möchtest du auch noch etwas, Sarah?«

»Liebend gern.« Doch dann bemerkte die inzwischen sichtlich rund gewordene Mrs. Max Bittersohn, geborene Kelling, den tadelnden Blick ihres Gatten und seufzte ergeben. »Am besten gibst du mir hauptsächlich Sahne.«

»Gutes Mädchen. Für mich bitte schwarz.« Max nahm die beiden Tassen in Empfang und trug sie zu dem wuchtigen Biedermeiersofa, auf dem er und seine Frau die ganze Zeit gesessen hatten. »Kopf hoch, Süßele. Es dauert ja nicht mehr lange.«

»Siebenunddreißig Tage«, sagte Brooks Kelling, der ein Experte für Brutverhalten war, auch wenn er sich vor allem auf die mit dreißig Arten äußerst umfangreiche Gattung der Echten Waldsänger spezialisiert hatte. »Stimmt's, Sarah?«

Hinter dem Ohr eines Queen-Anne-Sessels erschien das grimmige, rosige Gesicht von Sarahs Onkel Jeremy. »Kann man nicht ein einziges Mal ungestört sein Abendessen verdauen, ohne daß sich jemand über widerliche Themen wie Geburtshilfe ausläßt?«

»Babys sind nicht widerlich!« fauchte ihn sein Cousin Dolph an. »Widerlich ist höchstens, wenn sich jemand vom greinenden Säugling übergangslos zum alten Sabbergreis entwickelt – wie du beispielsweise.«

»Jetzt fangt bloß nicht wieder an, euch zu zanken«, schaltete sich Mary ein. »Macht euch lieber Gedanken, wie wir am besten das nötige Geld auftreiben können.«

Max, der sich nach dem üppigen Essen ein wenig überladen fühlte, ließ seinen Blick von den prallen Polstermöbeln zu dem überladenen Kaminsims und den mit unzähligem Krimskrams vollgestopften Ecken gleiten. »Wenn ihr mich fragt, solltet ihr eine Auktion veranstalten.«

»Oder ein brennendes Streichholz dranhalten«, knurrte Jem.

Beide Vorschläge hatten etwas für sich, fand Sarah. Früher hatten die Kellings lediglich in ihren Sandsteinhäusern auf dem Beacon Hill ein eher bescheidenes Dasein geführt, doch als sie dann in die Vororte gezogen waren, hatten sie sich fatalerweise mit Architekten zusammengetan, die ihre eigenen Vorstellungen von Pracht besaßen, und ihnen bedauerlicherweise zu verstehen gegeben, sie sollten ruhig »ordentlich klotzen«.

Sarah hatte keine Ahnung, wer die Monstrosität verbrochen hatte, die Cousin Dolph von Großonkel Frederick geerbt hatte, doch man konnte dem Mann wahrhaftig nicht vorwerfen, daß er an Platz gespart hatte. Und da sie nun einmal über so viele zusätzliche Zimmer verfügten, hatten es die Kellings natürlich als ihre Pflicht angesehen, diese angemessen zu füllen. Inzwischen war das Haus bis zum Dach mit viel Schönem und noch mehr Scheußlichem vollgestopft.

Sie selbst hätte gern den Empiresessel gehabt, auf dem sich Cousine Theonia so dekorativ niedergelassen hatte. Theonia liebäugelte möglicherweise mit dem zierlichen Mokkaservice. Niemand, der einigermaßen bei Sinnen war, hätte sich allerdings freiwillig die besinnlichen Sprüche in Brandmalerei auf Birkenrinde, die in getrockneten Seetang eingefaßt waren, an die Wand gehängt.

Großtante Matildas künstlerische Ader hatte in der kreativen Verwendung von Seetang ihr ultimatives Ausdrucksmittel gefunden. Ihr Meisterwerk war ein Kranz aus Blasentang und Riementang, den sie um einen verbogenen Kleiderbügel arrangiert und für die Nachwelt in einem schweren Goldrahmen konserviert hatte, dessen Glas vorn eine ähnliche Ausbuchtung aufwies wie Sarahs einstmals schlanke Taille momentan und während der nächsten siebenunddreißig Tage. Glücklicherweise konnte Sarah das Gebinde von ihrem Platz aus nicht sehen.

Dolph schien die Idee mit der Versteigerung nicht gerade zu begeistern. »Wir können doch nicht einfach Onkel Freds persönliche Sachen an Gott weiß wen verscheuern«, begann er zu protestieren.

»Aber Schatz, das verlangt doch auch keiner«, beruhigte ihn Mary. »Aber was ist mit all dem anderen Zeug? Ich finde, wir könnten ruhig ein bißchen ausmisten, damit man endlich in den Zimmern herumgehen kann, ohne sich ständig das Schienbein zu stoßen.«

Sie hatte Dolphs Tante und Onkel nie kennengelernt. Die beiden hatten den kleinen Adolphus bei sich aufgenommen, nachdem seine Eltern bei einem Unfall ums Leben gekommen waren, als die Schmalspurbahn im Norumbega-Freizeitpark mit einem Brauereiwagen, der sich selbständig gemacht hatte, kollidierte. Sie hatte zwar mit Theonia ein oder zwei Séancen veranstaltet, in der Hoffnung, Fred und Matilda würden sich manifestieren, damit sie ihnen endlich ihre Meinung sagen konnte, was die Einschüchterungen und Gehirnwäschen betraf, die sie dem kleinen unschuldigen Waisenknaben angetan hatten; doch anscheinend waren die beiden im Tode genauso starrsinnig wie im Leben. Theonia hatte sich zwar zu weiteren Versuchen bereiterklärt, doch Mary war aufgrund ihrer irisch-katholischen Erziehung von dieser Idee nicht sonderlich erbaut.

Doch momentan hatte sie ohnehin andere Probleme. »Du mußt den Tatsachen endlich ins Auge sehen, Dolph. Früher oder später müssen wir uns um die vielen Sachen kümmern, sonst ersticken wir noch darin. Warum sollten wir also nicht selbst davon profitieren? Wir können das Geld genausogut gebrauchen wie andere.«

»Und verdammt viel besser damit umgehen als gewisse Leute, die wir kennen«, fügte Dolph hinzu und starrte dabei aus alter Gewohnheit Jem an.

»Reine Ansichtssache«, erwiderte sein Cousin grinsend. »Wolltest du mir nicht gerade die Karaffe rüberreichen, Schrecken meiner Kindheit, oder hast du vor, sie mit dem Rest deines Gerümpels unter den Hammer zu bringen?«

»Warum eigentlich nicht, zum Teufel?« Dolph nahm das hübsche Gefäß aus geschliffenem Glas, schüttelte bedauernd den Kopf, als er den traurigen roten Rest darin sah, und reichte es Jem. »Ich habe sowieso nichts mehr, womit ich das Ding füllen kann, wenn du die letzten Tropfen in deine undankbare Kehle hinuntergespült hast. Wir haben nämlich gerade die letzte Flasche von Onkel Freds Portweinsammlung geleert. Oder nicht, Mary?«

»Es sind noch zwei Flaschen übrig, und du brauchst gar nicht so gierig zu schauen, Jem. Die werden für Dolphs Geburtstagsparty im November aufgehoben.«

»Warum sollte wohl irgendwer meinen Geburtstag feiern?« brummte Dolph, sah aber trotzdem erfreut aus. »Von mir aus kannst du den Rest ruhig runterschütten und dir endgültig deine verdammten Eingeweide ruinieren. Wundert mich sowieso, daß du nicht längst schon an Säuferleber krepiert bist.«

»Ich besitze eine äußerst glückliche Leber«, erwiderte Jem ohne Groll. »Auf deinen siebzigsten, alter Mistkerl, für den Fall, daß ich zu besoffen bin, um einen Toast auf dich auszusprechen, wenn es soweit ist. Donnerwetter, das ist ja ein echter Meilenstein in deinem Leben. Der nächste Halt wäre da wohl die Abdeckerei, alter Junge.«

»Unsinn«, sagte Sarah. »Dolph wird mindestens achtundneunzig, wie Großonkel Frederick. Meinst du nicht auch, Brooks?«

Der gepflegte kleine Mann, der gerade damit beschäftigt war, sich einige der besinnlichen Birkenrindensprüche für das Familienarchiv zu notieren, pflichtete ihr bei. »Neunzig, würde ich sagen. Viel älter wahrscheinlich nicht. Dolph ist zwar streitsüchtig, aber er ist nicht bösartig wie Onkel Fred. Um so lange durchzuhalten wie Onkel Fred, benötigt ein Mensch meiner Meinung nach eine ausgesprochene Portion Scheußlichkeit.«

»Da könntest du recht haben, Brooks«, sagte Jeremy. »Du bist in der letzten Zeit richtig brav geworden, Dolph. Vielleicht solltest du lieber aufhören, gute Werke zu vollbringen und dir statt dessen hin und wieder ein paar gesunde Ausschweifungen gönnen, sonst wirst du möglicherweise am Ende noch genauso weich wie das Innere deiner Birne.«

»So etwas sagt man nicht zu jemandem, dem man gerade den letzten Rest Portwein weggetrunken hat«, tadelte Max. »Okay, Dolph und Mary wollen also eine Versteigerung abhalten, um das Unkraut zu jäten und damit ein bißchen Moos zu machen. Was ist sonst noch zu besprechen?«

»Moment mal«, unterbrach Jem. »Wozu brauchen die überhaupt noch mehr Knete? Die haben doch Geld wie Heu. Obwohl man andererseits natürlich nie genug davon haben kann«, fügte er noch schnell hinzu, da Jem immerhin trotz allem ein Kelling war.

»Du scheinst wohl noch nicht eingeweiht worden zu sein«, sagte Mary. »Hat Dolph dir nicht erzählt, daß wir uns vergrößern wollen?«

»Euch vergrößern? Du meinst doch wohl nicht etwa den vornehmen Schrottplatz, den ihr aufgemacht habt? Und warum, wenn ich fragen darf? Ertrinkt ihr langsam in leeren Bierdosen?«

»Das Recycling Center läuft hervorragend, danke der Nachfrage.« Mary hatte früher der Bostoner Damenwelt Hüte verkauft und ließ sich daher auch durch Jeremy Kellings Hänseleien nicht aus der Ruhe bringen. »Aber es gibt noch so viel zu tun. Boston hat zwar bessere Einrichtungen als viele andere Städte, um bedürftige ältere Mitbürger zu unterstützen, doch es gibt leider immer noch genügend Menschen, die durch die Maschen des sozialen Netzes fallen. Es gibt Sozialwohnungen für diejenigen, die sie sich leisten können, und Quartiere und Nachtasyle, in denen die völlig Mittellosen und Obdachlosen ein Bett finden, wenn sie Glück haben. Unsere Einrichtung soll die große Lücke in der Mitte schließen.«

»Erzähl mal, wie ihr euch das vorgestellt habt«, sagte Brooks.

»Wie ihr wißt, hat Dolph von seinem Onkel verschiedene Immobilien geerbt, unter anderem ein kleines Lagerhaus, aus dem gerade eine Farbenfabrik ausgezogen ist. Er hat bereits mehrere Angebote von interessierten Käufern erhalten. Ein Makler hat uns sogar richtig die Hölle heiß gemacht, aber wir haben alle Angebote abgelehnt. Wir möchten nämlich aus dem Gebäude so etwas wie eine riesige Pension machen.«

»Ihr wollt Schlafräume einrichten?« fragte Sarah.

»Mehr oder weniger. Wir wollen es so umbauen, daß viele hübsche kleine Zimmer entstehen, die man für wenig Geld pro Woche oder Monat mieten kann. Die Leute hätten ihre Privatsphäre, einen gewissen Komfort und einen sicheren Ort, an dem sie ihre Habseligkeiten lassen können. So müssen sie nicht ständig alles, was sie besitzen, in Einkaufstaschen mit sich herumschleppen, ohne zu wissen, wo sie die nächste Nacht verbringen werden.«

»Wir nehmen nur Miete von ihnen, damit sie sich nicht wie Almosenempfänger fühlen«, erklärte Dolph. »Wenn sie nicht genug

Geld haben, geben wir ihnen die Möglichkeit, es sich mit ein wenig Arbeit selbst zu verdienen. Damit sie ihre Selbstachtung nicht verlieren und ihren Lebensunterhalt soweit wie möglich selbst finanzieren können.«

»Wie groß ist das Lagerhaus?« Brooks sah aus, als wäre er schon dabei, in seinem Kopf Pläne zu entwerfen.

»Ziemlich groß«, sagte Dolph. »Drei Stockwerke hoch, mit einem Grundriß von 60 mal 180 Metern. Es gibt genug Platz für mehrere Küchen, Speisesäle und Freizeiträume, so daß die Mieter nicht für alles wer weiß wie weit zu laufen brauchen.«

»Und auf jeder Etage genügend Badezimmer und Toiletten«, sagte Mary.

»Aber das wird euch ein Vermögen kosten!« rief Theonia.

»Dolph hat ein Vermögen«, knurrte Jeremy, der die Karaffe kopfüber über sein Glas hielt, um auch noch den letzten Tropfen von Onkel Freds Portwein auszukosten.

»Nicht so viel, wie du anscheinend glaubst«, gab Dolph zurück. »Warum leckst du nicht auch noch den Stöpsel ab, du alter Saufsack? Wir werden ein Riesen-Fundraising veranstalten. Sarah kann das übernehmen.«

»Ich? Warum verwandelt ihr nicht einfach dieses Mausoleum hier in eine Pension, wie ich es mit meinem Haus gemacht habe?«

»Weil unsere Leute sich hier nicht wohlfühlen würden«, sagte Mary. »An diese Möglichkeit haben Dolph und ich zuerst auch gedacht. Wir haben daraufhin ein paar SCRC-Mitglieder eingeladen und angenommen, wir könnten ihnen damit eine Freude machen, aber sie wollten alle so schnell wie möglich wieder zurück in die Stadt. Angeblich macht die Stille hier sie ganz verrückt.«

»Welche Stille?« wollte Jem wissen. »Die haben ja keine Ahnung! Ständig wird man von Vogelgeschrei, Blätterrauschen und verdammten Eichörnchen, die Eicheln mampfen, gestört. Alles, was du machen mußt, Mary, ist, Asphaltwege durch euren Park zu legen und Holzbänke wie die im Boston Common aufzustellen, dir einen Schwarm frecher Tauben zuzulegen und ein paar Ladungen Müll auszukippen, dann fühlen sich deine Schützlinge wie zu Hause und können nach Herzenslust im Abfall wühlen. Zum Schluß stellt ihr dann noch eine große Lautsprecheranlage mit Hupkonzert und Sirenengeheul auf und engagiert vielleicht auch noch einen Polizisten, der durch das Grundstück patrouilliert und ab und zu jemanden wegen Landstreicherei festnimmt. Und als Krönung«, fügte Jem noch hinzu, »könnt ihr während der Hauptverkehrszeiten Abgase ins Haus pumpen. Das wäre verdammt viel preiswerter als der teure Umbau der Fabrik.«

»Mag sein, aber wenn Großonkel Fred erst als wütendes Gespenst in der Diele herumspukt, nehmen sie bestimmt im Handumdrehen Reißaus«, gab Sarah zu bedenken. »Außerdem würden die Nachbarn ihre Gärtner mit Preßlufthämmern herschicken, um die Asphaltwege aufzubohren. Entschuldige, Mary, das mit der Pension war ein dummer Vorschlag. Selbst wenn die Leute vom Senior Citizens' Recycling Center hier herkommen würden, wäre im Viertel wahrscheinlich schon bald der Teufel los, weil du den Status quo stören würdest.«

»Der verfluchte Status ist schon seit Roosevelts zweiter Amtsperiode nicht mehr quo«, schimpfte Dolph.

»Schatz, darf ich dich daran erinnern, daß der Arzt dir ausdrücklich verboten hat, über Roosevelt zu sprechen, seit er neulich dabei deinen Blutdruck gemessen hat«, unterbrach Mary. »Außerdem bist du selbst ein Sozialreformer.«

»Das glaubst du doch selbst nicht!«

»Und ob ich das glaube. Ja, bitte, Henrietta, was ist denn?«

»Mr. Loveday ist am Telefon«, sagte das Dienstmädchen. »Er möchte unbedingt sofort Mr. Kelling sprechen.«

»Mr. Loveday?« sagte Sarah. »Ich dachte, ihr hättet ihn nach Großonkel Fredericks Ableben aufs Altenteil geschickt. Sag bloß, er arbeitet jetzt für dich, Dolph?«

»Warum sollte ich Osmond Loveday Geld fürs Nichtstun bezahlen? Hölle noch eins, er ist immerhin viel jünger als ich. Onkel Fred hat ihn damals direkt aus dem College übernommen, auch wenn mir die Gründe dafür immer schleierhaft waren. Ich war zu der Zeit schon der Prügelknabe der Familie und durfte den Mund nicht aufmachen. Osmond hat die Bücher für all die lächerlichen Stiftungen geführt, die Onkel Fred dauernd gegründet hat, daher habe ich ihn behalten, damit er mir hilft, sie endlich alle aufzulösen, was uns Gott sei Dank mehr oder weniger auch gelungen ist. Jetzt arbeitet Osmond fast nur noch für das SCRC. Er ist die Kontaktperson für die Recyclingfirmen, kümmert sich um die Rechnungen, hält die Mitgliederliste auf dem neuesten Stand und dergleichen mehr. Er ist ein verfluchter Pedant, aber auf seine Weise recht fähig.«

»Du solltest besser herausfinden, was er von dir will, Schatz«, versuchte Mary ihn zu besänftigen.

»Schon gut. Hat wahrscheinlich wieder mal irgendwo einen Zehner hinterm Komma verbummelt, und ich soll ihm beim Suchen helfen. Bin gleich wieder zurück, Leute.«

Adolphus Kelling war ein kräftiger Mann, großgewachsen und breitschultrig. Er hievte sich aus dem riesigen Ohrensessel, in dem er gesessen hatte, und marschierte aus dem Salon seiner Großtante wie ein Mann, der es gewohnt war, die Pflichten, die man ihm aufbürdete, stets zu erfüllen. Mary sah ihm nach, und ihre immer noch wunderschönen blauen Augen nahmen einen besorgten Ausdruck an.

»Hoffentlich ist nichts passiert. Normalerweise stört uns Osmond Loveday nie um diese Zeit an einem Sonntagabend. Das Center ist geschlossen. Es wundert mich, daß der Mann überhaupt noch wach ist. Osmond gehört zu den Menschen, die zeitig zu Bett gehen. Er steht immer in aller Herrgottsfrühe auf und geht im Public Garden spazieren.«

»Solche Typen sollte man abmurksen«, brummte Jem, der nie weiter spazierte als bis zum nächsten Martini, wenn es sich irgendwie vermeiden ließ. »Miserables Vorbild für die amerikanische Jugend.«

Cousine Theonia ordnete die Spitzenrüschen über ihren zarten Handgelenken und versuchte wie so oft, das Gespräch auf ein angenehmeres Thema zu lenken. »Dolph sieht wirklich hervorragend aus, Mary. Das liegt bestimmt an deiner guten Pflege.«

»Ich tue mein Bestes.« Mary strahlte, und ihr freundliches Gesicht wirkte mit einem Mal fast so schön wie das von Theonia. »Der Herrgott weiß, daß Dolph mir ein wunderbarer Ehemann ist.«

»Na so was, Mary«, begann Sarah sie zu necken, »man könnte fast meinen, du wärst bis über beide Ohren in ihn verliebt.«

»Habt ihr etwa gedacht, ich hätte ihn wegen seines Geldes geheiratet?« konterte Mary wütend. »Wenn ihr die Wahrheit hören wollt, ich habe mich schon in Dolph verliebt, als ich seine Rede im West-End-Seniorencenter gehört habe. Ich konnte mein Glück kaum fassen, als ich ihn kurze Zeit später bei dir zu Hause persönlich kennengelernt habe, Sarah, und er mich zum Abendessen ins Ritz eingeladen hat. Ich habe mich gefühlt wie Aschenputtel mit ihrem Märchenprinz.«

Jem gab einen merkwürdigen Gurgellaut von sich, den er offenbar nicht unterdrücken konnte. Mary ging sofort zur Offensive über.

»Oh, ich weiß, daß Dolph kein Rudolph Valentino ist. Er wirkt manchmal ziemlich bombastisch, und ich behaupte auch gar nicht, daß er eine intellektuelle Leuchte ist im Vergleich zu seiner ach so feinen Verwandtschaft, womit ich natürlich nichts gegen dich sagen will, Jem, schließlich warst du dir nicht zu fein, ins Center zu kommen und den lieben alten Damen schlüpfrige Lieder vorzusingen. Aber Dolph ist nun mal felsenfest davon überzeugt, daß es seine Pflicht ist, Gutes zu tun. Man kann es ihm förmlich ansehen. Wenn ihr keinen Pfennig in der Tasche und kein Dach über dem Kopf hättet und würdet diesem großartigen, wunderbaren, reichen Mann begegnen, und er würde euch wie seinesgleichen behandeln und dafür sorgen, daß ihr etwas Warmes in den Magen bekämt, und euch ein Leben im Überfluß zu Füßen legen ...«

Einen Moment lang war sie so bewegt, daß sie nicht weitersprechen konnte, doch dann fuhr sie beinahe leidenschaftlich fort. »Glaubt ja nicht, daß ich die einzige bin, die ihn liebt. Die Leute im Center halten ihn für den lieben Gott höchstpersönlich oder zumindest für jemanden, der ihm ziemlich nahekommt. Und du kannst von mir aus soviel über mich lachen wie du willst, Jem Kelling.«

»Es würde mir nicht mal im Traum einfallen, über dich zu lachen, liebste Mary«, versicherte Jem und klang dabei für seine Verhältnisse erstaunlich ernst. »Jeder, der es geschafft hat, mit Tante Matilda und Onkel Fred jahrelang zusammenzuleben, ohne sie zu erschlagen, und das noch dazu in einem Haus, das vollgestopft ist mit Gegenständen, die sich als Mordwaffe geradezu anbieten, verdient es, schon allein deshalb zum Heiligen erklärt zu werden, würde ich sagen. Und jetzt erfahre ich obendrein, daß er sich auch noch freiwillig mit diesem infantilen Würstchen Osmond Loveday herumschlägt. Erinnerst du mich bitte daran, daß ich morgen früh als allererstes im Vatikan anrufe und mich nach der Möglichkeit einer vorgezogenen Heiligsprechung erkundige, Sarah? Na ja, vielleicht verlege ich es doch lieber auf den Nachmittag. Ah, da naht seine potentielle Heiligkeit ja bereits wieder. Was war denn los, Adolphus?«

Kapitel 2

Dolphs Gesicht verhieß nichts Gutes. Noch bevor er ein Wort gesagt hatte, wußten alle, daß etwas Schlimmes passiert sein mußte. Mary griff nach der Hand ihres Gatten.

»Was ist denn los, Schatz?«

»Chet Arthur ist überfallen worden.«

»Oh, Dolph, wie furchtbar! Chet gehört zu unseren ältesten Stammgästen«, erklärte Mary den anderen. »Wir kennen ihn seit der Eröffnung des Centers. Ist er verletzt?«

»Er ist tot.«

»Aber wer –«

»Ich weiß es nicht, Mary. Man hat ihn in der kleinen Gasse zwischen der Beacon und Marlborough Street gefunden, in der Nähe der Massachussetts Avenue. Alles, was er an Papieren bei sich hatte, war der Mitgliedsausweis vom Senior Citizens' Recycling Center, daher hat die Polizei auch versucht, dort anzurufen, aber nur die Nummer für Notfälle bekommen, und die gehört Osmond, weil er in der Nähe wohnt.«

»Und Osmond ist natürlich nichts Besseres eingefallen, als alles sofort auf dich abzuwälzen. Und was sollen wir seiner Meinung nach tun?«

»Na ja, ist zwar verdammt unangenehm, aber irgend jemand muß schließlich zum Leichenschauhaus fahren und ihn identifizieren, Mary.«

»Und warum kann Osmond nicht selbst hingehen? Meine Güte, der Mann wohnt schließlich mitten in der Stadt.«

»Angeblich ist er unpäßlich. Ich mich zwar auch, aber was soll's? Tut mir leid, Leute, aber ich fürchte, ihr müßt mich entschuldigen.«

Max Bittersohn war bereits aufgesprungen. »Komm schon, Dolph, ich weiß doch, wie ungern du im Dunkeln fährst. Ich fahr' dich schnell in deinem Wagen hin, die anderen können dann meinen nehmen, wenn sie aufbrechen möchten.«

»Ich fahre mit«, sagte Sarah.

Die Diskussion endete schließlich damit, daß außer Mary alle aufbrachen.

»Es macht dir doch nichts aus, wenn ich nicht mitkomme, Dolph? Ich glaube, ich sollte wirklich hierbleiben und Genevieve in der Küche helfen. Sie ist bestimmt hundemüde.«

Was Sarah zu bezweifeln wagte. Für Mary arbeiten zu dürfen, mußte das reine Paradies für Genevieve sein, nachdem sie so viele Jahre unter der Fuchtel von Großtante Matilda gestanden hatte. Im übrigen tat Dolph alles, um die kleine Person zu schonen, er packte mit an, so oft er nur konnte, und Mary war eine zu gute Ehefrau, um ihm die Show zu verderben.

Als sie sich für die Fahrt fertig machten, wurde sich Sarah mit einem Mal bewußt, wie grundverschieden sie doch alle waren, obwohl sie sich so nahestanden. Am exotischsten war zweifellos die elegante Theonia mit ihren untadeligen Manieren, dem glänzend rabenschwarzen Haar und den dunklen Augen. Sie war die Tochter einer Zigeunerin und eines Anthropologiestudenten, der sich während des Studiums an einem der renommierten Ivy League Colleges weit intensiver mit seinem Thema befaßt hatte, als er ursprünglich geplant hatte.

Theonia zog stets bewundernde Blicke auf sich und tat alles, damit dies auch so blieb. Obwohl sie seit ihrer Hochzeit mit Brooks keine hohen Absätze mehr trug, wirkte sie immer noch sehr groß und unternahm jeden Tag ausgedehnte Spaziergänge, um ihren gesegneten Appetit und ihre höchst attraktive Rubensfigur im Gleichgewicht zu halten. Tagsüber kleidete sie sich gewöhnlich dezent in Schwarz oder Dunkelrot und schmückte sich lediglich mit einer schlichten Perlenkette, abends jedoch schlüpfte sie in ihre eigenen phantasievollen Créationen.

An diesem kühlen Septemberabend war Theonias Wahl auf ein üppiges weinrotes Samtgewand gefallen, das sie ursprünglich in Filene's Basement als heruntergesetzten Morgenmantel erstanden hatte. Sie hatte den Samt den Linien ihres teuren Mieders angepaßt und mit cremefarbener Spitze besetzt, die dereinst zu einem Body-Korselett gehört hatte, das Sarahs verstorbene Ex-Schwiegermutter, der das Teil auch gehört hatte, als »Teddy« bezeichnet hätte.

Das Kleid schrie förmlich nach einem Zobelmantel, fand Sarah. Aus Rücksicht auf Brooks Gefühle, was den grausamen Mord an Pelztieren zur Zierde modebesessener Damen betraf, hatte Theonia jedoch statt dessen zweieinhalb Meter schwarzen Wollstoff gekauft und sich daraus eine Stola gefertigt, die sie gerade vorsichtig über ihre hochgesteckte Haarpracht drapiert und geschickt um den oberen Teil ihres samtenen Spitzengewandes geschlungen hatte. In dieser Aufmachung erinnerte sie lebhaft an eine nicht mehr ganz junge Tosca, die sich aufgemacht hatte, Baron Scarpia zu erdolchen.

Trotzdem wirkte Brooks Kelling, der nur ein Meter siebzig groß und höchstens fünfundsechzig Kilo schwer war, als Begleiter seiner stolzen Gattin alles andere als lächerlich. Tatsächlich wäre niemandem auch nur im Traum eingefallen, sich über Brooks lustig zu machen. Irgend etwas an ihm erinnerte an die bescheidenen Helden in den Romanen John Buchans, die alle möglichen Akzente und Dialekte beherrschten, wenn es die Situation erforderte, und zudem die seltene Gabe besaßen, sich mit ein paar kleinen Tricks und einer Handvoll Staub völlig unkenntlich zu machen. Mit einem Minimum an Anhaltspunkten rekonstruierten sie den Tathergang und meisterten mit einem Kirchenlied auf den Lippen und einem Bibeltext im Herzen mühelos alle erdenklichen Strapazen und Gefahren. Nachdem sie geheimnisvolle Grafen enttarnt oder ihr Vaterland in letzter Minute vor dem Feind gerettet hatten, gingen sie in aller Seelenruhe nach Hause, um ihren Rasseschweinen den Rücken zu kraulen, oder unternahmen lange Spaziergänge übers Moor und vertieften sich dabei in Carlyles *Essay über Burns*.

Brooks war ein leidenschaftlicher Fotograf von Fischadlerhorsten und heißgeliebter Mittelpunkt und Vogelstimmenimitator bei Kindergeburtstagen. Er konnte so gut wie alles basteln und bauen, war allerdings wählerisch, was sein Material betraf. Er sprach nur gepflegtes Andover-Harvard-Amerikanisch und konnte sich damit überall und in jeder Situation problemlos verständigen. Im Sommer trug er einen feschen Strohhut, dessen Band die Feder eines Haubentauchers zierte, im Winter einen grünlich-grauen Filzhut mit der Feder eines Steinwälzers. Die einzigen Gefahren, die ihn je bedroht hatten, waren dominante heiratswütige Witwen, doch vor deren Nachstellungen hatte Theonia ihn glücklicherweise errettet. Hinterhältige Bösewichter würden sich an Brooks Kelling todsicher die Zähne ausbeißen und hatten es daher, soweit bekannt war, auch noch nie versucht.

Jeremy Kelling war ungefähr genauso groß wie Brooks, aber etwa doppelt so breit. Es bestand zwar eine gewisse Familienähnlichkeit, immerhin waren die beiden Vettern, doch Sarah konnte sich beim besten Willen nicht vorstellen, wie Onkel Jem hingebungsvoll Seeadlerhorste ablichtete oder hinterhältige Verbrecher oder sonstwen durch Geschick und Wendigkeit austrickste. Ihm war eher zuzutrauen, daß er potentielle Widersacher durch den gezielten Einsatz seiner Martini-Spezialmischung außer Gefecht setzte. Doch wahrscheinlich würde er im Notfall nur nach seinem Diener Egbert brüllen und alles weitere ihm überlassen. Neuerdings gewöhnte er sich zu Sarahs Ärger immer mehr an, nach Max zu brüllen.

In Sarahs Augen war Max Bittersohn das bei weitem interessanteste Mitglied der kleinen Gruppe. Sie konnte sich sehr gut vorstellen, daß seine Ahnen bereits Priester im Tempel Salomons gewesen waren, als die Kellings noch blaue Kriegsbemalung trugen und sich mit den Pikten herumschlugen. Max war etwa ein Meter achtzig groß, und man sah ihm seine fast vierzig Jahre nicht an. Sein dunkelbraunes Haar war wunderbar wellig, und seine graublauen Augen sahen bedeutend mehr als die meisten Menschen auch nur ahnten.

In letzter Zeit nahm sein markantes Gesicht jedoch immer häufiger einen besorgten Ausdruck an, was eindeutig an seiner bevorstehenden Vaterrolle lag. Normalerweise war Max ein lebensfroher Mensch, wenn auch alles andere als ein Lebemann wie Jem. Von Beruf war er Privatdetektiv und hatte sich auf die Wiederbeschaffung gestohlener Kunstschätze spezialisiert. In letzter Zeit widmete er sich allerdings notgedrungen immer mehr seiner neuen Nebentätigkeit, die darin bestand, Mitgliedern des riesigen Kelling-Klans aus der Patsche zu helfen.

Sarah war sein erster Kelling-Fang gewesen, und der einzige, bei dem er noch nie das Bedürfnis verspürt hatte, ihn schnellstens wieder dahin zurückzuwerfen, wo er ihn gefunden hatte. Sie war klein und zierlich wie Brooks, doch das kantige Kelling-Kinn fiel bei ihr weicher und femininer aus, und die berühmte Kelling-Nase war ihr gänzlich erspart geblieben. Sie hatte braunes Haar, das bedeutend heller war als das von Max und jetzt, wo sie es kurzgeschnitten trug, in weichen Locken fiel. Wenn sie nicht gerade errötete, war ihr Teint zart und ziemlich hell. Sie war noch keine dreißig und so glücklich, wie eine werdende Mutter nur sein konnte, wenn man einmal von den unzähligen gutgemeinten Ratschlägen absah, die sie in letzter Zeit von diversen Verwandten erdulden mußte.

Den luxuriösen Wagen, den Max sich zugelegt hatte, hätte man als ersten Schritt in Richtung Lebemann deuten können, doch der Schein trog, denn er benötigte ihn für seine zahlreichen Dienstreisen. Für den Transport der geretteten Rembrandts brauchte er einen geräumigen Kofferraum, außerdem hatte er es meist mit wohlhabenden Klienten zu tun, die von ihm erwarteten, daß er standesgemäß vorfuhr. Dolph ließ sich unaufgefordert auf den Beifahrersitz fallen. Sarah zuckte mit den Achseln, schlüpfte kurzerhand unter dem Lenkrad durch, setzte sich in die Mitte und stellte ihre Füße auf den Getriebetunnel. Bevor Max sich ans Steuer setzte, vergewisserte er sich zuerst, daß sein zukünftiger Sprößling nicht in Gefahr war, zerquetscht zu werden. Theonia, die zwischen Jem und Brooks auf dem Rücksitz thronte, sah aus wie eine Edelrose zwischen zwei Boston Baked Beans.

Außer Dolph wohnten alle auf dem Beacon Hill. Jem teilte seine mit Erinnerungsstücken vollgestopfte Wohnung in der Pickney Street mit seinem unerschütterlichen Diener Egbert. Brooks und Theonia leiteten momentan das historische Haus aus braunem Sandstein in der Tulip Street, das Sarah von ihrem ersten Gatten Alexander Kelling geerbt und dann in eine erstaunlich vornehme Pension verwandelt hatte. Sarah und Max hatten inzwischen eine kleine Wohnung im Nachbarhaus bezogen und warteten darauf, daß ihr neues Haus in Ireson's Landing fertig wurde.

Zu dieser nachtschlafenen Zeit brauchte man von Chestnut Hill bis zum Zentrum nur zwanzig Minuten. Max schaffte die Strecke sogar in fünfzehn Minuten. »Wenn ihr nichts dagegen habt, bringe ich euch erst zur Pension und sorge dafür, daß Sarah sicher ins Bett kommt, bevor ich mit Dolph zum Leichenschauhaus fahre.«

»Ich will aber noch gar nicht ins Bett«, protestierte Sarah.

»Dann bleib doch so lange bei uns, bis Max zurückkommt. Werdenden Müttern soll man ihren Willen lassen«, sagte Theonia.

Theonia hatte zwar keine Kinder, brachte jedoch ihre Meinung mit so viel Autorität vor, daß keiner auf die Idee kam, ihr zu widersprechen. Vielleicht hatte sie sich ihr Durchsetzungsvermögen in ihrem ehemaligen Beruf als Wahrsagerin angeeignet. Max gab sich geschlagen. Sarah ging mit den anderen ins Haus und ließ sich aus Rücksicht auf ihre besonderen Umstände zu einem Glas heiße Milch überreden. Jem bat um einen schwarzen Kaffee. Brooks und Theonia tranken etwas, das Schlummertee hieß. Sie waren noch immer mit ihren Getränken beschäftigt, als Max nach Erfüllung seiner unangenehmen Pflicht zurückkam.

»Es war tatsächlich Arthur«, teilte er ihnen mit. »Dolph ist ziemlich betroffen. Es ist das erste Mal, daß eines der SCRC-Mitglieder eines gewaltsamen Todes gestorben ist, und er macht sich die größten Vorwürfe. Er glaubt felsenfest, es wäre nicht passiert, wenn er das Lagerhaus bereits umgebaut hätte.«

»Der arme Dolph«, sagte Sarah. »Mary hat völlig recht mit dem, was sie über ihn gesagt hat, findet ihr nicht? Wo ist er jetzt?«

»Ich habe ihn wieder nach Hause gebracht. Wir sind nicht sehr lange im Leichenschauhaus geblieben. Es gab nichts, was wir noch hätten tun können. Dolph hat versprochen, morgen früh einen Bestatter zu schicken, und Arthurs Habseligkeiten haben sie uns schon mitgegeben.«

Er hielt eine arg mitgenommene, zerrissene braune Papiertragetasche in die Höhe, die auf einer Seite in grünen Lettern den Aufdruck »SCRC« trug.

»Mehr hatte er nicht bei sich. Außer der Mitgliedskarte in seiner Tasche und den Kleidern, die er am Leib trug. Er wurde mit dem Wagenheber erschlagen, den man am Tatort gefunden hat. Dolph vermutet, daß Arthur ein bißchen Bargeld bei sich hatte. Der Mann war ein gewissenhafter Sammler und hat jeden Tag einen Haufen Dosen und Flaschen im Center abgegeben und sich das Geld dafür immer sofort auszahlen lassen. Die beiden Polizisten, die ihn gefunden haben, sagten, in der Nähe der Leiche hätte etwa ein Dutzend leere Getränkedosen gelegen, die wahrscheinlich aus der aufgerissenen Tragetasche gerollt sind.«

»In seinen Stiefeln gestorben«, meinte Brooks. »Wahrscheinlich hätte es für jemanden in seiner Lage noch schlimmer kommen können. Gibt es eine Beerdigung?«

»O ja, die Kosten übernimmt das Center für alle seine Mitglieder. Die meisten sind nicht mehr die Jüngsten, so daß damit zu rechnen ist, daß hin und wieder einer von ihnen das Zeitliche segnet. Es wird viel Wert auf ein ordentliches Begräbnis gelegt. Dolph sagt, das sei Marys Idee gewesen. Dem Toten nutzt es zwar nicht mehr viel, aber die anderen fühlen sich dadurch besser. Die Feier findet in einer Kirche in der Nachbarschaft statt. Ich glaube, einer der SCRC-Männer war früher Hausmeister oder so etwas ähnliches in der Kirche und hält einen überkonfessionellen Gottesdienst ab, und dann gehen alle gemeinsam zum Center und werden mit Kaffee und Kuchen beköstigt.«

»Wirklich sehr einfühlsam von Mary«, sagte Theonia bewegt. »Auf die Weise haben die Leute die Gewißheit, daß man sich auch nach ihrem Tod noch um sie kümmert. Meinst du, ich sollte etwas Leckeres für sie backen, Brooks?«

»Warum fragst du Mary nicht morgen früh, Liebes? Sie kann dir die Frage sicher besser beantworten als ich. Max, darf ich dir etwas zu trinken anbieten? Tee? Brandy?«

»Brandy, wenn es dir nichts ausmacht. Ich kann einen ordentlichen Schluck gebrauchen.« Max inspizierte die arg mitgenommene Tragetasche. »Der arme Kerl. Hat nichts besessen außer diesem verdammten Ding hier, und selbst das wollte ihm noch irgendein Mistkerl wegnehmen. Die Taschen mit dem Aufdruck waren wahrscheinlich auch Marys Idee?«

»Nein, ich glaube, auf die Idee ist Dolph gekommen«, sagte Sarah. »Paß auf, Max, da rieselt Zucker oder sowas aus der Tasche.«

»Zucker?«

»Den haben viele bei sich, wißt ihr«, sagte Theonia. »Ihr kennt doch die kleinen Tütchen, die überall auf den Theken und Tischen liegen. Die zusätzlichen Kohlehydrate kann man gut gebrauchen, wenn man die Nacht in einem zugigen Hauseingang verbringt.«

Max nickte, schien aber mit seinen Gedanken woanders zu sein. Er breitete eine Zeitung auf dem Bibliothekstisch aus und legte die Tragetasche darauf. Dann riß er vorsichtig die Nähte auf und entdeckte noch ein paar weitere Kristalle, die darin hängengeblieben waren.

»Hast du vielleicht etwas, womit man das Zeug genauer untersuchen kann, Brooks?«

»Bin sofort zurück.« Brooks eilte leichtfüßig die elegante, aber ziemlich steile, schmale Treppe hoch. Kurze Zeit später kehrte er mit einem altmodischen Messingmikroskop in der Hand zurück.

»Das habe ich vor Jahren mal spottbillig in einem der Morgan-Memorial-Läden gekauft«, erklärte er und begann, es richtig einzustellen. »Dann wollen wir uns mal ein oder zwei Kristalle anschauen.«

Mit einer spitzen Pinzette isolierte Brooks einige Körnchen, arrangierte sie auf einem Objektträger und schob sie unter das Mikroskop.

»Ah ja, sehr interessant. Salz ist es jedenfalls nicht. Der Struktur der Kristalle nach zu urteilen, sieht es eher nach Zucker aus. Genau wie ich erwartet habe.«

»Und was ist es deiner Meinung nach?«

»Ich möchte mich lieber nicht festlegen. Ich schlage vor, wir bringen das Zeug ins Polizeilabor.«

Max schüttelte den Kopf. »Ich kann sehr gut verstehen, daß du die Verantwortung nicht übernehmen möchtest, aber ich würde es doch lieber zuerst einem Bekannten von mir zeigen. Er ist Chemiker und kann es genau analysieren. Ich möchte erst zur Polizei gehen, wenn ich wirklich sicher bin, daß es einen triftigen Grund gibt. Was mir übrigens äußerst unangenehm wäre«, fügte er nüchtern hinzu. »Du bist dir sicher bewußt, Brooks, daß Dolph und Mary ruiniert sind, wenn sich herausstellt, daß auch nur der leiseste Verdacht besteht, jemand könnte im Center mit Drogen handeln.«

»Und was soll dann aus all den Obdachlosen und Bettlern werden, die darauf angewiesen sind, daß man ihnen ein schönes gemütliches Begräbnis spendiert?« brummte Jem. »Ich will wirklich nicht den großen Menschenfreund herauskehren, aber ich muß zugeben, daß es mir sehr gegen den Strich ginge, wenn so ein armer Teufel unbeerdigt herumliegen müßte, nur weil Cousin Dolph wegen Drogenhandels im Knast säße. Du lieber Himmel, könnt ihr euch vorstellen, wie der alte Sturkopf neben seinem Kloeimer in der Zelle hockt und den Wärter anschnauzt, ihm das *Wall Street Journal* zu bringen?«

»Onkel Jem, das ist überhaupt nicht komisch«, protestierte Sarah. »Ist dir denn nicht klar, daß Dolph tatsächlich im Gefängnis landen könnte?«

»Aber verurteilen kann man ihn doch nicht, oder?«

»Nein, natürlich nicht. Nur so lange festhalten, bis seine Menschenfreundlichkeit am Ende und Marys Herz gebrochen wäre.«

Sarah merkte erst, wie nahe sie den Tränen war, als Max etwas für ihn höchst Ungewöhnliches tat, nur weil er versuchte, sie abzulenken. Er nahm eine der Tassen, in denen sich noch vor kurzem Schlummertee befunden hatte, und reichte sie Theonia. Die Tasse gehörte zu einem kostbaren, blauweißen Porzellanservice, das ein Kelling-Klipper irgendwann um 1800 aus Hangzhou mitgebracht hatte.

»Okay. Du bist doch Wahrsagerin. Wie wär's, wenn du uns sagst, was die Zukunft bringt?«

Theonia nickte, nahm die Tasse in ihre schlanken Finger und drehte sie nach unten. Ein paar Blätter fielen auf die Untertasse. Theonia betrachtete die Teeblätter, die im Inneren der Tasse haften geblieben waren. Ohne ein Wort zu sagen, warf sie auf einmal die wertvolle Porzellantasse so heftig gegen die Kaminwand, daß sie an den rußgeschwärzten Backsteinen zerschellte. Dann stand sie auf, strich ihren Samtrock glatt und sagte genauso sanft, als wäre nichts geschehen: »Bitte entschuldigt mich jetzt, ich habe oben noch allerlei zu erledigen«, und verschwand.

»Daraus müssen wir wohl oder übel schließen, daß die Party vorbei ist«, sagte Jem. »Bist du so nett und rufst mir ein Taxi, Brooks?«

Kapitel 3

Als Sarah aufstand, führte Max gerade ein Telefongespräch mit einem Herrn namens Pepe in Marseille und gab ihm wichtige Instruktionen, was zwei Paul Klees und einen Winslow Homer betraf.

»Was für eine ungewöhnliche Kombination«, stellte Sarah fest, als er endlich aufgelegt hatte. »Ich nehme an, du hattest gerade Pepe le Moko an der Strippe. Hast du nicht gesagt, du wolltest selbst nach Marseille fliegen?«

»Wollte ich auch, bis die Sache mit Dolph passiert ist. Pepe kann den französischen Teil auch gut ohne mich bewältigen, hoffe ich jedenfalls. Es wird höchste Zeit, daß ich mehr Verantwortung auf andere übertrage. Sein Nachname ist übrigens Ginsberg und wird Giehnsbähr ausgesprochen. Du hast ihn kennengelernt, als wir in Paris waren, erinnerst du dich? Der Typ, der aussieht wie ein Nerz in einem lila T-Shirt. Wie geht's unserem Sprößling heute morgen?«

»Ich habe ihn noch nicht gefragt. Ich glaube nicht, daß er schon wach ist. Möchtest du ein Glas Milch?«

»O Gott, bloß nicht!«

»Ich eigentlich auch nicht.« Trotzdem ging Sarah zum Kühlschrank. »Immer müssen wir Frauen für alles büßen«, klagte sie und leckte sich den schmalen weißen Schnurrbart von der Oberlippe. »Soll das bedeuten, du bleibst wegen der Sache gestern abend hier?«

»Warum nicht? Ich übe schon mal ein bißchen für meine Rolle als Familienvater. Dolph und Mary gehören doch schließlich zur Familie, nicht? Offen gestanden, Kätzele, habe ich schon die ganze Zeit befürchtet, daß irgendwann etwas schieflaufen würde. Ich halte die bedruckten Taschen nämlich für einen gravierenden Fehler.«

»Aber sie sollten den SCRC-Mitgliedern doch nur das Gefühl geben, daß sie eine wichtige Arbeit verrichten und nicht einfach nur im Abfall herumwühlen«, protestierte Sarah. »Damit sollte ihr Selbstbewußtsein gestärkt werden. Außerdem haben sie Dolph keinen Pfennig gekostet. Er hat sie von einem alten Freund geschenkt bekommen, dem eine Druckerei gehört.«

»Weiß ich doch alles.« Max goß Saft für sich und Sarah ein. »Wenn man sich eine Identität aufbaut, hat man hinterher immer das Problem, daß man verdammt leicht identifizierbar ist.«

Er trank ein wenig Saft. »Stell dir mal vor, ich würde an einer Ecke stehen und dealen. Plötzlich sehe ich jemanden auf mich zukommen, der wie ein Beamter vom Rauschgiftdezernat aussieht. Verständlicherweise habe ich keine Lust, mich mit meinem Stoff erwischen zu lassen. Zufällig bemerke ich einen harmlosen alten Kerl, der in der Nähe im Müll wühlt, und sehe, daß er eine schöne, praktische Tragetasche bei sich hat, auf der in großen fetten Buchstaben SCRC prangt. Ich vermute weiterhin, daß er sich nur im Schneckentempo weiterbewegen wird und ich ihn spielend leicht einholen kann, nachdem der Beamte mich gefilzt und für clean befunden hat. Und die Tasche ist leicht zu erkennen. Also stecke ich heimlich den Stoff zu seinem Leergut in die Tragetasche, lasse ihn seine übliche Runde machen und folge ihm erst, sobald die Luft wieder rein ist. Schließlich verwickle ich ihn in ein kleines Gespräch, mache währenddessen seine Tasche auf, schnappe mir meinen Stoff und verschwinde.«

Er trank seinen Saft aus. »Zweite Version: Ich trete einer ehrbaren Wohltätigkeitsorganisation bei, besorge mir eine offizielle SCRC-Mitgliedskarte und eine Tasche, an der mich meine Kunden leicht erkennen. Ich deale sozusagen direkt aus der Tragetasche, bis ein unzufriedener Kunde mir eins über den Schädel haut und mir das Zeug abnimmt.«

»Denkst du etwa, daß Chet Arthur sowas gemacht hat?«

»Ich versuche, möglichst gar nichts über Chet Arthur zu denken, bis die chemische Analyse vorliegt. Das Pulver kann genausogut harmlos sein, beispielsweise ein Mittel gegen Fußpilz oder so.«

»Das glaubst du doch selbst nicht. Du hast deinen Flug nach Marseille bestimmt nicht wegen irgendwelcher Schweißfüße abgeblasen. Wie wär's mit Rührei und einem getoasteten *Bagel*?«

»Wie wär's mit einem getoasteten *Bagel* und ein bißchen Schmusen?«

»Das hast du vor acht Monaten auch gesagt, und was daraus geworden ist, siehst du ja.« Sarah hauchte ihrem Gatten einen keuschen Kuß auf die Stirn und machte sich daran, *Bagels* zu toasten, eine Köstlichkeit, die sie immer noch als höchst luxuriös und exotisch ansah.

»Wann hast du vor, deinen Chemiker aufzusuchen?«

»Sobald wie möglich. Ich erwarte nur noch einen Anruf aus Gent.«

»Hoffentlich mit guten Neuigkeiten.«

»Das hoffe ich auch. Ah, das ist er bestimmt schon.«

Doch am Apparat war nicht Gent, sondern Mary Kelling. »Max, ich habe nachgedacht.«

»Hast du Lust, mich an den Früchten deines Nachdenkens teilnehmen zu lassen?« ermunterte er sie, als er merkte, daß sie zögerte.

»Na ja, ich will die Sache nicht noch schlimmer machen, als sie ohnehin schon ist, aber nachdem ihr gestern abend fort wart, habe ich darüber nachgedacht, was Chet Arthur wohl drüben in der Back Bay gemacht haben könnte. Und da ist mir eingefallen, daß Chet seine kleinen Macken hatte, wie die meisten von uns älteren Menschen. Eine seiner Macken bestand darin, daß er panische Angst hatte, sich auch nur einen Schritt über die Arlington Street hinaus zu wagen. Du weißt ja, daß die Back-Bay-Region ursprünglich Sumpfgebiet war und erst durch aufgeschüttetes Erdreich entstanden ist. Und das gilt für die Arlington, Berkeley, Clarendon, Dartmouth, Exeter, Fairfield, Gloucester und die Hereford Street bis zum Kenmore Square, wenn mich mein Gedächtnis nicht trügt.«

»Stimmt«, sagte Max. »Sie haben den Fort Hill und einen Teil vom Beacon Hill abgetragen und die Erde in das Flußbett des Charles Rivers gekippt. So um 1800, würde ich sagen.«

»Ich glaube schon«, sagte Mary. »Jedenfalls war Chet felsenfest davon überzeugt, daß sich das ganze Gebiet eines Tages wieder in ein riesiges Schlammloch verwandeln würde, was meiner Meinung gar nicht so abwegig ist, wie es auf den ersten Blick scheint, wenn man sieht, wie sie ein Hochhaus nach dem anderen hochziehen, als gäbe es wer weiß was, worin man die Dinger verankern kann. Aber deswegen habe ich gar nicht angerufen. Ich weiß nur genau, daß

Chet sich nicht mal über die Marlborough Street gewagt hätte, wenn man ihm dafür 100 Dollar pro Schritt bezahlt hätte, also frage ich mich, wie er dann auf die andere Seite in die Nähe der Mass Ave gekommen ist?« Sie benutzte die Abkürzung für den Straßennamen Massachusetts Avenue genauso selbstverständlich wie alle gebürtigen Bostoner. »Mit Dolph habe ich noch nicht darüber gesprochen, das verschiebe ich lieber bis nach der Beerdigung, aber ich hielt es für angebracht, dich zu informieren.«

»Ich bin wirklich froh, daß du es mir gesagt hast«, log Max höflich. »Du kannst dir also nicht erklären, wie er dorthin gekommen sein könnte? Hat er vielleicht eine Unterkunft für die Nacht gesucht?«

»Warum sollte er? Es war gestern abend nicht besonders kalt, und außerdem gehört Chet nicht zu den üblichen Stadtstreichern. Er bekam jeden Monat Sozialhilfe und hat im Center mehr verdient als alle anderen Mitglieder. Es war zwar nicht viel, aber wenigstens hatte er ein Dach über dem Kopf und brauchte nicht auf der Straße zu leben. Er hat bei einem Hausmeister in einem Apartmenthaus irgendwo in der Nähe der Cambridge Street zur Untermiete gewohnt. Osmond Loveday kann dir Näheres dazu sagen, die Adresse steht in seinen Unterlagen.«

»Um welche Zeit fängt Loveday normalerweise an zu arbeiten?«

»Eigentlich müßte er jetzt schon im Center sein. Er geht jeden Morgen zu Fuß um halb acht hin und schließt die Tür auf, damit diejenigen, die gerade Frühstücksdienst haben, ins Haus gehen und mit den Vorbereitungen anfangen können. Kaffee kochen, Cornflakes auf die Tische stellen, oder was wir sonst an dem Tag anbieten. Dann geht er wieder und frühstückt in einem Café auf der anderen Seite des Common. Punkt halb neun kommt er zurück ins Center. Um elf geht er wieder zu Fuß nach Hause, macht seine Gymnastikübungen, ißt einen Apfel und trinkt ein Glas fettarme Milch. Dann hält er ein Mittagsschläfchen, kommt um zwei zurück und arbeitet bis halb sechs. Alles in allem arbeitet er nur sechs Stunden am Tag, aber manchmal kommt er auch am Wochenende, so daß es zeitmäßig meistens mehr oder weniger hinkommt.«

»Wenn du meinst. Um noch mal auf Arthur zu sprechen zu kommen, hätte er nicht die U-Bahn nehmen oder sich von jemandem im Auto mitnehmen lassen können?«

»Chet haßte Autos, und die Green Line konnte er nicht nehmen, weil sie durch die Back Bay fährt.«

»Gibt es irgend etwas, das Chet nicht gehaßt hat?«

»Geld«, sagte Mary. »Chet wußte immer haargenau, wieviel er bekam, wenn er uns das Leergut brachte, und er hat verdammt genau darauf geachtet, daß er alles bis auf den letzten Penny ausbezahlt bekam.«

»Das hilft uns möglicherweise weiter. Hältst du es für möglich, daß ihm jemand Geld geschuldet hat und nicht damit herausrücken wollte? Hätte Chet den Kerl in dem Fall nicht verfolgt und versucht, sein Geld zurückzubekommen, selbst wenn er dafür durch die Back Bay hätte gehen müssen?«

»Schwer zu sagen, zu was ein Mensch imstande ist, wenn er unter Druck steht«, gab Mary zu, »aber ich persönlich halte es für sehr unwahrscheinlich. Was hätte ihm das Geld genutzt, wenn er bei dem Versuch, es sich zu holen, ertrunken wäre? Womit ich natürlich nicht meine, daß er wirklich ertrunken wäre, aber so hätte Chet die Sache bestimmt gesehen.«

»Klingt überzeugend. Ich komm' nachher mal im Center vorbei. Bist du da?«

»Wenn nicht, ist wahrscheinlich Dolph da. Aber Osmond kann dir bestimmt auch weiterhelfen. Wie fühlt Sarah sich heute morgen?«

Sie tauschten noch ein paar Höflichkeiten aus, dann legte Max auf und teilte Sarah mit, was Mary gesagt hatte. Kurz danach kam der Anruf aus Gent. Max verkündete, er könne jetzt losfahren, und fragte, ob Sarah mitkommen wolle.

»Selbstverständlich. Du mußt dich allerdings eine Minute gedulden.«

»Ich gedulde mich sogar zwei Minuten, wenn es sein muß. Ich hole schnell deine Jacke. Welche möchtest du anziehen?«

»Die weiße Lodenjacke, die du mir aus Österreich mitgebracht hast. Ich glaube, den obersten Knopf kriege ich gerade noch zu.«

Sarah hatte sich ein weites Schwangerschaftskleid in einem dunklen Grünton gekauft, der hervorragend zur Jackenpaspel paßte. Der Chemiker schien beeindruckt. »Ich hole Ihnen schnell einen Stuhl, Mrs. Bittersohn. Es wird nicht lange dauern.«

Er war tatsächlich im Handumdrehen zurück, wirkte aber sichtlich bekümmert.

»Fußpuder?« erkundigte sich Max.

»Nein, es handelt sich um Heroin. Sie dürften so etwas gar nicht besitzen, Mr. Bittersohn. Eigentlich müßte ich es sofort der Polizei aushändigen.«

»Das werde ich selbst erledigen«, versprach Max.

»Eh – bald?«

»So bald wie möglich.«

»Das genügt mir. Irgendwelche interessanten Neuigkeiten aus der Kunstszene?«

Der Chemiker, ein älterer Mann mit einer Adlernase, verspürte anscheinend Lust, sich über Fälschungstechniken zu unterhalten. Max überhaupt nicht. »Ich schau mal, ob ich was für Sie ausgraben kann, Mr. Smithers. Vielen Dank für die prompte Erledigung.«

»War mir ein Vergnügen. War nett Sie kennenzulernen, Mrs. Bittersohn.«

Sarah, der es von den Labordünsten und vor allem von dem, was sie gerade erfahren hatte, ziemlich übel geworden war, versicherte, für sie sei es ebenfalls nett gewesen, und verließ gemeinsam mit Max den Schauplatz des Geschehens.

»Heroin?« fragte sie, als sie genug frische Luft getankt hatte, um ihren Magen zu beruhigen. »Max, das ist ja furchtbar!«

»Erfreulich ist es wirklich nicht, mein Herz. Wie fühlst du dich?«

»Was glaubst du wohl? Komm, am besten, wir gehen sofort zum Center und hören uns an, was Mr. Loveday zu sagen hat.«

»Bist du sicher, daß du so weit laufen kannst?«

»Der Doktor hat mir viel Bewegung verordnet.«

»Aber er hat dir bestimmt nicht verordnet, daß du in einem Mordfall ermitteln sollst, der mit Rauschgiftschmuggel zu tun hat.«

»Er hat es mir aber auch nicht ausdrücklich untersagt, Liebling. Ich kann unmöglich brav zu Hause herumhocken und den ganzen Tag Babysöckchen häkeln. Ehrlich gesagt kann ich überhaupt nicht häkeln, es wird jedesmal ein Riesendurcheinander, wenn ich es versuche. Außerdem hat deine Schwester Miriam diesen Teil bereits freiwillig übernommen. Sie hat schon drei Pullöverchen und eine wunderschöne Decke für den Kinderwagen fertig.«

»Besitzen wir denn überhaupt einen Kinderwagen?«

»Wir haben den hinreißenden Sportwagen aus Weidengeflecht, in dem deine Mutter dich herumgefahren hat, als du ein Jahr alt warst, außerdem noch den Kinderwagen, den Tante Emmas Eltern ein Jahr vor der Geburt von Bed Junior aus London haben kommen lassen. Natürlich haben ihre Söhne, deren Kinder und diverse Enkelchen schon in dem Wagen gelegen, aber sie hat mir versichert, daß er noch hervorragend in Schuß ist. Tante Appie hätte uns liebend gern Lionels Wagen gegeben, aber seine vier kleinen Hyänen haben ihn schon vor Ewigkeiten in sämtliche Bestandteile zerlegt. Seine Gattin hat die traurigen Überreste an dem Tag auf den Müll geworfen, an dem sie die Ketten der Mutterschaft abgeschüttelt hat und hinaus in die Welt gezogen ist, um mit Tigger zusammenzuleben. Was ist eigentlich aus Tigger geworden? Sie war einer von Tante Appies großen Problemfällen, aber ich habe sie seit Jahren nicht mehr gesehen.«

Max zuckte mit den Achseln.

»Vielleicht hat sie sich endlich das Gesicht gewaschen, in den Spiegel geschaut und ist vor Schreck tot umgefallen. Ich persönlich habe sie zuletzt in Rotterdam gesehen.«

»Max, du gemeiner Schuft! Davon hast du mir nie was erzählt!«

»Hätte es dich denn interessiert? Ehrlich gesagt hatte ich es selbst total vergessen, es ist mir erst wieder eingefallen, als du sie eben erwähnt hast.«

»Und was hatte Tigger in Rotterdam zu suchen?«

»Ich habe mir nicht die Mühe gemacht, sie zu fragen.«

»Hat sie dich gesehen?«

»Ich habe verdammt gut aufgepaßt, daß sie mich nicht gesehen hat!«

Was man ihm nicht verdenken konnte, fand Sarah. Sie war selbst nie ganz sicher gewesen, ob Tigger eine ehemalige Freundin von Lionel war oder ob sie zu den Resten gehörte, die von einer Halloween-Party bei Appies Nachbarn übriggeblieben waren. Jedenfalls war Tigger irgendwann unangemeldet bei diversen Familienfesten erschienen, hatte die Anwesenden unter ihrem ungekämmten schwarzen Haarschopf wütend angestarrt und die Zähne gefletscht wie ein in die Enge getriebener Kojote, sobald jemand Anstalten machte, das Wort an sie zu richten. Zuletzt war sie Sarah bei einer Beerdigung oben an der Nordküste über den Weg gelaufen. Tigger hatte einen haarigen braunen Poncho und eine schmutzige Cordhose getragen, die sie dekorativ in ihre schlammverkrusteten Wanderstiefel gestopft hatte. Sarah beschloß, aus Rücksicht auf das Baby nicht weiter an Tigger zu denken.

»Wie fandest du eigentlich Theonias kleine Vorstellung gestern abend, Liebling?«

»Ich fand ihr Verhalten verdammt merkwürdig, wenn ich ehrlich sein soll«, antwortete Max. »Theonia schmeißt doch sonst nicht mit teurem Porzellan um sich, oder?«

»Bestimmt nicht! Theonia behandelt die Sachen normalerweise sehr viel vorsichtiger, als ich es je getan habe.«

»Meinst du, sie war beleidigt, weil ich sie gebeten habe, für uns in den Teeblättern zu lesen? Es war doch nur ein Scherz.«

»Das war ihr klar. Theonia ist schließlich nicht dumm. Aber du weißt ja, daß sie bei Zigeunern aufgewachsen ist. Ich glaube, sie hat sich einfach so verhalten, wie man es ihr für diese Situation beigebracht hat.«

»Wie meinst du das?«

»Sie hat in den Teeblättern etwas gesehen, was ihr nicht gefallen hat.«

»Sarah!«

»Wenn du meine Antwort nicht hören willst, Schatz, solltest du mich auch nicht fragen. Du glaubst doch wohl nicht, daß Theonia ihren Kunden während ihrer ganzen Zeit als Wahrsagerin etwas vorgemacht hat?«

Die Lippen ihres Gatten zuckten verräterisch.

»Na schön, vielleicht hat sie ab und zu ein bißchen dazugedichtet. Sie hat mir mal erzählt, daß ihre Visionen bei einigen Kunden so undeutlich waren, als würde sie durch eine schmutzige Scheibe sehen. Aber sie mußte ihnen natürlich trotzdem etwas weissagen, schließlich hatten sie ihr drei Dollar bezahlt, also hat sie ihr Bestes getan. Bei manchen Menschen sieht sie aber schon etwas, sobald sich die Person gesetzt hat. In diesen Fällen hat sie immer hundertprozentig recht.«

»Ach ja, hundertprozentig?«

»Hat sie mir selbst erzählt«, insistierte Sarah. »Und Theonia lügt nicht. Mich hat sie jedenfalls noch nie belogen.«

»Einmal schon«, erinnerte sie Max.

»Nur weil sie es für das Beste hielt. Danach hat sie es nie wieder getan.«

»Bist du da ganz sicher?«

»Allerdings. Du brauchst nur noch siebenunddreißig Tage zu warten, dann beweise ich es dir.«

»Ach ja?« sagte Max. »Was hat sie denn vorausgesagt?«

»Einen Jungen.«

»Und was machst du, wenn der Sohn eine Tochter ist?«

»Dann werde ich keinem einzigen Teeblatt mehr glauben, und deine Mutter wird sich freuen. Du weißt ja, daß Mutter Bittersohn immer sagt, sie habe schon einen Enkel und wünsche sich endlich eine Enkelin. Sie wird ohnehin denken, ich hätte mit Absicht einen Sohn bekommen, bloß um sie zu ärgern.«

In Wirklichkeit kam Sarah inzwischen glänzend mit ihrer Schwiegermutter aus. Letzte Weihnachten hatte sie rein zufällig Mrs. Bittersohns lang gehegten, nie ausgesprochenen Wunsch nach einem echten handgearbeiteten Teekannenwärmer wie dem von Agatha Christie erfüllt. Trotzdem fiel es Mrs. Bittersohn nicht leicht, plötzlich einen Schwarm konservativer angelsächsischer Protestanten in ihrer *Mischpoche* zu haben, und eine Zeitlang konnte sie es sich nicht verkneifen, sie immer wieder spüren zu lassen, wie schön es doch gewesen wäre, wenn Max ein nettes jüdisches Mädchen geheiratet hätte.

Aber das war lange her, und Sarah machte sich deswegen keine Sorgen. Sie freute sich diebisch auf ihr Baby, fühlte sich hervorragend und genoß den Spaziergang in vollen Zügen. Das Senior Citizens' Recycling Center lag in der Nähe der North Station, und Max und sie hatten beschlossen, so weit wie möglich über die Flußpromenade zu gehen. Bei der kräftigen Brise, die vom Charles River herüberwehte, war Sarah heilfroh, daß sie die weiße Baskenmütze angezogen hatte, die zu ihrem Ensemble gehörte.

»Ich freue mich schon darauf, wenn ich die Jacke endlich wieder richtig zuknöpfen kann«, meinte sie. »Ich trage sie wirklich gern.«

»Vielleicht hätte ich dir besser ein Cape mitgebracht«, sagte Max. »Die Frau da vorn trägt auch eins.«

»Das braune Ding, das aussieht wie eine schmuddelige alte Pferdedecke? Iih – sowas würde ich nie – ach du liebe Zeit, den Poncho kenn' ich doch! Wenn man vom Teufel spricht! Max, das kann nur Tigger sein. Geh um Himmels willen etwas langsamer. Wir dürfen sie auf keinen Fall überholen.«

Da Tigger sich sehr zügig fortbewegte, ließ sich dies leicht vermeiden. Als sie die Geschäfte erreichten, sahen sie, wie Tigger auf der anderen Straßenseite in ein Café stürmte und sich mit dem Rücken zum Fenster auf einen Stuhl fallen ließ.

Es war nur eines von vielen Cafés hier in der Gegend. Sarah fragte sich, warum Osmond Loveday wohl täglich den weiten Fußmarsch machte, nur um auf dem Beacon Hill zu frühstücken. Vermutlich reine Macht der Gewohnheit. Vielleicht war ihm die Gegend aber auch nur nicht fein genug. Sie kannte Mr. Loveday zwar nicht besonders gut, aber auf sie hatte er immer extrem pedantisch und pingelig gewirkt.

Irgendwie merkwürdig, daß ausgerechnet ein Mann, der stets davor zurückgeschreckt war, mit dem sogenannten Pöbel in Berührung zu kommen, sein Leben lang für karitative Organisationen tätig war. Aber wenn man es recht bedachte, arbeitete er gar nicht für Wohltätigkeitsorganisationen, sondern für die Familie Kelling. Wahrscheinlich erklärte sich der Widerspruch aus dieser Tatsache.

Kapitel 4

Als sie im Center eintrafen, war Loveday bereits da und saß allein in seiner durch Glaswände abgetrennten Nische. Sie konnten ihn durch das große Fenster von der Straße aus genau sehen. Früher hatte sich in dem Haus anscheinend ein Laden befunden, doch inzwischen hatten Marys Geschmack und Dolphs Scheckbuch das langweilige, düstere Gebäude in ein gemütliches Zentrum für Senioren verwandelt, in dem sich die SCRC-Mitglieder treffen, von ihren Strapazen erholen und gemeinsam essen konnten.

Der Fußboden war bunt gekachelt. Zahlreiche Sessel mit Bezügen in verschiedenen Blau-, Grün- und Orangetönen waren einladend um Tische mit gelben Plastikdecken gruppiert. Auf einer langen Theke an der hinteren Wand, die ebenfalls mit einer Plastikdecke versehen war, standen große Kannen und genügend Tassen und Untertassen, um eine ganze Teestube zu bestücken. Das Geschirr war aus dünnem Porzellan, wie Sarah bemerkte, anders als die häßlichen dicken Henkelbecher, die man normalerweise in den meisten Einrichtungen dieser Art fand. Mary hatte bei der Dekoration schon mehr Kunststoff verwenden müssen, als ihr lieb war, weil es sich leichter sauberhalten und abwaschen ließ, doch bei dem typischen Anstaltsgeschirr war ihre Schmerzgrenze erreicht.

Hübsche grüne Vorhänge flankierten die frisch geputzten Fenster. Dazwischen prangte eine große Vase mit Chrysanthemen aus dem Kelling-Garten, direkt daneben verkündete ein diskretes grünes Schild mit goldenen Lettern, daß es sich bei diesem Gebäude in der Tat um das Senior Citizens' Recycling Center handelte. Eine SCRC-Tragetasche mit leeren Dosen und Flaschen, die höchst dekorativ darin und davor drapiert waren, ergänzte die Schaufensterdekoration und diente denjenigen als optisches Signal, die nicht in der Lage waren, das Schild zu lesen. Mary dachte wirklich an alles.

An den Tischen saßen zahlreiche Mitglieder, die Tee und Kaffee tranken und sich unterhielten. Andere spielten Dame oder Domino und bekamen von interessierten Zuschauern mehr Tips zugerufen, als ihnen lieb war. Ein Mann saß allein in einer Ecke, die Brille vorn auf der Nasenspitze, und las in einem Kirchenblättchen. Möglicherweise handelte es sich dabei um den Mann, der bei Chet Arthurs Trauerfeier predigen sollte. Vielleicht suchte er noch nach ein paar Inspirationen.

Obwohl es noch früh am Tag war, trudelten bereits Mitglieder mit vollen Taschen ein. Sie wurden in die hinteren Räume geführt, allerdings nicht von Osmond Loveday, sondern von einer freundlichen Dame, die ein Kleid trug, das Sarah mit einiger Verblüffung als ein Gewand identifizierte, das früher ihrer eigenen Mutter gehört hatte. Als sie das Center eröffnete, hatte Mary überall in der Familie abgelegte, gut erhaltene Kleidungsstücke gesammelt, und Sarah hatte bereitwillig und großzügig gespendet. Wie schön, daß die alten Sachen immer noch getragen wurden.

Die Frau war sicher keine bezahlte Angestellte, sondern gehörte zu den SCRC-Mitgliedern, die hier abwechselnd ehrenamtlich tätig waren. Für ihre Unterstützung entschädigte man sie auf diskrete Weise mit Strumpfwaren, Unterwäsche, Secondhand-Kleidungsstücken, einem heißen Bad, einem schicken Haarschnitt oder mit anderen Dingen, die sie sonst gerade dringend brauchte. Dolph war zu clever, als daß er den Mitarbeitern die niedrigen Sätze gezahlt hätte, die nach dem schmalen Budget des Centers möglich gewesen wären, um erst gar nicht in Konflikt mit den herrschenden Arbeitgeberbestimmungen zu kommen. Die Personen, die für das Center arbeiteten, waren mit dem Arrangement zufrieden. Wer lieber für Geld arbeitete, konnte es sich verdienen, indem er Leergut oder andere recycelbare Wertstoffe für das Center sammelte. Die meisten Mitglieder taten ein bißchen von beidem.

Ein Teil von Lovedays Arbeit bestand vermutlich darin, sich um die Dienstpläne der freiwilligen Helfer zu kümmern. Bestimmt benutzte er Stempel für ihre Arbeitsnachweise. Mr. Loveday hatte immer schon eine ausgesprochene Schwäche für Stempel gehabt. Sarah erinnerte sich noch genau, wie fasziniert sie als Kind von den Stempelhaltern auf seinem Schreibtisch gewesen war. Ihre Eltern hatten sie häufig zu Großonkel Fredericks Büro hinter dem State

House mitgenommen. Sie hatten stets darauf bestanden, daß sie die Hälfte ihres wöchentlichen Taschengeldes von zehn Cent sparte, damit sie so früh wie möglich die typische Neuengland-Tugend der Sparsamkeit erlernte. Wenn sie genug gespart hatte, daß sich der Ausflug lohnte, gewährte man ihr das besondere Privileg, ihre Ersparnisse zu Mr. Loveday zu bringen und für einen der wohltätigen Zwecke zu spenden, die Onkel Frederick gerade unterstützte. Damit wollte man ihr die ebenfalls überaus wichtige Tugend der tätigen Nächstenliebe nahebringen, die für die sogenannten Bostoner Brahmanen, die priviligierte, alteingesessene Oberschicht, typisch war.

Von den Erziehungsmethoden ihrer Eltern hatte Sarah nie viel gehalten, aber besonders geärgert hatte sie sich immer darüber, daß Mr. Loveday ihr niemals erlaubte, mit seinen Stempeln zu spielen. Sie hatte zwar nie protestiert, weil sich dies für brave Kinder nicht gehörte, aber insgeheim hatte sie schwer gelitten.

Tatsächlich drückte Mr. Loveday gerade hingebungsvoll einen Stempel auf ein Dokument, wie immer mit einer gezierten Handbewegung und abgespreiztem kleinen Finger. In seinem Glaskasten erinnerte er Sarah frappierend an einen Goldfisch. Es war zweifellos sinnvoll, daß er einen abgetrennten Bereich besaß, in dem er ungestört arbeiten und gleichzeitig alles sehen konnte, was um ihn herum vorging, aber Sarah wußte genau, daß der alte Pedant vor allem deshalb auf einem eigenen Arbeitplatz bestanden hatte, weil ihm die Nähe der Personen, denen er seine Tätigkeit für die Kellings verdankte, mehr als unangenehm war.

Den Mitgliedern war dies bestimmt nicht entgangen. Sarah fragte sich, wie Mary es bloß schaffte, daß alles so friedlich vonstatten ging, aber Mary war eben ein Genie.

Natürlich wurden Sarah und Max neugierig gemustert, als sie das Center betraten. Die Dame, die heute die Betreuung der Gäste übernommen hatte, eilte sofort auf sie zu, um sie zu begrüßen. Mr. Loveday verließ augenblicklich sein Aquarium, um ihr zuvorzukommen, doch Sarah trickste ihn aus, indem sie der Frau zuerst die Hand reichte.

»Wahrscheinlich erinnern Sie sich nicht mehr an mich. Ich bin Sarah Bittersohn, eine Cousine von Dolph, und das ist mein Mann. Wir sind nur vorbeigekommen, um Ihnen allen unser Beileid zum Tod von Mr. Arthur auszusprechen. Wir waren gestern abend zufällig bei Dolph und Mary zu Besuch, als sie die Nachricht erhielten. Wie furchtbar, daß so etwas passieren konnte.«

Die Frau sagte, das finde sie auch, bedankte sich für ihr Kommen und erkundigte sich, ob sie ihnen vielleicht eine Tasse Kaffee anbieten dürfe.

»Ja selbstverständlich bringen Sie Kaffee.«

Osmond Loveday ließ sich die Sache nicht aus der Hand nehmen. »Bitte«, fügte er mit einem professionellen Lächeln hinzu, weil ihm gerade noch rechtzeitig eingefallen war, daß er im Verhalten gegenüber den sozial Benachteiligten zur Vorbildhaftigkeit verpflichtet war.

»Sieh mal einer an, die kleine Sarah Kelling. Ich erinnere mich noch, als sei es gestern gewesen.« Er erläuterte nicht näher, an was er sich so gut erinnerte. »Haben Sie den Brief erhalten, den ich Ihnen anläßlich Ihres tragischen Verlustes geschrieben habe?«

»Es war wirklich sehr nett von Ihnen, mir damals zu schreiben«, sagte Sarah höflich. »Mr. Loveday, darf ich Sie mit meinem Gatten Max Bittersohn bekannt machen.«

Loveday warf ihm einen interessierten Blick zu. »Ach ja? Sehr erfreut, Sie kennenzulernen, Mr. Bittersohn. Sie sind sicher hier, um sich anzusehen, wie die andere Hälfte der Menschheit ihr Leben fristet, nicht wahr? Was können wir Ihnen denn Schönes über das Center erzählen?«

»Nicht allzuviel, denke ich«, sagte Max. »Wir waren nämlich beide am Aufbau des Centers beteiligt. Wie lange arbeiten Sie schon hier, Mr. Loveday?«

»Erst seit Juni diesen Jahres, nachdem wir die letzten Wohltätigkeitsfonds von Mr. Frederick Kelling aufgelöst hatten. Dolph beschloß, das Büro in der Bowdoin Street aufzugeben, das siebenunddreißig Jahre lang mein Reich war. Hier ist alles noch ein wenig neu für mich, man könnte meine Tätigkeit sozusagen als Feldforschung bezeichnen, nachdem ich so lange einen rein administrativen Posten bekleidet habe. Aber es war sicher auch an der Zeit, einen kleinen Tapetenwechsel vorzunehmen. Womit ich natürlich nicht sagen will, daß die Arbeit für Frederick Kelling je langweilig gewesen wäre.«

»Das kann ich mir auch nicht vorstellen«, stimmte Sarah zu. »Immerhin hat Großonkel Frederick jeden Monat mindestens eine neue Stiftung gegründet und ebenso schnell wieder aufgelöst. Oder vergessen, sie aufzulösen und sich in einen seiner üblichen idiotischen Prozesse verstrickt, weil er wieder einmal ein Heidenchaos angerichtet hatte. Die Arbeit für das SCRC ist sicher bedeutend erholsamer für Sie.«

»Ich muß gestehen, daß ich noch keine Zeit hatte, mir über diesen Aspekt meiner neuen Tätigkeit Gedanken zu machen«, erwiderte Osmond Loveday mit einem gequälten Lächeln. »Ah, da kommt ja schon Ihr Kaffee. Stellen Sie das Tablett einfach auf den Tisch – eh – Annie. Darf ich Ihnen einen Stuhl anbieten, Sarah? Oder soll ich Sie lieber Mrs. Bittersohn nennen, jetzt wo Sie erwachsen sind?«

»Das überlasse ich ganz Ihnen«, antwortete Sarah mit zuckersüßer Stimme. »Wir sind eigentlich hier, um einen kleinen Auftrag für Dolph zu erledigen. Max, was solltest du Mr. Loveday noch fragen?«

»Ich sollte die Adresse von Mr. Arthur in Erfahrung bringen, das ist der Mann, der gestern abend ums Leben gekommen ist, und mich erkundigen, ob Sie in Ihren Unterlagen noch andere Informationen über ihn haben. Ich nehme an, daß Chet die Kurzform für Chester Alan ist?«

Loveday zuckte mit den Achseln. »Es könnte für alles mögliche stehen, wenn Sie mich fragen. Wir tun zwar unser Bestes, um alles peinlich genau zu registrieren, aber es ist die reinste Sisyphosarbeit, wenn man bedenkt, mit welchem Personenkreis man es hier zu tun hat. Dolph benötigt die Information für den Bestatter, nehme ich an?«

»Nein, wohl eher für die Polizei.«

»Die Polizei?« Loveday vergaß sich so weit, daß er Max entgeistert anstarrte. Dann zuckte er mit den Achseln. »Ach ja, selbstverständlich. Wahrscheinlich wird in solchen Fällen alles überprüft, egal ob etwas dabei herauskommt oder nicht. Bitte entschuldigen Sie mich einen Augenblick.«

Er begab sich in sein Büro, blätterte in einem Ordner, notierte sich ein paar Worte auf ein Blatt Papier und kehrte zu ihnen zurück.

»Bitte sehr, Mr. Bittersohn. Das ist alles, was wir haben. Arthur hat keine nächsten Angehörigen genannt, was auch kaum zu erwarten war. Als letzte Tätigkeit hat er ›Vorarbeiter‹ angegeben, aber leider nicht hinzugefügt, in welchem Beruf und bei welcher Firma. Diese Ungenauigkeit ist recht typisch für unsere Mitglieder, wie ich zu meinem Leidwesen gestehen muß.«

Der Mann klang gleichzeitig verärgert und ein wenig überheblich, was Chet Arthurs unvollständige Unterlagen betraf. Er gab ein hervorragendes Beispiel für das ab, was der verstorbene Henry Adams als »eine gewisse Gereiztheit, eine Art Bostonitis« bezeichnet hätte, »die in ihrer primitiven puritanischen Form offenbar darauf beruhte, daß man zuviel über seinen Nächsten wußte und sich selbst zu wichtig nahm«.

Schade, daß Dolph sich immer noch dem alten Feudalsystem verpflichtet fühlte, dachte Sarah. Wenn er es nicht lassen konnte, sich um Onkel Freds altes Faktotum zu kümmern, hätte er dem Mann bestimmt einen größeren Gefallen damit getan, ihn in Pension zu schicken, selbst wenn Loveday noch rüstig genug zum Arbeiten war, als ihn hier einzusetzen, wo er sich sichtlich unwohl fühlte. Sarah war sicher, daß Loveday sich in Marys oder Dolphs Gegenwart weniger herablassend verhalten hätte, und ärgerte sich über sein Benehmen. Max ging es genauso, das sah sie an der Art, wie er das Stück Papier in Empfang nahm, einen Blick darauf warf und es mit einem übertrieben höflichen »Vielen herzlichen Dank« einsteckte.

Sogar die freundliche Dame war peinlich berührt. Als sie Max und Sarah zur Tür begleitete, machte sie ihrem Herzen Luft.

»Ich heiße übrigens Joan, nicht Annie. Annie ist noch gar nicht hier.«

Sarah schüttelte ihr erneut die Hand. »Auf Wiedersehen, Joan. Vielen Dank für die nette Bewirtung.«

Draußen auf der Straße fragte sie Max: »Meinst du nicht, wir hätten Joan und ein paar andere Mitglieder fragen sollen, was sie über Chet Arthur wissen?«

»In Lovedays Beisein? Das kannst du vergessen. Der Mann läßt keinen anderen zu Wort kommen. Mary hat doch erzählt, daß er immer ein kleines Mittagsschläfchen hält. Wenn wir Lust haben, kommen wir einfach später wieder. Was hältst du davon, wenn wir uns in der Zwischenzeit Chet Arthurs Wohnung ansehen?«

»Glaubst du, der Hausmeister läßt uns rein?«

»Wir können es zumindest versuchen. Die Straße liegt doch sozusagen auf dem Weg. Es sei denn, du möchtest lieber ein Taxi nehmen und nach Hause fahren.«

»Ich fühle mich hervorragend, Liebling. Ehrlich gesagt, habe ich mich noch nie besser gefühlt. Sieht man das etwa nicht?«

Max mußte zugeben, daß man es sah, und begann sich stattdessen mit der Frage zu beschäftigen, ob das Haus in Ireson's Landing wohl rechtzeitig für die Geburtstagsparty fertig sein würde. Das Baby würde natürlich hier in Boston zur Welt kommen, in Philipps House, wo auch Sarah geboren war. Tante Appie hatte sich schrecklich aufgeregt, als sie von ihrem Plan erfahren hatte, sofort nach der Geburt nach Ireson's Landing zu ziehen.

»Sie hatte sich schon darauf eingestellt, jeden Tag auf der Matte zu stehen und Babysitter zu spielen«, erklärte Sarah.

»Hast du ihr gesagt, daß wir genau deshalb wegziehen?« erkundigte sich Max.

»Natürlich nicht, Schatz. Ich habe lediglich gesagt, wir könnten es uns nicht leisten, das Grundstück brach liegen zu lassen, ohne es zu nutzen. Das hat ihr natürlich eingeleuchtet, obwohl sie immer noch nicht begreifen kann, warum in aller Welt wir das entzückende alte Haus haben abreißen lassen.«

Das entzückende alte Haus war ein häßliches, verfallenes, schlecht isoliertes, grauenhaftes Gebäude gewesen, das neun von zwölf Monaten eiskalt und vollkommen unbewohnbar gewesen war. Selbst während der Sommermonate hatte man es darin kaum aushalten können, es sei denn, man gehörte zu dem erlauchten Personenkreis, der ein spartanisches Dasein bevorzugte, in höheren Sphären schwebte und über rein körperliche Bedürfnisse erhaben war. Es war ein Gebäude, in dem höchstens Bronson Alcott freiwillig mit seiner Familie gehaust hätte.

Max Bittersohns Vorstellungen von einem gemütlichen Heim waren profanerer Natur. Er glaubte an sanitäre Anlagen, die funktionierten, an Heizkörper, die heizten, an zugfreie Fenster, die Licht hereinließen, an vernünftig geschnittene Zimmer und an eine Architektur, die das Auge erfreute. Als Sarah zu ihrem großen Entzücken bewußt wurde, daß derlei Luxus auch ihr zuteil werden konnte, hatte sie das Abrißkommando mit Begeisterungsrufen angefeuert und konnte nun kaum erwarten, ihr neues Heim endlich zu beziehen.

Vor einiger Zeit hatten sie die Wohnung in dem alten Kutscherhaus für viel Geld renovieren lassen und daher beschlossen, das Gebäude stehen zu lassen und als separates Gästehaus zu nutzen. Hier konnte Tante Appie wohnen, für den unglückseligen Fall, daß sich ihr Besuch partout nicht abwenden ließ. Appies Gegenwart war zwar erträglich, solange ihre Besuche kurz waren und nur äußerst selten stattfanden, doch leider konnte man bei ihr nie sicher sein, ob sie sich nicht als trojanisches Pferd tarnte und einem klammheimlich ihren Sohn Lionel, seine abscheuliche Frau Vare und deren grauenhafte Sprößlinge Jesse, Woodson, James und Frank unterjubelte. Sarah hätte ihr zukünftiges Baby eher einem wilden Wolfsrudel anvertraut als Lionels kleine Ungeheuer auch nur in seine Nähe gelassen.

Während sie die engen, steilen Straßen auf der Nordseite des Beacon Hill hochstiegen, erörterten Max und Sarah ausgiebig die diversen Vorteile von Burggräben und Fallgittern, vertagten das Befestigungsproblem jedoch notgedrungen, weil sie das Gebäude suchen mußten, das Loveday ihnen als Chet Arthurs Adresse angegeben hatte. Das Haus mit der Nummer 47 B war wirklich schwer zu finden. Schließlich entdeckten sie die winzige Tür, die ins Untergeschoß führte und nicht nur unterhalb der Straße lag, sondern noch dazu hinter einer Ecke in einem engen Gäßchen versteckt war, das man auf den ersten Blick kaum bemerkte.

»Gut, daß wir heute hergekommen sind«, stellte Sarah fest, während sie versuchte, sich durch die Gasse zu manövrieren, ohne mit ihrer weißen Jacke die schmutzigen Wände zu berühren. »Morgen würde ich wahrscheinlich schon nicht mehr hier durchpassen.«

Max wollte gerade »Vielleicht solltest du auf dem Bürgersteig warten« sagen, als ihm gerade noch rechtzeitig einfiel, daß Sarah es nicht mochte, wenn er sie zu sehr bemutterte, und beschränkte sich daher auf ein schlichtes »Gib mir beim Runtergehen einfach deine Hand. Die Stufen hat anscheinend ein Zwerg mit Schluckauf angelegt.«

Wenigstens waren sie nicht umsonst gekommen. Der Hausmeister hatte gerade die Tür geöffnet, veranstaltete einen Heidenlärm mit den Mülltonnen und schien gegen eine kleine Unterbrechung seiner unangenehmen Tätigkeit nichts einzuwenden zu haben. Max eröffnete das Gespräch.

»Mein Name ist Max Bittersohn, und das ist meine Frau.«

»Ach ja? Ich heiß' Montmorency. Und was zum Teufel wollen Sie von mir?«

»Wir kommen vom Senior Citizens' Recycling Center, Mr. Montmorency. Es geht um Chet Arthur. Man hat uns gesagt, er sei Ihr Untermieter gewesen. Ich vermute, Sie haben schon gehört, was ihm letzte Nacht zugestoßen ist?«

»Allerdings. Die Bullen haben mich geweckt. Stimmt. Chet hat bei mir gewohnt – mal überlegen, seit wann. Also, ich bin hier in dem Jahr eingezogen, als Kennedy ermordet wurde.«

»Also 1963«, sagte Max. »Ist Arthur im gleichen Jahr eingezogen?«

»Nee, erst in dem Jahr, als auf George Wallace geschossen wurde. 1972 war das. Wissen Sie, die Wohnung is' frei geworden, als der Kerl, der hier vorher gewohnt hat, bei 'nem Raubüberfall abgeknallt wurde. Da hab' ich mich um die Stelle beworben.«

»Verstehe«, sagte Max. »Und wie kam es, daß Chet Arthur hier eingezogen ist?«

»Das wollte ich Ihnen ja grade erzählen.« Der Hausmeister klang ein wenig beleidigt. »Also, das war so: Ich war in der Kneipe unten in der Charles Street, und es lief grade ein Film über die Ermordung von Abe Lincoln. Ich sitz' also da und schau mir den Film an, und Chet sitzt zufällig neben mir. Wir kommen ins Gespräch, stellen uns vor und so. Chet erzählt mir, das Haus, in dem er wohnt, seit der Kerl damals versucht hat, Präsident Truman umzulegen und dabei den Falschen erwischt hat, soll abgerissen werden, wegen Stadtsanierung, und dann fragt er mich, ob ich nich' 'ne Wohnung für ihn weiß. Aber billig muß sie sein.«

Mr. Montmorency rüttelte an einer der Mülltonnen. »Ich hab' gedacht, was soll's, ein paar Dollar mehr im Monat kann ich gut brauchen. Also sag' ich, klar, du kannst eins von meinen Zimmern haben. Weil ich nämlich zwei hab', wissen Sie. Aber ich brauch' eigentlich nur eins, weil ich nämlich jemand bin, der gern auf Achse is'. Ich halt' mich hier nie länger als notwendig auf. Und teuer is' es auch nicht, weil ich nämlich als Hausmeister keine Miete zahle, aber das hab' ich Chet natürlich nich' auf die Nase gebunden. Also is' er eingezogen, wir sind gut miteinander ausgekommen, und deshalb is' er auch nich' wieder ausgezogen.«

»Dann waren sie wohl gute Freunde«, meinte Sarah.

»Nee. Wir ham uns zwar ganz gut verstanden, wissen Sie, aber Chet war nie gesellig oder so. Er is' zwar manchmal samstagsabends mit mir in die Eckkneipe gegangen, und wir haben zusammen Bier getrunken, aber die meiste Zeit hat er in seinem Zimmer gehockt und sich im Fernsehen Boxkämpfe angesehen oder die alten Zeitschriften gelesen, die unsre Mieter so wegschmeißen. Mir war völlig schnurz, was er gemacht hat. Seine Miete hat er immer pünktlich bezahlt und genervt hat er mich auch nie. Alles andere is' mir egal. Ich hab' schon genug Ärger mit den Spinnern oben im Haus.«

»Aber Sie möchten sicher wissen, wann die Beerdigung stattfindet.«

»Wieso? Er is' ja schließlich nich' erschossen worden, sondern bloß überfallen. Ich bin diese Woche mit Flurputzen dran, und Chets Zimmer muß ich auch noch leerräumen. Ich hab' in der Kneipe jemanden kennengelernt, der immer noch 'ne Kugel im Leib hat. Er war früher mal Fahrer bei 'nem Gangsterboß. Und der will jetzt hier einziehen.«

»Dann sind Sie ja geradezu füreinander geschaffen«, sagte Max. »Vielleicht können wir Ihnen ein wenig behilflich sein, indem wir ein paar von Chets Sachen mitnehmen. Einige seiner Freunde im Center hätten vielleicht gern ein Andenken an ihn.«

»Wie Sie wollen, ich hab' nichts dagegen. Aber Chet hatte nich' viel. Und was er hatte, is' kaum was wert. Der Fernsehapparat gehört mir, den müssen Sie da lassen, und die Lampe auch. Ich hab' Chet das Zimmer nämlich möbliert vermietet, und ich brauch' das Zeug für den nächsten Mieter. Der hat nämlich auch nich' viel.«

»Wenigstens bringt er seine eigene Kugel mit«, erinnerte ihn Max. »Wir schauen uns die Sachen einfach mal an.«

»In Ordnung. Die Tür is' offen. Hinter dem Heizkessel müssen Sie links rum, und passen Sie auf, daß Sie nich' über den kaputten Abfluß im Boden stolpern. Ich muß mich jetzt wieder um meine Arbeit kümmern.«

Max und Sarah betraten das Gebäude, während der Hausmeister mit Schrubber und Eimer bewaffnet die Treppe hinaufstieg und dabei einen Höllenlärm machte. Im Schein einer staubbeschichteten 40-Watt-Birne machten sie sich auf die Suche nach dem Zimmer, in dem Chester A. Arthur seit den Schüssen auf George Wallace gewohnt hatte.

Man sah sofort, welches der beiden Zimmer Arthur gehört hatte, da es nur der Raum sein konnte, in dem nicht sämtliche Wände mit Zeitungsausschnitten über Attentate und Morde dekoriert waren. Viel gab es nicht zu sehen, nur ein Eisenbett mit einer uralten, ehemals bunt bedruckten indischen Tagesdecke, die wahrscheinlich von einem früheren Mieter vergessen worden war, eine kleine Kommode mit einem gähnenden Loch anstelle der untersten Schublade, ein abgenutzter Polstersessel, neben dem ein wackeliger Metalltisch stand. Auf dem Tisch thronte eine Lampe, die ein geschmackloser Mensch aus einem großen lila Gipsschwein konstruiert hatte, das er wahrscheinlich auf einem Jahrmarkt gewonnen hatte. Dem bedauernswerten Tier hatte jemand mit Nagellack rosa Zehennägel und eine rosa Nase aufgemalt und als Krönung einen rosa Lampenschirm mit lila Bommelborte aufgesetzt.

An der gegenüberliegenden Wand stand ein orangefarbener Milchkasten aus Plastik, auf der sich ein alter tragbarer Schwarzweißfernseher befand. Der darunterliegende Läufer war so schmutzig, daß man die ursprüngliche Farbe nicht mehr erkennen konnte. Alles in allem war das Zimmer jedoch sauber und ausgesprochen ordentlich. Einen Schrank gab es nicht. Die wenigen Kleidungsstücke, die Chet besessen hatte, hingen an einer Art Garderobe, einem dicken Holzbrett mit Haken, das an der Betonwand befestigt war.

»Die sollten wir besser mitnehmen«, meinte Sarah. »Vielleicht kann sie noch jemand auftragen.«

»Fragt sich nur wer«, sagte Max. »Am besten, du bleibst hier stehen und versuchst, die Luft anzuhalten, während ich die Taschen untersuche.«

»Ich könnte auch ein bißchen mitsuchen.«

»Wie du willst, aber paß lieber auf, was du anfaßt. Das Bett übernehme ich.«

Es gab wirklich kaum Stellen, an denen sie suchen konnten. Die Kommodenschubladen, die noch intakt waren, enthielten nur ein wenig Unterwäsche, ein paar löchrige Socken, diverse alte T-Shirts und einen dicken Pullover mit durchgewetzten Ellenbogen. Außerdem entdeckte Sarah eine Mütze aus Lederimitat mit herunterklappbaren Ohrenschützern und ein dickes einknöpfbares Futter aus Fleecestoff, das seinem Besitzer gestern nacht möglicherweise das Leben hätte retten können, wenn er es angehabt hätte. Doch dazu war es nicht kalt genug gewesen.

Sarah war richtig aufgeregt, als sie mehrere Tütchen entdeckte, die angeblich Zucker und Pulverkaffee enthielten, doch als sie Max ihren Fund zeigte und er sie mit seinem Taschenmesser aufschnitt, enthielten sie tatsächlich nur Zucker und Pulverkaffee. Sie fanden kein ominöses Päckchen, das mit Klebeband hinter einer Schublade befestigt war, und auch zwischen den Seiten der mit unzähligen Eselsohren verzierten Magazine, mit denen sich Chet seine Freizeit versüßt hatte, war nichts versteckt.

»Verdammter Mist«, sagte Max nach fünfzehn Minuten intensiver Suche, »hier gibt es wirklich nichts, das uns weiterbringt.«

»Vielleicht das hier.«

Sarah hielt einen dicken braunen Umschlag hoch, den sie gerade hinter der welligen Pappwand eines billigen, fleckigen Spiegels entdeckt hatte, der über der ausgeweideten Kommode hing. Der Umschlag enthielt ein dickes Bündel Banknoten und vier Dokumente über Sparbriefe bei einer Bostoner Bank. Alles zusammen ergab eine beträchtliche Geldsumme.

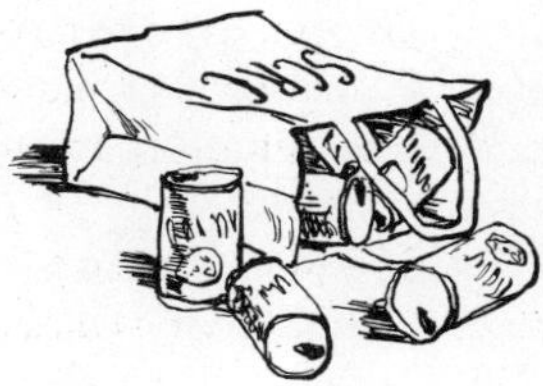

Kapitel 5

Genau 41 326 Dollar.« Max stieß einen anerkennenden Pfiff aus. »Nicht schlecht für jemanden, der in einem Kellerloch haust.«

»Hältst du es für möglich, daß Chet die Sparbriefe von seiner Rente kaufen konnte?« erkundigte sich Sarah.

»Möglich wäre es. Kommt darauf an, wo er gearbeitet und wieviel er verdient hat. Und wann er mit Sparen angefangen hat. Die Gutschriften wurden im Laufe der letzten zwei Jahre ausgestellt, aber es ist natürlich möglich, daß er sie über einen längeren Zeitraum immer wieder erneuert hat. Beispielsweise hätte er von den Zinsen leben können, obwohl mir nicht ganz klar ist, was zum Teufel er mit dem ganzen Geld gemacht hat.«

»Vielleicht war er ein notorischer Glücksspieler.«

»Oder hatte eine Schwäche für leichte Mädchen. Oder hat es den Armen und Notleidenden gespendet – wie dieser Onkel von dir, der ein Vermögen geerbt hat und trotzdem wie ein armer Schlucker lebte.«

»Aber Chet Arthur hat doch selbst zu den Armen und Notleidenden gehört. Das hat er zumindest Dolph und Mary vorgespielt.«

»Da hast du recht. Schauen wir uns den Spiegel mal etwas genauer an.«

Mit Hilfe seines nützlichen Taschenmessers suchte Max vorsichtig weiter und zog schließlich einen zweiten Umschlag hervor. »Na also! Sieh dir das an, Kätzele.«

Es war ein Testament, wie man sie vorgedruckt in jedem Schreibwarengeschäft kaufen konnte, sorgfältig ausgefüllt in einer nicht sehr schönen, aber gut lesbaren Schrift, unterzeichnet von Chester Alan Arthur. Er vermachte darin alles, was er besaß, Mrs. Mary Kelling, wohnhaft Chestnut Hill in Boston, und dem Senior Citizens' Recycling Center.

»Mary hat verdammt Glück, daß sie ein Alibi für gestern nacht hat«, knurrte Max. »Das hat uns gerade noch gefehlt. Wenn die Polizei das Testament sieht, könnte sie glatt auf die Idee kommen, Dolph und Mary hätten Arthur um die Ecke bringen lassen, um sein Geld für ihren Wohltätigkeitsfonds einzusacken.«

»Und wenn wir melden, daß wir in Chets Tasche Heroin gefunden haben, werden sie behaupten, Dolph hätte ihn als Drogenkurier eingesetzt, um illegal Geld zu scheffeln. Max, was sollen wir bloß tun?«

Sarah schien zunächst bedrückt, dann zunehmend hoffnungsvoller. »Vielleicht ist das Testament ungültig.«

»Das würde leider nicht viel nutzen, denn an seiner Absicht würde es schließlich nichts ändern. Außerdem scheint mir das Testament völlig in Ordnung zu sein. Arthur hat es von zwei Zeugen unterschreiben lassen, einer Joan Sitty und einer Anne irgendwas.«

»Joan Sitty? Was für ein lustiger Name. Schatz, könnte das nicht die Frau sein, die uns im Center den Kaffee gebracht hat? Mr. Loveday hat sie Annie genannt, erinnerst du dich, aber sie hat gesagt, ihr Name sei Joan. Die Anne, deren Namen wie nicht lesen können, ist vielleicht die Annie, die noch nicht da war.«

»Schaden kann es nicht, wenn wir der Sache nachgehen«, stimmte Max zu. »Es ist ziemlich wahrscheinlich, daß Arthur jemanden vom Center gebeten hat, seinen letzten Willen zu unterschreiben, anscheinend hat er sonst kaum jemanden gekannt. Außer seinem Vermieter, aber bestimmt war er klug genug, El Putzo gegenüber mit keinem Wort zu erwähnen, daß er etwas zu vererben hatte. Am besten, wir machen uns aus dem Staub, bevor der Kerl zurückkommt und anfängt, Fragen zu stellen.«

Max leerte noch schnell die Schubladen aus, nahm die Kleidungsstücke von den Haken und deponierte alles auf dem Bett. »Hast du zufällig einen Stift dabei? Wir könnten ihm mitteilen, daß wir nichts Brauchbares gefunden haben, aber daß er sich die Sachen noch einmal ansehen soll, vielleicht kann er ja das eine oder andere noch verwenden. Wenn du dem Center unbedingt etwas stiften willst, nimmst du einfach ein paar von meinen Sachen. Beispielsweise die Krawatte, die Tante Appie für mich gestrickt hat.«

»Oder die rosa Seidenhemden, die dir die üppige Witwe in New York verehrt hat?«

»Vergiß endlich die blöden Hemden. Mrs. Vanderschlep wollte sich lediglich erkenntlich zeigen, weil ich ihr unzüchtiges Jan-Steen-Gemälde wieder aufgetrieben habe.«

»Und sie verfügt in der Tat über viel, womit sie ihre Dankbarkeit angemessen ausdrücken kann«, murmelte Sarah. »Woher kennt sie eigentlich deine Größe?«

»Kennt sie gar nicht. Die Dinger haben viel zu lange Ärmel und kneifen am Hals. Weißt du was? Wenn die Leute von der Mafia das nächste Mal eine Kleidersammlung veranstalten, schenken wir ihnen einfach die Hemden, und ich setze sie als Spende für wohltätige Zwecke von der Einkommensteuer ab. Und wohin möchtest du jetzt gehen?«

»Zur nächsten Toilette, wenn du es genau wissen willst. Von hier aus ist Onkel Jems wahrscheinlich die nächste.«

Männer mit schwangeren Gattinnen gewöhnen sich entweder irgendwann an die Besonderheiten der weiblichen Physiologie oder verbringen neun Monate mit schamrotem Kopf. Max war nur schwer aus der Fassung zu bringen. Er nahm einfach Sarahs Arm, geleitete sie über die unebenen Backsteinbürgersteige wohlbehalten zur Pickney Street und lenkte sie dabei die ganze Zeit mit unanständigen Witzen ab. Glücklicherweise wartete der Aufzug schon unten in der Eingangshalle, so daß sie im Handumdrehen in Jems Wohnung waren. Als Jeremy Kelling von seinem Diener Egbert erfuhr, daß Besuch gekommen sei, beschloß er, endlich aufzustehen. Gut gelaunt trat er aus seinem Schlafzimmer, angetan mit einem eleganten, tabakfarbenen Morgenrock aus Samt, mit schwarzem Umschlagkragen und ebensolchen Ärmelaufschlägen und einem dicken Schärpenknoten, der dekorativ auf seinem runden Bäuchlein prangte.

»Einen wunderschönen guten Morgen allerseits. Was verschafft mir die Ehre?«

»Der delikate Zustand deiner Nichte«, teilte Max ihm mit. »Sarah läßt sich kurz entschuldigen. Wir waren eben in Chester A. Arthurs Zimmer und haben uns seine Habseligkeiten angesehen. Wir haben dich doch hoffentlich nicht geweckt?«

»Ganz im Gegenteil, mein Junge. Ich ruhte nur und meditierte. Glaube ich jedenfalls. Vielleicht habe ich auch gegrübelt. Chet Arthurs Habseligkeiten, sagst du? Habt ihr etwa noch mehr Kokain gefunden? Du willst mir doch sicher nicht mitteilen, daß es sich bei dem Zeug wider Erwarten nur um Flohpulver gehandelt hat?«

»Nein, ganz im Gegenteil, es war Heroin.«

»Heroin? Wie *déclassé.* Max, das ist ja grauenhaft. Hat dein Chemiker es schon der Polizei gemeldet?«

»Nein, ich habe ihm versprochen, daß ich diesen Teil selbst übernehme.«

»Und, wirst du?«

»Früher oder später werde ich es wohl müssen. Leider gibt es inzwischen noch ein zusätzliches Problem.«

Max zeigte ihm die Dokumente, die Sarah und er hinter dem Spiegel gefunden hatten. Jeremy Kelling begriff die ungeheuren Konsequenzen dieser Entdeckung auch ohne weitere Erklärungen.

»Beim Geiste Cäsars! Wahrscheinlich ist er in Mary verliebt gewesen und hat sich eingebildet, er könnte sie Dolph abspenstig machen, sobald er genug Geld angehäuft hätte. Und hat dann die einzige Gelegenheit beim Schopf gepackt, die einem Mann in seiner Lage bleibt, um möglichst schnell an das nötige Kleingeld zu kommen.«

Max starrte seinen Schwiegeronkel entgeistert an. »Verdammte Hacke! In dem Licht habe ich die Sache noch gar nicht gesehen.«

»Das kommt daher, daß du von Herzensangelegenheiten nichts verstehst, mein Junge.«

»Wer sagt das?« wollte Sarah wissen, die sichtlich erfrischt von ihrem kurzen Badezimmerausflug zurückkehrte.

»Meine liebe Sarah«, sagte ihr Onkel, »eine hübsche Vertreterin des anderen Geschlechts zu ehelichen und zu schwängern ist noch lange kein Beweis für eine große Leidenschaft.«

»Das ist doch barer Unsinn, Onkel Jem. Wie seid ihr überhaupt auf das Thema Leidenschaft gekommen?«

»Jem meint, Chet Arthur sei in Mary verliebt gewesen und unter die Drogendealer gegangen, weil er vorhatte, sie später mit dem unrechtmäßig erworbenen Zaster von Dolph wegzulocken«, erklärte Max. »Klingt irgendwie schlüssig.«

»Wirklich eine geniale Theorie«, gab Sarah zu, »aber Chet Arthur müßte vollkommen hirnverbrannt gewesen sein, wenn er auch nur eine Minute geglaubt hätte, das es funktionieren könnte.«

»Ach, ich weiß nicht«, argumentierte Jem. »Dolph ist schließlich kein Rudolph Valentino, wie Mary selbst gestern abend zugegeben hat. Ich kann ohnehin nicht verstehen, was eine Frau wie Mary an so einem Einfaltspinsel findet.«

»Onkel Jem, Mary Smith war schließlich auch kein Vamp wie Theda Bara. Die Dame hieß doch Theda Bara, oder? Mary ist eine wunderbare Frau, aber kannst du sie dir etwa als Femme fatale vorstellen?«

»Meine persönliche Vorstellung von Mary tut nichts zur Sache. Wichtig ist allein, wie dieser irregeleitete Trottel Arthur sie gesehen hat. Man denke nur an Don Quichote und Dulcinea!«

»Das ist unfair. Das sind literarische Gestalten.«

»Gut, dann nehmen wir eben Samuel Johnson und seine Titty. Oder den lieben Dolph. Er hat damals nur einen einzigen stieren Blick auf Mary geworfen und sich sofort bis über beide Ohren in sie verknallt, verflucht noch mal. Ich war selbst dabei, wie ihr wißt. Ich habe es mit eigenen Augen gesehen. Einen Moment waren sie noch Wildfremde, im nächsten schon ein gottverdammtes Liebespaar. Dabei hatte ich eigentlich vor, mich in sie zu verlieben. Der blöde Dolph hat sich einfach vorgedrängt. Was natürlich nicht heißt, daß ich ihn nicht hätte ausstechen können, wenn ich meinen berühmten J. Lemuel Kelling-Charme hätte spielen lassen. Aber ich war eben großzügig. *Noblesse oblige*.«

»So ein Quatsch«, sagte Max. »Du hattest niemals eine Chance.«

»Woher willst du das wissen?«

»Jetzt hört schon auf, ihr Zwei«, sagte Sarah. Sie schaute sich das Testament noch einmal an und schüttelte den Kopf. »Ich könnte mir eher vorstellen, daß Chet Arthur Mary wie eine Mutter geliebt hat.«

Ihr Onkel stieß ein verächtliches Schnauben aus. »Daß ich nicht lache! Von wegen Mutter! Der Kerl war doch viel älter als sie.«

»Na und? Dann war sie eben sein Mutterersatz. Eine Mutterfigur, wie Cousin Lionel sagen würde. Eine warmherzige, nährende Frau, die sich nett mit einem unterhält. Ein stabilisierender Einfluß.«

Jeremy Kelling schien sich köstlich zu amüsieren. »Wenn Mary sein Mutterersatz war, dann war Dolph wohl sein Ersatzdaddy.«

»Jetzt hör endlich auf, Onkel Jem! Okay, dann hat er sie eben geliebt wie eine Schwester. Was macht das schon für einen Unterschied?«

»Einen verdammt großen, wenn du mich fragst. Man wird wohl kaum zum Drogendealer, nur weil man seine Schwester beeindrucken will. So weit ist nicht mal Lord Byron gegangen.«

»Das war auch nicht nötig«, gab Sarah zurück. »Der Mann war schließlich steinreich.«

»Chet Arthur ebenfalls. Wer weiß, vielleicht wäre er ein zweiter Byron geworden, wenn er sich seine Ahnen etwas sorgsamer ausgewählt hätte. Ein ernüchternder Gedanke, dem ich momentan nicht das geringste abgewinnen kann, da ich meinen ersten Drink noch nicht genossen habe. Apropos, habt ihr Lust, mit mir zu frühstücken? Egbert könnte uns einen Eimer nahrhafte, vitaminreiche Bloody Marys mixen.«

»Puh!« sagte Sarah. »Für mich bitte nicht, vielen Dank. Mein Baby und ich trinken keinen Alkohol.«

»Eine höchst grausame Art, ein Kind auf sein Erdendasein vorzubereiten, wenn du mich fragst. Wie steht's mit dir, Max?«

»Tut mir leid, Jem, aber ich bin im Dienst.«

»Mein Gott, ihr seid ja richtige Trauerklöße! Was habt ihr denn als nächstes vor?«

Max warf einen Blick auf seine Armbanduhr. »Viertel nach elf. Loveday genießt wahrscheinlich gerade seine fettarme Milch. Ich würde vorschlagen, wir gehen zurück zum Center. Es sei denn, du möchtest, daß ich dich vorher nach Hause bringe, Sarah. Oder willst du lieber hierbleiben und Jem beim Süffeln zusehen?«

»Nein, ich möchte lieber mitkommen. Vielleicht können wir danach im Union Oyster House einkehren und uns einen Teller *Clam Chowder* genehmigen. Ich bin es satt, immer nur nur Milch zu trinken.«

»Erwähne dieses schreckliche Getränk bitte nicht in meiner Gegenwart!« stöhnte Jem. »Führ sie weg, Max. Ich bin selbst in einem höchst delikaten Zustand.«

Als sie im Center eintrafen, fanden sie sowohl Dolph als auch Mary vor. Mary half Joan und einer anderen Frau bei den Vorbereitungen für das Mittagessen, das aus Suppe und Crackern bestand. Dolph war zu Sarahs großer Überraschung mit der Kaffeemaschine beschäftigt und schien dabei erstaunliches Geschick an den Tag zu legen. Der Raum füllte sich allmählich, vor dem Buffettisch hatte sich bereits eine Schlange gebildet.

Sarah und Max zögerten, als sie die vielen wartenden Menschen sahen. Sie wollten sich auf keinen Fall vordrängen, doch Mary hatte sie bereits entdeckt und winkte ihnen zu. »Hallo, ihr beiden! Habt ihr Lust, bei uns zu essen?«

»Vielen Dank für die Einladung, aber heute nicht«, sagte Max. »Die werdende Mutter verspürt einen unstillbaren Heißhunger auf saure Gurken mit Eiscreme. Wir wollten nur kurz mit dir und Dolph sprechen, aber anscheinend haben wir uns dazu genau die falsche Zeit ausgesucht.«

»Ach was, wir sind eigentlich schon fertig. Annie und Joan können das Essen auch allein verteilen. Würdet ihr das machen? Lieb von euch. Harry, könntest du Dolph an der Kaffeemaschine ablösen?«

»Mit Vergnügen.«

Ein ziemlich kleiner Mann, der ein verknittertes, aber sauberes Hemd trug, löste sich aus der Schlange. Es war derselbe Mann, der heute morgen in dem Kirchenblatt gelesen hatte, stellte Sarah fest, und er bildete einen beinahe grotesken Kontrast zu dem Mann, der unmittelbar hinter ihm stand. Während Harry frisch rasiert und gepflegt aussah, schien der andere Mann den Schmutz zur Kunstform erhoben zu haben. Seine Haare sahen aus, als habe er sie mit Schmieröl gewaschen, mit Dreck eingerieben und dann in alle Richtungen gebürstet, um sie möglichst wirr und struppig aussehen zu lassen. Sein Gesicht und seine Hände waren so schmutzig, daß die blauen Augen darin beinahe wie ein Schock auf den Betrachter wirkten. Und seine Kleidung erst – Sarah beschloß, sich seine Kleidung lieber nicht näher anzusehen, richtete stattdessen ihren Blick auf Mary und ließ ihn nicht mehr abschweifen.

Mary lächelte dem sauberen Mann zu, bedankte sich mit einem Nicken für seine Hilfsbereitschaft, kam hinter dem Tisch hervor und rollte die Ärmel ihres hübschen grünen Kleides herunter. Dolph folgte ihr auf dem Fuße.

»Das hätten wir«, sagte Mary. »Am besten, wir gehen in die Küche. Momentan sind wir da ungestört. Geht es um Chet?«

Sie waren noch nicht weit genug von der Warteschlange entfernt, um ungezwungen reden zu können.

»Um die Beerdigung«, sagte Sarah schnell. »Theonia möchte gern wissen, was sie backen soll.«

Mary führte sie in das hintere Zimmer und von dort aus in einen von der Speisekammer abgetrennten Bereich, in dem sich ein Herd und eine Spüle befanden. »Da habe ich mich wohl verplappert«, meinte sie entschuldigend. »Ich hätte besser den Mund gehalten, statt wieder einmal ins Fettnäpfchen zu treten. Was ist denn passiert?«

»Mach dir bloß keine Sorgen, Liebes«, sagte Dolph. »Was immer es auch ist, Max und ich werden die Sache schon schaukeln. Warum gehst du nicht wieder nach vorn und rufst Theonia an?«

»Mit Theonia habe ich längst gesprochen, sie macht Schokoladenplätzchen, und du brauchst dich wirklich nicht wie Tarzan aufzuführen und auf deiner haarigen Brust herumzutrommeln, Dolph. Nun mach schon, Max, heraus mit der Sprache.«

»Okay, Mary. Chet Arthur hat dir Geld hinterlassen.«

»Das soll wohl ein Witz sein!«

Dolph starrte seine Frau entgeistert an. Es war ihm noch nie in den Sinn gekommen, daß jemand über Geld Witze machen könnte. »Wieviel?« fragte er einfach.

»Über vierzigtausend Dollar.«

Max zeigte ihnen das Testament, die Bankbelege und das Geldbündel. Dolph schnappte nach Luft.

»Gütiger Herrgott! Wo hatte Chet denn das viele Geld her?«

»Gute Frage.«

Mary, die schneller schaltete als ihr Mann, begriff sofort, worauf Max hinauswollte. »Habt ihr das Pulver analysiert, das wir in der Tasche gefunden haben?«

Max berichtete, was der Chemiker gesagt hatte. Mary faßte sich als erste.

»Ihr glaubt also, daß Chet unser Center als Tarnung für seine Drogengeschäfte mißbraucht hat?«

»Das hat Max nicht gesagt, Liebes«, protestierte Dolph.

»Nein, gesagt hat er es nicht. Aber gedacht. Stimmt's, Max?«

Er schüttelte den Kopf. »Beim momentanen Stand der Dinge denke ich nur, wir sollten die Dokumente so schnell wie möglich Redfern übergeben.«

»Dürfen wir das denn?«

»Warum nicht? Chet hat Dolph ausdrücklich als Testamentsvollstrecker eingesetzt. Ich würde mich übrigens vorher gern noch mit den beiden Frauen unterhalten, die das Testament unterschrieben haben. Joan Sitty und Anne – sieht aus wie Bzkmz oder so ähnlich. Kennt ihr die beiden?«

»Natürlich. Die zweite Frau heißt Annie Bickens. Aber das hätte euch Osmond Loveday doch schon heute morgen sagen können.«

»Da hatten wir das Testament noch nicht«, erklärte Sarah. »Außerdem hat Mr. Loveday sie nicht mal erkannt. Er hat sie mit Joan verwechselt.«

»Kann ich verstehen«, erwiderte Mary. »Die beiden sind sozusagen unzertrennlich. Außerdem hat Osmond ein schlechtes Namensgedächtnis.«

»Hängt ganz davon ab, um wessen Namen es sich handelt«, knurrte Dolph. »Wenn es Leute sind, mit denen er Eindruck schinden kann, erinnert er sich hervorragend.«

»Ich würde Loveday gern aus der Sache heraushalten«, sagte Max. »Je weniger Leute eingeweiht sind, desto besser für euch. Ich sage es nur ungern, aber ich muß euch darauf aufmerksam machen, daß es nicht nur um das SCRC, sondern auch um euch beide geht. Die Situation ist mehr als brenzlig. Das Heroin bei der Leiche war schon schlimm genug, aber das Testament ist eine echte Katastrophe.«

»Was soll so katastrophal an vierzigtausend Dollar sein?« wollte Dolph wissen.

»Verstehst du denn nicht, Schatz?« sagte Mary. »Wenn die Polizei davon erfährt, wird man annehmen, daß wir ihn als Drogenkurier eingesetzt haben, um auf diese Weise das Geld für unseren Fonds zusammenzubekommen. Max, kannst du das Testament nicht einfach zerreißen und die ganze Sache vergessen? Dann fällt das Geld an den Staat, und unser Problem ist gelöst.«

Max schüttelte den Kopf. »Damit würde das Risiko noch größer, Mary. Zwei eurer Leute wissen, daß Chester Arthur ein Testament gemacht hat. Annie und Joan haben es vielleicht gelesen, bevor sie unterschrieben haben. Wir wissen nicht, ob sie anderen davon erzählt haben oder ob Chet Arthur selbst noch jemanden ins Vertrauen gezogen hat. Wenn das Testament nicht auftaucht, gibt es bestimmt einen Riesenwirbel. Die beiden Frauen wissen vielleicht nicht, daß, wenn sie als Zeugen unterschrieben haben, sie nicht erben können, und hoffen möglicherweise, daß sie ebenfalls ein Stück von dem Kuchen abbekommen. Oder aber sie wissen, daß er euch alles vermacht hat, und wollen verhindern, daß euch jemand um das Erbe bringt.«

»Aber außer uns weiß doch keiner, daß das Testament gefunden wurde.«

»Stimmt, damit hast du natürlich recht. Der Mann, bei dem Chet zur Untermiete wohnte, hat keine Ahnung von dem Geld und dem Testament, sonst hätte er sich das Bargeld längst unter den Nagel gerissen. Aber er weiß sehr wohl, daß ein Mann und eine Frau, die sich als Mitarbeiter des SCRC ausgegeben haben, heute morgen im Haus waren und sich in Chets Zimmer umgeschaut haben. Er kann uns identifizieren, und ich gehe jede Wette ein, daß er notfalls genau das tun wird, sonst stünde er nämlich selbst als Hauptverdächtiger da.«

»Schau mal, Mary« – Dolph hatte sich alles noch einmal durch den Kopf gehen lassen und für rechtens befunden –, »Chet hat doch ausdrücklich festgelegt, daß wir sein Geld bekommen sollen. Also ist es unsere Pflicht, seinen letzten Willen zu erfüllen, ob du nun willst oder nicht.«

»Mir gefällt das alles überhaupt nicht«, protestierte Mary. »Und ich will das viele Geld nicht. Eigentlich brauchen wir es doch gar nicht so dringend.«

»Da bin ich aber anderer Meinung! Es wäre doch der ideale Grundstock für unsere Sammelaktion, oder etwa nicht? Verdammt noch mal, wenn Onkel Fred noch am Leben wäre, hätte er längst die Presse informiert. Treues SCRC-Mitglied vermacht Wohltätigkeitsorganisation sämtliche Ersparnisse, um Bau einer Seniorenpension zu ermöglichen. Nein, das klingt noch zu trocken, das braucht mehr Pep. Sarah, du mußt unbedingt eine schöne Erklärung für die Presse formulieren.«

»Ich? Dolph, ich habe noch nie in meinem Leben eine Presseerklärung verfaßt!«

»Dann malst du denen eben ein schönes Bild. Man soll das Eisen schmieden, solange es heiß ist. Komm, Max, wir gehen zu Redfern und sorgen dafür, daß der Vollstreckung dieses Testaments nichts mehr im Weg steht.«

»Wenn ihr schon mal bei Redfern seid«, meinte Mary, »könnt ihr ihn gleich fragen, ob er eine Möglichkeit sieht, wie wir den Hals wieder aus der Schlinge ziehen können. Du hast völlig recht, Max, es wäre dumm, das Testament zu vernichten. Und es wäre noch dümmer, die Sache mit dem Heroin vor der Polizei zu verheimlichen. Du darfst auf keinen Fall unseretwegen deine Lizenz als Detektiv verlieren, schon gar nicht, wo ihr jetzt ein Baby erwartet. Ich bin sicher, daß sie sofort hier auftauchen und von uns verlangen, das Center zu schließen, wenn sie erfahren, was Chet getrieben hat, und was soll dann aus unseren Mitgliedern werden? Von uns selbst ganz zu schweigen. Mir würde es nichts ausmachen, ins Gefängnis zu wandern, aber für Dolph wäre es eine Katastrophe.«

»Was du erträgst, ertrage ich auch«, insistierte Dolph.

»Da bin ich mir nicht so sicher, Schatz. Ich habe von einigen Mitgliedern, die es wissen müssen, haarsträubende Schilderungen gehört. Sie sagen, die Betten seien steinhart und das Essen völlig ungenießbar. Außerdem dürfen Ehepartner nicht im selben Gefängnis einsitzen.«

»Das glaubst du doch selbst nicht, Mary. Ganz bestimmt wird kein Richter es wagen, einen Mann von seiner rechtmäßig angetrauten Gattin zu trennen. Das wäre ja – das wäre ja ungeheuerlich!«

»Entspricht aber leider den Tatsachen«, informierte ihn Max. »Komm, Dolph, wir gehen jetzt zu Redfern. Ich würde nur gern vorher noch kurz mit den beiden Zeuginnen sprechen.«

»Warum überlaßt ihr Annie und Joan nicht mir?« schlug Mary vor. »Momentan haben sie noch alle Hände voll zu tun. Außerdem würden sie einem völlig Fremden sowieso nicht trauen. Sobald sie hier fertig sind, lade ich sie zu einer Tasse Tee ein und bringe das Gespräch auf Chet. Das wird sicher nicht schwer sein. Die Leute sprechen von nichts anderem heute. Ihr beide eßt mit Dolph zu Mittag und spendiert ihm einen Martini, bevor ihr zu Mr. Redfern geht. Achtet bitte darauf, daß er nichts Gebratenes ißt. Und du, Dolph, kommst bitte sofort hierher zurück, wenn ihr beim Anwalt alles geregelt habt, ja?«

»Wir kommen alle wieder hierher zurück«, versprach Sarah.

»Ich möchte euch nicht zu nahe treten, aber es wäre mir ehrlich gesagt lieber, wenn ihr genau das nicht tun würdet. Ihr habe euch wirklich gern hier, aber die Mitglieder könnten Verdacht schöpfen, wenn sie euch ständig kommen und gehen sehen. Am besten, ich rufe euch später zu Hause an, und wir machen aus, wann wir uns treffen und alles besprechen können. Mein Gott, warum mußte das ausgerechnet jetzt passieren, wo alles so gut lief?«

Kapitel 6

Das finde ich echt nett von Ihnen, Mrs. Bittersohn«, sagte Annie Bickens. Sie befanden sich in einem Restaurant in der Canal Street. Sarah hatte wenig Lust verspürt, mit den beiden Männern ein paar langweilige Stunden in der Anwaltskanzlei zu verbringen, und daher einen Kompromiß vorgeschlagen. Mary war mit ihrem Plan einverstanden gewesen. Sie hatten es so arrangiert, daß Mary und die beiden Frauen ganz zufällig auf Sarah trafen, als diese gerade das Oyster House verließ, und von ihr zu einem kleinen Nachtisch eingeladen wurden, den Max ihr angeblich verwehrt hatte.

»Ist mir ein Vergnügen«, teilte Sarah Annie mit. »Ehrlich gesagt, brauche ich Ihren Rat. Mary hat mich nämlich gebeten, ihr bei der Innenausstattung des Wohnheims zu helfen, und ich würde gern wissen, welche Farben den zukünftigen Mietern am besten gefallen. Wir möchten die Räume so hell und gemütlich wie möglich gestalten, aber es ist natürlich nicht möglich, die Wände so zu streichen, daß sie genau zu den jeweiligen Mietern passen, zumal die Bewohner sicher gelegentlich wechseln. Gefallen Ihnen dezente oder kräftige Farbtöne besser?«

»Ich hasse Erbsengrün«, sagte Joan. »Als ich damals zwei Monate im Krankenhaus gelegen habe, war alles um mich herum ekelhaft erbsengrün, sogar die Schwesterntracht. Das hat mich so deprimiert, daß ich bloß noch im Bett gelegen und geheult habe.«

»Ich kann dieses widerliche Braun nicht ausstehen, das aussieht wie Tabakspucke«, sagte Annie. »Mein Vater hat immer Kautabak gekaut und ins Waschbecken gespuckt, und ich durfte dann alles saubermachen. Ich bin von zu Hause weg, als ich dreizehn war, aber wenn ich dran denke, wird mir heute noch schlecht.«

Sarah wurde bei dem Gedanken ebenfalls schlecht. »Verraten Sie mir lieber, welche Farben Sie mögen«, bat sie. »Wie wäre es beispielsweise mit einem heiteren Sonnengelb?«

Joan meinte, Gelb sei durchaus in Ordnung, aber Pfirsichfarben sei ihr lieber. Annie meinte, Pfirsichfarben sei ihr zu langweilig, aber Lila fände sie einfach toll. Lila sei überhaupt ihre Lieblingsfarbe. Joan machte eine spitze Bemerkung über Frauen, die eine Vorliebe für lila Wände hatten, und meinte: »Warum gehen wir nicht in die vollen und nehmen Regenbogenfarben?«

»Eine interessante Idee.« Sarah bekam allmählich das Gefühl, sich auf etwas eingelassen zu haben, das eine Nummer zu groß für sie war. »Wir könnten das Regenbogenmotiv vielleicht sogar als dekoratives Element für das ganze Gebäude verwenden. Beispielsweise die Zimmer so streichen, daß jeder Raum eine andere Farbe des Regenbogens hat, auf die Wände in den Korridoren Regenbogenstreifen malen und Regenbogenvorhänge in die Speiseräume und Wohnzimmer hängen. Die Möglichkeiten wären praktisch unbegrenzt.«

»Bei Woolworth gibt's niedliche Regenbogensticker«, schlug Annie vor, »und Regenbogenabziehbilder, die man auf die Fenster kleben kann. Die sehen aus wie Buntglas.«

Sarah versuchte, sich nichts anmerken zu lassen. Jedenfalls hatte sie sich eine gute Erklärung für ihr plötzliches Interesse am Center einfallen lassen und damit das Eis gebrochen. Jetzt war es nur noch ein kleiner Schritt zu den regenbogenfarbenen Sesseln im Chester A. Arthur-Gedächtniszimmer und zu Chet selbst.

»Wieviele Personen erwarten Sie morgen für das Begräbnis?«

»Es kommen bestimmt ziemlich viele«, erwiderte Joan. »Bei Beerdigungen strömen die alten Leutchen immer von überall her zusammen, wissen Sie. Wichtig ist vor allem, daß was über Chet in der Zeitung gestanden hat. Annie hat den Artikel ausgeschnitten und ans Schwarze Brett gehängt. Es ist zwar kein besonders schöner Artikel, aber immer noch besser als gar nichts. Das sage ich jedenfalls immer.«

Annie meinte, das sage sie auch immer. »Ich werd' mir die Beerdigung auf keinen Fall entgehen lassen. Auch wenn ich mit Chet nicht sonderlich eng befreundet war.«

»Hatte er denn überhaupt enge Freunde?« fragte Sarah.

Annie schüttelte den Kopf. »Kann ich mir nicht vorstellen. Chet war nicht unfreundlich oder häßlich oder so, aber er war eben ein Einzelgänger. Harry Burr wollte ihn mal für unser Dameturnier aufstellen, aber Chet hat bloß gebrummt, er hätte keine Lust, seine Zeit mit Brettspielen zu vergeuden. Aber ich weiß, daß er manchmal im ›Broken Zipper‹ gewesen ist.«

»Wann hast du denn Chet im ›Broken Zipper‹ gesehen?« Joan klang reichlich verstimmt. »Davon hast du mir nie was erzählt.«

»Weil ich genau wußte, was du sagen würdest, Schatz. Okay, ich schau' eben ab und zu noch mal rein, aber wirklich nicht oft, ich seh' bloß nach, ob vielleicht jemand von der alten Truppe da ist. Das ist doch wirklich nicht schlimm, schließlich hab' ich dreiundzwanzig Jahre im ›Zipper‹ gearbeitet, oder? Aber das war, bevor die Mädchen oben-ohne bedienten«, erklärte Annie Sarah. »Wahrscheinlich wär' ich immer noch da, wenn diese blöde Kampagne gegen Büstenhalter als Symbole männlicher Unterdrückung nicht begonnen hätte.«

»Das kann ich mir lebhaft vorstellen«, sagte Joan. »Was hat Chet denn im ›Zipper‹ gemacht? O Gott, doch wohl nicht etwa Mädchen aufgerissen?«

»Nein, bloß leere Weinflaschen von der Straße aufgelesen.«

»Ach ja? Und wie oft hast du ihn gesehen?«

»Nur ein- oder zweimal. Es war alles völlig harmlos. Ich weiß wirklich nicht, warum du dich so aufregst, Joanie.«

Mary Kelling schüttelte den Kopf. »Ich würde mir an Joans Stelle auch Sorgen machen, Annie. Die Gegend dort ist tatsächlich ziemlich gefährlich. Es wundert mich nur, daß Chet Arthur sich dorthin gewagt hat. Er war doch sonst immer so vorsichtig. Du erinnerst dich doch bestimmt auch noch, daß er sich immer geweigert hat, auch nur einen Fuß in die Back Bay zu setzen, nicht?«

»Klar erinnere ich mich«, sagte Annie. »Ich hab' vorhin noch zu Joan gesagt, ist das nicht merkwürdig, daß man seine Leiche ausgerechnet drüben in der Nähe der Mass Ave gefunden hat? Wo er uns doch immer damit in den Ohren gelegen hat, daß die großen Gebäude wie der Hancock Tower und das Prudential Center irgendwann unterspült werden und umkippen und die Menschen unter sich begraben. Das war das einzige Thema, über das er ständig geredet hat.«

»Über sein Testament hat er auch geredet«, erinnerte Joan ihre Freundin.

»Reden kann man das eigentlich nennen. Er hat uns bloß gefragt, ob wir seine Zeugen sein wollen, und wir haben ja gesagt.«

»Das war aber sehr nett von euch«, sagte Mary. »Wann hat Chet denn sein Testament gemacht?«

»So etwa vor 'nem Monat. Er hat wahnsinnig geheimnisvoll getan, als wär' er der Spion, der aus der Kälte kam, höchstpersönlich. Er hat mich und Joanie irgendwann morgens in der Küche besucht, gegen Viertel vor zehn oder so. Wir machen doch immer 'ne kleine Pause nach dem Frühstück, bevor wir anfangen, das Mittagessen vorzubereiten. Jedenfalls waren wir drei ganz allein und ungestört, und da hat er das Testament rausgezogen, das er aufgesetzt hatte, und uns unterschreiben lassen.«

»Er hat gesagt, er hat das Formular in 'nem Schreibwarengeschäft gekauft«, sagte Joan. »Es war nur noch nicht unterschrieben, wissen Sie. Chet hat gesagt, wir sollen zusehen, wie er unterschreibt. Und dann mußten wir auch unterschreiben, um zu bezeugen, daß er und niemand anderer es unterschrieben hatte. Er hat gesagt, dadurch wird sein Testament erst gültig.« Sie zuckte mit den Achseln. »Also haben wir unterschrieben. Warum auch nicht? Hat ja keinem geschadet, oder?«

»Dann hat Mr. Arthur ja alles ganz korrekt gemacht«, sagte Sarah. »Hat er Ihnen gezeigt, was er in seinem Testament verfügt hat?«

»Nein, nur den vorgedruckten Teil, daß er im Vollbesitz seiner geistigen Kräfte ist«, sagte Joan.

»Was soll's. Soweit wir wissen, war Chet nicht verrückter als alle anderen auch«, fügte Annie hinzu. »Und was die einsturzgefährdeten Gebäude in der Back Bay angeht, von denen er immer geredet hat, kann ich nur sagen: Ich bin selbst mal fast erschlagen worden, als damals die Fenster aus dem Hancock Tower gefallen sind. Die mußten wer weiß wie lange den Bürgersteig absperren, wenn ich mich recht erinnere. So unwahrscheinlich ist Chets Geschichte gar nicht gewesen. Er hat doch selbst früher mal irgendwo am Bau gearbeitet, oder nicht, Joanie? Vielleicht hat er was gewußt, was wir nicht wissen.«

»Ich dachte, er war Vorarbeiter im Navy Yard.«

»Hat er Ihnen das erzählt, Joan?« erkundigte sich Sarah.

»Ach herrje, Mrs. Bittersohn, ich weiß wirklich nicht mehr, ob es Chet oder jemand anders gewesen ist, der mir das erzählt hat. Vielleicht hat auch nur einer der Männer gesagt, er hätte ihn drüben im Hafenviertel gesehen und angenommen, daß er im Yard arbeitet. Im Center wird immer 'ne Menge gequatscht. Die Leute zerreißen sich ständig die Mäuler über alles mögliche, und die meiste Zeit reden sie nur in Andeutungen, bloß um irgendwas zu sagen. Ich bin da wahrscheinlich auch keine Ausnahme.«

»Würde mich interessieren, ob Chet auch mit anderen über sein Testament geredet hat.« Während sie sprach, ließ Annie ganz nebenbei ein Zuckertütchen nach dem anderen in ihrer Handtasche verschwinden. »Ich hab' ihn noch gefragt, warum er sich die ganze Mühe macht, aber er hat bloß gesagt, jeder Mensch sollte ein Testament machen. Da hab' ich ihn ein bißchen aufgezogen und gefragt, wem er denn seine Millionen vermachen will, aber darauf hat er keine Antwort gegeben. Er hat bloß gesagt, darüber darf er nicht sprechen, weil sonst das Testament ungültig wird. Vielleicht stimmt das sogar, ich hab' keine Ahnung. Du, Joanie?«

»Ich auch nicht. Ich hab' noch nie vorher jemanden mit 'nem Testament gekannt. Und auch noch nie jemanden, der was zu vererben hatte. Hat man das Testament schon gefunden, Mrs. Kelling?«

Mary warf Sarah einen fragenden Blick zu, und als ihre Schwägerin nickte, antwortete sie vorsichtig: »Ich glaube, mein Mann hat einige Dokumente, die Chet gehört haben, aber genaueres weiß ich leider auch nicht. Wahrscheinlich werden wir es früher oder später erfahren, falls es überhaupt etwas zu erfahren gibt. So, Mädels, ich schlage vor, wir gehen wieder zum Center zurück, bevor Osmond Loveday einen schwarzen Strich auf meine Karte macht, weil ich angeblich blaumache.«

Annie und Joan verstanden den Wink und verabschiedeten sich.

»Was machst du jetzt, Sarah?«

»Ich gehe auf dem schnellsten Weg nach Hause und gönne meinem Baby ein kleines Schläfchen. Warum kommst du nicht heute abend mit Dolph bei uns vorbei? Wir haben doch eine Menge zu besprechen, meinst du nicht?«

»Sieht ganz so aus. Vielleicht machen wir das tatsächlich, aber wir kommen auf keinen Fall zum Essen. Genevieve dünstet etwas Fleisch und Gemüse.«

Sarah schauderte und machte sich auf den Heimweg. Sie wollte sich unbedingt hinlegen. Niemand hatte ihr gesagt, daß die Füße einer Schwangeren so stark anschwellen konnten. Aber wahrscheinlich verbrachten auch nicht alle schwangeren Frauen den Tag damit, quer durch Boston zu marschieren. Sie spielte mit dem Gedanken, ein Taxi zur Tulip Street zu nehmen, doch ihre puritanische Erziehung siegte, und sie ging zu Fuß.

Als Max einige Stunden später nach Hause kam, fand er sie auf dem Sofa liegend vor. Sie hatte ihre Schuhe ausgezogen und die Augen geschlossen. Er kniete sich vor dem Sofa auf den Boden und umarmte sie zärtlich. »Alles in Ordnung, Liebling?«

»Ich ruhe mich nur ein bißchen aus.« Sie griff in sein dichtes Haar und zog sein Gesicht zu sich herab, um ihn zu küssen. »Mhm. Das war schön. O je, ich wollte doch Brooks und Theonia anrufen. Ich habe Mary und Dolph für heute abend auf einen Drink eingeladen. Wie spät ist es denn?«

»Viertel vor fünf.«

»Dann sollte ich mich allmählich in Bewegung setzen, wenn ich dazu überhaupt noch in der Lage bin. Bist du so lieb und rufst Theonia an, und fragst, ob sie und Brooks Lust haben, auch vorbeizukommen? Ich kümmere mich in der Zwischenzeit um das Eis.«

»Soll ich Jem auch anrufen?«

»Wenn er Zeit hat, kann er gern kommen.«

Sarah begab sich in ihre winzige Küche und machte sich daran, Käse zu schneiden und die Gläser aus dem Schrank zu nehmen. Sie konnte es kaum erwarten, endlich eine geräumige Küche zu haben, in der man sich richtig bewegen konnte. Außerdem wäre es schön, die Verwandtschaft von Max ganz in der Nähe zu haben, obwohl ihr wahrscheinlich der tägliche Kontakt mit ihren eigenen Verwandten sehr fehlen würde. Im übrigen hatte sie sich noch nicht überlegt, was sie mit dem Haus nebenan anfangen sollte.

Sarah hatte Brooks und Theonia die Leitung ihrer kleinen Pension übertragen, als die beiden vor einiger Zeit geheiratet hatten, nicht weil sie die Pension unbedingt weiterführen wollte, sondern weil die beiden irgendwo wohnen mußten. Theonia besaß keinen Cent und Brooks nur ein kleines Erbe, das nicht gereicht hätte, um ihnen auch nur ein halbwegs angenehmes Leben zu ermöglichen. Doch die harten Zeiten waren vorbei. Inzwischen hatte Brooks Onkel Lucifers

Münzsammlung geerbt und für ein Vermögen bei Christie's versteigern lassen.

Sie könnte die Familienpension wieder in ein Privathaus verwandeln, die Frage war nur, ob Brooks und Theonia trotzdem dort wohnen bleiben würden und bereit waren, die Kosten mit ihr zu teilen? Das Zimmermädchen Mariposa und der Butler Charles, ohne deren tatkräftige Unterstützung sie die harten Jahre nie überstanden hätte, konnten so lange in den Räumen im Souterrain wohnen, wie sie Lust hatten. Die Zimmer im Obergeschoß konnten allen Kellings und Bittersohns als zukünftiges Stadtdomizil dienen, falls ihnen der Sinn danach stand.

Während sie die Gläser auf das Tablett stellte, kam Max zurück, um Bericht zu erstatten. »Jem und Theonia kommen. Brooks hält nebenan die Festung. Soll ich das Tablett ins Wohnzimmer bringen?«

»Das wäre lieb. Wie war das Treffen mit Redfern?«

»Todlangweilig. Hast du bei Annie und Joan etwas erreicht?«

»Ich glaube schon. Sie haben das Testament als Zeugen unterschrieben und auch gesehen, wie Chet Arthur unterschrieben hat, es aber anscheinend nicht gelesen. Sie haben außerdem beide bestätigt, daß Chet Arthur panische Angst vor der Back Bay hatte, genau wie Mary gesagt hat. Sie fanden es ebenfalls sehr merkwürdig, daß seine Leiche ausgerechnet dort gefunden wurde. Annie hat noch erzählt, daß Chet manchmal im ›Broken Zipper‹ war. Das ist drüben in Roxbury, nicht? Mary sagt, es sei eine furchtbare Gegend. Annie hat früher mal dort gearbeitet. Sie sagt, es gäbe dort Oben-ohne-Serviererinnen.«

»War sie auch eine davon?«

»Nein, sie behauptet, ihr Arbeitsplatz sei der Busenbefreiungsbewegung zum Opfer gefallen, was ich allerdings zu bezweifeln wage. Ihrem Aussehen nach muß Annie weit über siebzig sein. Ich fand sie recht unterhaltsam. Joan übrigens auch, und sie sind beide verzweifelt auf der Suche nach einer preiswerten Unterkunft. Weißt du, Max, ich glaube, dieses Lagerhausprojekt von Dolph und Mary ist eine wunderbare Idee. Ich würde sie gern bei der Auktion unterstützen so gut ich kann. Du hast doch hoffentlich nichts dagegen?«

»Natürlich nicht, solange du dich nicht überanstrengst. Oh, da klingelt es schon. Das ist bestimmt Theonia.«

Ausnahmsweise irrte Max. Es waren Dolph und Mary. »Wir haben uns ein bißchen früher weggeschlichen«, erklärte Mary. »Osmond Loveday ist zum Essen geblieben, was uns sehr überrascht hat. Wir hatten noch nicht viel Zeit, darüber nachzudenken, aber er ist völlig aus dem Häuschen, seitdem wir ihm von unserer Auktion erzählt haben. Er hat uns sogar versprochen, seine Liste mit den Adressen der Bostoner High Society für uns auf den neuesten Stand zu bringen«, fügte sie mit einem boshaften Lächeln hinzu.

»Loveday weiß genau, wem man am besten das Geld aus der Tasche ziehen kann«, brummte Dolph. »Hast du mit Sarah schon über das Testament gesprochen, Max?«

»Dazu hatten wir gar keine Zeit. Ich bin gerade erst nach Haus gekommen. Was möchtet ihr trinken?«

Mary wollte einen kleinen Bourbon mit Soda und viel Eis. Dolph bestellte einen großen Scotch mit Eis, aber verdammt noch mal ohne Soda. Während Max ihre Drinks zubereitete, erschien Theonia in einem neuen schwarzen Taftkleid mit einem Spitzenvolant, der aus der *Lustigen Witwe* hätte stammen können, und sagte, sie hätte liebend gern einen Sherry, weil er viel besser schmecke als der Sherry in der Pension, der aus riesigen Vierliterflaschen kam und daher nur etwa zehn Cent pro Glas kostete. Zum Schluß keuchte Jem den Hügel herab und die Treppe herauf, und die Party konnte losgehen.

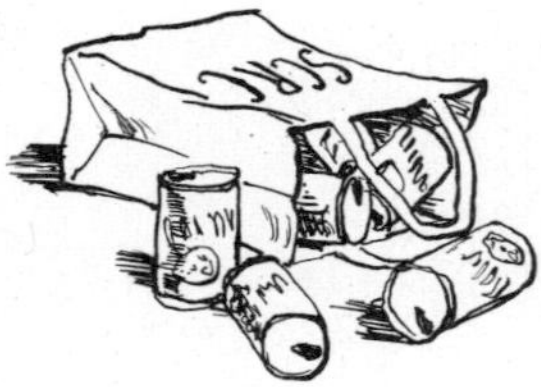

Kapitel 7

Sarah nippte an ihrem Traubensaft mit Sprudel und tat so, als sei es Champagner, um sich nicht wieder eine von Onkel Jems Predigten über die Gefahren der Abstinenz anhören zu müssen, und ließ die anderen miteinander plaudern, bis Max mit den Getränken fertig war. Dann erklärte sie die Versammlung für eröffnet.

»Max, warum erzählst du nicht einfach allen, was in der Zwischenzeit passiert ist?«

»Herr des Himmels, du klingst ja schon genau so wie deine Tante Caroline beim Treffen des Beacon-Hill-Verschönerungsvereins«, kicherte Jem.

Dolph sagte: »Halt endlich die Klappe, alter Sünder«, und Max begann mit seinem Bericht.

»Da die meisten von euch bereits von Chet Arthurs Testament wissen, brauche ich dazu wohl nicht mehr viel zu sagen.« Was er auch nicht tat. »Dolph und ich waren also heute nachmittag mit den Dokumenten bei Redfern. Er findet die Umstände zwar ein wenig ungewöhnlich –«

»Dämlicher Trottel«, knurrte Jem.

»– meint jedoch, das Testament sei völlig in Ordnung und brauche nur noch auf die übliche Weise gerichtlich bestätigt zu werden. Falls nicht plötzlich ein Verwandter auftaucht und versucht, daß Testament anzufechten, geht Redfern davon aus, daß Mary ihre vierzigtausend Dollar problemlos bekommen wird.«

»Vierzigtausend minus Unkosten«, modifizierte Dolph.

»Und was passiert, wenn es tatsächlich angefochten wird?« fragte Jem. »Wird das Gericht die beiden Frauen überhaupt als Zeuginnen anerkennen?«

»Ich wüßte nichts, das dagegen spricht«, sagte Sarah. »Ich halte sie für verantwortungsbewußt und zuverlässig. Das sind sie doch, nicht wahr, Mary?«

»Absolut. Ihre Arbeit im Center war bisher tadellos. Das bestätigen auch Osmond Lovedays kleine Karteikarten. Wegen Joan und Annie braucht ihr euch wirklich keine Sorgen zu machen.«

»Was haben die beiden denn über ihre Unterschrift auf dem Testament gesagt?« wollte Jem wissen.

Sarah gab die Version der beiden mit ein paar kleinen Hilfestellungen von Mary mehr oder weniger wörtlich wieder.

»Ihr seht selbst, daß Chet Arthur sich alles gut überlegt hatte. Er wußte genau, was er tat, und wollte unbedingt alles richtig machen. Es stimmt natürlich nicht, daß Zeugen ein Testament vorher nicht lesen dürfen, aber vermutlich hat er sich das ausgedacht, um Joan und Annie von der Lektüre abzuhalten, ohne ihre Gefühle zu verletzen. Meinst du nicht auch, Mary?«

»Ganz bestimmt. Er wollte nicht, daß die beiden wußten, wieviel Geld er besaß, weil er Angst hatte, sie könnten mit jemandem darüber sprechen und dieser jemand könnte dann versuchen, ihm das Geld abzunehmen. Mein Gott, glaubt ihr etwa, irgendein Schwein hat davon erfahren und geglaubt, Chet hätte das Geld bei sich? Trotzdem kann ich mir nicht vorstellen, daß es rechtlich von Bedeutung ist, ob Joan und Annie nun das ganze Testament gelesen haben oder nicht.«

»Ganz bestimmt nicht«, versicherte Dolph. »Die beiden sollten lediglich bezeugen, daß Chet das Testament in ihrem Beisein unterschrieben hat, was er ja getan hat. Redfern wird es so schnell wie möglich gerichtlich bestätigen lassen. Er hat zwar ein bißchen gemeckert und gemeint, daß man eigentlich die Polizei einschalten müßte, aber ich habe ihm versichert, daß wir das verdammt noch mal selbst tun werden, wenn wir den richtigen Zeitpunkt für gekommen sehen.«

»Damit gehst du aber ein ziemliches Risiko ein«, sagte Mary. »Und Max auch.«

»Und wir anderen sind eure Komplizen«, sagte Jem aufgekratzt. »Was mir übrigens schnurzegal ist.«

Theonia sagte, dem könne sie sich nur anschließen. Dolph schnaubte.

»Was denn für ein Risiko? Denk doch mal nach, Mary. Wir wissen nicht mal sicher, ob die Tasche wirklich Chet gehört hat. Ich hatte ursprünglich tausend von den Dingern. Alle sehen gleich aus, und die Hälfte davon ist inzwischen verschwunden, Gott weiß wohin. Außerdem hat die Polizei die Tasche zuerst gehabt und dann erst uns überlassen. Und die haben kein Heroin darin gefunden. Woher sollen sie also wissen, daß wir welches gefunden haben? Und selbst wenn es Chets Tasche war, vielleicht hat er ja gar nicht gewußt, daß sich Rauschgift darin befand? Und selbst wenn er es gewußt hat! Vielleicht hat er bloß was von einem Straßendealer gekauft, weil er wissen wollte, wie das Zeug wirkt. Was soll die Polizei schon groß machen, wenn sie davon erfährt? Etwa die Leiche aus dem Sarg holen und in eine Methadonklinik überführen lassen? Du hast dem Chemiker doch hoffentlich nicht erzählt, woher du das Zeug hattest, Max?«

»Nein, ich habe nur gesagt, es hätte etwas mit einem Fall zu tun, an dem ich gerade arbeite, und daß ich die Substanz analysieren lassen wollte.«

Dolph nickte seiner Frau vielsagend zu. »Siehst du, Liebes, kein Grund zur Sorge. Teufel auch, ich bin in meinem Leben schon größere Risiken eingegangen.«

Jem feixte. »Hochinteressant. Wann beispielsweise?«

»Beispielsweise damals, als Onkel Fred versucht hat, die Mädchen in Madame Jolenes Palais de Joie auf den Pfad der Tugend zurückzuführen. Osmond Loveday hat vor Stress fast einen verdammten Herzinfarkt bekommen. Daran nahm jedoch Jolene Anstoß, und Jolene hatte hervorragende Beziehungen. Sie hätte Onkel Fred und mich um ein Haar hinter Gitter gebracht, weil sie gegen uns Anzeige wegen moralischer Verworfenheit erstattet hat. Ich habe mich damals aus der Sache herauswinden können, also werde ich auch hiermit fertig, wenn es sein muß. ›Mein Haupt ist blutig, aber ungebeugt‹, für den Fall, daß ihr es noch nicht bemerkt habt.«

»Ach ja?« sagte Jem. »Ich bin immer so angewidert von dem scheußlichen Gesamteindruck, den du auf einen machst, daß ich die Einzelheiten nie richtig wahrnehme. Blutig, aber ungebeugt, hast du gesagt?«

Während Dolph verzweifelt versuchte, sich eine passende Gemeinheit für seinen Gegenschlag einfallen zu lassen, machte sich

Theonia daran, die Lage zu entschärfen. »Ich hatte schon immer das untrügliche Gefühl, daß unser lieber Dolph ›der Meister seines Schicksals und der Kapitän seiner Seele‹ ist. Das ist dir doch sicher auch schon aufgefallen, nicht wahr, Jem?«

Jem blieb nichts anderes übrig, als sich der Übermacht zu beugen. Der Kapitän seiner Seele räusperte sich und übernahm das Kommando an Deck.

»Also dann: ›Auf in den Kampf, Leute. Vergeßt die verdammten Torpedos! Volle Kraft voraus!‹ Redfern hält es für besser, daß wir nichts über das Testament verlauten lassen, mit Ausnahme der obligaten Anzeige der gerichtlichen Testamentsbestätigung. Aber wir sollten uns trotz allem nicht davon abhalten lassen, unseren Auktionsabend abzuhalten, und zwar so schnell wie möglich. Die Zeit drängt. Mary möchte, daß ein Teil des Gebäudes noch vor Weihnachten bezugfertig ist, wenn es sich irgendwie bewerkstelligen läßt.«

»Falls es nicht klappt, haben wir bis Ostern vielleicht schon die Hälfte unserer Mitglieder verloren.« Mary seufzte. »Sobald es kalt wird, sind die Obdachlosenheime furchtbar schnell überfüllt, und es gibt kaum Zimmer, die so preiswert sind, daß unsere Mitglieder sie bezahlen können. Die Hälfte der Leute schläft in den Busbahnhöfen. Wie bald können wir die Versteigerung abhalten, Sarah?«

»Wann möchtest du sie denn abhalten?«

»Am liebsten schon morgen, aber ich weiß selbst, daß das unmöglich ist. Ich habe keinen blassen Schimmer, wie man so eine vornehme Veranstaltung vorbereitet. Vielleicht irgendwann nächsten Monat? Meinst du, das ließe sich machen?«

»Wie wär's mit Samstagabend?«

Mary schnappte nach Luft. »Jetzt, kommenden Samstag? Schaffen wir das denn?«

»Ich sehe keinen Grund, warum wir es nicht schaffen sollten. Wir sagen einfach, es sei eine Art Überraschungsauktion. Ich bin sicher, einige Besucher werden ziemlich sprachlos sein, wenn sie sehen, welche Objekte wir versteigern. Ich entwerfe heute abend noch eine Einladung und bringe sie morgen früh als erstes zu einem Kopierladen, dann können wir sie schon morgen abend losschicken, wenn Mr. Loveday bis dahin seine Liste fertig hat und Theonia uns beim Adressieren hilft. Onkel Jem, du wirst unser Auktionator. Ich weiß niemanden, der sich für diese Rolle besser eignet.«

»Ich auch nicht«, sagte Jeremy Kelling. »Leider bin ich aber am Samstag abend bereits bei den Whets zum Dinner eingeladen.«

»Sag einfach, es wäre ein Notfall, und lade sie ein, mit ihren Gästen vorbeizukommen. Wir werden Wein und Snacks reichen. Dolph, du hast doch noch all die Kisten mit Champagner, die Großonkel Frederick 1978 für die große Siegesfeier gekauft hat, die dann wider Erwarten nicht stattgefunden hat, weil der Kandidat, den er unterstützt hat, verloren hat. Das Zeug muß ohnehin endlich getrunken werden, Champagner hält sich schließlich nicht ewig. Theonia, hat Mariposa vielleicht Verwandte, die man zum Servieren und Kellnern anheuern könnte?«

»Liebste Sarah, es ist gar nicht notwendig, jemanden anzuheuern. Charles kennt massenweise junge Schauspieler und Schauspielerinnen, die kein Engagement haben und für eine kostenlose Mahlzeit und die Chance, endlich mit den richtigen Leuten zusammenzukommen, alles stehen- und liegenlassen würden. Wäre es nicht himmlisch, wenn sie alle kostümiert erscheinen könnten?«

»Auf dem Speicher lagern Unmengen von alten Kleidungsstücken«, sagte Mary. »Jugendstil, Wilde Zwanziger, alles Sachen, wie man sie heute in Secondhand-Boutiquen kaufen kann. Wir könnten vielleicht sogar eine Modenschau veranstalten und die Kostüme anschließend versteigern.«

»Das ist wirklich eine tolle Idee.« Sarah stand auf, um Stift und Papier zu holen. »Ich schreibe vorsichtshalber eine Liste, genau wie Tante Emma es immer macht. Außerdem werde ich sie heute abend noch anrufen und bitten herzukommen. Ihre Musiker bringt sie am besten gleich mit.«

Emma Kelling verfügte tatsächlich über ein eigenes kleines Orchester. Innerhalb des Kelling-Klans fand man daran nichts Ungewöhnliches.

»Wie ich Tante Emma kenne, chartert sie sofort einen Bus und bringt all ihre Freunde mit. Das wäre wunderbar!«

»Vorausgesetzt, sie läßt Mabel zuhause und erwartet nicht, daß wir für den Bus blechen«, brummte Dolph.

»So etwas würde Tante Emma niemals tun«, gab Sarah zurück. »Du solltest sie eigentlich besser kennen. Und ich bin sicher, sie ist geistesgegenwärtig genug und richtet Cousine Mabel aus, daß wir von allen Besuchern erwarten, daß sie bündelweise Geld ausgeben und eine Riesensumme spenden. Wie ich Mabel kenne, wird sie daraufhin todsicher wegbleiben. Ist es nicht gut, daß Großonkel Frederick nie seinen Plan in die Tat umgesetzt hat, den Ballsaal in eine Eislaufbahn zu verwandeln? Der Raum ist für die Versteigerung geradezu ideal. Ich hoffe doch, wir können ihn benutzen?«

»Er ist sauber und leer, falls du das meinst«, sagte Mary. »Normalerweise betreten wir ihn nur, um die Spinnweben zu entfernen. Ich glaube nicht, daß er oft benutzt wurde, seit Dolphs Tante Matilda damals mit Fechten aufgehört hat.«

»Mit dem Fechten war schlagartig Schluß, als sie Onkel Samuel mit dem Degen mitten in die Brust gestochen hat«, erinnerte sich Dolph liebevoll. »Weißt du noch, Jem? Wir hatten uns hinter den Vorhängen versteckt und haben den folgenschweren Fehler gemacht, laut ›Touché‹ zu brüllen! Onkel Fred hat uns anschließend mit seiner Rattan-Fliegenklatsche aus Tierra del Fuego windelweich geprügelt.«

»Was uns aber völlig egal war«, sagte Jem. »Die Szene war jeden einzelnen Hieb wert. Ah, die strahlenden Höhepunkte einer vergeudeten Kindheit.«

»Du hast in deinem verdammten Leben mehr vergeudet als es mir je gelang. In Ordnung, Sarah, dein Vorschlag wird einstimmig angenommen. Es ist zwar alles schrecklich kurzfristig, aber ich glaube, wenn wir die Versteigerung groß ankündigen und eigens Einladungen verschicken, kommen bestimmt so viele Leute, daß sich der Abend lohnt. Müssen wir Appie etwa auch einladen?«

»Warum nicht? Schließlich schwimmt sie im Geld, und ich kann mir beim besten Willen nicht vorstellen, wer euch sonst die Seetangdinger abkaufen sollte.«

»Die liebe Sarah«, flötete Theonia, »immer sieht sie nur das Beste in anderen. Ich helfe euch gern beim Adressieren der Umschläge. Wenn ihr möchtet, kann ich mich auch um die Dekoration und das Buffet kümmern. Außerdem könnte ich noch die Kostüme für unsere Models aussuchen und die Modenschau vorbereiten. Und Brooks wird euch bestimmt auch gern helfen. Er könnte beispielsweise die Objekte für die Versteigerung vorbereiten und die Stühle aufstellen.«

»Ich werde Egbert zur Unterstützung schicken«, verkündete Jem und brachte damit das größte Opfer für den guten Zweck, das er sich überhaupt vorstellen konnte.

»Das ist gar nicht nötig«, sagte Mary. »Wir haben doch Genevieve und Henrietta. Die beiden werden das Haus auf Vordermann bringen und das Essen vorbereiten. Wenn wir erst einmal abschätzen können, wie viele Stühle wir brauchen, rufen wir eine Möbelvermietung an und lassen sie von deren Leuten aufstellen. Theonia, vielleicht könntest du ein paar schöne Blumenarrangements zusammenstellen und an dem Abend mit mir gemeinsam als Gastgeberin auftreten. Wenn es dir nicht zuviel wird, kannst du natürlich gern auch noch die Kleider für die Modenschau aussuchen. Wir könnten Leute aus dem Center kommen lassen, damit sie dir helfen. Ich könnte mir vorstellen, daß Harry Burr bestimmt Feuer und Flamme wäre.«

»Ist das der nette Mann, der in der Kirchenzeitung gelesen hat?« erkundigte sich Sarah. »Er ist mir im Center aufgefallen.«

»Wenn er in einer Kirchenzeitung gelesen hat, dann kann es nur Harry gewesen sein. Und seinen Spezi kann er direkt mitbringen.«

»Billy Joe McAllister?« Dolph schüttelte den Kopf. »Dem Kerl trau' ich nicht, den würde ich keine zweihundert Fuß in die Nähe einer Flasche lassen.«

»Wer hat denn was von Flaschen gesagt? Billy Joe könnte doch den Krimskrams nach unten tragen, findest du nicht?«

»Selbst dabei wär' ich mir nicht sicher, ob er nicht vielleicht sogar Krimskrams verscheuert, wenn er dafür einen Drink bekommt. Was hältst du übrigens von dem Neuen, diesem Ted Ashe? Der sieht doch ziemlich kräftig aus.«

»Soweit man das unter der dicken Dreckschicht erkennen kann«, Mary rümpfte die Nase. »Ich habe wirklich nichts gegen Ted, aber er müßte unbedingt vorher ein Bad nehmen. Wir haben mehrere Duschen im Center«, erklärte Mary. »Aber einige Mitglieder scheinen leider nicht genau zu wissen, wozu sie da sind.«

»Der Kerl ist genauso schmutzig wie die Bälger von Lionel«, knurrte Dolph.

»Noch viel schmutziger, wenn du mich fragst, aber er hatte schließlich auch bedeutend mehr Zeit, sich dreckig zu machen«, meinte Mary lachend. »Ich überlasse dir die Entscheidung, Schatz. Falls Ted zu ungepflegt aussieht, können wir ihn draußen bei den Männern einsetzen, die den Gästen die Parkplätze zuweisen. Vielleicht hast du recht, Ted ist wahrscheinlich wirklich besser als Billy

Joe. Er ist bedeutend jünger, oder sieht zumindest so aus. Ich habe mich ohnehin schon gefragt, warum er überhaupt zu uns ins Center kommt. Wenn Ted sich waschen würde, könnte er bestimmt ohne weiteres einen Job als Nachtwächter oder so bekommen. Aber was soll's, man kann die Menschen nicht zu ihrem Glück zwingen. Das haben wir schon eine Woche nach der Eröffnung des Centers aufgegeben. Was meinst du, Schatz, sollten wir uns nicht allmählich auf den Heimweg machen, damit Sarah endlich das Abendessen in Angriff nehmen kann?«

Kapitel 8

Max setzte sich auf den Bettrand und begann, Sarahs Nachthemd zu bewundern. »Guten Morgen, *angela mia*. Wie fühlst du dich?«

»Mutter und Kind geht es wunderbar, danke der Nachfrage.« Sarah richtete sich auf und nahm das Glas Organgensaft in Empfang, das Max ihr gebracht hatte. »Was hat dich denn so früh aus den Federn getrieben? Mußtest du wieder Pepe Ginsberg anrufen?«

»Richtig geraten. Er ist zutiefst gerührt, daß ich mich so um ihn sorge. Pepe läßt dir übrigens viele Grüße ausrichten, mit vorzüglicher Hochachtung und allem, was dazu gehört.«

»Wie nett von ihm. Hat er schon etwas erreicht?«

»Er klingt, als sei er auf einer ganz heißen Spur. Hoffentlich ist es die richtige. Im übrigen bin ich gar nicht früh aufgestanden. Und du auch nicht, was mich nicht überrascht. Schließlich hast du dir die halbe Nacht mit dem Entwerfen deiner Einladung um die Ohren geschlagen, wenn ich mich recht erinnere.«

»Stimmt, und besagte Einladung sollte eigentlich schon längst kopiert sein. Außerdem muß ich noch Briefmarken und Umschläge kaufen und Mr. Lovedays Liste abholen, bevor wir mit Schreiben anfangen können. Ich hoffe nur, daß ich mich nicht vergaloppiert habe, als ich Mary mit meinem Vorschlag überfallen habe. Es ist wirklich alles ein bißchen kurzfristig.«

»Ach was, ihr werdet schon genügend Leute zusammenbekommen. Hat Emma zugesagt?«

»Sie hat zurückgerufen, kurz nachdem du zu Bett gegangen warst. Angeblich hat sie schon vierzehn Gäste, eine Flöte, ein Fagott und ein Cello zusammengetrommelt. Aber das sei erst der Anfang, hat sie mir versichert. Marcia Whet bringt die Tolbathys und ein paar andere Leute mit, und ich bin sicher, daß Tante Appie ebenfalls diverse Freunde anschleppen wird. Die Ärmsten haben zwar bestimmt keine Ahnung, worum es geht, weil Appie wieder mal alles durcheinandergeworfen hat, aber was soll's. Wenn wir bei dieser Versteigerung nicht genug Geld zusammenbekommen, veranstalten wir einfach noch eine. Aber es ist immerhin ein Anfang, und die Vorbereitungen werden Dolph und Mary hoffentlich ein bißchen von der furchtbaren Sache mit Chet Arthur ablenken. Hast du übrigens vor, an der Beerdigung teilzunehmen? Es wäre vielleicht ganz gut, wenn einer von uns beiden anwesend wäre, meinst du nicht?«

»Ich werde hingehen und teile im übrigen deine Meinung voll und ganz. Außerdem werde ich versuchen, ein bißchen mehr über die vierzigtausend Dollar herauszufinden. Die Polizei hätte zwar bessere Möglichkeiten, aber noch bin ich nicht bereit, das Schicksal herauszufordern und sie einzuschalten.«

»Nein, das halte ich auch nicht für gut, Schatz.« Sarah griff nach seinen zärtlich tastenden Händen – Max hatte so wunderschöne Hände –, küßte sie und plazierte sie in sicherer Entfernung von sich. »Jetzt nicht, höchste Zeit, daß ich endlich aufstehe. Meinst du, du schaffst es, das Teewasser allein aufzusetzen? Aber du solltest den Kessel diesmal vorher mit Wasser füllen.«

»Wieviel Wasser?«

»Schon gut.« Sie wußte inzwischen, wie gefährlich es war, Max allein in der Küche hantieren zu lassen. »Ich glaube, das übernehme ich lieber selbst.«

Drüben in der Pension hatte Theonia sicher schon längst das riesige Frühstücksbuffet mit Eiern, Obst, Fisch in Sahnesauce, Schinken, Toast, frischen Brötchen, Muffins und vielleicht sogar gebackenen Maisküchlein eröffnet. In ihrem kleinen Apartment freute sich Sarah, daß sie diese Arbeit inzwischen nicht mehr zu verrichten brauchte, und schüttete sich Cornflakes aus der Schachtel in eine Schüssel.

Sie verschwendeten beide nicht gern ihre Zeit, Max nahm sein Frühstück im Stehen zu sich, während er noch schnell ein paar teure Ferngespräche mit Agenten führte, die in fernen Orten mit merkwürdigen Namen wie Taormina und Meddy Bemps weilten. Dann küßte er seine Frau und war vom Winde verweht. Sarah machte sich dezent zurecht, ließ Tassen und Schüsseln im Geschirrspüler verschwinden und überprüfte, ob ihr Kunstwerk sich noch in dem großen Umschlag befand, den sie mitzunehmen gedachte, denn sie hatte inzwischen gelernt, daß man im Leben rein gar nichts als selbstverständlich voraussetzen durfte. Das Stückchen Himmel, das sie vom Fenster aus sehen konnte, sah nicht sonderlich einladend aus, daher zog sie sich ihren Regenmantel und ihren Filzhut an und begab sich nach draußen in den Public Garden. In der Nähe der Arlington Street gab es einen Copy Shop, den sie zu Lebzeiten von Tante Caroline häufig aufgesucht hatte, weil ihre Tante sie ständig damit belästigt hatte, Rundschreiben für ihre diversen Vereine und Organisationen zu verschicken.

Der Laden befand sich im Kellergeschoß eines Hauses und lag ungefähr in der Mitte eines schmalen Versorgungsweges, der für Bostoner Verhältnisse schon fast eine ausgewachsene Straße darstellte, selbst wenn er durch mehrere Lieferwagen, die gerade be- und entladen wurden, und einen immensen Müllberg, der darauf wartete, abgeholt zu werden, beinahe gänzlich unpassierbar war. Die Treppe, die vom Bürgersteig nach unten führte, erschien Sarah heute irgendwie steiler als in ihrer Erinnerung, aber das konnte natürlich auch an ihrem kleinen Passagier liegen. Sie wartete geduldig, bis ein Bote sich mit seinem Stapel briefgroßer grauer Pappkartons auf den Weg gemacht hatte, und eine Sekretärin, die einen nüchternen Tweedanzug und hochhackige rote Sandalen mit flauschigen rosa Söckchen trug, ein Dutzend Diagramme kopiert hatte, und reichte der Frau an der Theke die Einladung.

»Die ist aber süß!« Die Dame bewunderte lächelnd Sarahs phantasievolles Kunstwerk, nahm einen Packen von dem hübschen indischen Papier, das Sarah sich ausgesucht hatte, und legte das Original auf den Kopierer.

Das gleichmäßige Swisch-Swisch-Swisch der fertigen Kopien klang beruhigend, und Sarah war mit der gelungenen Reproduktion ihres kalligraphischen Kunstwerks und der witzigen Karikatur von Onkel Jem als Auktionator äußerst zufrieden. Sie bezahlte den geringen Betrag und nahm den grauen Karton mit ihren Kopien in Empfang. Jetzt mußte sie nur noch die Briefumschläge kaufen und Lovedays Liste abholen. Die Briefmarken konnte Brooks besorgen, er erledigte gern Botengänge für gute Zwecke. Sie war gerade die halbe Treppe hinaufgestiegen, als von der Straße mit einem Mal ein lautstarker Streit zu hören war.

Unten im Laden kümmerte sich keiner um den Lärm, wahrscheinlich war man in diesem kleinen Hinterhof von Straße an dergleichen gewöhnt. Sarah beschloß daher, der Angelegenheit ebenfalls keine Bedeutung zuzumessen. Trotzdem öffnete die sie Glastüre zur Straße erst nach kurzem Zögern. Als sie sich schließlich draußen umschaute, sah sie nur Abfall und Lastwagen. Der Krach kam vom unteren Ende der Gasse, in der Nähe der Berkeley Street, sie konnte also ungehindert zur Arlington Street gehen.

Doch als Sarah das keifende Paar entdeckte, änderte sie ihren Plan. Die eine Person war der kräftig aussehende Mann mittleren Alters, der ihr schon gestern im Center aufgefallen war, weil er viel schmutziger gewesen war als die anderen. Das mußte dieser Ted Ashe sein, von dem Dolph und Mary gestern abend gesprochen hatten. Die andere Person war eine relativ junge Frau mit verfilztem schwarzem Haar, die ihre Blue Jeans nachlässig in ihre klobigen Schnürstiefel gestopft hatte und einen haarigen braunen Poncho trug, den Sarah erst gestern gesehen hatte. Was in aller Welt hatte Tigger hier zu suchen? Und was veranlaßte sie, in aller Öffentlichkeit mit einem Mitglied des Senior Citizens' Recycling Centers herumzubrüllen?

Wahrscheinlich war es eine Riesendummheit, aber Sarah beschloß, nicht etwa ungesehen das Weite zu suchen, sondern sich im Schutz der Laster und Müllberge näher an die beiden Kampfhähne heranzupirschen. Es war das erste Mal, daß sie Tigger mehr als ein grimmiges Ja oder Nein ausstoßen hörte, und zunächst hatte sie den Eindruck, daß Tante Appies schlimmer Schützling in einer fremden Sprache keifte. Doch dann stellte sie fest, daß Tigger lediglich Ausdrücke benutzte, die Sarah außer in gewissen Komödien aus der Restaurationszeit noch nie gehört hatte.

Bevor sie herausfinden konnte, worum es bei dem Wortgefecht überhaupt ging, hatte sie der Mann, in dem sie Ted Ashe vermutete, bereits entdeckt. Er brach sofort mitten im Satz ab und eilte von dannen. Tigger warf einen Blick über die Schulter, sah Sarah näherkommen und blieb, wo sie war.

Sarah hatte zwar keine Lust, sich mit Tigger zu unterhalten, doch einfach kehrtmachen und weggehen konnte sie auch nicht, weil sie

Tigger damit vor den Kopf gestoßen hätte. Und das brachte sie nicht übers Herz. Außerdem glaubte sie sich zu erinnern, daß das Schreibwarengeschäft, in dem sie die Umschläge kaufen wollte, in dieser Richtung lag. Also ging sie weiter. Tigger bewegte sich immer noch nicht von der Stelle, so daß Sarah schließlich nichts anderes übrig blieb, als sie anzusprechen.

»Hallo, Tigger. Was war denn hier los?«

Statt ihr Gegenüber wie üblich wütend anzustarren, beantwortete Tigger tatsächlich Sarahs Frage. »Das Schwein wollte mich vergewaltigen.«

»Nein! Das ist doch nicht möglich!«

Sarahs Reaktion war alles andere als taktvoll. Vergewaltiger suchen sich ihre Opfer nicht wegen ihres Sexappeals. Andererseits war es durchaus denkbar, daß Tigger für Ted Ashe die Frau seiner Träume verkörperte, wenn seine eigene äußere Erscheinung seinen persönlichen Geschmack widerspiegelte. »Wenigstens hast du ihn vertreiben können«, meinte sie ausweichend.

Tigger warf ihr einen Blick zu und wechselte das Thema. »Und was machst du hier?«

»Ich wollte Briefumschläge kaufen. Ich habe gerade in dem Geschäft da vorne Einladungen kopiert«, sie wedelte vielsagend mit ihrem Pappkarton, »und jetzt muß ich sie nur noch abschicken.«

»Einladungen wofür?«

»Für eine Organisation, die mein Cousin Dolph und seine Frau gegründet haben.«

»Das SCRC.«

»Woher weißt du das?« fragte Sarah einigermaßen verblüfft.

Doch Tigger hatte für heute anscheinend genug geredet. Als sie keine Anstalten machte, ihre Frage zu beantworten, ging Sarah weiter. Tigger trabte neben ihr her. Noch eine Überraschung, und keine sonderlich angenehme. Die einzige Erklärung für Tiggers ungewöhnliches Verhalten war wohl, daß sie sich durch das, was Ted Ashe zu ihr gesagt hatte, ernsthaft bedroht fühlte und Angst hatte, allein zu gehen. Was bedeutete, daß Sarah nichts anderes übrigblieb, als Tiggers Gesellschaft zähneknirschend zu ertragen und ihren eigenen Aufgaben nachzugehen.

Das Schreibwarengeschäft stand entweder nicht mehr an der Stelle, an die sich Sarah erinnerte, oder hatte nie dort gestanden, doch glücklicherweise entdeckte sie kurze Zeit später einen Billigladen, in dem man so gut wie alles bekam. Hier gab es sogar die schmalen weißen Umschläge, nach denen sie suchte, allerdings nur in Packungen zu fünfzig Stück. Sie kaufte zehn davon und mußte feststellen, daß sie reichlich sperrig waren. Zu ihrer großen Überraschung bot Tigger ihr an, die Tasche für sie zu tragen.

»Das ist wirklich nicht nötig«, versuchte Sarah zu protestieren. »Das schaffe ich schon. Außerdem muß ich noch den ganzen Weg bis zur North Station gehen, um die Liste mit den Adressen abzuholen.«

Doch Tigger ließ sich nicht abwimmeln. Als Sarah die Treppe zur U-Bahn hinunterstieg, folgte Tigger ihr auf dem Fuße, wobei sie die Tasche mit den Umschlägen immer noch fest umklammert hielt. Als Sarah ihre Fahrkarte kaufte, blieb ihr nichts weiter übrig, als noch eine zweite für ihre lästige Begleiterin zu lösen. Als sie das Senior Citizens' Recycling Center betrat, klebte Tigger immer noch wie eine Klette an ihr.

Außer Osmond Loveday, der wie üblich in seinem Glaskäfig hockte und mit seinen Stempeln spielte, befand sich niemand im vorderen Raum. Wahrscheinlich waren die SCRC-Mitglieder noch auf Chet Arthurs Beerdigung. Die Kaffeemaschinen waren allerdings eingeschaltet, Sarah konnte die kleinen roten Lämpchen im hinteren Teil des Raumes leuchten sehen. Ein schwacher Duft nach Gebäck ließ darauf schließen, daß in der Küche bereits volle Tabletts auf die Rückkehr der hungrigen Trauergäste warteten.

Tigger hatte sich unbemerkt an Sarah vorbeigeschoben. Als Osmond Loveday aufschaute und die Unbekannte mit Poncho und Plastiktasche sah, stürzte er sofort aus seinem Aquarium.

»Tut mir leid, junge Frau, aber das Recycling Center ist ausschließlich für Senioren gedacht.«

»Ich bin mit der da gekommen«, knurrte Tigger.

»Wie bitte?« Loveday hielt inne, starrte entgeistert und stammelte: »S–Sarah, kennen Sie etwa diese – eh –«

»Wir haben uns bei meiner Tante Apollonia kennengelernt«, antwortete Sarah vage. »Tut mir leid, Tigger, aber ich glaube, ich weiß gar nicht, wie du richtig heißt.«

Tigger verstand offenbar einen Wink mit dem Zaunpfahl nicht, es sei denn, man schlug ihr den Zaunpfahl um die Ohren. Sie wies lediglich mit dem Kopf auf den Mittsechziger in dem teuren braunen Anzug. »Wer ist der Kerl überhaupt?«

»Das ist Mr. Osmond Loveday. Er war viele Jahre lang für meinen Großonkel Frederick tätig und arbeitet jetzt als Koordinator hier im Center«, erklärte Sarah. Sie war nicht sicher, wie Mr. Lovedays Berufsbezeichnung inzwischen lautete, doch in der Vergangenheit hatte er sich selbst wiederholt als Koordinator bezeichnet und anscheinend nichts dagegen, immer noch als solcher zu gelten.

»Sehr richtig.« Sarah konnte sehen, daß Loveday sich daran machte, seine Koordinationskünste an Tigger zu erproben. Wahrscheinlich vermutete er, daß es sich bei einer guten Bekannten der zwar verrückten, aber steinreichen Apollonia Kelling möglicherweise ebenfalls um eine exzentrische Philantropin handelte. Osmond Loveday hegte eine maßlose Bewunderung für exzentrische Philantropen. »Vielleicht hätten Sie Lust, ein wenig ehrenamtlich für uns tätig zu sein, eh – Tigger?« versuchte er sein Glück.

»Wie denn?«

Sarah hatte Tigger heute in einer einzigen Stunde mehr reden hören als in den zahlreichen Jahren ihrer Bekanntschaft, falls man ihr Verhältnis überhaupt als solche bezeichnen konnte. Doch sie verspürte wenig Lust auf weitere Zugaben.

»Als erstes wird Mr. Loveday mir die Liste mit den Adressen geben, die er mir versprochen hat«, sagte sie mit fester Stimme, »damit ich die Umschläge endlich adressieren kann, die du netterweise für mich transportiert hast. Danach gehe ich nach Hause und mache mich an die Arbeit. Da ich sehe, daß du lieber hierbleiben und Näheres über das SCRC erfahren möchtest, vertraue ich dich den fachkundigen Händen von Mr. Loveday an. Nochmals vielen Dank und auf Wiedersehen.«

Ihr Verhalten war zwar reichlich unverfroren, aber Osmond Loveday wurde immerhin für seine Arbeit bezahlt, Sarah Bittersohn dagegen nicht. Sie beschloß, ihre puritanische Verhaltensweise ausnahmsweise über Bord zu werfen, hielt ein Taxi an, das gerade vorbeifuhr, und machte sich aus dem Staub, bevor Tigger Gelegenheit hatte, sich wieder an ihre Fersen zu heften.

Der arme Max! Wenn er nach der Beerdigung im Center auftauchte, würde Tigger wahrscheinlich versuchen, sich an ihn zu hängen, nachdem sie Sarah verloren hatte. Sie würde Max bestimmt sofort erkennen, denn sie hatte ihn schon mehrfach mit Sarah gesehen. Doch im Grunde brauchte sie sich keine Sorgen zu machen, denn ihr Gatte wußte genau, wie man sich eines unerwünschten Schattens entledigte, darin hatte er Übung genug, es tat ihr nur leid, daß er sich die Mühe machen mußte. Was war bloß in Tigger gefahren, daß sie urplötzlich so gesellig geworden war?

Von der Geschichte mit der versuchten Vergewaltigung glaubte Sarah kein Wort. Sie konnte sich höchstens vorstellen, daß Ted möglicherweise eine anzügliche Bemerkung gemacht hatte, über die Tigger sich maßlos aufgeregt hatte. Bei dem Gekeife in der Gasse hatte sie nicht geklungen wie jemand, der Angst hatte, sondern eher wie jemand, der wütend war.

Was hatte Ashe überhaupt in diesen Teil der Stadt geführt? Warum war er nicht mit den anderen SCRC-Mitgliedern bei Chets Beerdigung gewesen? Aber es bestand natürlich keine Anwesenheitspflicht, und da Ashe ein Neuling war, hatte er Chet Arthur vielleicht kaum gekannt und sich die Mühe gespart. Trotzdem hätte er auf diese Weise Gelegenheit gehabt, die anderen Mitglieder näher kennenzulernen und sich kostenlos im Center verpflegen zu lassen, und zwar mit Leckerbissen, die es nicht allzuoft gab. Laut Dolph und Mary waren Leute, die ihren Tag damit verbrachten, weggeworfene Flaschen und Dosen aufzusammeln, normalerweise dankbar für jede Art von Zerstreuung. Aber vielleicht war er Atheist und hielt nichts von Beerdigungen. Oder er hatte Wichtigeres zu erledigen gehabt. Vielleicht hatte ihm auch jemand nahegelegt, sich für die Beerdigung zu waschen. Sarah bezahlte das astronomische Fahrgeld, ging in ihre Wohnung und rief Theonia an.

Mr. Lovedays Liste war ellenlang. Die beiden Frauen verbrachten den größten Teil des Nachmittags damit, die Umschläge zu adressieren, die Einladung hineinzustopfen und als Absender »Mrs. Adolphus Kelling« mit der Chestnut Hill Adresse oben links vorn auf die Umschläge zu schreiben. Loveday hatte ihnen den Tip gegeben, daß sie mit dem Namen Kelling und der Adresse eine bessere Chance hätten, die Aufmerksamkeit des jeweiligen Empfängers zu erregen. Sie hatten Brooks mit den bereits frankierten und nach Postleitzahlen sortierten Briefbündeln zur Post geschickt und waren gerade dabei, sich mit heißem Tee von ihrem Schreibkrampf zu erholen, als Max nach Hause kam.

»Was machen die Einladungen?« erkundigte er sich.

»Schon erledigt«, teilte Sarah ihm mit. »Ist die Beerdigung glatt verlaufen?«

»Allerdings. Außer dem armen Chet hat es allen gefallen. Ihm vielleicht auch, wenn ich es mir recht überlege. Aber ihr werdet nicht glauben, was danach passiert ist.«

»Als du zurück ins Center gegangen bist, hast du Tigger beim Plätzchenanbieten überrascht.«

Max starrte seine Frau verblüfft an. »Woher, zum Teufel, weißt du das schon wieder?«

»Das hat Theonia in ihren Teeblättern gelesen. Möchtest du auch eine Tasse Tee?«

»Gern. Schau doch bitte mal nach, ob du das Blatt finden kannst, auf dem der Name von Chet Arthurs ehemaligem Chef steht, Theonia.«

»Bist du denn in der Sache noch nicht weitergekommen?« erkundigte sich Theonia. »Da muß mich mein Gefühl wohl getrogen haben.«

»Ein bißchen weiter schon«, gab Max zu. »Ich bin dem Gerücht nachgegangen, daß Chet im South Boston Navy Yard gearbeitet hat, das sich leider als Fehlanzeige herausstellte. Aber jetzt war ich nun mal in der Gegend und bekam Hunger. Nach der Beerdigung hat es mir im Center glatt den Appetit verschlagen, als ich gesehen habe, wer die Erfrischungen reichte. Also bin ich in einen vielversprechend aussehenden Feinkostladen gegangen, einen dieser Delis, die wahrscheinlich schon seit ewigen Zeiten existieren und so eine Art Wahrzeichen des Viertels sind, und habe dem Mann an der Theke ein Foto von Chet Arthur gezeigt.«

»Woher hattest du denn das Foto?« fragte Sarah.

»Ich habe Dolphs Polaroidkamera geborgt und den Bestattungsunternehmer gebeten, mich ein paar Aufnahmen machen zu lassen, bevor sie den Sarg geschlossen haben. Deine Freundin Annie meinte, Chet hätte tot nicht viel anders ausgesehen als lebendig. Der Mann hat nur einen kurzen Blick darauf geworfen und gesagt, klar kenne er den, das sei doch der Kerl, der in der Lotterie gewonnen habe. Es stellte sich heraus, daß der Laden nur einmal ein Los verkauft hat, das gewonnen hat, und der glückliche Gewinner war Chet Arthur.«

»Hat der Mann ihn persönlich gekannt?«

»Nur unter dem Namen Chet, aber er war dort jahrelang Stammgast. Er war der Meinung, daß Chet ganz in der Nähe gearbeitet haben müsse, weil er an fünf Tagen in der Woche pünktlich um die Mittagszeit hereinschneite und einen Kaffee und ein Sandwich mit Spiegelei bestellte. Der Mann sagte, sobald Chet durch die Tür gekommen sei, hätte er immer schnell ein Ei in die Pfanne geschlagen, damit Chet nicht zu bestellen brauchte. Er behauptet, Chet hätte nicht gern geredet, weil er stocktaub war.«

»Tatsächlich? Das haben Dolph und Mary überhaupt nicht erwähnt.«

»Vielleicht haben sie es nie bemerkt. Möglicherweise konnte er so gut von den Lippen ablesen, daß es keinem aufgefallen ist. Der Mann vermutet, Chets Taubheit hätte vielleicht etwas mit seiner Arbeit zu tun gehabt. Früher habe es ganz in der Nähe eine Heizkesselfabrik gegeben, und dort sei es so laut gewesen, daß viele der Arbeiter nach und nach ihr Gehör verloren hätten – genau wie die Kinder, die sich heutzutage die Ohren mit diesem schrecklichen Hardrock volldröhnen.«

»Hast du in der Heizkesselfabrik nachgefragt?«

»Ging leider nicht. Sie wurde vor zehn Jahren geschlossen. Danach habe er Chet nur sehr selten gesehen, sagt der Mann. Eine Weile sei er noch ab und zu gekommen, um sein Spiegelei zu essen, wahrscheinlich um der guten alten Zeiten willen, aber seit dem Tag, als er mit dem Gewinnlos aufgekreuzt ist, sei er nie wieder da gewesen. Alle hätten angenommen, er sei fortgezogen und lebe in Saus und Braus von seinem Gewinn.«

»Wieviel hat er denn gewonnen?« fragte Theonia.

»Fünfundzwanzigtausend Dollar, abzüglich Steuern. Wenn er wirklich in dieser Heizkesselfabrik oder sonst irgendwo in der Nähe gearbeitet hat, wofür die regelmäßige Mittagspause spricht, könnte es durchaus sein, daß er sich den Rest des Geldes, das er Mary vermacht hat, von seinem Lohn zusammengespart hat oder bei der Schließung der Fabrik als Abfindung für alle Rentenansprüche ausgezahlt bekommen hat. Ich habe dem Mann gegenüber erwähnt, daß Chet vielleicht Vorarbeiter war, was ihn sehr überraschte. Er sagt, Chet habe sich kein bißchen wie ein Vorarbeiter verhalten, was immer das heißen mag.«

»Mr. Loveday hält sie sowieso alle für Lügner«, warf Sarah ein.

»Der Kerl ist ein richtiges Herzchen«, regte sich Max auf. »Ich frage mich wirklich, was ihn wohl bewogen hat, eine Stelle im Bereich der Sozialfürsorge anzunehmen.«

»Gegensätze ziehen sich bekanntlich an«, schlug Sarah vor.

»Bei ihm war es wohl eher Snobismus«, meinte Cousine Theonia. »Es klingt zwar nicht nach Nächstenliebe, aber ich bin der Meinung, daß unser Mr. Loveday zu den sogenannten Speichelleckern gehört, die von den Krumen vom Tisch der Reichen leben und jede Gelegenheit nutzen, wohlhabende, einflußreiche Personen zu treffen, auch wenn sie selbst wenig Aussicht auf sozialen Aufstieg haben. Wenn man bedenkt, an wen wir den ganzen Tag geschrieben haben, brauche ich euch ja kaum zu erzählen, daß Wohltätigkeitsorganisationen nicht nur mit Armen, sondern genausoviel mit Reichen zu tun haben. Außerdem war er bestimmt stolz darauf, jeden Tag Kontakt mit dem berühmten Mr. Frederick Kelling zu haben. Das konnte schließlich nicht jeder von sich behaupten.«

»Das hätte auch kaum einer gewollt«, sagte Sarah. »Die meisten Leute haben ihn nämlich gemieden wie die Pest. Noch etwas Tee, Theonia?«

»Nein, vielen Dank. Ich sollte mich allmählich auf den Heimweg machen. Ich möchte Mariposa nicht zwei Abende hintereinander mit dem Abendessen im Stich lassen, schließlich hat sie schon den ganzen Tag geputzt und aufgeräumt. Nein, Max, du brauchst wirklich nicht mit zur Tür zu kommen.«

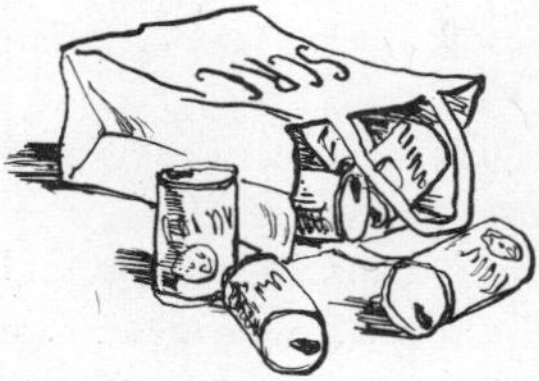

Kapitel 9

Sie gab beiden einen Abschiedskuß und entschwand in einer Arpège-Wolke. Sarah brachte das Tablett in die Küche, kam zum Sofa zurück, legte die Füße hoch und lehnte sich zärtlich an Max' Schulter.

»Du hast tatsächlich mit eigenen Augen gesehen, wie Tigger im Center beim Servieren geholfen hat? Ich bin sprachlos. Hatte sie sich etwa auch noch die Haare gekämmt?«

»Darauf habe ich nicht geachtet. Aber sie hat weniger wütend darunter hervorgestarrt als beim letzten Treffen, an das ich mich erinnern kann. Eigentlich hat sie überhaupt nicht wütend gestarrt, wenn ich es mir recht überlege. Ich hätte sie nie im Leben erkannt, wenn sie nicht ihre Springerstiefel getragen hätte.«

»Hat sie mit dir gesprochen?«

»Höchstwahrscheinlich hat sie mich gar nicht bemerkt. Ich habe sie nur durchs Fenster gesehen. Nach der Beerdigung bin ich mit Dolph und Mary zurückgegangen und habe sie bis zur Tür gebracht. Ich wollte ohnehin nicht mit ins Center gehen. Woher hast du gewußt, daß Tigger da war?«

»Weil ich sie sozusagen selbst hingebracht habe.«

Sarah schilderte die Szene in der Gasse und Tiggers ungewöhnliche Anhänglichkeit. »Es war wirklich merkwürdig, Max. Ich habe keine Ahnung, was in sie gefahren ist, es sei denn, sie hatte tatsächlich schreckliche Angst, was ich kaum glauben kann. Aber vielleicht will sie sich nur wieder in die Familie einschleichen. Tante Appie hat sich immer sehr um sie gekümmert, weißt du, jedenfalls solange, bis diese unsägliche Geschichte mit Vare anfing und Tigger zur Persona non grata wurde.«

Vor einiger Zeit hatte Apollonia Kellings Schwiegertochter Vare ihren Gatten Lionel und ihre vier fürchterlichen Sprößlinge vorübergehend verlassen, um eine alternative Daseinsweise zu erproben. Warum sie sich für dieses Experiment ausgerechnet Tigger aussuchen mußte, hatte niemand verstanden, doch warum Tigger Vare auserkoren hatte, war mehr als offensichtlich. Am Ende hatte sie Vare dazu gebracht, Lionel auszupressen wie eine Zitrone, um mit ihr ein Leben auf großem Fuß führen zu können, bis Vare schließlich einsah, daß es besser war, die Gattin eines reichen Mannes als die Lebensgefährtin einer Hyäne zu sein. Da Appie inzwischen in den Besitz von noch mehr Geld gekommen war, als sie ohnehin schon besaß, hoffte Tigger möglicherweise auf ein weiteres Stück vom großen Kuchen.

»Warum marschiert sie dann nicht einfach zu deiner Tante und fragt sie um Geld?« sagte Max. »Sie weiß doch bestimmt, was für ein weiches Herz Appie hat.«

»Liebling, es hat keinerlei Zweck, mich zu fragen, was sich in Tiggers Gehirnwindungen abspielt«, protestierte Sarah. »Ich fand sie schon immer ziemlich verrückt. Ich habe keinen blassen Schimmer, ob sie ein Komplott plant und deshalb vor mir eine Riesenshow abgezogen hat oder ob sie einfach rein instinktiv handelt, wie ein Hund, der dem erstbesten Menschen hinterherläuft, der ihm zufällig begegnet. Mr. Loveday hat sie gefragt, ob sie Lust hätte, als ehrenamtliche Helferin einzuspringen, und ich vermute, da sie schon mal da war, hat sie sich halt dazu bereiterklärt.«

»Wie kam Loveday dazu, ausgerechnet sie zu fragen?«

»Na ja, ich mußte schon die Schachtel mit den Einladungen tragen, und dann habe ich auch noch eine Riesenladung Umschläge gekauft. Die Tragetasche war zwar nicht sehr schwer, dafür aber ziemlich sperrig. Tigger hat darauf bestanden, sie für mich zu tragen, und ich hatte keine Lust, sie ihr mit Gewalt zu entreißen. Als sie in ihrem scheußlichen Aufzug das Center betrat, hat Mr. Loveday natürlich zunächst angenommen, in der Tragetasche sei Recyclingmaterial, das sie abgeben wollte. Er hat sich sofort auf sie gestürzt und sie darüber aufgeklärt, daß das Center nur für ältere Menschen gedacht ist. Dann hat sie gesagt: ›Ich bin mit der da gekommen‹, woraufhin er sofort angefangen hat, mit dem Schweif zu wedeln und ihr die Hände zu lecken. Er wollte ihr erklären, was es mit dem Center auf sich hat, und fing an, von freiwilligen Helfern zu schwafeln, so daß ich den geeigneten Moment für gekommen sah, mich mit meiner Liste zu entfernen und Tigger einfach stehenzulassen. Also habe ich die Gelegenheit genutzt und bin verschwunden. Meinst du, ich hätte bleiben sollen?«

»Um Himmels willen, natürlich nicht! Ich bin froh, wenn du dir diese Frau so weit wie möglich vom Leib hältst.«

»Ich auch«, sagte Sarah. »Aber findest du es nicht auch merkwürdig, wie sie es immer wieder schafft, völlig unerwartet aufzutauchen?«

»Bei so einer Verrückten überrascht mich gar nichts.« Max zuckte mit den Achseln. »Ich würde sagen, in ihrem Fall ist das Unwahrscheinlichste immer das Wahrscheinlichste. Was gibt's zum Abendessen?«

»Leider nicht sehr viel, muß ich gestehen. Ich wollte auf dem Heimweg irgendwo einkaufen, aber durch die ganze Aufregung mit Tigger und mit den Einladungen habe ich es total vergessen. Bist du sehr hungrig? Ich könnte uns sonst vielleicht ein Omelette mit Salat machen, was meinst du?«

»Es sei denn, du möchtest, daß ich dich zum Essen ausführe. Was hältst du beispielsweise vom Ritz Carlton?«

»Ich glaube nicht, daß mir heute der Sinn nach dem Ritz Carlton steht. Weißt du was, ich mach dir einen Drink, und dann sehen wir weiter.« Sarah verspürte wenig Lust, ihre müden Füße wieder in unbequeme Schuhe zu zwängen. Ihr listiger Plan bestand darin, Max mit Käse und Crackern vollzustopfen, bis er bereit war, sich mit etwas Einfachem zufriedenzugeben. Wie sich herausstellte, brauchte sie ihre gastronomischen Tricks gar nicht anzuwenden. Theonia rief nämlich an, klang deutlich weniger gurrend als sonst und klagte, jetzt habe sie sich die ganze Arbeit gemacht und *Huhn Kiew* vorbereitet, und nun hätten zwei ihrer Pensionsgäste in letzter Minute abgesagt und ihr mitgeteilt, sie würden anderswo dinieren. Ob Sarah und Max vielleicht Lust hätten, vorbeizukommen und für sie einzuspringen?

Max, der ans Telefon gegangen war, weil er angenommen hatte, es sei Pepe Ginsberg, sagte, in diesem Notfall würden sie selbstverständlich liebend gern aushelfen. Er würde allerdings davon absehen, im Smoking zu erscheinen. Doch das erwartete Theonia gar nicht. Seinen Smoking hatte er nicht einmal getragen, als er noch Sarahs Pensionsgast war, obwohl sich die meisten anderen Gäste immer in Schale geworfen und es gelegentlich sogar reichlich übertrieben hatten. Einer seiner Londoner Anzüge und ein weißes Hemd mit einer diskreten Seidenkrawatte wären genau richtig.

Sarah freute sich, endlich wieder einmal Gelegenheit zu haben, ihre geflochtene Goldkette mit den kleinen Diamanten und den bodenlangen Chiffonkaftan in Pflaumenblau- und Pinktönen tragen zu können. Er würde Theonia gefallen und erlaubte Sarah, ihre geschundenen Füße in bequemen Pantoffeln spazierenzuführen, denn unter dem Kleid konnte ohnehin niemand sehen, welche Schuhe sie trug. Eine Stunde später hatte sie das Vergnügen, sich in ihrem eigenen Speisezimmer als willkommener Gast begrüßen zu lassen.

Der Raum hatte sich kaum verändert, seit Sarah hier während ihrer kurzen Witwenschaft als Pensionswirtin aufgetreten war, doch von den ursprünglichen Pensionsgästen waren nur Theonia und Eugene Porter-Smith übrig geblieben. Bald würde auch Eugene nicht mehr da sein. Er war vor kurzem befördert worden und bekleidete nun in Cousin Percy Kellings Steuerberaterbüro einen höchst angesehenen und finanziell einträglichen Posten. Inzwischen zog er sich weniger exzentrisch an und wirkte äußerst gepflegt, wie es sich für einen Herrn mit wichtiger Mission ziemte. Statt in seiner Freizeit in den Cafés in der Charles Street herumzulungern, hatte er im SCRC viele Stunden damit verbracht, ein verbessertes Programm für Dolphs Steuern auszutüfteln.

Jetzt war er bereit, seinen eigenen Hausstand zu gründen, und teilte ihnen vertraulich mit, daß Mr. und Mrs. Bittersohn und Mr. und Mrs. Brooks Kelling schon bald mit einer Einladung für seine höchstwahrscheinlich sensationelle Hochzeitsfeier rechnen durften. Die zukünftige Braut war allerdings nicht jene Miss Jennifer LaValliere, die einst in diesem Raum sein romantisches Interesse geweckt hatte – sie hatte sich schon seit geraumer Zeit mit einem anderen vermählt –, sondern eine andere Jennifer, deren Vater so viel Geld als Immobilienmakler verdiente, daß Eugene sich jede weitere Erklärung sparen konnte. Miss Wilton-Rugge hatte am Babson Institute ihr Diplom gemacht und teilte voll und ganz die Begeisterung ihres zukünftigen Bräutigams für leidenschaftliche, ausdauernde, prickelnde Buchprüfungen.

»Dann werden Sie also nicht mehr ehrenamtlich für das SCRC tätig sein?« erkundigte sich Sarah.

»Das hätte ich wahrscheinlich ohnehin nicht mehr getan«, teilte er ihr mit. »Ich versuche lediglich, ein einfaches, praktisches Buchhaltungssystem für das Center zu entwickeln. Es ist eine interessante Aufgabe, wissen Sie, bei so vielen Mitgliedern, die so viele unterschiedliche Arten von recycelbaren Wertstoffen sammeln, verschiedenen Recyclingfirmen, mit denen sie zusammenarbeiten und dergleichen. Aber wenn das Programm erst fertig ist, müßte eigentlich alles problemlos über die Bühne gehen.« Porter-Smith begann, ihnen in völlig unverständlichen Fachbegriffen darzulegen, wie wunderbar reibungslos und idiotensicher sein Programm sein würde.

»Dann haben Sie wohl nicht direkt mit den Mitgliedern zusammengearbeitet«, warf Max ein, sobald sich die Möglichkeit dazu bot.

»Nein, eigentlich nicht. Wir grüßen uns, wenn wir uns sehen, wissen Sie, und ich bemühe mich, all ihre Fragen zu beantworten, was Sozialhilfe und Altersrenten betrifft. Es ist wirklich erschreckend, wie wenig Ahnung manche dieser Leute haben, wenn es um ihre eigenen Finanzen geht.«

»Die meisten von ihnen haben in ihrem ganzen Leben noch nie irgendwelche Finanzen gehabt, wenn ich mir die Bemerkung erlauben darf«, sagte Brooks Kelling.

»Das würde ich nicht sagen«, widersprach Porter-Smith, wie er es immer gerne tat. »Einer der Männer hat mir erzählt, er sei früher Buchhalter in einer großen Fleischkonservenfabrik gewesen. Doch dann sei er Vegetarier geworden, und seine Prinzipien hätten ihn schließlich seine Stelle gekostet. Loveday behauptet zwar, die Leute würden einem ständig vorlügen, was für wichtige Jobs sie früher gehabt hätten, doch dieser Mann scheint zumindest über die wichtigsten Grundkenntnisse der Buchführung zu verfügen. Er versteht jedenfalls eine ganze Menge mehr davon als Loveday, wenn Sie mich fragen. Ich habe noch nie ein größeres Durcheinander gesehen als in seinen Büchern, bevor ich angefangen habe, mich damit zu beschäftigen. Loveday hat selbst zugegeben, daß der Umgang mit Zahlen nicht gerade seine Stärke ist. Ich frage mich nur, wieviel seine Unfähigkeit die Kellings wohl kostet, aber dieses Thema sollte ich wohl im Beisein ihrer Verwandten besser nicht anschneiden.«

Brooks und Sarah brachen in schallendes Gelächter aus. »Um Dolphs Geld brauchen Sie sich wirklich keine Sorgen zu machen«, versicherte Sarah dem jungen Steuerberater. »Was die Bücher betrifft, kann ich natürlich nichts sagen, aber ich bin sicher, daß Dolph haargenau weiß, wieviel Geld das Center seit der Eröffnung eingenommen und abgeworfen hat. Wenn Sie ihn jetzt nach der genauen Summe fragen würden, könnte er ihnen bestimmt alles auf Heller und Pfennig vorrechnen. Innerhalb der Familie machen wir uns immer darüber lustig, daß die meisten Kelling-Männer anscheinend Rechenmaschinen im Kopf haben. Einige der Frauen übrigens auch, meinst du nicht, Brooks?«

»Allerdings. Auf mich trifft dies wahrscheinlich auch zu, aber Geld hat noch nie zu den Dingen gehört, die mir besonders wichtig sind. Sogar mein Cousin Jeremy, den hier wohl alle bestens kennen, ist längst nicht so verschwenderisch, wie er uns immer glauben machen will. Ich hege sogar den Verdacht, daß seine Vorliebe für Martinis auf der einfachen ökonomischen Überlegung basiert, daß guter Gin bedeutend preiswerter ist als guter Whiskey.«

»Das ist mir noch nie aufgefallen, aber da könntest du durchaus recht haben, Brooks«, sagte Sarah. »Um wieder auf den Buchhalter zurückzukommen, der zum Vegetarier wurde und damit seine Karriere ruinierte, meinen Sie, der Mann sagt tatsächlich die Wahrheit, Eugene?«

»Was seine Abneigung gegen Fleisch betrifft, wohl kaum«, meinte Porter-Smith. »Ich habe nämlich beobachtet, daß er im Center alles ißt, was ihm vorgesetzt wird, aber mit Zahlen hat er früher bestimmt schon zu tun gehabt. Ich kann nicht verstehen, wieso er sich nicht zusammenreißt und versucht, irgendwo einen anständigen Job zu bekommen, statt in Abfalltonnen zu wühlen und sich lediglich hier und da ein paar Dollars zu verdienen. Auch wenn er nicht mehr der Jüngste ist, könnte er bestimmt noch eine Teilzeitstelle als Buchhalter finden. Aber seine äußere Erscheinung spricht natürlich nicht gerade für ihn, wie ich zugeben muß.«

Eugene Porter-Smith machte eine plötzliche Bewegung, woraufhin die nagelneuen goldenen Manschettenknöpfe in den blütenweißen gestärkten Manschetten seines Hemdes, die bisher unter seinem Jacket verborgen gewesen waren, sichtbar wurden. Früher hatte seine Vorliebe eher zerknitterten pinkfarbenen Hemden und kastanienbraunen Samtjackets mit Satinaufschlägen gegolten. Doch jetzt, wo er zu den Kometen seines Faches gehörte, hatte er diese Jugendsünden hinter sich gelassen und fühlte sich in schlichten schwarzen Anzügen konservativer Machart am wohlsten, auch wenn die Art, wie er seine Krawatte gebunden hatte, immer noch ein gewisses teuflisches Etwas hatte.

»Seine äußere Erscheinung?« sagte Sarah. »Sprechen Sie etwa von Ted Ashe?«

»Ja, ich glaube, so heißt der Mann. Relativ groß, ein bißchen stämmig, für einen älteren Mitbürger wirkt er eigentlich ziemlich jung, aber sein Gesicht ist so schmutzig, daß man sein Alter nicht erkennen kann. Das finde ich auch reichlich merkwürdig, denn er ist immer glattrasiert. Ich vermute, man sollte ein derartiges Thema bei Tisch nicht zur Sprache bringen, aber ich habe mich schon mehrfach gefragt, wie er es fertigbringt, sich jeden Tag zu rasieren und trotzdem so dreckig zu bleiben.«

»Vielleicht ist er indischer oder orientalischer Abstammung«, mutmaßte Cousin Brooks. »Viele Asiaten haben keinen sehr starken Bartwuchs. Aber wahrscheinlich haben wir sogenannten Weißen auch bedeutend mehr zu verbergen.«

Porter-Smith schüttelte den Kopf. »Er sieht überhaupt nicht asiatisch oder orientalisch aus. Außerdem ist es immer schon ziemlich spät, wenn ich ihn sehe, dann ist sein Gesicht schon ein wenig stoppelig. Aber die Stoppeln sind immer gleich lang, und der Mann ist trotzdem genauso schmutzig wie sonst.«

»Dann benutzt er wahrscheinlich einen Elektrorasierer.« Brooks ließ sich auch von ein paar Bartstoppeln nicht aus der Ruhe bringen. »Das ist nämlich die einzige Methode, sich ohne Schaum zu rasieren. Es sei denn, man hat nichts dagegen, sich die Haut abzuschaben.«

»Theoretisch richtig, Brooks«, sagte Max. »Aber wo soll er den Elektrorasierer einstöpseln? Da es auf der Straße keine Steckdosen gibt, könnte man daraus schließen, daß er seine Nächte nicht unter freiem Himmel verbringt, auch wenn er noch so sehr danach aussieht. In einem Männerheim gäbe es zwar die Möglichkeit, sich frisch zu machen und zu rasieren, aber dann würde er sich auch waschen müssen. Ergo – dieses schöne Wort wollte ich immer schon mal irgendwann einflechten – muß er auch irgendwo ein eigenes Zimmer haben. Vielleicht hat Loveday die Adresse.«

»Höchstwahrscheinlich«, sagte Porter-Smith. »Die Personalakten fasse ich nicht an. Das ist Lovedays Reich, da läßt er keinen ran, und mich kann er ohnehin nicht mehr leiden, seit ich seine Art der Buchhaltung kritisiert habe. Wie kommt es, daß Sie Ted Ashe kennen, wenn ich mir die Frage erlauben darf?«

»Eigentlich kennen wir ihn gar nicht«, sagte Sarah. »Es ist nur so, daß sein Name plötzlich überall auftaucht. Cousin Dolph hat beispielsweise überlegt, ob er Ashe nicht bei unserer Auktion am Samstag abend einsetzen soll. Sie kommen doch sicher auch, nicht?«

»Das lasse ich mir auf keinen Fall entgehen. Mrs. Dolph hat mich gebeten zu protokollieren. Meine Verlobte freut sich schon auf den Abend. Jennifer hofft, einiges für unser zukünftiges Heim zu ersteigern, was wirklich Aufmerksamkeit erregt.«

»Davon gibt es mehr als genug«, sagte Sarah und dachte an die Seetangsprüche.

Einige der anderen Pensionsgäste sahen ebenfalls interessiert aus, und einer wirkte sogar ausgesprochen beleidigt, so daß Sarah eine allgemeine Einladung für angebracht hielt. »Es war eine ganz spontane Idee. Die Veranstaltung ist zwar privat, aber selbstverständlich sind Sie und Ihre Freunde herzlich eingeladen.«

Max' Lippen zuckten kaum merklich, und Sarah wußte genau, was ihn so erheiterte. Am Nachmittag hatten sie und Theonia weit über hundert Einladungen verschickt. Tante Emma hatte sicher inzwischen einen ganzen Bus voll Besucher zusammengetrommelt. Marcia Whet würde mit einer Gruppe im Schlepptau erscheinen, Tante Appie und einige andere zweifellos ebenfalls. Was sollten sie machen, wenn alle geladenen Gäste nun tatsächlich kamen und noch weitere Personen mitbrachten? Sie tat sicher besser daran, ihren Einladungsdrang zu zügeln und stattdessen für eine milde Vollmondnacht zu beten, damit die Versteigerung draußen auf dem Rasen stattfinden konnte, falls das Haus bei dem Massenandrang aus allen Nähten platzte.

Die alte Tradtion und Sitte verlangte, daß die Pensionswirtin nach dem Abendessen eine halbe Stunde mit den Gästen in der Bibliothek verbrachte und diejenigen, die sich entschieden hatten, ihr Gesellschaft zu leisten, mit Kaffee und Plaudereien unterhielt. Eugene Porter-Smith entschuldigte sich als erster. Höchstwahrscheinlich sei dies sein letzter Abend mit dem Soll und Haben des Recycling Centers, teilte er ihnen mit, da er und seine Zukünftige sich in Bälde ernsteren Problemen zuwenden müßten, beispielsweise der schwierigen Wahl der Eheringe. Nachdem die obligatorische halbe Stunde verstrichen war, erhob sich auch Brooks.

»Ich bringe das Tablett in die Küche. Charles steht heute abend nämlich auf den Brettern, die die Welt bedeuten.«

Einen Butler zu haben, der gleichzeitig Schauspieler war, wenn auch zum Glück für die Kelling-Pension kein sonderlich erfolgreicher, verlieh dem Ambiente zwar zusätzliches Flair, konnte jedoch gelegentlich dazu führen, daß der sonst so reibungslose Ablauf empfindlich gestört wurde. »Wie schade«, sagte Sarah. »Kann ich euch beim Aufräumen helfen?«

»Das ist wirklich nicht nötig. Charles bleibt bestimmt nicht lange weg. Er wird bereits mitten im ersten Akt erdolcht. Am besten, Ihr geht mit Theonia nach oben. Ich komme in ein paar Minuten nach.«

Als Sarah noch Pensionswirtin gewesen war, hatte sie das Boudoir ihrer verstorbenen Schwiegermutter in ein kleines Wohnzimmer für sich selbst verwandelt. Brooks hatte zwar Sarahs Bilder, eine Teegesellschaft von Philip Hale und eine Porträtzeichnung von Charlotte Lamson, durch zwei Drucke der Audubon Gesellschaft zum Schutz der Vogelwelt ersetzt, und Theonias Nähzeug hatte inzwischen den Platz von Sarahs Zeichenutensilien eingenommen, doch ansonsten hatte sich der Raum kaum verändert. Das intime zweisitzige Sofa, auf dem Max die Moral der jungen Witwe erfolgreich untergraben hatte, stand noch an derselben Stelle wie früher, und so nahmen die beiden ganz selbstverständlich darauf Platz.

»Was für ein angenehmer Abend«, bemerkte Sarah mit einem befriedigten kleinen Seufzer. »Ich bin heilfroh, daß eure Pensionsgäste verhindert waren, Theonia. Der arme Max wäre bei mir heute bestimmt nicht satt geworden.«

»Auf mich wirkt er alles andere als vernachlässigt.«

Theonia saß auf einem der Sessel, die vielleicht für die Versteigerung am Samstag ausgewählt worden wären, wenn Dolph und Mary sie nicht Sarah geschenkt hätten, und ordnete ihre Taftvolants. »Du mußt Brooks gleich unbedingt alles über die Beerdigung erzählen, Max. Ich hatte noch gar keine Gelegenheit, mit ihm zu sprechen.«

»Sobald er wieder da ist.« In der Zwischenzeit begann er, die schlichte Trauerfeier zu beschreiben, weil Theonia sich dafür interessierte. Es tat ihm leid, daß er ihr nicht erzählen konnte, wie den Trauernden ihre selbstgebackenen Schokoladenplätzchen geschmeckt hatten, da er nicht lange genug dort geblieben war

»Und warum bist du so früh gegangen?« sagte Brooks, der sich inzwischen wieder zu ihnen gesellt hatte und schwach nach Spülmittel duftete. »Ich wäre geblieben.«

»Das wage ich sehr zu bezweifeln«, sagte Max. »Die ehemalige Lebensgefährtin von Lionels Gattin Vare hat nämlich die Erfrischungen gereicht.«

»Du meinst doch wohl nicht dieses merkwürdige Geschöpf namens Tigger, das einen aus seiner wirren Mähne anstarrt wie ein Vielfraß aus einem Gebüsch? Was in aller Welt hat die denn ins Center verschlagen?«

»Sarah hat ihr einen kleinen Job vermittelt. Sag du es ihnen, Kätzele.«

Sarah schilderte ein weiteres Mal, wie sie Tigger getroffen und zum CSRC mitgenommen hatte, und wie Osmond Loveday Tigger bei der Nennung des magischen Codewortes Kelling zur freiwilligen Helferin auserkoren hatte.

»Wahrscheinlich können wir Osmond in diesem Fall getrost vertrauen«, meinte Brooks. »Er hat zwar meistens keinen blassen Schimmer, für welchen guten Zweck er gerade tätig ist, aber er kennt alle Tricks, wenn es darum geht, andere einzuspannen. Seine Philosophie kann man gut mit dem Satz zusammenfassen: »Wer sich ausnutzen läßt, ist selber schuld.« Das soll nicht heißen, daß Osmond unehrlich ist. Er ist lediglich ein Genie, wenn es darum geht, andere für seine Zwecke auszunutzen.«

»Bei Tigger sollte er lieber vorsichtig sein«, meinte Sarah. »Ich halte sie für völlig unberechenbar – oder wenigstens ziemlich kurz davor. Ihr hättet hören sollen, wie sie heute morgen diesen Ashe angebrüllt hat.«

»Was hat sie denn gebrüllt?«

»Ich nähme die Wörter nicht mal in den Mund, wenn ich sie kennen würde. Ich kann dazu nur sagen, daß sie sich anscheinend mit den deftigeren elisabethanischen Dramatikern hervorragend auskennt.«

»Oder sehr viel mehr Zeit damit verbracht hat, an Straßenecken herumzulungern, als man es bei einer jungen Frau ihrer Herkunft erwarten würde«, schlug Theonia vor. »Obwohl ich diese Bemerkung eigentlich gar nicht machen sollte, da ich keine Ahnung habe, wo sie herkommt.«

»Das weiß keiner«, sagte Max. »Sarah kennt nicht mal ihren richtigen Namen.«

»Erwartet bloß nicht, daß ich euch da weiterhelfe«, sagte Brooks. »Ich habe mich mein Leben lang bemüht, Appie und ihren guten Werken tunlichst aus dem Weg zu gehen. Wenn es denn wirklich so wichtig ist, müßt ihr sie selbst fragen.«

»Appie ist momentan nicht erreichbar«, informierte ihn Theonia. »Sie besucht gerade einen Kurs in Tranzendentaler Meditation.«

»Wozu? Appie steht doch ohnehin immer mit beiden Füßen fest in den Wolken.«

Brooks strich über die Bügelfalten der etwas abgetragenen Hose seines Abendanzuges. Er hätte sich natürlich einen neuen Anzug kaufen können, doch wozu die Mühe? In seinem jetzigen Alter konnte er höchstens noch zwanzig bis dreißig Jahre an förmlichen Abendessen teilnehmen, also bei weitem nicht lange genug, um einen neuen Smoking angemessen aufzutragen.

»Morgen früh werde ich als allererstes Tante Appie anrufen und mich nach Tiggers Namen und Adresse erkundigen«, versprach Sarah. »Wahrscheinlich hätte ich es schon heute tun sollen, aber ich war zu sehr mit den Vorbereitungen für die Versteigerung beschäftigt. Theonia, hast du auch schon bemerkt, daß wir mit der ganzen Aktion sozusagen ein Monster losgelassen haben?«

Die ältere Frau lachte. »Besser ein Monster als einen Zwerg, liebe Sarah. Wir sollten uns wirklich keine Sorgen machen. Dolphs und Marys Arche ist so riesig, daß man darin spielend eine ganze Armee unterbringen könnte, und die beiden haben massenhaft Sachen, die sie versteigern können. Ich glaube, Mary würde sich freuen, wenn die Zimmer bis auf die Böden vollkommen leer würden. Wahrscheinlich würde sie das Haus am liebsten gleich mitversteigern, wenn dadurch nicht das Dienstpersonal arbeitslos würde.«

»Dann können wir ja beruhigt sein«, erwiderte Sarah. »Wir müssen nur dafür sorgen, daß Dolph genug Champagner hat, um einen Luxusdampfer darin schwimmen zu lassen, und Genevieve darauf vorbereiten, daß sie sich auf irgendwas zwischen hundert und tausend Gäste einstellen muß.«

»Tausend bestimmt nicht«, protestierte Theonia. »Mehr als drei- bis vierhundert können wir bei dieser kurzfristigen Einladung kaum erwarten, und das wären ohnehin mehr als genug.«

»Was auch passiert, Genevieve und Henrietta werden das Kind schon schaukeln«, versicherte Brooks. »Onkel Fred hat früher sein Personal immer mit kurzfristig anberaumten Empfängen konfrontiert, wenn er wichtige Würdenträger oder was weiß ich wen erwartet hat. Falls Essen übrigbleiben sollte, kann Mary es immer noch nächste Woche im Center verwerten. Und falls nicht genug dasein sollte, erklären wir den Gästen, daß es sich schließlich um eine Wohltätigkeitsauktion handelt und wir nicht so viel Geld für die Erfrischungen ausgeben wollten, daß nachher nichts mehr für den guten Zweck übriggeblieben wäre, was schon öfter vorgekommen ist. Beschäftigen wir uns lieber mit den wichtigeren Problemen. Sollten wir deiner Meinung nach diesem Ted Ashe mal auf den Zahn fühlen, Max?«

»Warum nicht?« sagte Max. »Ich würde jedem Menschen auf den Zahn fühlen, der etwas mit dem SCRC zu tun hat, wenn ich nur wüßte, wie ich es anfangen sollte.«

»Ich hätte da eine Idee«, sagte Cousine Theonia.

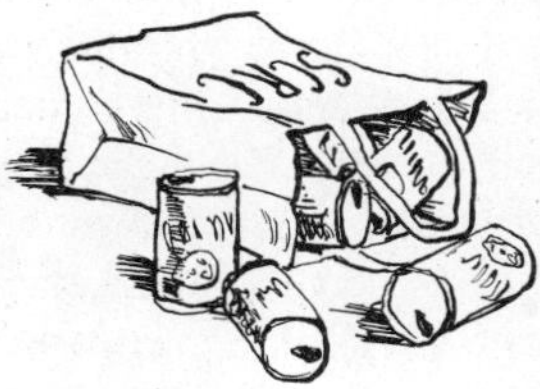

Kapitel 10

Einem aufmerksamen Beobachter wäre die kleine, ziemlich merkwürdige Prozession, die sich am nächsten Morgen durch den Boston Common bewegte, sicher nicht entgangen.

Die Anführerin war eine stattliche, attraktive ältere Dame, die einen schlichten, aber kleidsamen schwarzen Mantel, einen pflaumenblauen Turban und dazu passende pflaumenblaue Handschuhe trug. In der linken Hand hielt sie außer einer riesigen schwarzen Handtasche auch eine kleine weiße Papiertüte. Sie ließ sich in der Nähe der öffentlichen Toiletten auf einer Parkbank nieder, nahm Erdnüsse aus der kleinen Tüte und begann, sie geschickt und in aller Seelenruhe zu schälen. Offenbar beabsichtigte sie, einem ziemlich struppig aussehenden Grauhörnchen eine gesündere Kost zuteil werden zu lassen als die Chipstüte aus Plastik, an der es gerade ganz in der Nähe herumkaute.

Kurze Zeit später, als es der Dame gerade gelungen war, das Grauhörnchen von seiner undankbaren Tätigkeit abzulenken und zu sich zu locken, schlenderte eine sehr viel jüngere Frau, die ganz offensichtlich schwanger war, den Weg herauf. Sie trug eine Stofftragetasche, die auf einer Seite mit einer aufgestickten Schleiereule verziert war, und verschwand in der Damentoilette. Merkwürdigerweise schien es der stattlichen Grauhörnchenfreundin auf der Bank mit einem Mal keine Freude mehr zu bereiten, die lärmende Tierschar – zu dem struppigen Grauhörnchen hatten sich mittlerweile mehrere laut gurrende Tauben und eine launische Stockente gesellt – mit Leckerbissen zu versorgen.

Sie verteilte die restlichen Erdnüsse auf dem Boden, entfachte damit sofort einen gnadenlosen Kampf – die im Boston Common ansässige Fauna zeichnete sich anscheinend nicht gerade durch gute Tischmanieren aus – und begab sich ebenfalls in die Damentoilette. Die Schwangere kam wieder heraus, die Eulentasche immer noch in der Hand, und eilte von dannen, ohne das Grauhörnchen, die Tauben oder die aufgebrachte Ente auch nur eines Blickes zu würdigen. Auch die beiden geschmackvoll gekleideten Herren, die ihr entgegenkamen und in ernste philosophische Erörterungen versunken schienen, beachtete sie nicht, obwohl der größere der beiden Männer attraktiv genug war, um die Blicke der meisten Frauen auf sich zu ziehen, und der kleinere Mann interessanterweise große Ähnlichkeit mit dem Grauhörnchen aufwies.

Im Gegensatz zu der werdenden Mutter, die es anscheinend äußerst eilig hatte, ließen die beiden Herren sich sehr viel Zeit. Man hätte sogar den Eindruck haben können, daß sie trödelten. Falls sie allerdings gehofft hatten, auf die freigiebige Dame mit dem pflaumenblauen Turban zu treffen, mußten sie sich auf eine Enttäuschung gefaßt machen. Sie hatte wohl einen anderen Ausgang gewählt, denn obwohl die Männer eine geraume Zeit mit der Diskussion sokratischer Feinheiten verbrachten, verließ nur eine sehr viel ältere Frau die öffentliche Damentoilette. Auch sie trug einen schwarzen Mantel, der jedoch schäbig und abgetragen wirkte und mit so vielen Erdnußschalen behaftet war, daß man beinahe hätte annehmen können, sie habe ebenfalls an der würdelosen Rangelei zwischen Hörnchen, Tauben und Ente teilgenommen. Sie trug rote Turnschuhe, die an den Seiten so große Löcher aufwiesen, daß man die dicken braunen Strümpfe darunter erkennen konnte. Ihr Kopf und ein Großteil ihres Gesichts waren unter einem ausgeblichenen, ehemals leuchtend gelbroten Schal verborgen, den sie sich tief in die Stirn gezogen hatte. Möglicherweise hatte sie empfindliche Augen, obwohl oder vielleicht auch gerade weil sie eine riesige billige Sonnenbrille mit blauen Gläsern und einem geschmacklosen weißen Plastikgestell trug, das vielleicht vor einem Vierteljahrhundert modern gewesen sein mochte. Sie schlurfte über den asphaltierten Weg in Richtung Tremont Street davon und blieb immer wieder stehen, um in den diversen Abfallbehältern zu wühlen und ab und zu etwas, das sie gefunden hatte, in ihre abgenutzte Papiertragetasche zu stopfen.

Die beiden Männer schenkten dem bemitleidenswerten Geschöpf ebensowenig Beachtung wie die jüngere Frau vorhin der Tierversammlung, sondern bewegten sich zielstrebig auf die Ecke Boylston und Tremont Street zu. Dort trennten sich ihre Wege, und der jüngere Mann ging in das Little Building, während der ältere die Straße überquerte und zuerst in Richtung Freimaurertempel und schließlich mit bedeutend schnelleren Schritten stadtauswärts weiterging. Als er den Ausgang der U-Bahn erreichte, traf er erneut auf die alte Frau, die gerade eine schmutzige alte Zeitung aufhob, um sie ihrer Sammlung hinzuzufügen. Wieder schenkte der Mann ihr keine Beachtung, sondern blieb am Zeitungsstand stehen und kaufte sich ein *Wall Street Journal*, während die Alte ihre Tasche nahm und die Winter Street in Richtung Washington Street entlangschlurfte.

Auf den Straßen von Boston waren an diesem Tag noch mehr Abfallsammler unterwegs, einige wirkten ebenso ziellos wie die alte Frau, andere durchstöberten Körbe und Tonnen auf effiziente, systematische Weise nach potentiellen Sammelobjekten. Alle trugen irgendwelche Taschen oder Beutel, Plastiktragetaschen, alte Armeerucksäcke oder was ihnen sonst gerade in die emsigen Hände gefallen war. Diejenigen, die besonders geschäftstüchtig wirkten, besaßen kräftige braune Tragetaschen, auf denen in großen grünen Lettern die Aufschrift SCRC prangte.

Der kleine Mann nickte anerkennend, als er die bedruckten Taschen bemerkte, und setzte seinen Weg fort. Beim Weitergehen beschäftigte er sich eingehend mit der Titelseite seines *Wall Street Journals* und blieb nur hin und wieder stehen, um auf den Innenseiten nach einem Artikel zu suchen, der ihn anscheinend besonders interessierte. Als er das zweite Mal stehenblieb, schlurfte zufällig gerade die alte Frau an ihm vorbei und warf einen begehrlichen Blick auf seine Zeitung. Er kümmerte sich nicht darum, faltete die Zeitung zusammen und klemmte sie sich unter den Arm, schaute kurz auf seine Armbanduhr und setzte seinen Weg fort. Anscheinend hatte er eine wichtige Verabredung mit seinem Broker.

Es wäre müßig, die ziellose Wanderung der Alten Schritt für Schritt zu beschreiben. Wir wollen uns daher mit der Feststellung begnügen, daß die bedauernswerte Obdachlose – der schottische Dichter Burns hätte wahrscheinlich behauptet, der Teufel habe seine Hand im Spiel – ständig von einem der drei Fremden, denen sie so rein zufällig im Park begegnet war, aus einiger Entfernung begleitet wurde.

Als sie durch den Quincy Market schlurfte, stand die junge Frau mit der Eulentasche zufällig an einem Stand ganz in der Nähe und schaute sich Kuscheltiere an. Ein roter Plüschelch mit beigefarbenem Samtgeweih schien es ihr besonders angetan zu haben, doch schließlich legte sie ihn wieder zurück und beschloß, ihn doch nicht zu kaufen, rein zufällig genau in dem Augenblick, als sich die alte Dame mit der inzwischen arg mitgenommenen Tragetasche in die entgegengesetzte Richtung auf einen Blumenladen mit Bleiglasfenstern zubewegte.

Als die schlecht beschuhte Wanderin schließlich ihren Weg über die Cross Street zurück zur Washington Street in Richtung North Station fortsetzte, folgte ihr wieder der gutaussehende jüngere Mann. Unser unbeteiligter Beobachter, falls es ihn wirklich gab, hätte den Mann jedoch möglicherweise nicht wiedererkannt, da ihm in der Zwischenzeit ein dichter Schnurrbart gesprossen war. Außerdem hatte er seinen eleganten maßgeschneiderten grauen Kammgarnanzug gegen eine haarige grüne Tweedhose und ein noch haarigeres Jackett in einem unattraktiven Senfton mit großen grünen Karos vertauscht. Sein welliges dunkles Haar war fast völlig unter einem irischen Schlapphut verschwunden, ebenfalls aus Tweedstoff, wenn auch anders gemustert und weniger haarig.

Der junge Mann war zusätzlich mit einer eindrucksvollen Kameraausrüstung ausgestattet, die an unterschiedlich langen und breiten Lederbändern baumelte. Diesmal schien er die Alte tatsächlich bemerkt zu haben. Im Schutz eines strategisch günstig gelegenen Hauseingangs schoß er sogar mehrere Fotos von ihr, als sie sich nach einer achtlos fortgeworfenen Traubenlimo-Dose bückte. Noch während er auf den Auslöser drückte, sprang ein ungehobelter Kerl, der einen lila Jogginganzug und lila Laufschuhe trug, blitzschnell auf die Straße, schoß die Dose mit einem gezielten Fußtritt brutal unter der ausgestreckten Hand der Alten fort und ließ die arme Frau verwirrt und erschrocken allein in der Gosse hockend zurück. Der Fotograf spendierte ihr daraufhin einen Vierteldollar und entfernte sich wieder, um nach fotogeneren Motiven Ausschau zu halten.

Als der ältere Herr schließlich wieder auf der Bildfläche erschien, hatte er sich noch drastischer verändert als der junge Mann. Der Besuch beim Broker war offenbar eine Katastrophe gewesen und schien sein Leben völlig aus der Bahn geworfen zu haben. Vielleicht hatte der Ärmste sich verspekuliert, auf jeden Fall befand er sich inzwischen in einem überaus beklagenswerten Zustand.

Ein genauer Kenner der menschlichen Psyche hätte möglicherweise den Schluß gezogen, daß der Mann den fatalen Entschluß gefaßt hatte, seinen schweren Verlust durch den Erwerb eines Ladens für Secondhand-Möbel zu kompensieren, der bereits Verlust machte und auch weiter Verlust machen würde. Jetzt schlich er gesenkten Hauptes über den Bürgersteig und schien versunken in einen inneren Dialog.

Vielleicht überlegte er gerade, ob die künstlichen Wurmlöcher, die er in die nachgemachte Renaissance-Tischplatte gebohrt und dann auf das relativ gut erhaltene Unterteil einer ansonsten demolierten und ebenfalls unechten Sheraton-Kommode befestigt hatte, ihm helfen könnten, jemandem das Ganze als echte Antiquität anzudrehen – fragte sich nur, wie er sein Kunstwerk nennen sollte. Jedenfalls überholte er die inzwischen zweifellos fußlahme Obdachlose, ohne sich anmerken zu lassen, ob er sie wiedererkannt hatte oder nicht. Die Alte ignorierte ihn ebenfalls und betrat mit ihrer inzwischen gut gefüllten Tasche das Senior Citizens' Recycling Center.

Und so ging es immer weiter, bis der Tag sich neigte und die Frau völlig erschöpft war. Inzwischen besaß sie ebenfalls eine SCRC-Tragetasche, gab sich jedoch keine sonderliche Mühe mehr, sie zu füllen. Schließlich näherte sie sich derselben öffentlichen Damentoilette, aus der sie am Morgen gekommen war. Man hätte glauben können, sie sei der einzige Zufluchtsort, den sie kannte. Sozusagen als Krönung des langen, trostlosen Tages wurde sie zu guter Letzt auch noch von einem ungehobelten, schäbig gekleideten Mann angerempelt, der eine wollene Kapuzenmütze trug, obwohl das Wetter zu dieser übertriebenen Kopfbedeckung kaum Anlaß gab. Der Mann trug zufällig ebenfalls eine SCRC-Tragetasche. Nach einem kurzen Gerangel und dem Austausch einiger entschuldigender Worte, griffen beide nach ihren Taschen und gingen ihrer Wege.

Tatsächlich verschwand die Alte in der Toilette, kam jedoch nicht wieder zum Vorschein. Statt dessen erschien die stattliche Dame mit dem pflaumenblauen Turban und den hübschen schwarzen Pumps wieder auf der Bildfläche, nahm ihre pflaumenfarbenen Handschuhe aus der schwarzen Ledertasche und zog sie sich an.

Anscheinend hatte die geheimnisvolle Fremde einen neuen Verehrer, denn der ungehobelte Kerl mit der Kapuzenmütze heftete sich fest an ihre Fersen, als sie zur Ampel an der Ecke Beacon Street und Charles Street schlenderte. Als er stehenblieb, um einen Abfalleimer zu inspizieren, betrat sie einen Lebensmittelladen, erstand einige Kleinigkeiten und spazierte gemütlich den Beacon Hill bis zur Tulip Street hoch, begab sich dort zu einem dem Leser bereits vertrauten Haus aus braunem Sandstein und drückte auf die Klingel mit der Aufschrift ›Bittersohn‹.

»Theonia!« rief Sarah und stürzte zur Tür.

Max stand direkt hinter ihr, ein Handtuch in der Hand und Seifenspuren hinter den Ohren. Anscheinend war er nur mit einem Bademantel bekleidet. »Hallo, Theonia. Soll ich dir die Treppe hochhelfen?«

»Nein danke, das schaffe ich gerade noch. Geh dich lieber anziehen. Ich brauche unbedingt einen Drink und einen Fußschemel«, fügte die stattliche Dame hinzu, als sie endlich in der Wohnung angelangt war und liebevoll umarmt wurde. »Habt ihr überhaupt eine Ahnung, wie weit ich heute gelaufen bin?«

»Du Ärmste. Komm, gib mir deinen Mantel. Max kommt, sobald er wieder ordentlich aussieht. Er hat ewig lange gebraucht, bis er den Schnurrbart endlich abbekommen hat, und von der haarigen Tweedhose hat er vom Gürtel abwärts eine fürchterliche Wollallergie bekommen. Er hat die ganze Zeit in der heißen Badewanne gesessen. Bourbon oder Sherry?«

»Max ist wirklich zu beneiden.« Theonia ließ sich in den Sessel sinken, den Sarah ihr anbot, und legte ihre Füße auf den bereitgestellten Schemel. »Am liebsten einen doppelten Bourbon und eine Kleinigkeit zu essen dazu, damit ich mich nicht blamiere und am Ende noch nach Hause torkele. Kommt Brooks auch?«

»In ein paar Minuten. Er mußte sich nur schnell in den Keller schleichen, um seinen Kopfschmuck loszuwerden.«

»Hast du ihn gefragt, ob sich jemand um das Abendessen für die Pensionsgäste kümmert? Ich war so mit meiner Rolle beschäftigt, daß ich nicht mehr daran gedacht habe. Es ist mir gerade erst wieder eingefallen.«

»Keine Sorge, es ist alles in Ordnung.« Sarah brachte Theonia ihren Drink und ein Tablett mit Crackern und Kräuterkäse. »Ich war drüben und habe einen Topf Tomatensuppe und *Bœuf bourguignon* gemacht. Mariposa braucht nur noch die Nudeln zu kochen und den Salat zuzubereiten.«

»Und der Nachtisch?«

»Charles zelebriert an der Tafel seine berühmten *Poires flambées.* Du weißt ja, wie versessen er darauf ist, mit brennendem Alkohol herumzujonglieren. Außerdem läßt es sich leicht zubereiten. Möchtest du deine Schuhe nicht ausziehen? Ich könnte Brooks schnell anrufen und ihn bitten, dir für den Heimweg ein paar bequemere Schuhe mitzubringen.«

»Hervorragende Idee. Meine Füße fühlen sich an wie Kürbisse.« Theonia zog die schwarzen Pumps aus und bewegte vorsichtig ihre Zehen. »Ja, bitte ruf ihn an und sag es ihm. Diese Dinger bekomme ich bestimmt nicht mehr an.«

Aber Brooks war bereits eingetroffen und hatte von sich aus ein Paar bequeme Sandalen mitgebracht.

»Die sind für dich, Theonia, ich dachte, du könntest sie brauchen.«

»Deine Großzügigkeit einer armen alten Stadtstreicherin gegenüber ist einfach überwältigend. Zuerst die Kleider und jetzt auch noch die Sandalen. Wie kann ich das je wiedergutmachen?«

In der Regel neigten die Mitglieder des Kelling-Clans nicht dazu, private Gefühle in aller Öffentlichkeit zur Schau zu stellen. Brooks führte daher auch nur einige Schritte aus dem Balzrepertoire der Waldschnepfe vor, wobei er verständlicherweise den Teil wegließ, in dem der balzende Vogel sich hoch in die Lüfte schraubt und dann wie ein Stein auf die Erde fallen läßt. Danach begann er, Theonias Füße zu massieren.

»Fühlst du dich besser?«

»Und wie!«

Theonia lehnte sich zurück in die weichen Polster, schloß die Augen und nippte genüßlich an ihrem Drink, ohne ein weiteres Wort zu sagen. Die anderen warteten geduldig, da sie ihr Bedürfnis nach Ruhe verstanden. Schließlich begann Theonia mit dem Bericht, auf den alle so gespannt warteten.

»Ich glaube, dieser Ashe ist ein Spion.«

»Ein was?« rief Sarah.

»Ich meine damit nicht den sprichwörtlichen Spion, der aus der Kälte kommt. Ich meine –«, Theonia knabberte ein wenig Käse und versuchte, sich genauer auszudrücken, »ihr wißt schon, was ich meine. Die Leute, die sich in eine Firma einschleichen, weil sie der Konkurrenz das Geheimrezept für die Gewürzgurken abspenstig machen wollen, oder die den Vorsitzenden der Aktionärsvertreter bestechen, um dann alle Aktien aufzukaufen. Etwas in der Richtung.«

»Du meinst, Ashe hält sich im Center auf, weil er etwas herausfinden will«, soufflierte Max.

»Genau. Für wen und warum kann ich allerdings nicht sagen. Aber ich wüßte wirklich keinen anderen Grund, warum er diese Maskerade veranstalten sollte. In Wirklichkeit ist er alles andere als ein Schmutzfink. Er ist nicht nur glattrasiert, er riecht auch viel zu gut. In diesem Punkt kann mich keiner hinters Licht führen. Ich habe direkt neben ihm gestanden, und auf meine Nase kann ich mich verlassen. Wo immer er auch seine Nächte verbringt, eine Parkbank ist es jedenfalls nicht. Vermutlich hat er irgendwo in der Nähe eine Wohnung, in der er sich für den Abend frisch macht. Morgens rasiert er sich einfach nicht und duscht sich nicht, sondern schmiert sich stattdessen eine Mischung aus Olivenöl und Ruß oder etwas ähnliches auf Gesicht und Hände, bevor er wieder in seine schmutzigen alten Sachen schlüpft. Ich bin sicher, du hattest etwas ähnliches erwartet, Max.«

»Stimmt, aber besonders glücklich macht mich deine Bestätigung nicht. Meinst du, er könnte ein Undercoveragent von der Drogenfahndung sein?«

»Falls er ein Agent ist, muß er vom FBI sein«, meinte Brooks. »Unsere Cops hier in Boston wären klug genug, sich richtig schmutzig zu machen.«

»Ich glaube nicht, daß er Polizist ist.« Theonia nahm sich noch ein wenig Käse. »Wie ein Gesetzeshüter kommt er mir wirklich nicht vor. Aber möglicherweise hat meine übersinnliche Wahrnehmung in der letzten Zeit ein wenig nachgelassen.«

»Wenigstens wissen wir, daß wir ihm unbedingt auf den Zahn fühlen müssen«, meinte Max. »Brooks und ich werden uns darum kümmern. Apropos gut riechen,« – Theonia duftete nicht etwa nur schwach nach Arpège, sie roch vielmehr wie eine ganze Parfümerie – »meint ihr nicht, daß es ein bißchen auffällig – eh –«

Theonia lächelte amüsiert. »Keine Angst, lieber Max. Ich war sehr vorsichtig und habe einen alten Zigeunerzauber in meinem

Kopftuch getragen. Ein umwerfendes Rezept: Man beginnt mit einer Knoblauchzehe und fügt eine Prise Asafötida und noch so einiges mehr hinzu. Daher mußte ich mich ordentlich mit Parfüm einsprühen, nachdem ich mich umgezogen hatte.« Sie wandte sich an Brooks. »Vor dem Abendessen muß ich mich dringend richtig abschrubben, holder Gatte.«

»Selbstverständlich, Liebes. Ich stehe voll und ganz zu deinen Diensten, falls du Hilfe benötigen solltest. Was hat deine begabte Nase denn sonst noch Verdächtiges erschnüffelt?«

»Diese Annie, die Chets Testament unterzeichnet hat, erscheint mir auch reichlich verdächtig.«

»Das kann ich mir nicht vorstellen«, rief Sarah. »Mary hält große Stücke auf sie und hält sie für ehrlich und zuverlässig.«

»Dann sollte Mary ihre Handtasche besser an einem sicheren Ort verstecken, damit Annie ihre langen Finger nicht hineinstecken kann. Ich kenne diese Art von Frauen leider nur allzu gut. Was weißt du über sie, Sarah?«

»Nur, daß sie früher Cocktails serviert hat. Sie war zwanzig Jahre Kellnerin im ›Broken Zipper‹, hat sie mir erzählt, also muß sie ihre Arbeit gut gemacht haben.«

»Das glaube ich dir aufs Wort«, meinte Theonia trocken. Man durfte nicht vergessen, daß Sarah eine mehr als behütete Jugend genossen hatte. »Ich kann mir allerdings nicht vorstellen, daß man ihr je die Kasse anvertraut hat. Ich will damit nicht sagen, daß Annie ein schlechter Mensch ist, aber sie scheint ein wenig anfällig für gewisse Verführungen zu sein. Als Serviererin war sie bestimmt freundlich und höflich, aber ihre Gäste mußten beim Herausgeben des Wechselgeldes sicher genau aufpassen. Annie ist gutmütig und großzügig, aber das letzte Hemd, das sie hergibt, gehört höchstwahrscheinlich jemand anderem.«

»Und was ist mit ihrer Freundin Joan?«

»Joan ist in Ordnung. Ich hatte den Eindruck, daß sie eine Art mütterliche Freundin ist, die Annies kleine Schwächen genau kennt und sich sehr um sie sorgt. Aber ihr dürft nicht vergessen, daß meine Erkenntnisse rein instinktiv sind, schließlich hatte ich kaum Gelegenheit, genauer zu recherchieren, ohne mich verdächtig zu machen. Aber wie ihr wißt, bin ich eine ziemliche erfahrene Menschenkennerin.«

»Und eine verdammt gute dazu«, sagte Max. »Was hältst du eigentlich von Osmond Loveday?«

»Mr. Loveday habe ich tunlichst gemieden. Samstag abend bei der Versteigerung werden sich unsere Wege bestimmt kreuzen, und ich weiß nicht, ob meine Schauspielkünste seinen scharfen kleinen Augen standgehalten hätten. Er sieht aus, als ließe er sich nicht so leicht hinters Licht führen. Gott sei Dank hat er sich nicht selbst um mich gekümmert, sondern jemand anderen damit beauftragt.«

»Wen denn? Joan oder Annie?«

»Mitnichten. Die gute Apollonia Kelling.«

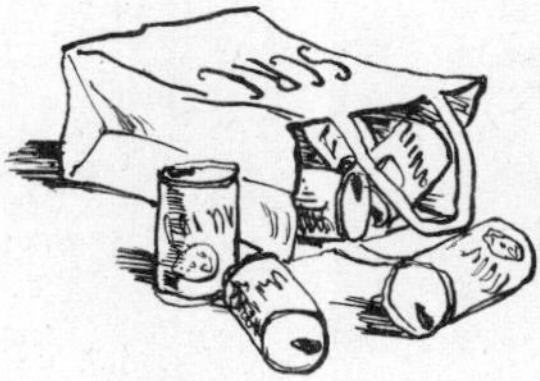

Kapitel 11

Sarah verschluckte sich an ihrer Milch. »Tante Appie? Was hat die denn im Center gemacht?«

»Ein Riesenchaos verursacht, soweit ich sehen konnte«, antwortete Theonia mit für sie ungewöhnlicher Schärfe. »Ich habe mich gefühlt wie die arme Lady von Shalott in Tennysons Gedicht, als Appie auf mich zugestürzt kam. Auge in Auge mit dem Verhängnis sozusagen. Ich habe dagestanden wie vom Donner gerührt und völlig idiotisch ausgesehen. Glücklicherweise hat Appie nichts gemerkt und mich tatsächlich für idiotisch gehalten. Sie hat angefangen, mir alberne Fragen zu stellen, in dem üblichen munteren, mitfühlenden Ton, den sie immer parat hat, wenn sie versucht, ihrem Nächsten zu helfen. Ich habe nur »Häh?« gekrächzt, als wäre ich entweder zu dämlich oder zu taub, um sie zu verstehen, und ihr meine volle Tasche entgegengehalten. Schließlich hat Joan sich erbarmt und mich in das Hinterzimmer geführt, wo man die Flaschen und das Papier abgeben kann und sein Geld ausgezahlt bekommt. Ich habe sage und schreibe einen Dollar und fünfundachtzig Cent verdient. Ich hoffe, du bist stolz auf mich, Brooks.«

»Allerdings. Du ahnst gar nicht, wie stolz! Du hast heute hervorragende Arbeit geleistet, aber es wäre mir ehrlich gesagt lieber, wenn es bei dieser einen Vorstellung bleiben würde. Ich markiere wirklich nicht gern den starken Ehemann, Theonia« – verständlicherweise, denn Theonia wog mindestens fünfundzwanzig Pfund mehr als er –, »aber dein Leben ist mir bedeutend mehr wert als einen Dollar und fünfundachtzig Cent. Chet Arthurs Mörder hätte immerhin zufällig im Center sein können, als du auch dort warst. Und was wäre passiert, wenn Appie dich erkannt und alles ausgeplaudert hätte, was sie todsicher getan hätte? Hast du denn nicht damit gerechnet, Sarah, daß Tante Appie nichts Besseres einfallen würde, als auf der Stelle herzukommen und gute Werke zu vollbringen? Warum hast du sie nicht davon abgehalten?«

»Ich habe keineswegs damit gerechnet! Außerdem ist es unfair, mir dafür die Schuld zu geben. Schließlich ist sie mit dir viel näher verwandt als mit mir.«

»Das lasse ich nicht auf mir sitzen! Sie ist lediglich die Tochter von Cousin Byram, und der war nur ein Cousin zweiten Grades meines Vaters.«

»Damit bist du ein direkter Vetter dritten Grades. Sie war zwar auch Alexanders Cousine dritten Grades, aber Alexander war mein Onkel fünften Grades, was bedeutet, daß die Verwandschaft zwischen Byram und meinem Teil der Familie so minimal ist, daß sie gar nicht mehr zählt. Mit mir ist Tante Appie nur deshalb verwandt, weil sie mit Onkel Samuel verheiratet war, und der war zugegebenermaßen ein Cousin ersten Grades meines Großvaters.«

»Das klingt einleuchtend«, sagte Max. »Brooks, ich kann verstehen, daß du nicht möchtest, daß Theonia so ein großes Risiko noch einmal eingeht. Mir wäre das auch nicht recht, aber es ist doch schließlich alles gut gelaufen. Sie hat ihre Rolle wie ein Profi gespielt und ist sicher und gesund aus der Sache herausgekommen.«

Theonia bewegte ihre schmerzenden Zehen. »Ich wage stark zu bezweifeln, daß ich gesund bin, aber ich wußte die ganze Zeit, daß ich nie wirklich in Gefahr war, weil immer einer meiner mutigen Bodyguards auf mich aufgepaßt hat. Ich finde, wir waren alle hervorragend. Und was Appie betrifft, wissen wir doch, was für eine Seele von Mensch sie ist, auch wenn sie immer alles durcheinanderbringt. Die halbe Zeit weiß sie nicht mal, mit wem sie gerade spricht. Wahrscheinlich bestand ohnehin keine Gefahr, daß ausgerechnet Appie meine Tarnung auffliegen lassen würde, wie man das in diesem Fall wohl nennt. Falls sie mich wirklich erkannt hätte, wäre ich einfach nicht darauf eingegangen, hätte weiter »Häh?« gesagt und sie angestarrt. Kann ich jetzt endlich mit meinem Bericht fortfahren? Ich würde nämlich furchtbar gern so schnell wie möglich ein schönes heißes Bad nehmen.«

»Ich möchte nur noch kurz sagen, daß ich Tante Appie tatsächlich angerufen habe, aber nicht, um sie davon abzubringen, im Center aufzukreuzen, denn damit hatte ich überhaupt nicht gerechnet, sondern um wie vereinbart Tiggers Adresse herauszufinden«, rechtfertigte sich Sarah. »Leider war Appie nicht zu Hause, und ihre Haushälterin konnte mir nicht sagen, wo sie war. Ich frage mich, ob Mr. Loveday Tigger dazu überredet hat, Appie als freiwillige Helferin für das Center zu gewinnen. Vielleicht hat er sie sogar selbst gefragt. Ich werde auf jeden Fall versuchen, sie heute abend noch zu erreichen. So, und jetzt kannst du weiterreden, Theonia.«

»Ja, erzähl mal, was genau an der Ecke Blackstone Street passiert ist«, sagte Max. »Einen Moment lang hatte ich nämlich den Eindruck, du wärst wirklich in Gefahr.«

»Ich auch. Es ist nämlich folgendes passiert«, erklärte Theonia den anderen, »im Rinnstein habe ich eine leere Dose gesehen. Ich wollte sie aufheben, aber als ich sie fast in der Hand hatte, kam ein junger Kerl in Lila angerannt und hat sie einfach weggetreten, wobei er mich fast verletzt hätte. Also habe ich mich wieder aufgerichtet und mich dann so schnell wie möglich verzogen. Ich wußte nicht, ob er es auf mich abgesehen hatte oder nicht, also bin ich lieber auf Nummer Sicher gegangen. Hat er versucht, mich zu verfolgen, Max?«

»Nein, er hat etwas getan, was mir höchst merkwürdig vorkam. Er hat dich danach gar nicht weiter beachtet, sondern die Dose mit dem Fuß vorsichtig wieder an genau dieselbe Stelle geschoben, wo sie vorher gelegen hatte. Kurz darauf tauchte eine Frau auf, die einen lila Pullover trug und eine SCRC-Tasche dabeihatte, hob die Dose auf und steckte sie in ihre Tasche. Diesmal hat der Kerl nur völlig unbeweglich dagestanden und sie beobachtet. Ich mußte mich beeilen, um dir zu folgen, daher konnte ich leider nicht sehen, was die Frau danach gemacht hat. Wie hat die Dose ausgesehen, Theonia? Hattest du genug Zeit, sie dir anzuschauen?«

»Sie ist mir aufgefallen, weil sie lila war, genau wie die Kleidung des Mannes. Ich glaube, es war eine Art Traubenlimonade, den Namen kannte ich nicht, Graperoola oder so ähnlich. Auf jeden Fall ein ziemlich langer Name. Der Schriftzug ging um die ganze Dose.«

Brooks, der eine ausgesprochene Vorliebe für kohlensäurehaltige Getränke hatte, schüttelte den Kopf. »Mir unbekannt, wie der Affe sagte, als er sich den Rücken kratzte und dabei einen Floh fand. Ich werde mich mal umhören, wo man das Zeug bekommt.«

»Lila Anzug, lila Pullover, lila Dose – Moment mal!« Max sprang auf, eilte in den winzigen Raum, den er als Büro benutzte, und kehrte mit Chet Arthurs zerrissener Tragetasche zurück. »Schaut euch das mal an.«

Er legte sie vor Theonias Fußschemel auf den Boden. Sie sah genauso aus wie die Tasche, die Theonia im Center bekommen hatte, befand sich allerdings in einem weitaus schlechteren Zustand. Außerdem prangte ein lila Farbfleck darauf, der aus der Spraydose eines Graffitikünstlers hätte stammen können.

»Ich wette, wenn du nicht die neue, sondern diese Tasche gehabt hättest, Theonia, hättest du die Dose bestimmt behalten dürfen.«

»Aber die Tasche ist doch völlig hinüber, Max. Jetzt verstehe ich gar nichts mehr.«

»Ich glaube, du bist in einen Drogentransfer geraten, und Chet Arthur ist möglicherweise genau dasselbe passiert. Wie wir alle wissen, greift die Polizei inzwischen in der Drogenszene ziemlich hart durch. Die Kontrollen werden immer strenger, trotzdem geht der illegale Handel weiter. Ich fürchte, daß einer der Dealer die Kontrollen umgeht, indem er die Leute vom SCRC als Drogenkuriere benutzt.«

»Du sagst, ich hätte die Dose behalten dürfen. Du glaubst doch nicht im Ernst, daß ich Rauschgift schmuggeln würde, oder?«

»Natürlich nicht, du hättest ja keine Ahnung, was in der Dose wäre. Falls meine Theorie stimmt, spielt sich folgendes ab: Zuerst wird eine Getränkedose ausgewählt, die niemandem auffällt, wenn man sie auf die Straße wirft. Wichtig ist dabei nur, daß es eine Marke ist, die hier in der Gegend niemand kennt. Möglicherweise haben sich die Drahtzieher sogar die Mühe gemacht, eine völlig neue Dose zu entwerfen und einen ganzen Haufen davon herstellen zu lassen.«

»Wäre das nicht furchtbar teuer?« gab Theonia zu bedenken.

»Nicht, wenn man in Betracht zieht, wieviel Geld man mit dem Verkauf von Drogen verdienen kann. Und durch diesen Trick wäre die ganze Operation sozusagen idiotensicher.«

»Dann hältst du es demnach für idiotensicher, Heroin in Getränkedosen zu füllen und einfach auf die Straße zu werfen?« fragte Brooks ungläubig.

»Sie werfen die Dosen nicht einfach auf die Straße. Sie wählen die Stelle vorher sorgfältig aus und passen genau auf, daß die Dose nicht von der falschen Person aufgehoben wird, wie Theonia heute am eigenen Leib erfahren hat. Der Knabe in Lila war natürlich ein Späher. Er hatte die Frau im lila Pullover mit der SCRC-Tasche wahrscheinlich längst gesehen und den Köder speziell für sie ausgelegt. Vermutlich haben viele SCRC-Sammler spezielle Routen, an die sie sich halten. Und diese Personen werden genau beobachtet und dann gezielt als Kuriere benutzt. Wenn niemand mit der Signalfarbe Lila aufgetaucht wäre, hätte er wahrscheinlich einfach die Tasche lila markiert, genau wie bei Chet.«

»Damit der Kunde, der sich am Schluß seinen Stoff holt, weiß, wen er überfallen muß«, sagte Sarah. »Max, wir müssen die Frau mit dem lila Pullover unbedingt finden, bevor ihr etwas passiert.«

»Dein Wunsch ist mir Befehl.«

Max ging zum Telefon, suchte in Sarahs Buch nach einer Nummer und wählte. »Hallo, Dolph. Gut, daß ich dich antreffe. Hör mal, habt ihr zufällig eine ziemlich stämmige Frau bei euch im Center, die einen schwarzen Rock und einen lila Pullover trägt? Richtig, die Frau, der man heute nachmittag die Tasche geklaut hat. Wieso ich das weiß? Ich habe halt überall meine Spione. Geht es ihr gut? Kann ich mir vorstellen, daß sie sich schrecklich aufgeregt hat. Das hättest du dich bestimmt auch. Nein, brauchst du nicht, versuch einfach nur, ihr gut zuzureden, und gib ihr noch eine Tasse Tee. Wir unterhalten uns später weiter. Viele Grüße an Mary.«

Er legte auf und kam zu Sarah zurück. »Möchtest du noch ein leckeres Glas Milch, um deine Nerven zu beruhigen?«

»Ich warne dich, treib es nicht auf die Spitze! Woher wußtest du, daß die Frau im Center ist?«

»Reine Logik, mein süßer kleiner Kürbis. Ich habe damit gerechnet, daß man ihr die Dose schnell wieder abnehmen würde. Falls sie dem Empfänger entwischt wäre und die Dose im Center abgeliefert hätte, wäre die Hölle los gewesen. Ich vermute mal, man hat ihr den kostbaren Fund nach zehn bis fünfzehn Minuten weggenommen, und daraufhin ist sie natürlich sofort zurück ins Center gegangen, um dort ihr Leid zu klagen. Wo sonst würde sie ein offenes Ohr, kostenlose Verpflegung und eine neue Tragetasche bekommen, mit der sie dann erneut losziehen und ungewollt den Lockvogel für die Verbrechern spielen kann. Verdammt noch mal, ich hoffe nur, daß wir Dolph klarmachen können, daß seine tolle Idee mit den Tragetaschen dem Center großen Ärger bringt.«

»Versuch doch einfach, ihm tausend neue Taschen zu schenken«, schlug Brooks vor. »Theonia, Liebes, wenn du dein Bad noch nehmen möchtest, bevor die wilden Horden über uns herfallen, sollten wir uns besser auf die Socken machen.«

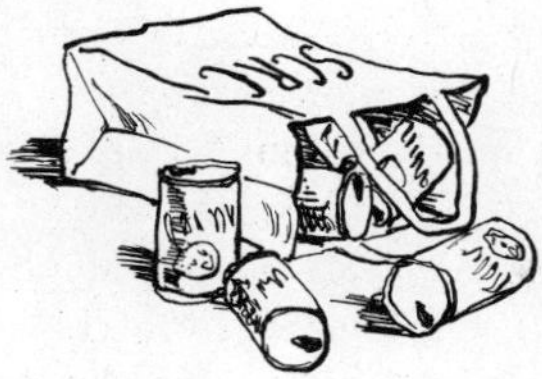

Kapitel 12

An diesem Abend war Sarah besser auf das Abendessen vorbereitet. »Tomatensuppe und *Bœuf bourguignon*«, verkündete sie. »Ich habe für uns direkt eine Portion mitgekocht.«

»Hervorragende Idee«, sagte Max. »Und eine hervorragende Suppe. Doch hoffentlich nicht aus der Dose?«

»Selbstverständlich nicht! Für diese Suppe habe ich die letzten Tomaten aus unserem Garten in Ireson's Landing geopfert. Na ja, die letzten vielleicht doch nicht, denn Miriam und ich haben schließlich wer weiß wie viele für den Winter eingekocht, aber immerhin die letzten frisch gepflückten. Ach herrje, das Telefon! Iß ruhig weiter deine Suppe, Schatz, ich gehe schon.«

Sie hätte es sich eigentlich denken können. Apollonia Kelling war am anderen Ende der Leitung.

»Ach, Sarah, Liebes! Wie schön, daß ich dich zu Hause antreffe. Also, eigentlich wollte ich dir nur sagen –«

»Und ich wollte eigentlich gerade mit Max zu Abend essen«, unterbrach Sarah ihre Tante. »Wir hatten uns im Moment hingesetzt.«

»Es dauert auch ganz bestimmt nur ein klitzekleines Minütchen. Ich habe schon alles vorbereitet und aufgeschrieben. Ich weiß nur nicht genau wo. Ach du liebe Zeit, ich hatte wirklich gedacht – warte eine Sekunde, während ich schnell danach suche –«

»Ich rufe dich lieber gleich zurück.« Sarah drückte kurzentschlossen auf die Gabel, begab sich zurück an den Tisch zu ihrer Suppe und ließ den Hörer einfach neben dem Apparat liegen.

»Was war es denn?« erkundigte sich Max.

»Etwas unglaublich Schreckliches, da bin ich ganz sicher. Tante Appie hat alles vorbereitet und aufgeschrieben.«

»Hat was vorbereitet?«

»Das werden wir wohl nie erfahren, da sie es leider verlegt hat. Was sie aber bestimmt nicht davon abhalten wird, uns solange damit zu nerven, bis wir es erledigt haben. Bestimmt hat es etwas mit dem SCRC zu tun. Ach, Max, sie wird doch wohl nicht wegen Theonia angerufen haben? Meinst du, sie hat sie doch erkannt und glaubt jetzt, die Ärmste sei völlig durchgedreht, und möchte uns nur mitteilen, wir sollten jetzt alle sehr, sehr nett zu ihr sein und ihr abwechselnd aus den Gesammelten Werken von William Cullen Bryant vorlesen?«

»Warum ausgerechnet William Cullen Bryant?«

»Weil man daraus Großtante Perseverance immer vorgelesen hat, nachdem sie angefangen hatte, sich für Yvette Guilbert zu halten.«

Max sah interessiert aus. »Hat es etwas genutzt?«

»Ich glaube nicht. Bryant hat *Thanatopsis* geschrieben, als er erst achtzehn Jahre alt war, wie du dich vielleicht erinnerst, und hat anscheinend den Rest seines Lebens damit verbracht, das Opus zu erweitern und auszuschmücken. Ich erinnere mich noch daran, wie Letitia, die Schwester von Großtante Perseverance, gekommen ist und meiner Mutter aus Bryants Werken vorgelesen hat. Leider war Mutter so krank, daß sie nicht mehr rechtzeitig aus dem Bett schlüpfen und sich im Badezimmer verstecken konnte.«

»Pflegte deine Mutter so etwas öfter zu tun?«

»Nur wenn Großtante Letitia zu Besuch kam. Sie war damals schon über achtzig, trug schwarze Röcke, die ihr bis zu den Knöcheln reichten, und so viel Klunker auf dem Busen, daß es immer schepperte, wenn sie sich bewegte. Sie hat es jedenfalls geschafft, Mutter *Keiner weiß um seine Grabstätte* und *Gesegnet seien die Trauernden* vorzulesen. Als sie ungefähr in der Mitte von *Hymne an den Tod* war, hat Mutter all ihre Kraft zusammengenommen und gesagt: ›Sarah, bitte bring mir einen großen Manhattan Cocktail und Tante Letitia ein Glas mit Glaubersalz. Die Ärmste scheint unter einer Gallenkolik zu leiden.‹«

Sarah lachte. »Diese Episode gehört zu meinen schönsten Erinnerungen an Mutter. Drei Tage später ist sie gestorben. Großtante Letitia dagegen hat noch zehn Jahre gelebt. Sie hat eine kleine Party veranstaltet, als Alexander und ich geheiratet haben. Ich trug damals noch Trauer, weil mein Vater kurz vorher gestorben war, daher konnten wir keine große Feier geben, selbst wenn wir gewollt hätten. Jedenfalls hat Großtante Letitia zu diesem Anlaß Bryants *Das Sterben der Blumen* vorgetragen, ein Gedicht über ein junges Mädchen, das mit den Veilchen dahinwelkt. Ich war damals erst achtzehn, weißt du, und die Leute haben sich natürlich ihre Gedanken gemacht.«

»Kann ich mir lebhaft vorstellen.« Ihr Gatte schien das Ganze nicht besonders lustig zu finden.

»Cousine Mabel hat mir daraufhin vertraulich mitgeteilt, daß Letitia hoffte, daß auch mich ein früher Tod ereilen würde, weil sie schon immer Alexander mit ihrer eigenen Tochter verkuppeln wollte. Xanthia paßte zugegebenermaßen altersmäßig bedeutend besser zu ihm als ich. Sie war damals ungefähr fünfundfünfzig und passionierte Bergsteigerin. Kurze Zeit später ist sie allerdings unter mysteriösen Umständen von einer Andenklippe gestürzt. Onkel Jem wollte bei der Trauerfeier *Der ermordete Reisende* vorlesen, doch die anderen waren dagegen. Möchtest du vielleicht das letzte Restchen Rindfleisch? Es ist nur noch ein halber Löffel übrig.«

»Iß du es. Du mußt schließlich für zwei essen. Soll ich die Birnen anzünden?«

»Nein, ich dachte, wir könnten sie in natura essen.«

»Meinst du die Birnen oder uns?«

»Jetzt werd bitte nicht unanständig. Hilf mir lieber gleich beim Abräumen.«

Sie aßen zu Ende, dann ergab sich Sarah seufzend in ihr Schicksal und legte den Telefonhörer wieder zurück auf die Gabel. Sie suchte nach Appolonias Telefonnummer, doch ihre Tante kam ihr zuvor.

»Sarah, ich habe die ganze Zeit vergeblich versucht, dich zu erreichen. Ist mit eurem Telefon alles in Ordnung?«

»Momentan schon«, sagte Sarah. »Wir können nur nicht lange sprechen, weil Max einen dringenden Anruf aus Marseille erwartet. Was hast du denn auf dem Herzen, Tante Appie?«

»Ich dachte mir nur, daß wir uns alle aufraffen und gemeinsam an einem Strang ziehen sollten – ein Tag in der Woche ist doch nun wirklich nicht zuviel verlangt, oder?«

»Um was zu tun?«

»Um im Center auszuhelfen, Liebes.«

»Das ist überhaupt nicht nötig. Dolph und Mary haben alles hervorragend organisiert, die Mitglieder wechseln sich regelmäßig ab und erhalten für ihre Hilfe besondere Vergünstigungen. Außenstehende wären nur im Wege.«

»Da irrst du dich leider sehr, Liebes. Osmond Loveday meint, das Center brauche dringend einen kultivierenden Einfluß.«

»Da ist der Herr aber völlig falsch gewickelt. Die Mitglieder des Centers brauchen dringend eine Möglichkeit, ihr Selbstbewußtsein zu stärken, indem sie Verantwortung für sich selbst und andere übernehmen, und genau diese Möglichkeit bekommen sie von Dolph und Mary. Falls Osmond Loveday so scharf darauf ist, sich mit einem Haufen wohlhabender Wohltäter zu umgeben, sollte er sich besser nach einem anderen Job umsehen. Früher oder später werden Dolph und Mary ohnehin merken, daß Osmond im SCRC völlig überflüssig ist, und ihn endlich feuern.«

»Sarah, das ist wirklich nicht nett von dir. Osmond Loveday macht seine Arbeit mit Hingabe.«

»Alles, was Loveday macht, ist, steinreichen Leuten schönzutun und ihnen das Geld aus der Tasche zu ziehen«, gab Sarah zurück. »Hat er dir gegenüber schon eine Bemerkung fallenlassen, wie hilfreich eine kleine Spende wäre?«

»Er hat nur erwähnt, daß bisher leider nur sehr wenige großzügige Gönner gewonnen werden konnten«, mußte Appie zugeben.

»Das kann ich mir lebhaft vorstellen. Er hat nicht zufällig auch noch erwähnt, daß es vielleicht daran liegt, daß Dolph und Mary gar nicht beabsichtigen, großzügige Gönner aufzutun? Bisher bestand dazu nämlich gar kein Anlaß. Das Center trägt sich ganz gut selbst, und zwar durch den Verkauf von Recyclingmaterial und den freiwilligen Einsatz der Mitglieder, und genau so soll es ihrer Meinung nach auch in Zukunft bleiben.«

»Sarah, Liebes, ich befürchte, wir kommen vom Thema ab. Soll ich dich lieber für Donnerstag oder für Freitag vormerken?«

»Weder noch. Ich bin bereits mit den Vorbereitungen für die Versteigerung beschäftigt, und Dolph möchte, daß ich bei der Öffentlichkeitsarbeit für das neue Wohnheim mitmache. Max meint, das sei mehr als genug.«

In Wirklichkeit hatte Max nichts dergleichen gesagt, aber Tante Appie hatte sich dreiundvierzig Jahre lang von Onkel Samuel bevormunden lassen und hielt es für gottgegeben, daß alle Gattinnen ihren Gatten bereitwillig als Fußabtreter dienten. »Nun ja, wenn Max den Eindruck hat –«

»Allerdings. Tante Appie, ich wollte dich sowieso anrufen. Wie heißt Tigger eigentlich richtig?«

»Tigger? Was für eine merkwürdige Art, das Thema zu wechseln, Liebes. Wie kommst du denn bloß auf Tigger?«

»War sie es denn etwa nicht, die dir diesen Unsinn mit den freiwilligen Helfern eingetrichtert hat?«

»Eingetrichtert ist wirklich nicht das richtige Wort, Liebes. Nun ja, Tigger ist tatsächlich rein zufällig zum Tee hereingeschneit und hat erwähnt, daß sie den Tag damit verbracht hat, im Center gute Werke zu vollbringen. Du kannst dir gar nicht vorstellen, wie überglücklich diese Neuigkeit dein altes Tantchen gemacht hat. Ich habe mir immer soviel Mühe gegeben, das arme kleine Lämmchen auf den richtigen Weg zu führen. Ich habe sie seinerzeit sogar für mehrere sehr interessante Kurse angemeldet, Gregorianische Gesänge und Balinesischen Stoffdruck und die Geschichte der Theologie in Neuengland mit besonderer Berücksichtigung von Cotton Mather – ich war mir so sicher, daß sie sich brennend für Cotton Mather interessieren würde, doch sie hat mir nur einen ihrer Blicke zugeworfen, und damit war die Sache für sie erledigt. Ich mußte die Kurse dann selbst besuchen, sonst hätte ich das Geld ja ganz umsonst ausgegeben, und ich muß zugeben, Cotton Mather war wirklich nicht ganz das, was ich – nun ja. Als Tigger dann gestern abend zu mir kam und mir erzählte, sie habe ehrenamtlich im Center gearbeitet, hat sie damit meine kühnsten Erwartungen übertroffen. Du verstehst doch sicher, daß wir sie jetzt unbedingt bei ihrem guten Werk unterstützen müssen, nicht? Bist du ganz sicher, daß du nicht doch gern am Freitag einspringen möchtest?«

»Ich bin ganz sicher. Du solltest lieber herausfinden, ob Tigger tatsächlich nur ein gutes Werk tun will, bevor du dich Hals über Kopf in die Sache hineinstürzt«, erwiderte Sarah. »Du hast mir immer noch nicht verraten, wie sie richtig heißt, und ich habe für diese Frage gute Gründe. Sie ist nämlich gestern nur im Center gelandet, weil sie mir gefolgt ist, als ich dort die Adressenliste für die Versteigerung abholen wollte. Als ich sie mit Mr. Loveday bekannt machen wollte, wurde mir schlagartig klar, daß ich keine Ahnung habe, wie sie richtig heißt. Als ich diesen Umstand zur Sprache brachte, befand sie es leider nicht für nötig, mir ihren Namen mitzuteilen. Ich habe keine Lust, mich noch einmal derart lächerlich zu machen.«

»Tigger ist ein wenig schüchtern, weißt du«, meinte Tante Appie entschuldigend.

»Sie war alles andere als schüchtern, als sie sich mir gestern aufgedrängt hat, und du kannst mir glauben, daß ich mir alle Mühe gegeben habe, sie loszuwerden. Tante Appie, bitte hör endlich auf, um den heißen Brei herumzureden. Wie heißt Tigger nun wirklich?«

»Ach du liebe Zeit, ich kann mich nicht erinnern – aber ihr Name hat irgend etwas mit A. A. Milne zu tun, da bin ich ganz sicher. Daher heißt sie ja auch Tigger, wie der Tiger in *Pu der Bär*, weißt du.«

»Nein, weiß ich nicht. Dann heißt sie vielleicht Milne?«

»Nicht direkt, aber so in der Art.«

»Dann vielleicht Winnie? Oder Ferkel?«

»Liebes, das ist wirklich nicht nett von dir. Ich muß kurz darüber nachdenken und meine rostige alte Denkmaschine wieder ankurbeln.«

Leider brachte auch das Ankurbeln von Appies Denkmaschine keinen Geistesblitz. »Macht nichts«, resignierte Sarah schließlich. »Ich werde bei Lionel anrufen. Vare weiß es bestimmt.«

»Ach Gottchen, du darfst auf keinen Fall Vare fragen. Lionel hat ihr ausdrücklich verboten, den Namen in seinem Haus zu erwähnen. Er wird seinem lieben Vater von Tag zu Tag ähnlicher. Es bricht mir noch das Herz.«

Das wiederum konnte Sarah durchaus nachvollziehen. Es gab genügend Brummbären in der Familie, doch man war sich einig, daß Onke Samuel der aufbrausendste und griesgrämigste von allen gewesen war. Doch Lionel würde bestimmt nie so ein Miesepeter wie sein Vater werden, dafür war er ein vielzu großer Schwächling. Doch warum sollte sie Appie brutal aus ihren schönen Träumen reißen?

Schließlich vertröstete ihre Tante sie mit den Worten: »Hab Geduld mit mir, es wird mir bestimmt noch einfallen«, und Sarah mußte ihr versprechen, sie sofort zu informieren, wenn sie sich die Sache mit dem SCRC richtig überlegt hätte. Sarah bedauerte,daß sie nicht sofort zugesagt und danach die Angelegenheit einfach vergessen hatte, denn Appie hätte sich ein oder zwei Tage später todsicher nicht mehr daran erinnert.

»Die Frau kann einen wirklich zur Verzweiflung bringen«, schimpfte sie, nachdem es ihr endlich gelungen war, sich von ihrer Tante loszueisen. »Das Schlimmste daran ist, daß sie es so gut meint. Wo hatte ich noch gleich die Bluse hingelegt, die ich ausbessern wollte?«

Sie machte es sich unter der Lampe bequem und suchte in ihrem Nähkästchen nach dem passenden Garn. »Weißt du, Max«, begann sie, während sie die Röllchen inspizierte, »eigentlich ist es merkwürdig, daß die Drogenschmuggler ausgerechnet Lila gewählt haben. Es gibt nämlich keine Farbe, die man leichter verwechseln kann. Bei künstlichem Licht kann man Lila kaum von Braun unterscheiden.«

»Da hast du recht. Aber vielleicht hatten sie zufällig nur lila Dosen und wollten sie auch benutzen.«

»Vorhin hast du Theonia noch erklärt, sie hätten sie speziell herstellen lassen, weil man mit Rauschgift so steinreich werden kann, daß Geld keine Rolle spielt.«

»Ich bin halt gewillt, die Sache von verschiedenen Seiten zu betrachten. Sarah, ich habe keine Ahnung, warum sie ausgerechnet Lila gewählt haben. Vielleicht benutzt man die Farbe normalerweise selten für Getränkedosen. Vielleicht ist Lila auch nur weniger auffällig als Orange, möglicherweise ist es auch bloß zufällig die Lieblingsfarbe von jemandem. Wichtig ist vor allem, daß die Signalfarbe Lila nur sichtbar ist, wenn die Lichtverhältnisse stimmen, wie du richtig erkannt hast. Sie können also ihren kostbaren Stoff nur zu ganz bestimmten Zeiten sicher von einer Stelle zur nächsten schaffen.«

»Vielleicht haben sie schon im Juni oder Juli damit angefangen und nicht daran gedacht, daß es schon bald früher dunkel würde«, sagte Sarah. »Ich kann mir nicht vorstellen, daß Drogendealer ein sonderlich enges Verhältnis zur Natur haben. Ach je, da klingelt jemand an der Tür. Bist du so lieb und siehst nach, wer es ist, Schatz?«

Max ging zur Sprechanlage. »Ja bitte? Wer ist da?«

»Ihr treu ergebener Lieutenant«, ertönte eine laute Stimme.

»Vortreten und Paßwort geben.« Max drückte auf den Summer für die Haustür. »Es ist Brooks, mir scheint, ihn dürstet nach einem neuen Abenteuer.«

»Meine Güte, hat er denn für heute nicht genug erlebt? Brooks, warum bist du nicht zu Hause und massierst Theonias müde Füße?«

»Sie entspannt sie gerade in einem Schaumbad.« Brooks wirkte trotz des anstrengenden Tages quicklebendig wie ein Streifenhörnchen. »Max, ich habe nachgedacht.«

»Herzlichen Glückwunsch. Darüber, daß Lila bei künstlichem Licht braun aussieht, richtig?«

»Ah, dann hast du also auch nachgedacht.«

»Eigentlich war es Sarah. Wir wechseln uns nämlich ab.«

»Dann habt ihr sicher auch über Folgen nachgedacht.«

»Für die Folgen ist Sarah zuständig.«

»Auch was das Dahinscheiden von Chet Arthur betrifft?«

»Nein, Dahingeschiedene sind mein Spezialgebiet«, sagte Max. »Anscheinend war Chet Arthur schon geraume Zeit tot, als er gefunden wurde, sonst hätte die lila Farbe auf seiner Tasche sich nämlich nicht von dem braunen Papier abgehoben, und sein Mörder, wer immer es auch gewesen sein mag, hätte nicht wissen können, wen er überfallen sollte. Dies gilt natürlich nur, wenn wir davon ausgehen, daß er tatsächlich wegen des Heroins umgebracht wurde. Falls nicht, würden sein Tod und die Tatsache, daß man seine Leiche an eine andere Stelle gebracht hat, natürlich überhaupt keinen Sinn ergeben.«

»Ich kann mich deiner Theorie nur anschließen. Die Tagundnachtgleiche war erst vorige Woche, am einundzwanzigsten September, also ist die Sonne an dem Tag, an dem er ermordet wurde, kurz vor sechs untergegangen. Wenn man noch eine Stunde ansetzt, in der noch ein Rest Tageslicht vorhanden war, kann es nicht viel später als sieben Uhr gewesen sein, als man ihn umgebracht hat. Trotzdem hat Dolph erst Viertel vor elf erfahren, daß man die Leiche gefunden hatte. Ich persönlich würde sagen, das Verbrechen wurde kurz vor oder nach Sonnenuntergang verübt. Es wäre viel zu schwierig gewesen, den Toten längere Zeit zu verstecken.«

»Es sei denn, man hat ihn in einem leeren Lagerhaus oder in einem geheimen Kellerloch ermordet«, schlug Max vor.

»Oder in einer unermeßlich tiefen Höhle«, warf Sarah ein. Sie war kurz im Schlafzimmer gewesen und hatte sich in einen warmen Kaftan in einem dezenten Farbton zwischen Rosa und Apricot gehüllt, den Theonia auf einem ihrer Dessous-Jagdausflüge in Filene's Basement aufgestöbert hatte. »Obwohl ich mir nicht vorstellen kann, daß es hier in der Gegend viele solcher Höhlen gibt, es sei denn, die Tiefgarage am Boston Common zählt auch dazu. Die wäre überhaupt genau der richtige Ort für ein Verbrechen. Der Mörder hätte die Leiche im Wagen verstecken, mit etwas zudecken und einfach liegenlassen können, bis es spät genug war, zur Marlborough Street zu fahren und sie dort abzuladen.«

»Was hätte Chet denn in einer Tiefgarage zu suchen gehabt?« erkundigte sich Brooks.

»Beispielsweise die Herrentoilette?«

»Und woher hätte die Person, für die das Rauschgift bestimmt war, gewußt, daß Chet dort war?«

»Man hätte ihm entweder folgen oder ihn dorthin locken können«, sagte Max. »Es ist dir bestimmt auch aufgefallen, Brooks, wie perfekt diese Schmuggler organisiert sind. Wenn man bedenkt, wie sorgfältig der erste Teil der Operation heute nachmittag überwacht wurde, kann man davon ausgehen, daß der zweite Teil genauso reibungslos abläuft. Der Mann in Lila schien genau zu wissen, daß die Frau mit dem lila Pullover auch tatsächlich zur richtigen Stelle gehen würde.«

»Mehr noch: Er wußte sogar, daß eine Frau im lila Pullover kommen würde«, ergänzte Brooks.

»Er wußte auf alle Fälle, daß jemand mit irgend etwas in Lila eintreffen würde. Das kann nur bedeuten, daß er mit jemandem zusammenarbeitete, der das SCRC genau beobachtete und wußte, wohin die Frau ging und wann sie die fragliche Stelle erreichen würde. Die beiden müssen über ein Handy oder Walkie-Talkie miteinander in Kontakt gestanden haben.«

»Oder durch Telepathie«, sagte Brooks. »Dir ist doch bewußt, daß der Drahtzieher eng mit dem Center verbunden sein muß, nicht wahr, Max?«

»Aber er braucht nicht unbedingt die ganze Zeit dort zu sein, oder?« fragte Sarah. »Ich kann mir nicht vorstellen, daß die Schmuggler den ganzen Tag lang Dosen auslegen.«

»Nein«, sagte Max, »auf keinen Fall. Die Ködermethode können sie sicher nur gelegentlich anwenden, sonst würde bald jemand Verdacht schöpfen. Außerdem verdient man mit Heroin so viel Geld, daß es ohnehin nicht nötig wäre.«

»Das können wir leicht herausfinden«, sagte Brooks. »Wir brauchen nur zu beoachten, wie viele Personen mit lila Kleidung das Center verlassen.«

»Richtig«, sagte Max. »Man könnte sich beispielsweise als Wasserhydrant tarnen, auf den Bürgersteig stellen und sie zählen, wenn sie an einem vorbeigehen.«

»Wie plump, mein Junge. Ich vermute, du konzentrierst dich lieber auf das Center selbst und suchst dort nach dem faulen Apfel im Korb.«

»Annie«, sagte Sarah bedrückt.

»Sehr richtig«, sagte Brooks. »Die busenfeindliche Ex-Serviererin aus dem ›Broken Zipper‹ mit den langen Fingern.«

»Dafür gibt es keine Beweise, das war nur Theonias Eindruck«, erinnerte ihn Sarah, obwohl sie gestern mit eigenen Augen gesehen hatte, wie geschickt Annie im Restaurant den Zucker hatte verschwinden lassen. »Ich hätte sie nicht erwähnen sollen. Der Name ist mir nur zufällig in den Kopf gekommen.«

»Dafür gibt es sicher gute Gründe«, meinte ihr Cousin. »Sie hält sich schließlich viel im Center auf, oder nicht? Betreut die Mitglieder oder wie man das nennt. Auf die Art lernt sie alle ziemlich gut kennen, und die Farbe Lila kann sie bestimmt auch problemlos erkennen.«

»Lila ist ihre Lieblingsfarbe.«

»Warum klingst du denn so bekümmert? Teufel noch eins, Sarah, wenn wir jetzt anfangen, parteiisch zu werden, kommen wir überhaupt nicht weiter. Max, wissen wir schon etwas über die Lasterhöhle, in der sie früher gearbeitet hat?«

»Noch nicht, aber ich habe bereits einen meiner Geheimagenten auf den Laden angesetzt.«

»Hervorragend. Wann rechnest du mit seinem Bericht?«

»Jede Minute. Er hat gesagt, er kommt vorbei.«

»Um wen handelt es sich denn? Oder ist das auch streng geheim?« fragte Sarah.

»Es ist ein alter Freund von dir.«

»Max, doch wohl nicht dieser schreckliche Bob Dee?«

»Den kannst du getrost vergessen. Letzten Informationen zufolge hat sich Dee als Gebrauchtwagenhändler in Phoenix niedergelassen.«

»Menschenskind«, sagte Brooks, »du bist ja wirklich auf dem laufenden.«

»Man kann nie wissen, ob man diese Informationen nicht eines Tages braucht. Etwa die Tatsache, daß Annie eine Vorliebe für Lila hat. Wie hast du das überhaupt herausgefunden, Sarah?«

»Ganz zufällig, soweit ich mich erinnere. Wir haben uns darüber unterhalten, wie wir die Zimmer in dem neuen Wohnheim streichen sollen.«

»Hat Mary dich mitgenommen und dir das Lagerhaus gezeigt?«

»Nein, hat sie nicht. Ich weiß nicht mal, wo es ist. Du, Brooks?«

»Selbstverständlich.« Ihr Cousin zog einen Stadtplan von Boston aus der Tasche und breitete ihn vor ihr aus. »Siehst du? Genau hier.«

»Aber das ist ja direkt am Hafen«, wunderte sich Sarah. »Ist es da im Winter nicht viel zu kalt für die alten Leutchen?«

»Verrat mir mal, wo es im Winter nicht kalt ist. Stell dir lieber vor, wie angenehm es dort im Sommer sein wird.«

»Ich kann mir noch ganz andere Sachen vorstellen«, sagte Max. »Hat es gerade an der Tür geklingelt?«

Es klingelte erneut, wenn auch kaum hörbar. Max grinste, begab sich zur Tür, drückte sich flach gegen die Wand und öffnete die Tür mit dem Fuß. Sarah starrte entgeistert, schnappte nach Luft und mußte dann ebenfalls lächeln. Brooks schaute verwirrt von einem zum anderen. Auch als der hagere, dunkle Schatten, der einen dreckigen Regenmantel, eine schmutzige Hose aus dünnem Baumwollstoff, Mokassins und trotz des empfindlich kühlen Spätherbstabends keine Socken trug, eng an die Wand gepreßt ins Zimmer glitt, hatte Brooks immer noch keine Ahnung, wer der Fremde sein könnte.

»Bill Jones!« Sarah eilte mit ausgestreckter Hand auf den Schatten zu. »Was für eine nette Überraschung.«

»Ja-ha«, erwiderte der Mann leise und murmelte dann vertraulich »hallo, Sarah.«

»Darf ich Sie mit meinem Cousin Brooks Kelling bekanntmachen? Brooks, erinnerst du dich noch an Bill Jones? Er hat uns damals bei der Wilkins-Sache* sehr geholfen.«

»Und ob ich mich erinnere! Obwohl ich glaube, wir haben uns nie persönlich kennengelernt. Ist mir ein großes Vergnügen!«

* »Madame Wilkins' Palazzo«, DuMont's Kriminal-Bibliothek Band 1035

Bill Jones erlaubte ihm, seine winzige Hand zu drücken. Er ging zwar nicht so weit zu sagen, daß es auch für ihn ein großes Vergnügen sei, doch der Ausdruck seiner dunklen Augen und das kurze Aufblitzen seiner überaus gepflegten Zähne schienen etwas in dieser Richtung anzudeuten, bevor sein durchaus attraktives Gesicht wieder den üblichen Ausdruck gespannter Wachsamkeit annahm. Brooks, der sich mit scheuen Geschöpfen in freier Wildbahn bestens auskannte, hatte keine Schwierigkeiten, sich auf den Gast einzustellen.

Derart beruhigt, riskierte Bill sogar die Bemerkung, daß sie sich hier ja eine wirklich schöne Wohnung zugelegt hätten. Sarah erklärte, dies sei nur vorübergehend, und erzählte ein wenig über ihr zukünftiges Haus in Ireson's Landing. Bill sagte: »Ach so-ho«, wonach man zum geschäftlichen Teil überging, da man die Räumlichkeiten genug gewürdigt hatte.

»Wem gehört der ›Broken Zipper‹, Bill?« fragte Max.

Bill zuckte mit den Achseln, eine Aktion, die seinen ganzen Körper miteinbezog, von den schmutzigen nackten Füßen bis zu seinem schwarzen Lockenschopf. »Wem gehören schon all diese Kneipen?«

»Wahrscheinlich einem der vielen anonymen Vermögensfonds.« Max seufzte. »Und du hast keine Ahnung, wer hinter diesem stecken könnte?«

»Möglicherweise ein Haufen Griechen. Die Gesellschaft heißt Thanatopsis Realty Trust.«

»Thanatopsis?« Sarah rümpfte die Nase. »Was für ein merkwürdiger Name. *Thanatos* ist das griechische Wort für Tod.«

»Ge-nau«, sagte Bill Jones.

»Wie lange gehört es dieser Gesellschaft schon?« wollte Max wissen.

»Erst seit 1977.«

»Und wem hat es vorher gehört?«

Die Frage schien Bill mehr als unangenehm zu sein. Er fuhr sich mit der Zunge über die Lippen und warf einen sehnsüchtigen Blick zur Tür, als habe er eine dringende Verabredung mit dem Schicksal.

»Nun mach schon, Bill.«

»Nun ja, jemandem, dem eine Menge Grundstücke hier in der Stadt gehört haben. Er stammte aus einer alten Familie.«

»Schon gut, Bill«, sagte Sarah. »Welcher von den Kellings war es?«

»Er hieß Frederick.«

»Großonkel Frederick? Mein Gott, ob Dolph das wohl weiß? Ein Glück, daß er das Ding abgestoßen hat, bevor Dolph es erben konnte. Wie lange hat es ihm denn gehört, Bill?«

»Nur ein Jahr.«

»Und was war es, als er es gekauft hat?«

»Eine Kneipe, genau wie jetzt.«

»Oh. Trotzdem kein Grund, so deprimiert auszusehen, Bill. Ich nehme an, Großonkel Frederick wollte dort ein Rehabilitationszentrum für Schluckspechte aufmachen oder so, stellte fest, daß kein Bedarf bestand, und hat das Gebäude an die Thanatopsis-Typen abgestoßen, weil sie ihn an Großtante Letitia erinnerten.«

»Oder weil Dolph darauf bestand, daß es verkauft wurde«, sagte Brooks. »Hat Dolph nicht 1976 endlich seinen ganzen Mut zusammengenommen und Onkel Fred für geschäftsunfähig erklären lassen?«

»Ich glaube schon«, sagte Sarah. »Es war kurz nach der Windelgeschichte mit den Bostoner Tauben, soviel ich weiß. Jetzt gehört es jedenfalls nicht mehr unserer Familie, also brauchen wir uns um diesen Aspekt auch nicht weiter zu kümmern. Bill, was kann ich Ihnen anbieten? Kaffee, Brandy? Oder wie üblich Gin mit Tonic?«

Bill gestand in kaum vernehmbarem Flüsterton, daß er einen Gin mit Tonic gut gebrauchen könne. Max holte ihm das Gewünschte, dazu einen Brandy für sich und Brooks und ein Glas Traubenlimonade für Sarah.

»Was läuft denn heutzutage so im ›Broken Zipper‹?« erkundigte sich Max. »Haben die Thanatopsis-Typen den Laden gut im Griff?«

Bill zuckte mit den Schultern, aber diesmal nur oberhalb der Taille. »Genau wie man erwarten würde.«

»Lag Schnee auf dem Boden?«

Bill nippte an seinem Drink wie ein Kätzchen. »Für Wintersport interessiere ich mich nicht besonders, Kumpel.«

Was bedeutete, daß er zwar etwas herausgefunden hatte, aber niemanden denunzieren wollte. Max wußte genau, wie Bill Jones' Gedankengänge funktionierten. Sarah ebenfalls. Sie war zwar keine Spezialistin für Drogenjargon, wußte jedoch, daß *Schnee* ein anderes Wort für Heroin war. *Hit* war ein weiteres, obwohl sie den Grund dafür nicht kannte.

»Werden denn dort wenigstens die neuesten Hits gespielt?« erkundigte sie sich zum allgemeinen Erstaunen. »Bill, wir reden hier über eine sehr ernste Sache.«

Wie diverse andere männliche Wesen war auch Bill Jones mehr oder weniger in Max Bittersohns Gattin verliebt. In seinem Fall wahrscheinlich eher mehr als weniger, auch wenn er nie so weit gegangen war, den Wunsch zu äußern, der gute Maxie solle endlich von einer Klippe stürzen, wie dies einer seiner Künstlerkollegen einmal getan hatte. Doch der Mann war Bildhauer, Bill dagegen Illustrator. Vielleicht waren Menschen, deren Arbeit nur aus dem Umgang mit kaltem Ton bestand, aus Gründen des Ausgleichs heißblütiger als andere. Bill war Sarah jedenfalls nicht so sehr verfallen, daß er ihr nichts abschlagen konnte, aber auch nicht neutral genug, um ihr etwas zu verheimlichen.

»In den meisten Lokalen dieser Art wird ein bißchen gedealt«, gab er zu.

Für Bill war dies zwar eine ganze Menge, aber damit gab sich Sarah nicht zufrieden. »Bill, hier geht es um mehr als nur ein bißchen dealen. Es handelt sich um große Mengen, die hier in Boston am hellichten Tag mitten auf der Straße den Besitzer wechseln. Wir wissen ziemlich genau, wie das Ganze abläuft, und haben allen Grund zu glauben, daß eine Verbindung zum ›Broken Zipper‹ besteht.«

Das war starker Tobak, und starker Tobak machte Bill nervös, daher begann er sich zu winden wie ein Aal. Da er zu seiner leichten Hose nichts weiter trug als ein dünnes Hemd, wurde er durch seine Kleidung in keinster Weise beeinträchtigt. Ein Modern Dance-Fan hätte seine Vorstellung vielleicht sogar äußerst inspirierend gefunden, doch Sarah, Max und Brooks blieben einfach sitzen und warteten, bis sich der Mann wieder soweit beruhigt hatte, daß man mit dem Gespräch fortfahren konnte.

Kapitel 13

Ich könnte vielleicht – na ja – im ›Zipper‹ etwas trinken«, erklärte sich Bill schließlich bereit.

»Warst du schon mal dort, Bill?« erkundigte sich Max.

Der Künstler wirbelte mit seinen unglaublich kleinen Händen in der Luft herum. »Früher mal.«

Es gab nur wenige Orte in Boston, an denen Bill noch nicht gewesen war, wie die Bittersohns schon vor langer Zeit herausgefunden hatten. Obwohl Bill ein durch und durch ehrlicher Mensch war, kannte er sich mit den zwielichtigen Gestalten und dunklen Ecken der Stadt erstaunlich gut aus. Dennoch er war noch nie in Schwierigkeiten geraten. Jeder wußte, daß Bill den Mund halten konnte. Außerdem war überall bekannt, daß Bill der kleine Bruder von Pericles Jonubopoulos war, der ebenfalls ein grundehrlicher Mann war, mit dem sich nun wirklich niemand anlegen wollte.

»Bevor wir weiterreden, möchten Sie sich vielleicht mit einigen Personen vertraut machen, auf die wir in unseren bisherigen Ermittlungen gestoßen sind«, meinte Brooks und zog einen kleinen Packen Fotos aus der Brusttasche seiner Jacke. »Es ist mir gelungen, in der kurzen Zeit vor und nach dem Abendessen den Film zu entwickeln und Abzüge zu machen. Hier ist das Foto, das du von dem Kerl gemacht hast, der Theonia die Dose weggetreten hat, Max.«

»Guter Bildaufbau«, stellte Bill mit Kennerblick fest. »Theonia? Ich dachte immer, Theonia sei Ihre Frau, Brooks.«

»Das ist sie auch, und darauf bin ich mehr als stolz. Sie ahnen gar nicht, was für eine hervorragende Schauspielerin sie ist. Ich muß zugeben, daß es mich selbst überrascht hat. Sie hat sich gestern als Stadtstreicherin verkleidet und den ganzen Tag damit verbracht, durch die Straßen zu schlurfen und Beweismaterial für uns zusammenzutragen.«

»Hey! Und was hat die Getränkedose mit der Geschichte zu tun?«

»Wir haben allen Grund anzunehmen, daß das Rauschgift in genau diesen Dosen transportiert wird, wahrscheinlich vom Dealer zum Kunden«, teilte Max ihm mit. »Beweisen können wir es zwar noch nicht, aber dir ist sicher schon aufgefallen, daß es sich um eine lila Dose handelt. Und die Marke ist nicht einmal Brooks bekannt. Der Kerl, der sie gerade wegtritt, ist von Kopf bis Fuß lila angezogen. Und weniger als eine Minute später hat sich der Mann zurückgezogen und in aller Ruhe zugesehen, wie eine Frau in einem lila Pullover die Dose aufgehoben und mitgenommen hat.«

»Okay, Leute, aber woher wollt ihr wissen, daß es Heroin ist?«

»Weil wir in einer Tragetasche, die mit lila Farbe markiert war, einige Heroinkristalle gefunden haben. Einen Moment, ich hol' sie schnell.«

Max zeigte ihm die arg mitgenommene Tasche. »Der Mann, der sie bei sich hatte, wurde vor zwei Nächten überfallen und ermordet. Er gehörte auch zu den SCRC-Sammlern – du weißt schon, sie gehen durch die Stadt und sammeln Flaschen, Dosen und Papier auf, bringen es ins Center und bekommen Geld dafür. Wie du siehst, tragen die Taschen einen entsprechenden Aufdruck. Diese Tasche hier wurde aufgerissen und am Tatort zurückgelassen. In der Nähe der Leiche lagen zwar verschiedene leere Dosen, aber keine sah aus wie die auf dem Bild. Ich habe ein Foto gesehen, das die Polizei am Tatort gemacht hat.«

»Das hast du mir ja gar nicht erzählt«, sagte Sarah.

»Wahrscheinlich hielt ich es zum damaligen Zeitpunkt für unwichtig. Ich habe den Beamten vorgelogen, daß ich versuchen wollte, seine Familie ausfindig zu machen, damit das Center nicht für die Beerdigungskosten aufkommen müsse, aber viel Erfolg hatte ich nicht mit meiner Geschichte. Sie haben gemeint, das könnte ich getrost vergessen, Typen wie Chet hätten keine Familie, die daran interessiert sei, für die Beerdigungskosten aufzukommen. Das Foto hätte ohnehin nicht viel genutzt, weil der Tote mit dem Gesicht nach unten lag.«

»Aber die Polizei hat doch bestimmt noch mehr Aufnahmen gemacht, Schatz.«

»Mir haben sie nur das eine Bild gezeigt, und ich wollte nicht noch mehr Wirbel machen. Sie haben mir vorgeschlagen zu warten, bis der Bestatter sich um ihn gekümmert hätte, und dann ein Foto zu machen, nach dem man ihn besser identifizieren könnte. Und genau das habe ich auch getan.«

Max zeigte ihnen sein Foto von Chet Arthur. »Kennst du ihn vielleicht?«

Bill Jones schüttelte den Kopf. »Nicht, daß ich wüßte. Wer hat ihn identifiziert?«

»Sarahs Cousin Dolph. Er und seine Frau leiten das Center. Der Mann war einer ihrer fleißigsten Mitarbeiter.«

Bill wartete.

»Wir haben inzwischen auch schon ein bißchen mehr über ihn herausgefunden. Sein Name war Chester Alan Arthur, und er hat allem Anschein nach früher in South Boston gearbeitet, wahrscheinlich in einer Heizkesselfabrik, die vor einigen Jahren zugemacht hat.«

»Grotters und Wales«, sagte Bill wie aus der Pistole geschossen. »Grotters ist gestorben, Wales lebt noch. Netter alter Kerl, sieht aus wie Winston Churchill. Er spielt Golf mit dem Schwiegervater meines Bruders.«

»Großartig. Besteht eventuell die Möglichkeit, daß der Schwiegervater deines Bruders Mr. Wales fragt, ob Chester Arthur früher für ihn gearbeitet hat, welche Stellung er innehatte und wieviel er ungefähr verdient hat? Arthur hatte nämlich bedeutend mehr Geld gespart, als man bei einem Mann erwarten würde, der Flaschen und Dosen aufsammelt, um sich von dem Geld ab und zu ein Bier zu leisten. Und wir wüßten gern, woher er das ganze Geld hatte. Vielleicht hat er es sich auch wirklich vom Mund abgespart. Er war ein sehr anspruchsloser Mensch und hat vor einiger Zeit zwanzig Riesen in der Lotterie gewonnen. Ich habe den Laden, in dem er das Los gekauft hat, rein zufällig gefunden.«

»Kla-har«, sagte Bill. »Ich kenne deine Zufälle, Kumpel. Willst du mir sonst noch was verraten? Der Schwiegervater meines Bruders wird ... na ja« – er wedelte mit den Armen und begann wieder, sich zu winden wie ein Aal – »bestimmt ziemlich erstaunt sein.«

»Da wäre noch die merkwürdige Tatsache, daß Arthur umgebracht wurde. Man hätte ihm im Grunde nur die Tasche abzunehmen brauchen, genau wie man es bei der Frau, die heute die Dose aufgehoben hat, auch getan hat. Außerdem hat man seine Leiche in der Back Bay gefunden. Im Center ist man übereinstimmend der Meinung, daß Chet niemals freiwillig dorthin gegangen wäre, weil er felsenfest davon überzeugt war, daß der Boden absacken und alles verschlingen würde. Er hatte Angst, erschlagen zu werden, falls der Hancock Tower zusammenkrachen würde. Er scheint da an einer ausgewachsenen Phobie gelitten zu haben.«

»Also?«

»Also denken wir, daß Arthur an einem völlig anderen Ort umgebracht wurde. Wahrscheinlich am selben Tag, nur früher. Seine Leiche wurde möglicherweise irgendwo versteckt, bis es dunkel genug war, ihn zum späteren Fundort zu bringen und dort abzuladen. Frag mich nicht, warum man ihn an diesen Ort geschafft hat. Ich habe keine Ahnung. Derjenige, der ihn dorthin gebracht hat, wußte entweder nicht, daß der Mann eine Phobie hatte, was die Back Bay betrifft, oder es war ihm schlichtweg egal.«

»Oder er wußte, daß die Phobie nur vorgetäuscht war.«

Max schüttelte den Kopf. »Das wäre zwar theoretisch möglich, aber allen, die ihn kannten, schien seine Angst echt zu sein. Wahrscheinlich können wir die Frage erst klären, wenn wir mehr über Chet Arthurs Vergangenheit wissen. Dann wüßten wir vielleicht auch, ob er der Typ Mann war, der freiwillig als Drogenkurier gearbeitet hätte. Bis jetzt gehe ich noch davon aus, daß er herausgefunden hat, daß man ihn ohne sein Wissen als Rauschgiftschmuggler benutzt hat, und zum Schweigen gebracht wurde, weil er drohte, alles ans Licht zu bringen.«

»Was ist mit der der Frau im lila Pullover passiert, die du beobachtet hast?« fragte Bill.

»Die hier?« Brooks suchte einen anderen Schnappschuß aus seiner Sammlung heraus. »Meine Frau hat das Bild später im Center gemacht, als die Frau dorthin zurückkam, nachdem man ihr die Tasche weggerissen hatte. Das war kurz nachdem der Mann in Lila Theonia daran gehindert hatte, die Dose aufzuheben, soweit wir wissen. Die Frau hat sich wahnsinnig aufgeregt und überall erzählt, man hätte sie bestohlen, schien aber unverletzt, sagt Theonia. Da sie die Frau nicht kannte, war sie nicht sicher, ob die Aufregung echt oder nur vorgetäuscht war.«

Bill schüttelte den Kopf. »Dazu wäre Phyllis gar nicht fähig.«

»Sie kennen die Frau?«

»Kla-har. Phyllis hatte früher eine Art Eisladen in unserem Viertel. Sie hat Wassereis verkauft, von einem großen Block abgeschabt, in einen Pappbecher getan und Sirup daübergegossen. Drei Cent hat sie dafür genommen. Phyllis konnte nur bis drei zählen. Man konnte auch nicht Limone, Zitrone oder was weiß ich bestellen, sondern mußte Gelb, Orange, Grün oder Rot sagen. Phyllis kannte die Geschmacksrichtungen nicht, nur die Farben. Keiner hat je herausfinden können, welche Geschmacksrichtung Rot war, aber uns hat es nicht gestört. Phyllis ist in Ordnung. Hey, das ist wirklich ein gutes Foto von ihr. Ich bin froh, daß sie wieder eine Beschäftigung gefunden hat.«

»Was ist aus dem Eisladen geworden?« erkundigte sich Sarah.

Bill zuckte mit den Achseln. »Stadtsanierung.«

»Hat sie eine Wohnung oder ein Zimmer? Wo schläft sie?«

»Vermutlich überall und nirgends. Phyllis hat zwar Verwandte, aber sie war immer ziemlich unabhängig.«

»Glauben Sie, daß sie wie viele der SCRC-Leute beim Sammeln eine feste Route hat und sich auch daran hält? Oder paßt es besser zu ihr, einfach planlos umherzuziehen, wie sie gerade Lust hat?«

Bill schlängelte sich näher an Sarah heran und schenkte ihr einen tiefen Blick aus seinen großen dunklen Augen. »In Phyllis Laden drängte man sich nicht einfach zur Theke vor. Jeder wartete ordentlich in der Schlange, bis er an der Reihe war. Bevor sie einen fragte, was man wollte, mußte man die Hand hochheben und seine drei Cent vorzeigen. Die vier Flaschen mit den verschiedenen Geschmacksrichtungen standen immer in derselben Reihenfolge auf der Theke: Gelb, Orange, Grün, Rot. Egal, was man wollte, sie fing immer mit Gelb an und sagte die Farben auf, bevor sie zu der Flasche kam, die man wollte. Dann nahm sie den Pappbecher, kratzte das Eis ab und füllte es hinein. Sie stellte ihn auf die Theke, schraubte den Verschluß von der Flasche und goß drei Glucks auf das Eis.«

Bill lächelte. »Sie sagte dabei nämlich immer ›Gluck, Gluck, Gluck‹. Wir haben es alle im Chor mit ihr zusammen gesagt. Dann schraubte sie den Verschluß wieder auf die Flasche, nahm die drei Cent, zählte sie einzeln ab in ihre Kasse und gab einem das Eis.

Selbst wenn das nächste Kind genau dasselbe wollte, wiederholte sie die gesamte Prozedur, ohne auch nur einen einzigen Gluck auszulassen. Wenn man versuchte, vorlaut zu werden, oder ungeduldig wurde, kam sie hinter der Theke hervor, packte einen am Kragen und am Hosenboden, egal wie groß man war, und warf einen hinaus auf die Straße. Ich würde daher sagen, Phyllis hat eine feste Route. Wenn jemand versuchen sollte, sie davon abzuhalten, wird er sein blaues Wunder erleben.«

»Wenn man einen Kurier sucht, der einen ganz bestimmten Punkt zu einer ganz bestimmten Zeit erreichen und von dort aus auf einer festgelegten Route zu einem anderen Punkt gehen soll, wäre die zwanghafte Phyllis demnach die ideale Person«, meinte Brooks.

»Man müßte sie allerdings genau kennen.«

»Sehr richtig, Mr. Jones. Und man müßte schnell genug sein, um nicht sein blaues Wunder zu erleben. Kennen Sie vielleicht zufällig auch eine der anderen Personen?«

Brooks breitete seine Fotos vor Bill aus. »Das sind alles SCRC-Mitglieder, die zufällig im Center waren, als Theonia dort war.«

»Wie hat sie es bloß geschafft, diese Aufnahmen zu machen?« wunderte sich Sarah.

»Mit Brooks Dick-Tracy-Gürtelschnallenkamera.« Max schien sich köstlich zu amüsieren.

»Mit einer modifizierten Version«, erwiderte Brooks bescheiden. »Vielleicht ist euch heute Theonias Sonnenbrille mit dem ungewöhnlich breiten und zugegebenermaßen unglaublich scheußlichen Gestell aufgefallen?«

»Ich habe mich schon gefragt, woher sie die wohl hat«, sagte Sarah.

»Sie gehörte ursprünglich einer früheren Vermieterin von mir. Sie hat darauf bestanden, mit mir eine kleine Bootstour auf dem Jamaica Pond zu machen und das Ding am Tag unseres Ausflugs getragen. Aufgrund eines bedauerlichen Unfalls ist das Boot leider gekentert. Der kleine Zwischenfall hat zu einer höchst unschönen Trennung unserer Wege geführt.«

»Wie bedauerlich«, sagte Max.

»Eh – ziemlich. Ich mußte ihr Etablissement auf der Stelle verlassen, mit der strikten Order, ihr nie wieder unter die Augen zu treten. Das scheußliche Brillenobjekt fand ich später in der Tasche der

Jacke, die ich bei dem unglückseligen Zwischenfall getragen hatte. Da sie mir ausdrückliches Hausverbot erteilt hatte und ich zudem sehr erbost war, weil sie rücksichtslos mehrere Dias ruiniert hatte, die ich von einer Wasseramsel bei ihrem höchst erfinderischen Nestbau aufgenommen hatte, verspürte ich nicht den leisesten Skrupel, das häßliche Ding zu behalten. Für die Dias mußte ich mich nämlich bis zu den Ellbogen in schleimigen Morast verstecken, wobei mir eine Rohrdommel sozusagen als Krönung eine ziemliche Scheußlichkeit auf den Kopf fallen ließ, weil sie mich dummerweise für einen Felsen hielt. Ich dachte mir, ich könnte die Brille vielleicht irgendwann brauchen.«

»Und dann hast du die Kamera einfach in das Gestell eingebaut. Brooks, du bist einfach phantastisch.«

»Genau gesagt habe ich sie hinter der rechten Schläfe eingebaut, das Objektiv paßte genau durch das Muster in der Verzierung, falls man sie denn als solche bezeichnen kann. Theonia brauchte den Kopf nur ein wenig von der Person abzuwenden, die sie knipsen wollte, und den Auslöser mit Hilfe einer kleinen Pumpe zu betätigen, die an einer dünnen schwarzen Schnur durch ihren Mantelärmel bis zur Hand führte. Falls jemand den Mechanismus entdeckt hätte, was wir für sehr unwahrscheinlich hielten, hätte sie einfach behauptet, es sei ihr Hörgerät. Soweit sie weiß hat niemand etwas gemerkt, und wir sind der Meinung, daß das Ergebnis das kleine Risiko rechtfertigt. Auf einigen Aufnahmen fehlen zwar die Köpfe, wie ihr seht, aber wenn man bedenkt, unter welchen Bedingungen Theonia fotografieren mußte, hat sie gute Arbeit geleistet.«

»Die Fotos sind hervorragend«, sagte Max.

Bill Jones starrte durch Max' Lesebrille auf ein winziges, aber gestochen scharfes Foto von Ted Ashe mit einem Doughnut in der Hand. »Gehört der Mann auch zu den Senioren?«

»Behauptet er jedenfalls«, sagte Max. »Wir haben uns über ihn auch schon unsere Gedanken gemacht.«

»Kann ich mir vorstellen.«

»Er nennt sich Ted Ashe. Kennst du ihn?«

»Ja-ha, aber nicht als Ted Ashe. Wo hat er sich denn so schmutzig gemacht?«

»Meine Frau ist der Meinung, daß er sich jeden Morgen das Gesicht zuerst mit Salatöl und dann mit Blumenerde einreibt«, sagte

Brooks. »Sie sind also auch der Meinung, daß die Dreckschicht nicht echt ist?«

»Ich habe ihn vor drei Tagen abends im Golden Garter gesehen. Auf einer Benefizveranstaltung für die Gesellschaft zur Prävention von Fußkrankheiten. Er ist als Conferencier aufgetreten und trug einen pinkfarbenen Smoking und einen lila Kummerbund. Eine Woche vorher habe ich ihn auf einer Cocktailparty bei den Wilton-Rugges getroffen. Das ist der reiche Immobilienmakler, auch ein Bekannter meines Bruders. Da hatte er sich auch ziemlich in Schale geworfen. Ganz im Landjunkerstil. Wildlederjacke, Gucci-Schuhe, LaCoste-Hemd. Alles, was dazugehört.«

»Bei den Wilton-Rugges?« sagte Sarah. »Ihre Tochter ist doch das Mädchen, mit dem Eugene Porter-Smith verlobt ist. Eugene hat gestern abend noch gesagt, Ashe hätte behauptet, er habe als Buchhalter in einer Fleischkonservenfabrik gearbeitet und sei gefeuert worden, weil er Vegetarier geworden sei.«

»Vielleicht stimmt es ja«, meinte Max. »Der Kerl kommt anscheinend ganz schön rum.«

»Er nennt das Materialbeschaffung«, sagte Bill Jones.

»Für wen oder was?« fragte Max.

»Kennt ihr das Sensationsblatt *Syndicated Slyme*?«

»Ich habe es schon mal gesehen. Willst du damit etwa sagen, er schreibt für das Käseblatt?«

»Sogar unter sechs verschiedenen Namen, soweit ich weiß. An dem besagten Abend nannte er sich Wilbraham Winchell. Ich kenne zwar seinen richtigen Namen nicht, aber ich gehe jede Wette ein, daß er nicht Ted Ashe heißt. Er schreibt eine Serie, die sich mit Korruptionsfällen in Einrichtungen befaßt, die angeblich ehrenwert und karitativ sind.«

»Und was macht er, wenn er nichts findet?«

Bill zuckte mit den Achseln. »Der Kerl findet immer was.«

»Sie meinen damit doch wohl nicht, daß er einfach einen Skandal heraufbeschwört, nur um etwas aufdecken zu können?« rief Sarah.

Bill zuckte erneut mit den Achseln, diesmal noch heftiger.

Brooks Kelling rümpfte die Nase. »Schmutz und Schund. Kein Wunder, daß Ashe sich das Gesicht voll Dreck schmiert. Im Grunde basiert alles auf Selbsthaß, wißt ihr. ›Ich bin so scheußlich, daß mich jeder verachtet, also sorge ich dafür, daß man euch auch verachtet, besonders wenn ihr zu den netten Leuten gehört, die versuchen, anderen Gutes zu tun.‹ Dolph und Mary müssen für jemanden, der alle Menschen als niederstes Gewürm ansieht, unerträglich sein. Kein Wunder, daß er glaubt, er könnte sie fertigmachen, indem er sich als falsche Schlange bei ihnen einschleicht.«

»Ja, aber das würde doch bedeuten, mit Kanonen nach Spatzen zu schießen«, protestierte Sarah. »Das SCRC ist nur ein kleiner lokaler Wohltätigkeitsverein, und *Syndicated Slime* ist ein Massenblatt. Wenn Ted Ashe das alles wirklich selbst inszeniert hat und seine eigenen Leute in Lila auf die Straße schickt und Dosen mit Heroin durch die Gegend kicken läßt, scheint mir das mehr als riskant zu sein, nur um eine gute Story zu bekommen. Außerdem würde die Geschichte außerhalb von Boston niemanden interessieren. Es sei denn, er hat vor, Eugene Porter-Smith als Buhmann darzustellen und Cousin Percy damit zu erpressen.«

»Wer ist Cousin Percy?« fragte Bill Jones.

»Er besitzt ein Steuerberaterbüro und hat Eugene gerade zu seinem Junior-Partner ernannt. Zu ihren Klienten gehören sehr einflußreiche Leute, und Ted Ashe könnte vielleicht damit drohen, ihren Ruf zu ruinieren.«

»Würde Cousin Percy denn bezahlen?«

»Um Himmels willen, natürlich nicht! Was meinst du, Brooks?«

»Daß ich nicht lache! Ein Kelling würde sich nie von seinem Geld trennen, um es einem Schmutzfink von der Presse in den Rachen zu werfen. Percy würde einen Angestellten damit beauftragen, Ashe auf dem schnellsten Weg an die Luft zu setzen, und dann seiner Sekretärin die Anweisung geben, keine weiteren Erpresser vorzulassen, da er ein vielbeschäftigter Mann sei und keine Lust habe, sich Märchen anzuhören.«

»Aber das weiß Winchell vielleicht nicht«, meinte Bill.

»Dann wird es für Winchell oder Ashe oder wie immer der Kerl auch heißt ein unsanftes Erwachen geben, falls es wirklich um Erpressung geht.«

»Könnten wir diese Theorie vielleicht kurz zurückstellen?« fragte Max. »Ich schlage vor, wir besorgen uns als erstes eine dieser lila Dosen und versuchen herauszufinden, was sich wirklich darin befindet. Falls dieser Mensch – ich nenne ihn der Einfachheit halber weiter Ashe – tatsächlich eine falsche Drogenschmugglerbande zusammengetrommelt hat, nur um sich eine gute Story zu sichern, füllt er die Dosen vielleicht nur mit Backpulver oder etwas ähnlichem.«

»In Chet Arthurs Tasche haben wir aber kein Backpulver gefunden«, erinnerte ihn Sarah.

»Richtig, aber wir haben auch keinen Beweis dafür, daß Chet eine lila Dose bei sich hatte oder das Heroin tatsächlich aus dieser Dose stammte. Erkennst du auf den Bildern sonst noch jemanden, Bill?«

»Den hier.« Bill wies auf das Foto mit dem gepflegten älteren Herrn, den Sarah mit dem Kirchenblatt gesehen hatte.

»Harry Burr«, sagte Sarah. »Er ist eine Art Laienprediger, wenn ich mich nicht irre.«

»Richtig«, sagte Max. »Er hat den Trauergottesdienst für Chet Arthur gehalten.«

»Als ich ihn das letzte Mal gesehen habe«, sagte Bill, »war er Barkeeper im ›Broken Zipper‹.«

Sarahs erster Gedanke war »Die arme Mary!«, doch sie behielt ihn für sich. »Vielleicht ist er an dem Abend nur für den richtigen Barkeeper eingesprungen. Annie Bickens hat ihn möglicherweise empfohlen. Sie geht noch manchmal hin, um ihre alten Freunde zu besuchen.«

»Ja-ha«, sagte Bill. »Ich glaube, ich sollte mich allmählich verabschieden.«

Er schenkte Sarah ein besonders schmachtendes Lächeln, nickte den Männern zu, glitt die Treppe hinab und verschwand in der Nacht.

Kapitel 14

»Und was steht heute auf dem Programm, Liebling?« Sarah war aufgestanden, angezogen und fertig zum Aufbruch. Max griff nach seinem Kaffee und schaltete die Radiosendung *Morning Pro Musica* an. Robert J. Lurtsema las gerade mit der für ihn typischen Geschwindigkeit von einer Silbe pro Sekunde die neuesten Katastrophenmeldungen vor und vermittelte seinen Zuhörern das beruhigende Gefühl, daß ihr Radiosprecher Robert J. alles gut im Griff hatte und die Ansicht vertrat, daß kein Grund zur Aufregung bestand. Die Bittersohns waren Robert J. dankbar, daß er ihnen die Verantwortung abnahm, da sie ohnehin schon genug Probleme hatten.

Max hörte zu, bis ihr Lieblingsprecher verkündete, daß er anläßlich des Geburtstags von Carl Philipp Emanuel Bachs angeheirateter Cousine Ludmilla die Sinfonia Concertante in D von Carl Stammitz zu spielen gedenke, und seinen Hörern versicherte, der Komponist hätte Ludmilla mit Sicherheit auf Anhieb sympathisch gefunden, wenn er sie je kennengelernt hätte. Dann erst beantwortete er die Frage, die seine Frau ihm gestellt hatte.

»Heute? Zuerst muß ich Pepe anrufen. Und danach könnten wir uns vielleicht eine Immobilie anschauen.«

»Aber wir haben doch schon eine Immobilie«, antwortete Sarah einigermaßen überrascht. »Willst du damit sagen, wir sollten nach Ireson's Landing fahren und nachsehen, was dort los ist?«

»Ich weiß genau, was dort los ist. Mein Vater führt gerade wieder einmal ein ernstes Gespräche mit dem Architekten.«

Max Bittersohns Vater war im Bereich Architektur genauso eine Koryphäe wie Mr. Lurtsema im Bereich Musik und kümmerte sich hervorragend um das zukünftige Haus seines Sohnes. Als Baumeister der alten Schule war er mit den Vertretern moderner Stilrichtungen nicht immer einer Meinung, doch die Diskussionen verliefen ruhig und sachlich, denn Isaac Bittersohn war ein friedliebender Mensch. Trotzdem war der Architekt nach dem Gespräch stets einsichtiger und klüger als zuvor, woraufhin sich Isaac Bittersohn jedesmal diskret zurückzog, um einem anderen seiner sogenannten Helfer, die meist alles andere als hilfreich waren, mit Rat und Tat zur Seite zu stehen.

»Die Immobilie, die ich im Sinn hatte«, erklärte Max, »ist Dolphs Lagerhaus.«

»Sehr gut«, sagte Sarah. »Das würde ich mir auch gern mal ansehen. Kann man denn überhaupt hinein?«

»Wahrscheinlich nicht. Ich muß nur noch schnell versuchen herauszufinden, was Pepe erreicht hat, dann können wir fahren.«

Da Sarah wußte, wie lange es dauerte, wenn Max schnell versuchte, etwas herauszufinden, hatte sie bereits die Wohnung aufgeräumt und etliche Vorbereitungen für das Abendessen getroffen, als Max endlich wieder auftauchte und verkündete, jetzt sei er soweit. Dann wurden sie durch einen unerwarteten Besuch von Brooks aufgehalten.

»Ich habe gerade mit Mary gesprochen. Sie hat anscheinend den ganzen Morgen versucht, euch anzurufen, aber es war immer besetzt. Sie möchte wissen, ob ihr vielleicht Lust habt allein oder zusammen nach Chestnut Hill zu kommen und ihr und Dolph bei der Auswahl der Sachen für die Auktion zu helfen. Sie haben sich dafür eigens den Tag frei genommen, aber Dolph kann sich partout nicht entscheiden, was versteigert werden soll und was nicht, und die Zeit drängt. Mary klingt, als würde sie jeden Moment in Panik ausbrechen.«

»Kann ich gut verstehen«, sagte Sarah. »Ich opfere mich. Kommst du auch mit, Max?«

»Klar. Aber vorher fahren wir noch kurz am Lagerhaus vorbei. Möchtest du auch mitkommen, Brooks?«

»Liebend gern, aber bedauerlicherweise ruft die Pflicht in Gestalt meiner teuren Gattin. Charles hat heute einen Vorsprechtermin, der für die Pension schlimme Folgen nach sich ziehen könnte, Mariposa ist mit Zahnweh aufgewacht und hat sich zum Zahnarzt begeben, und da Theonia und ich gestern den ganzen Tag außer Haus waren, sollten wir heute wirklich dableiben und nach dem Rechten sehen. Theonia macht gerade die Betten, und ich habe das besondere Privileg, mich um die sanitären Anlagen kümmern zu dürfen.«

Sarah nutzte die Gunst der Stunde, um das Thema anzusprechen, über das sie sich seit geraumer Zeit Gedanken machte. »Was ich dich immer schon fragen wollte, Brooks«, sagte sie, »wird euch die Pension nicht allmählich zuviel?«

»Willst du eine ehrliche Antwort?«

»Ja, aber laß dir ruhig Zeit, du brauchst nicht sofort zu antworten. Ich frage deshalb, weil Max und ich die Wohnung hier aufgeben und nach Ireson's Landing ziehen wollen, sobald das Haus fertig ist, aber ich bin sicher, daß wir manchmal ein Zimmer hier in Boston brauchen, wenn wir über Nacht bleiben wollen. Da du jetzt das ganze Geld von Onkel Lucifer geerbt hast, habe ich mich gefragt, ob du nicht Lust hast, weiter in dem Haus zu wohnen. Wir könnten es in eine Art Familienkommune umwandeln und uns die Ausgaben teilen. Ihr beide könnt natürlich jederzeit nach Ireson's Landing kommen und im Kutscherhaus wohnen, wenn ihr einen Tapetenwechsel braucht. Frag einfach Theonia, was sie von dem Vorschlag hält. Wir können uns bei Gelegenheit über die Einzelheiten unterhalten. Ach so, und bitte sag Mary Bescheid, daß wir schon auf dem Weg sind und in Kürze eintreffen.«

»Ich wußte gar nicht, daß du die Pension schließen willst«, sagte Max, als sie zur Garage hinuntergingen.

»Der Gedanke ist mir schon vor ein oder zwei Tagen gekommen, aber dann ist so viel passiert, daß ich ihn wieder vergessen habe. Das Haus hat seinen Zweck erfüllt, und ich könnte mir vorstellen, daß es Brooks und Theonia allmählich doch leid sind. Ich würde das Haus nur ungern verkaufen, schließlich ist es schuldenfrei und gehört uns.«

»Es gehört dir.«

»Liebling, es macht dir doch hoffentlich nichts aus, wenn ich es behalte, oder? Früher hat es mich immer gestört, weil es mich an die Vergangenheit erinnert hat, aber die Zeiten sind vorbei. Inzwischen ist es mir irgendwie – fremd geworden, mit all den Pensionsgästen, die ständig ein und aus gehen.«

»Möchtest du denn ein Stadthaus haben?«

»Ich würde gern auf Nummer Sicher gehen. Es gibt bestimmt hin und wieder Krisen, schließlich sind die meisten unserer Verwandten schon ziemlich alt. Und es wäre bedeutend einfacher, derartige Probleme von hier aus anzugehen. Außerdem brauchst du ein Zimmer, wenn du in Boston übernachten mußt, Liebling. Du kannst schließlich nicht mitten in der Nacht aus dem Flugzeug hüpfen, wenn du aus Nairobi kommst, und den ganzen weiten Weg an der Küste entlang bis nach Ireson's Landing fahren.«

»Wie oft hüpfe ich schon aus einem Flugzeug aus Nairobi?«

»Dann eben Antwerpen oder Seattle oder was weiß ich. Wenn wir das Haus nicht mehr hätten, müßten wir dir ein Apartment mieten oder dich in einem Hotel unterbringen. Beides wäre wahrscheinlich teurer als der Unterhalt des Hauses, besonders wenn Brooks auch etwas dazu beisteuert. Außerdem würden deine Kinder vielleicht eines Tages gern ein Haus in Boston besitzen.«

»Gut möglich, Liebes.« Nachdem Max Sarah noch vorsichtiger in seinem Wagen verstaut hatte als eine überaus seltene Kostbarkeit aus besonders zerbrechlichem Porzellan, fuhren sie endlich los.

Bis zu Dolphs Lagerhaus war es nicht weit, doch die vielen Einbahnstraßen und diverse ortsfremde Fahrer, die ihnen voll Panik aus der falschen Richtung entgegenkamen, machten die kurze Fahrt ziemlich abenteuerlich. Dank ihrer Ausdauer und ihres unerschütterlichen Mutes erreichten sie schließlich dennoch ihr Ziel, konnten aber natürlich keinen Parkplatz finden und mußten sich damit zufrieden geben, im Schrittempo an dem Gebäude vorbeizufahren.

Das Lagerhaus war nicht sonderlich sehenswert, nur ein dreistöckiger Kasten aus rotem Backstein mit schmutzigen Fenstern und einem schwarzgeteerten Parkplatz, der für die Bedürfnisse der ehemaligen Arbeiter sicher alles andere als passend gewesen war. Interessant an dem Gebäude war nur die Tatsache, daß es direkt am Hafen lag und von zwei weiteren ehemaligen Lagerhäusern flankiert wurde, die man durch geschickte architektonische Veränderungen in ansehnliche und zweifellos teure Apartmenthäuser mit Eigentumswohnungen für soziale Aufsteiger verwandelt hatte.

»Einfach unglaublich«, sagte Sarah. »Was man aus einem häßliche Gebäude alles machen kann! Ist das nicht faszinierend, Max? Dolph und Mary haben zwar sicher nicht vor, so ausgefallene Eingänge und Fenster einbauen zu lassen, aber sie könnten den scheußlichen Asphalt entfernen und statt dessen einen kleinen Garten für die Mieter anlegen lassen, in dem sie sitzen und auf den Hafen schauen können, denn Autos werden sie ja bestimmt nicht haben. Zu den Läden und zur U-Bahn ist es nur ein Katzensprung, und die Tatsache, daß nebenan schöne Eigentumswohnungen liegen, kann sich nur als vorteilhaft erweisen, meinst du nicht? Es ist bestimmt eine sichere Wohngegend, und die alten Leutchen könnten sich frei bewegen und bräuchten keine Angst zu haben, überfallen zu werden.«

»Überfallen werden sie hier sicher weniger, aber dafür wird man ihnen bestimmt oft die kalte Schulter zeigen«, sagte Max. »Kannst du dir vorstellen, wie sich die Yuppies fühlen, die sich mit Riesensummen verschuldet haben, um sich eine schicke Eigentumswohnung leisten zu können, wenn sie jeden Tag die Prozession von Joanies und Annies mit ihren Tragetaschen vorbeiziehen sehen?«

»Warum sollte sie das stören? Die Stadt verdankt doch schließlich genau diesem Nebeneinander von unterschiedlichen Menschen ihr besonderes Flair.«

»Ganz wie du meinst, Liebes.«

Da Max zunächst seine ganze Aufmerksamkeit darauf konzentrieren mußte, heil aus dem Hafengelände zu kommen und den Weg nach Brookline zu finden, bezogen sich die wenigen und manchmal nicht sehr freundlichen Sätze, die er von sich gab, in der Hauptsache auf andere Fahrer. Erst als sie sich wieder entspannen konnten, kamen sie erneut auf das Thema zu sprechen, das sie beide beschäftigte.

»Schon interessant, daß Bill Jones unseren geheimnisvollen Ted Ashe, oder sollte ich vielleicht Wilbraham Winchell sagen, ausgerechnet bei einem Immobilienmakler getroffen hat, findest du nicht?«

»Der zufällig Wilton-Rugge heißt, genau wie die junge Dame, mit der Eugene Porter-Smith verlobt ist und deren Vater zufällig Immobilienmakler ist«, fügte Sarah hinzu. »Nachdem wir gesehen haben, wo Dolphs Lagerhaus steht, sollten wir uns vielleicht fragen, warum Eugene urplötzlich so viel Begeisterung für das Center zeigt. Soweit ich weiß, hat er bisher noch nie einen Funken Interesse für irgendein soziales Engagement gezeigt, von kleinen Spenden für Straßenmusikanten vor den Cafés einmal abgesehen.«

»Möglicherweise hat Wilton-Rugge sogar etwas mit den Eigentumswohnungen zu tun«, sagte Max.

»Das kann man doch sicher herausfinden, oder?«

»Nicht, wenn er sich auch hinter einem anonymen Vermögensfond verschanzt wie die Thanatopsis-Typen. Wir könnten höchstens versuchen, die Tochter mit Champagner gefügig zu machen, wenn sie bei der Versteigerung erscheint, und ihr auf die Art nützliche Informationen entlocken.«

Sie unterhielten sich weiter über die Versteigerung, bis sie an ihrem Ziel angelangt waren, und ließen sich dort von Dolph und Mary durch die unzähligen Räume des Herrenhauses führen. Sarah hatte bisher nie gewußt, wie riesig das Gebäude war. Die meisten Zimmer wurden seit Jahrzehnten nicht mehr benutzt, waren jedoch mit genügend Objekten vollgestopft, um das Morgan Memorial zu finanzieren.

Sie fanden unzählige viktorianische Möbel und Dekorationen, Diverses aus der Zeit des Jugendstils und des Art déco sowie eine Menge Gegenstände, die man mit viel Wohlwollen als Sammlerstücke bezeichnen konnte. Max wählte die besten Objekte für eines der großen Auktionshäuser aus. Die zweitbesten, die weniger großartigen und die etwas ausgefalleneren trugen sie hinunter in den Ballsaal.

Harry Burr war mit der U-Bahn gekommen, um den beiden Gärtnern George und Walter beim Transportieren zu helfen. Mit seinem abgetragenen, aber sauberen Overall, dem Flanellhemd und der Nylon-Windjacke sah er weder wie ein Prediger noch wie ein Barkeeper aus, sondern nur wie ein älterer Herr, der ein recht arbeitsreiches Leben hinter sich hatte und froh war, sich ein wenig nützlich machen zu können.

Bald schleppten alle fleißig mit, selbst das Dienstmädchen Henrietta und die Köchin Genevieve. Sarah hatte den Auftrag, unten im riesigen Ballsaal, der einen ganzen Flügel des Hauses einnahm, die Aufsicht zu führen und die Verteilung der Objekte zu überwachen, damit sie später nicht vor einem Riesenchaos standen. Außerdem sollte sie Lose aus verschiedenen wenig attraktiven Gegenständen und einem einigermaßen attraktiven Köder zusammenstellen.

Sie hatte die glückliche Eingebung, die bunten Posten in SCRC-Tragetaschen zu packen, konnte Dolph schließlich davon überzeugen, daß dies gleichzeitig eine hervorragende Werbung für die Spendenaktion sein würde, und klopfte sich selbst auf die Schulter, weil es ihr gelungen war, die gefährlichen Taschen für einen guten Zweck aus dem Verkehr zu ziehen. Es war kaum zu erwarten, daß die Personen, die zur Versteigerung erschienen, anschließend mit den Taschen durch Boston spazierten, und noch unwahrscheinlicher, daß sie Graperoola-Dosen aufheben und darin transportieren würden. Außerdem gab es im ganzen Haus nicht annähernd genug Behälter, in denen man die Lose verstauen konnte, und Sarah hatte keine Lust, in allen möglichen Läden um Kisten und Kartons zu betteln.

Als sie endlich eine kleine Mittagspause einlegen konnten – Max und Sarah setzten sich mit Dolph und Mary ins Frühstückszimmer, Harry Burr verbrachte seine Pause auf eigenen Wunsch lieber mit Walter, George, Henrietta und Genevieve in der Küche –, hatten sie bereits zahlreiche Objekte für die Versteigerung zusammengetragen. Und als die Zeit für den Nachmittagstee nahte, war schon ein großer Teil des Ballsaals vollgestellt, auch wenn immer noch Zimmer übrig waren, die sie noch nicht durchgesehen hatten.

»Komischerweise sieht das Haus genauso voll aus wie vor der ganzen Aktion«, sagte Mary. »Schön ist nur, daß man nicht mehr bei jedem Schritt über geschnitzte Höckerchen stolpert.«

»Geht ja vorsichtig mit den Höckerchen um«, sagte Max. »Die können euch nämlich eine Menge Geld einbringen. Viktorianische Perlenschnurverzierungen sind heutzutage höchst beliebt.«

»Nicht bei mir«, knurrte Dolph, der in sein Glas starrte, als wolle er nachsehen, ob hinter den Eiswürfeln nicht vielleicht auch noch etwas lauerte, das man günstig verkaufen konnte, denn Teepause bedeutete für die Mitglieder der Familie Kelling noch lange nicht, daß tatsächlich Tee getrunken wurde. »Ich habe die verdammten Dinger gehaßt, seit ich denken kann. Wie viele davon haben wir denn jetzt schon runtergeschleppt, um Himmels willen?«

»Bis jetzt acht geschnitzte Höckerchen«, sagte Sarah, die versuchte, eine Liste mit den besonders schwer einzuordnenden Gegenständen zu führen. »Wir haben auch Petit point-Höckerchen, türkische Höckerchen, Lederhöckerchen, Gobelinhöckerchen, Brokathöckerchen mit Fransen, ganz zu schweigen von den diversen Betkissen, von denen gibt es –«

»Gottverdammich, Sarah, hör bloß auf! Wir haben uns schon fast das Rückgrat gebrochen, als wir die verfluchten Biester runtergeschleppt haben, jetzt brauchen wir uns nicht auch noch das Trommelfell zu ruinieren, indem wir uns anhören, wie sie alle heißen. Obwohl ich zugeben muß, daß ich ziemlich überrascht war, als wir das Geheimfach in dem Betschemel in Onkel Freds Ankleidezimmer entdeckt haben.«

»Mit den ganzen französischen Pornoheftchen drin. Onkel Fred war wirklich ein scheinheiliger alter Bock, weißt du, Dolph.« Sarah schaute ein wenig ängstlich nach allen Seiten, als könne ihre respektlose Bemerkung ein Gespenst heraufbeschwören, das aus der Holzverkleidung mit donnernder Stimme brüllte: »Sarah Kelling, marsch in die Ecke mit dir!«

Stattdessen hörte sie nur Marys freundliche Stimme, die sich erkundigte: »Ihr bleibt hoffentlich zum Abendessen?«

»O nein, das geht doch nicht«, protestierte Sarah. »Genevieve ist bestimmt am Ende ihrer Kräfte.«

»Sie sagt, sie fühle sich topfit. Das Personal beklagt sich immer, daß wir es nicht so auf Trab halten, wie Dolphs Tante und Onkel es getan haben. Wahrscheinlich ist es hier wirklich ein wenig zu ruhig, aber wir sind ja die meiste Zeit im Center. Genevieve hat einen Schinken und einen Topf Bohnen in den Backofen geschoben, außerdem hat sie schon ein paar von ihren berühmten unwiderstehlichen Apple-Pies gebacken. Bleibt um Himmels willen hier, sonst ist sie zutiefst verletzt. Ich habe keine Lust, mich mit einer stinksauren Köchin herumzuschlagen, wenn am Samstag abend die wilden Horden hier einfallen.«

»Hast du schon eine Ahnung, wie viele kommen werden?«

Sarah hatte »U.A.w.g.« auf die Einladungen geschrieben, auch wenn sie damit rechnete, daß sich die meisten Leute nicht die Mühe machen würden zu antworten. Doch inzwischen hatten sich tatsächlich schon einige angemeldet. Im Center waren einundzwanzig Bestätigungen eingegangen. Osmond Loveday berichtete zudem von sechsunddreißig wütenden Anrufern, die sich beschwert hatten und wissen wollten, warum die Versteigerung so kurzfristig angekündigt wurde, und verlangt hatten, man solle den Termin auf einen für sie günstigeren Abend umlegen.

Hier im Haus hatte Henrietta dreiundvierzig Zusagen, siebzehn Absagen und eine Beschwerde entgegengenommen. Die kam von dem alten Spinner aus der Nachbarschaft, der die Kellings wissen ließ, was passieren würde, falls jemand es wagen sollte, mit dem Wagen seine Einfahrt zu blockieren. Henrietta hatte ihm versichert, daß sie Leute auf der Straße postieren würden, die sich um das Parkproblem kümmerten. Er hatte zudem schwerwiegende Folgen angedroht, falls irgendwer unbefugt sein Grundstück betreten sollte, und den Hörer auf die Gabel geknallt. Sie konnten sich darauf verlassen, daß er wieder anrufen würde, sobald ihm etwas Neues eingefallen war, über das er sich aufregen konnte.

Doch sie beschlossen, den alten Miesepeter einfach zu ignorieren. Sarah freute sich über die große Resonanz. Die Zusagen, die Henrietta entgegengenommen hatte, stammten vor allem von Leuten, die in der Nähe wohnten und daher erwartungsgemäß besonders schnell und förmlich reagierten. Sie würden wahrscheinlich sogar ihre Freunde mitbringen. Bis jetzt lief alles genau nach Plan.

Der Ballsaal faßte mühelos zweihundert Stühle, im Notfall sogar noch mehr. Einige Besucher würden früher gehen, andere erst spät erscheinen. Sie brauchten sich keine Sorgen um etwaige Brandschutzvorschriften zu machen, da der Raum an drei Seiten mit hohen Glastüren und zahlreichen Fenstern versehen war. Die drei großen Türen, die den Flügel mit dem Haupthaus verbanden, konnten geöffnet werden, so daß die Leute sich auch auf den riesigen Salon und das angrenzende Eßzimmer verteilen konnten, wo der Champagner ausgeschenkt wurde und sich Schauspieler mit Tabletts unter die Gäste mischten und kleine Snacks anboten. Sehr wahrscheinlich würden sich viele, vor allem die Ehemänner, weit mehr für den Champagner und die jungen Schauspielerinnen in ihren hübschen Kleidern aus den zwanziger Jahren interessieren als für die Auktion.

Mit Ausnahme des Foyers und der Toiletten im Untergeschoß wollten sie alle übrigen Räume abriegeln. Das Haus war eigens für Veranstaltungen im großen Stil entworfen worden, auch wenn die letzte schon geraume Zeit zurücklag. Es entbehrte nicht einer gewissen Ironie, daß Dolph und Mary das Haus nun zwar seiner eigentlichen Bestimmung gemäß nutzten, aber nicht etwa für einen Festball oder einen vornehmen Empfang, sondern nur, um einen Großteil des angesammelten Ballasts loszuwerden, als Einstimmung auf eine neue Ära, in der höchstwahrscheinlich auch das Haus überflüssig sein würde.

Sie sollten wenigstens ein einziges Mal eine rauschende Ballnacht veranstalten und den Erlös in den Fonds einfließen lassen, fand Sarah. Theonia wäre sicher begeistert. Neulich hatte sie wie eine Königin ausgesehen, als sie hier an dem kerzen- und blumengeschmückten Tisch gesessen hatte, hinter sich auf dem Sideboard das glänzende Silber von Großtante Matilda.

Später war ihr Theonia bei ihrer kleinen Vorstellung in der Bibliothek in der Tulip Street wie eine völlig andere Art von Königin erschienen. Es hatten eigentlich nur noch romantische Geigen, stampfende Rosse und ein mächtiges Kaminfeuer gefehlt, das wilde Schatten über sie huschen ließ, als sie die alte Porzellantasse gegen die Wand schmetterte und majestätisch in der Dunkelheit verschwand, ohne auch nur ein einziges Wort der Erklärung abzugeben.

Theonia war alles andere als verrückt oder überdreht. Sie hatte zwar ein ungewöhnliches Leben hinter sich, doch sie hatte ihr Schicksal hervorragend gemeistert. Wie viele Waisen, die sich mit dreizehn Jahren allein, ohne einen Cent in der Tasche und ohne Schuhe an den Füßen in einer fremden Welt wiederfanden, auf die sie nicht vorbereitet waren, hätten sich wohl so gut über Wasser halten können wie sie? Theonia hatte sich allen widrigen Umständen zum Trotz so ehrbar wie möglich durchgeschlagen und sich nach Kräften weitergebildet, bis sie schließlich über die Eleganz und die feinen Manieren einer echten Dame verfügte, die sie so gern sein wollte und im Grunde immer gewesen war, auch wenn es ihr nie jemand gesagt hatte.

Wie man die Sache auch betrachtete, Theonia war eine bewundernswerte Frau und sicher der letzte Mensch in der Welt, der ohne Grund ein kostbares Familienerbstück zerstörte. Aber warum hatte sie dann die Tasse zerbrochen?

Aber es gab halt Dinge, über die man einfach nicht sprechen konnte. Wenn Theonia es wünschte, würde sie ihnen ihr merkwürdiges Verhalten sicher irgendwann erklären. Sarah schüttelte den Kopf und machte sich wieder daran, bizarre Nippsachen in Tragetaschen zu verstauen.

Genevieves Abendessen schmeckte hervorragend, doch als sie fertig gegessen hatten, waren sie zu müde, um sich noch zu unterhalten. »Komm, Sarah«, sagte Max, »wir müssen das Baby ins Bett bringen. Wo ist denn Harry Burr abgeblieben, Dolph? Wir könnten ihn im Auto mitnehmen. Er muß doch auch nach Boston.«

»Ich schau mal nach«, sagte Mary, kehrte jedoch allein zurück. Harry hatte in der Küche zu Abend gegessen und dann verlauten lassen, er müsse fort, weil er mit jemanden verabredet sei. George hatte ihn daraufhin zur Chestnut Hill Station gefahren.

Sarah fragte sich, ob Harry wohl heute abend wieder im ›Broken Zipper‹ hinter dem Tresen stand. Am Dienstag hatte er noch bei Chets Beerdigung gepredigt. Manche Menschen führten ein seltsames Leben.

Kapitel 15

Eines der Fundstücke, die Max für die großen Auktionshäuser beiseite gelegt hatte, war ein stilles kleines Landschaftsbild, das Dolph in einem der Schlafzimmer, die nie benutzt wurden, von der Wand genommen hatte. Weder Onkel Fred noch Tante Matilda hätten es sonderlich gemocht, sagte er. Schlachtgemälde und Vergrößerungen von Fotos, auf denen er selbst wichtigen Persönlichkeiten die Hand schüttelte, waren eher nach Frederick Kellings Geschmack gewesen. Seine Gattin dagegen hatte eine ausgesprochene Vorliebe für riesige, düstere Ölgemälde gehabt, auf denen sich wilde Raubtiere gegenseitig zerfleischten.

Max jedoch gefiel die kleine Landschaft so gut, daß er sie mit nach Hause nahm, um sie sich genauer anzusehen. Während Sarah zu Bett ging, begann er damit, vorsichtig die Oberfläche zu säubern und sorgfältig Zentimeter für Zentimeter mit der Lupe zu betrachten. Am nächsten Morgen erzählte er Sarah noch vor seinem obligatorischen Ferngespräch mit Marseille, was er herausgefunden hatte.

»George Inness? Max, das ist ja wunderbar. Hältst du es für echt?«

»Soweit ich sehen kann, ja, aber ich bin natürlich kein Spezialist, was die Amerikanische Schule angeht. Falls du heute morgen nichts Besseres vorhast, könntest du das Bild vielleicht zum Museum bringen und hören, was die dazu sagen.«

»Liebend gern, aber möchtest du das nicht selbst übernehmen?«

»Jemand muß schließlich hier die Festung halten.«

»Was soll das nun wieder bedeuten? Wahrscheinlich, daß du wichtigere Dinge zu erledigen hast. Was steht denn heute alles auf dem Programm?«

»Zuerst muß ich einige Anrufe erledigen.«

»Wann mußt du das nicht? Schon gut, Liebling. Ich gehe hin. Aber was soll ich tun, wenn sie das Bild dabehalten wollen?«

»Wenn sie es nur genauer untersuchen wollen, laß dir eine Bescheinigung ausstellen. Wenn sie es für ihre Sammlung einkassieren wollen, verlangst du einen Scheck. Sarah, versprich mir bitte, daß du nicht mit der U-Bahn fährst. Und geh nirgendwo allein hin. Laß dir ein Taxi kommen. Wickle das Bild in ein Handtuch oder so etwas und versteck es in einer Tasche.«

»Ich soll es also mit meinem Leben schützen.«

»Um Himmels willen, bloß nicht!« Max legte das kleine schwarze Buch, in das er immer sämtliche Notizen eintrug, lange genug beiseite, um seine Frau zärtlich zu umarmen, aus Rücksicht auf ihren momentanen Zustand allerdings äußerst vorsichtig. »Das Bild könnte wirklich einen ordentlichen Batzen Geld für Dolphs Projekt einbringen, wenn er uns erlaubt, es für ihn zu verkaufen.«

»Das macht er bestimmt. Dolph schert sich keinen Pfifferling um Kunst, und Mary liegt viel mehr daran, für ihre Schützlinge zu sorgen als ihr eigenes Nest auszustaffieren. Ich stecke das Bild in die Tragetasche, die Tante Appie für mich bestickt hat. Die ist so häßlich, daß sie bestimmt niemand stehlen will.«

»Hervorragende Idee. Okay, ich telefoniere schnell mit dem Museum und mache einen Termin für dich.«

Während Max zum Telefon ging, öffnete Sarah ihren Kleiderschrank und überlegte, was man wohl am besten anzog, wenn man einen Inness auf seine Echtheit überprüfen ließ. Als sie unter der Dusche stand, rief Max Brooks an.

»Hallo, Zorro. Hier Boston Blackie. Hättest du Lust, mit mir einen kleinen Ausflug zu unternehmen? Natürlich nur, wenn dir deine Gattin nicht gerade den Auftrag erteilt hat, Gänseblümchen für die Tischdekoration zu pflücken.«

»Gänseblümchen blühen momentan nicht, und der Haushalt läuft wieder wie geschmiert«, lautete die fröhliche Antwort seines Lieblingskomplizen. »Was wollen wir denn Schönes anstellen?«

»Jemanden kidnappen.«

»Entzückend. Dann sollte ich dich vielleicht darauf hinweisen, daß dein Ex-Schlafzimmer momentan leer steht und Charles im Theater gerade die Rolle eines Gefängniswärters übernommen hat.«

»Wie schön! Deine Rolle besteht darin, ein ehrwürdiges Mitglied des Kelling-Clans zu spielen. Einen Herrn mittleren Alters.«

»Kinderleicht. Wann soll es losgehen?«

»Sobald du ein Taxi mit Sarah als Fahrgast von hier losbrausen siehst. Sie hat um half elf einen Termin im Kunstmuseum, also bestelle ich das Taxi für zehn Uhr, unter dem fadenscheinigen Vorwand, daß es möglicherweise einen Stau geben könnte.«

»Alles klar.«

Max beendete das Telefonat und führte gerade ein ungezwungenes, harmloses Gespräch auf Französisch mit Pepe Ginsberg, als Sarah hereinkam. Sie trug ihr grünes Trägerkleid mit einer cremefarbenen Seidenbluse und Granny Kellings Eisvogelbrosche. Sie hatte das merkwürdige Gefühl, daß Max sie loswerden wollte, und auch eine leise Ahnung, warum, doch was sollte sie machen?

Zudem bot sich einem nicht jeden Tag die Gelegenheit, einen Inness auf seine Echtheit überprüfen zu lassen. Laut Tante Appies Ex-Schwiegertochter Vare waren Museumsbesuche eine wichtige ästhetische Bereicherung für das ungeborene Leben. Vare hatte ihre eigenen vier Embryos auch tatsächlich pflichtbewußt nacheinander an alle nur denkbaren Stätten der Kultur und Erbauung getragen. Jesse, Woodson, James und Frank hatten sich zu erfolgreichen Saboteuren und gerissenen kleinen Verbrechern entwickelt, zeigten jedoch wenig Sinn für Höheres. Vielleicht hatte Vare auch nur zu lange die Gemälde von Goya betrachtet. Der sanfte Inness würde ihrem Baby bestimmt nicht schaden.

Sarah hatte das Museum of Fine Arts besucht, solange sie sich erinnern konnte. Als junges Mädchen hatte sie sogar davon geträumt, hier eines Tages Malerei zu studieren. Leider hatte es nicht geklappt, doch im Alter von zehn bis fünfzehn hatte sie dafür Privatstunden bei einer Kunstlehrerin nehmen dürfen. Miss Pefton war selbst an der Museum School ausgebildet worden und hatte sie häufig dorthin mitgenommen, um sich an Ort und Stelle mit ihr über die Gemälde zu unterhalten. Die schier endlosen Galerien hatten sich Sarah fast noch tiefer ins Gedächtnis eingeprägt als die wunderbaren Kunstwerke, die man dort bewundern konnte. Sie konnte sich noch genau erinnern, wie sie als Kind hinter den unfreundlichen Museumsführern hergetrabt war und dabei nicht nur ihren eigenen Klappstuhl, sondern auch den von Miss Pefton tragen mußte, weil ihre Lehrerin recht betagt gewesen war. Kurz nach Sarahs Hochzeit mit Alexander war die alte Dame gestorben. Sarah mußte allein zur Beerdigung gehen, weil Alexander wie üblich von seiner Mutter mit Beschlag belegt wurde. Im Nachhinein war es ihr ganz recht, denn sie hatte geweint, was Alexander bestimmt peinlich gefunden hätte.

Sie hielt die scheußliche Tragetasche fest umklammert, während sie den Taxifahrer bezahlte, dem Herrn am Informationstisch den Grund ihres Kommens erklärte und zum Büro des Kurators dirigiert wurde. Jetzt, wo sie die Gattin von Max Bittersohn war, behandelte man sie ganz anders als früher, als sie noch eine Kelling gewesen war. Sarah fand sogar ein beträchtliches Empfangskomitee vor, das ungeduldig darauf zu warten schien, sie und ihre Tragetasche zu begrüßen. Man verwöhnte sie mit Kaffee und köstlichem Gebäck und informierte sie umfassend über die diversen Maltechniken des Künstlers, die ihr dank Miss Pefton und ihrer Galeriewanderungen bereits recht vertraut waren. Sie durfte sich sogar die Röntgenaufnahmen ansehen.

Nachdem man das Werk eingehend untersucht hatte, war man sich einig, daß es sich tatsächlich um einen echten und noch dazu wunderschönen Inness handelte, und erkundigte sich höchst interessiert, was sie mit dem Kunstwerk zu tun gedenke. Sarah erklärte, sie sei sozusagen nur das Laufmädchen, woraufhin man sie spontan zum Mittagessen einlud. Während sie Brie mit französischem Brot und einen knackigen Macoun-Apfel aß, waren Max und Brooks damit beschäftigt, Annie Bickens zu kidnappen.

Eigentlich war es ganz einfach. Max hatte von Mary erfahren, daß Annie heute nicht für das Center eingeteilt war. Das bedeutete, daß sie unterwegs war und sammelte, und es war allgemein bekannt, daß sie dieser Tätigkeit am liebsten in der Washington Street in der Nähe eines Billigkaufhauses nachging, weil sie dort genügend Geld schnorren konnte, um sich einen Milkshake genehmigen zu können. SCRC-Mitglieder durften nicht betteln, aber Annie stellte es so subtil an, daß es überhaupt nicht auffiel. Wenn man Joan Glauben schenken konnte, gingen die Menschen einfach von sich aus auf Annie zu und gaben ihr Geld. Annie konnte die Leute selbstverständlich nicht vor den Kopf stoßen, indem sie ihre milden Gaben zurückwies, außerdem mußte sie schließlich ihre Vorliebe für Milkshakes irgendwie finanzieren.

Für jemanden, der den größten Teil seines Lebens damit verbracht hatte, anderen Cocktails und Highballs zu servieren, schienen Milkshakes zwar eine merkwürdige Passion, doch Annie fand sie nun mal einfach unwiderstehlich, und die beiden Verschwörer beschlossen daher, sie mit einem Milkshake zu ködern.

Max war diesmal ohne Hut, doch Brooks trug seinen graugrünen Filzhut, dessen Band die Feder eines Steinwälzers zierte. Als sie sich ihrem Opfer näherten, lüpfte Brooks höflich besagten Hut.

»Mrs. Bickens? Wir hatten gehofft, sie hier anzutreffen. Ich bin Brooks Kelling, Dolph Kellings Cousin, und das hier ist Max Bittersohn, der Gatte meiner Cousine Sarah.«

»Wir kennen uns schon«, sagte Max aufgeräumt. »Dienstag morgen im Center. Ich schulde Ihnen sogar eine Tasse Kaffee, wenn ich es recht bedenke. Hätten Sie vielleicht Lust, etwas mit uns zu trinken? Hier soll es ganz hervorragende Milkshakes geben, habe ich gehört.«

Annie schenkte ihm ein Lächeln, mit dem sie früher im ›Broken Zipper‹ wahrscheinlich nur die großzügigsten Trinkgeldspender beglückt hatte. »Stimmt genau.« Sie war als erste am Tresen.

Um diese Zeit war der Raum noch nicht voll. Am hinteren Ende des Tresens fanden sie sogar drei freie Barhocker nebeneinander, so daß man sich relativ ungestört unterhalten konnte. Annie bestellte sich ihren Milkshake und ein riesiges Stück Kuchen mit grünem Zuckerguß. Brooks bestellte sich Kräuterlimonade und einen Doughnut, zwei Köstlichkeiten, die in der Pension nie auf der Speisekarte standen. Max sagte, er wolle eigentlich lieber nur einen Kaffee.

Man plauderte über dieses und jenes. Max und Brooks bekundeten lebhaftes Interesse, was den Alltag im Center, besonders aber das Kommen und Gehen der einzelnen Mitglieder betraf. Max erwähnte auch die Versteigerung und die Vorbereitungen, die man bisher für das große Ereignis getroffen hatte. Harry Burr sei ihnen eine große Hilfe gewesen, teilte er Annie mit. Der ›Broken Zipper‹ wurde mit keinem Wort erwähnt, bis Max schließlich die Rechnung bezahlt und Annie aus Macht der Gewohnheit zahlreiche Zuckertütchen eingesteckt hatte.

Schließlich kam sie selbst auf den Punkt. »Okay, Leute, jetzt mal ehrlich, was wollt ihr von mir?«

»Eine äußerst direkte Frage, die wir genauso direkt beantworten werden«, meinte Brooks, »aber nicht hier, wenn es Ihnen recht ist. Mrs. Kelling erwartet uns schon.«

»Jessas«, stöhnte Annie, »ich war doch eben erst im Center. Müssen wir etwa schon wieder den ganzen Weg zu Fuß gehen?«

»Keineswegs.«

Obwohl die Tulip Street nur einen Katzensprung entfernt lag, auch wenn in Wirklichkeit die meisten Katzen nie so weit sprangen, hielt Max es für das Beste, Annie so schnell wie möglich an einen sicheren Ort zu bringen, an dem sie sich wirklich unbeobachtet und ungestört unterhalten konnten.

»Wir nehmen ein Taxi«, versicherte er. »Wir brauchen nur bis zum Parker House zu gehen.«

Genau das taten sie, doch als Max dem Fahrer die Adresse mitteilte, schnappte Annie nach Luft. »Hey, was hat das schon wieder zu bedeuten? Sie haben doch eben gesagt, Mrs. Kelling wollte mich sprechen!«

»Tut mir leid«, entschuldigte sich Brooks. »Wahrscheinlich habe ich nicht deutlich genug gesagt, daß ich damit meine Frau, Mrs. Theonia Kelling, meinte. Sie wissen schon, die Dame, die für die Beerdigung die Schokoladenplätzchen gebacken hat. Oh, schaut mal, die Schwanenboote werden weggebracht.«

Brooks wußte eine Menge über die Schwanenboote, die großen Tretboote mit den stolzen weißen Schwänen und Bänken für die Fahrgäste, auf denen Generationen von Bostoner Kindern, Sarah und Brooks und sogar Dolph Kelling eingeschlossen, gesessen hatten und die Stockenten, die quakend hinter ihnen herschwammen, mit Popcorn gefüttert hatten. Brooks redete wie ein Wasserfall, so daß Annie keine Gelegenheit hatte, auch nur ein einziges Wort einzuwerfen, bis sie ihr Ziel erreicht und das Taxi verlassen hatten.

Theonia wartete in der Tat darauf, Annie Bickens zu begrüßen. Sie wollte auf keinen Fall riskieren, daß man sie als die alte Frau im schwarzen Mantel identifizierte, die gestern im Center aufgetaucht war, und hatte sich entsprechend gekleidet. Obwohl es noch nicht einmal Mittag war und sie längst noch nicht alle ihre hausfraulichen Pflichten erfüllt hatte, trug sie ein elegantes weinrotes Wollkleid mit einem ihrer vielgeliebten üppigen Spitzenkrägen. Auch ihre schmalen Lederpumps und ihre Strümpfe waren weinrot. Dazu trug sie

Perlenohrringe und eine ungewöhnliche Diamantbrosche am Spitzenkragen, die ein winziges Samuraischwert darstellte und wie so vieles ein Erbstück von Onkel Luzifer war.

Annie zeigte sich von soviel Eleganz völlig eingeschüchtert, doch Theonia brach sofort das Eis. »Mrs. Bickens, wie nett, daß Sie kommen konnten. Brooks, Liebling, kümmerst du dich bitte um Mrs. Bickens' Tasche und Jacke? Haben diese beiden Stoffel Ihnen wenigstens eine Erfrischung angeboten, oder haben sie Sie etwa auf der Stelle hergebracht?«

»Sie haben mir einen Milkshake ausgegeben«, stotterte Annie.

»Wir sind in der Stadt kurz eingekehrt«, erklärte Brooks. »Weißt du schon, wann das Mittagessen fertig ist?«

»Um halb eins, wenn es euch recht ist.«

»So lange wollte ich gar nicht bleiben«, protestierte Annie. »Ihr Mann hat gesagt, Sie wollten mit mir sprechen.«

»Das möchte ich auch, Mrs. Bickens. Eigentlich möchten wir alle mit Ihnen sprechen, und zwar über eine Sache, die uns sehr am Herzen liegt. Wir hoffen, daß Sie uns helfen können. Am besten gehen wir in die Bibliothek und machen es uns dort gemütlich.«

»Oder nach unten«, schlug Max vor. »Da sind wir ungestört.«

Theonia neigte ihr majestätisches Haupt. »Gern, wie ihr meint. Geben Sie mir Ihren Arm, Mrs. Bickens. Das Treppenhaus kann ein wenig verwirrend sein, wenn man es nicht kennt. Würde es Ihnen etwas ausmachen, mit uns durch die Hintertür hinauszugehen?«

Es machte Annie eine Menge aus, doch ihr blieb keine andere Wahl – mit einer Frau, die doppelt so groß war wie sie selbst an der Seite, dem wendigen Brooks vor sich und dem galanten, aber beeindruckenden Max Bittersohn direkt hinter sich. Theonia hielt Annies Arm die ganze Zeit sanft, aber unnachgiebig fest, obwohl das Treppenhaus gut beleuchtet war und das stabile Geländer aus vergoldetem Eichenholz ausreichend Halt bot.

Annie mußte sich wie eine Gefangene auf dem Weg zur Zelle vorkommen, doch das Zimmer, in das sie gebracht wurde, war ausgesprochen gemütlich. Der Steinboden war makellos sauber, die Wände weiß, die Möbel schlicht und farbenfroh, und auf den hohen Fensterbänken standen hübsche Pflanzen. Max lächelte.

»Früher habe ich selbst mal in diesem Zimmer gewohnt, Mrs. Bickens.«

»Ehrlich? Sie haben auch hier gewohnt?«

»Ja, bis ich meine Vermieterin geheiratet habe. Danach sind Sarah und ich ins Nebenhaus gezogen, und Brooks und Theonia haben das Haus übernommen. Wir sind eine ziemlich komplizierte Familie. Genau wie das SCRC. Ich weiß nicht, ob es Ihnen auch schon aufgefallen ist, aber im Center wird es von Tag zu Tag komplizierter. Genau darüber möchten wir uns gern mit Ihnen unterhalten.«

»Aber ich hab' nichts Unrechtes getan!«

»Das hat ja auch keiner behauptet. Wir hoffen lediglich, daß Sie uns bei der Aufklärung eines Falles behilflich sein können.«

»Ich weiß wirklich nicht, was Sie meinen.«

»Wir versuchen unter anderem herauszufinden, wer Chet Arthur umgebracht hat.«

»Der ist doch überfallen worden.«

»Aber jetzt ist er tot.«

»Stimmt, aber die wußten doch bestimmt nicht mal, wer er war. Wenn Sie umgebracht sagen, klingt das so, als hätten die was gegen ihn gehabt.«

»Wir sind der Meinung, daß die Täter genau gewußt haben, mit wem sie es zu tun hatten. Warum setzen Sie sich nicht und machen es sich bequem, Mrs. Bickens?«

Kapitel 16

Max führte Annie zu dem Sessel mit den blauen Schutzbezügen, der noch aus dem alten Haus in Ireson's Landing stammte, schob einen rotgestrichenen Holzstuhl daneben und nahm darauf Platz. Brooks und Theonia saßen auf dem Bett, das mit den hübschen rotgemusterten Kissen wie eine Couch wirkte. Annie befeuchtete sich die Lippen und ließ ihren Blick unruhig von einem zum anderen wandern.

»Hat es was mit dem Testament zu tun? Ich hab' nur an der Stelle unterschrieben, wo Chet gesagt hat, ehrlich. Joan hat auch unterschrieben!«

»Beruhigen Sie sich, Annie«, sagte Max. »Ich darf Sie doch Annie nennen, oder? Nein, mit dem Testament hat es nichts zu tun. Aber Sie haben nicht ganz die Wahrheit gesagt, als Sie uns erzählt haben, Sie hätten es nicht gelesen. Das stimmt doch, oder nicht?«

»Na und? Ein Mensch hat doch schließlich das Recht, zu wissen, was er unterschreibt, oder? Halten Sie mich eigentlich für total meschugge oder was?«

»Nicht im geringsten. Mich würde nur interessieren, wie Sie darüber denken.«

»Ich fand es reichlich merkwürdig, wenn ich ehrlich sein soll. Ich meine, da lebt einer mehr oder weniger auf der Straße und verdient sich sein Geld, indem er leere Bierdosen sammelt, und dann macht er 'n Testament wie 'n Millionär.«

»Sie und Joan haben sich also darüber lustig gemacht, richtig?«

»Nee, ich hab' ihr gar nichts davon gesagt. Chet hat doch gewollt, daß wir das Ding nicht lesen, sondern nur unterschreiben. Joan hätte das nicht richtig gefunden. Sie liegt mir ständig in den Ohren und sagt, ich soll dies nicht tun und das nicht tun. Verstehen Sie mich nicht falsch, Joanie ist meine beste Freundin, aber sie kann einem manchmal ziemlich auf die Nerven gehen. Ich wollte bloß nicht, daß sie sich wieder aufregt, so wichtig war es schließlich auch wieder nicht.«

»Haben Sie sonst noch mit jemandem darüber gesprochen?«

Annie zuckte mit den Achseln, verglichen mit Bill Jones Ganzkörperverrenkungen eine ziemlich schwache Leistung. »Und wenn schon? Meine Güte, es war doch schließlich ziemlich lustig, oder etwa nicht?«

Max schien diese Auffassung nicht zu teilen. »Wem haben Sie davon erzählt, Annie?«

»Niemand besonderem. Nur Bulgy.«

»Welchem Bulgy?«

»Na, Bulgy eben, wie ich gesagt hab'. Alle nennen ihn so, ich weiß nicht, ob er noch 'nen anderen Namen hat.«

Theonia schaltete sich ein. »Ich glaube, Cousin Max hätte gern gewußt, in welcher Beziehung Sie zu diesem Bulgy stehen. Ist er vielleicht ein guter Freund von Ihnen?«

»Weiß ich nicht, kann schon sein. Ich kenne ihn noch aus dem ›Zipper‹, wissen Sie. Er war schon da, als ich damals angefangen habe. Er war einfach immer da, wenn Sie wissen, was ich meine.«

»Und wo ist Bulgy jetzt?«

»Oh, er ist immer noch da, und Dan auch. Die beiden sind die einzigen, die noch übrig sind aus meiner Zeit im ›Zipper‹. Wir waren Kollegen, wissen Sie. Dan gehört zu den Barkeepern, die tagsüber arbeiten. Früher war er immer nachts da, aber dann hat er es nicht mehr ausgehalten und getauscht. Ich kenne den Mann nicht, der Dans Stelle gekriegt hat und jetzt nachts arbeitet. Ich weiß nur, daß er Jeff heißt.«

»Und was ist mit Harry Burr?«

»Hat Harry Ihnen etwa gesagt, daß er im ›Zipper‹ arbeitet?« Annie klang überrascht.

»Haben Sie ihm den Job besorgt?« konterte Max.

»Kann man so sagen. Ich bin mal dagewesen, als Dan sich aufgeregt hat, weil der Kerl, der Jeff nachts helfen sollte, sich krank gemeldet hat. Das hätte nämlich bedeutet, daß Jeff die Nachtschicht auch noch machen mußte, weil sie keinen kannten, der so kurzfristig einspringen konnte. Also hab' ich mir gedacht, was soll's, Dan ist ein Freund von mir, also hab' ich ihm von Harry erzählt.«

»War Harry denn früher Barkeeper?«

»Nein, Harry war Geistlicher, aber er glaubt an was, das er praktische Religion nennt. Als er mal über das Laster der Trunksucht predigen wollte, hat er sich gedacht, am besten macht er damit vorher selbst ein paar Erfahrungen. Er wollte aber nicht anfangen, richtig zu saufen, weil er dachte, daß seine Kirche das vielleicht nicht gut finden würde, mal ganz zu schweigen von seinem Magen, also hat er 'nen Halbtagsjob als Barkeeper angenommen.«

»Hat Harry Ihnen das selbst erzählt?«

»Klar, Harry ist wirklich 'n netter Kerl, er kann es bloß nicht lassen, einem ständig was vorzupredigen. Deswegen ist er auch Barkeeper geblieben. Er meint, so groß ist der Unterschied zu einem Geistlichen gar nicht. Alle erzählen ihm ihre Sorgen und wollen kostenlose Ratschläge, wie sie ihre Probleme lösen sollen, und tun dann doch, was sie wollen. Jedenfalls hab' ich Dan von Harry erzählt, und dann bin ich zurück ins Center und hab' Harry von Dan erzählt, und so hat alles angefangen. Er arbeitet nicht besonders gern im ›Zipper‹, und sie fragen ihn nur, wenn Not am Mann ist. Aber sonst fragt ihn nie jemand, also geht er. Und außerdem bezahlen die ganz gut.«

»Kennt Harry Bulgy auch?«

»Ich glaub' schon. Bulgy ist so was wie deren Mädchen für alles, könnte man sagen. Wenn die zum Beispiel 'ne neue Lieferung kriegen, muß Bulgy den Männern helfen, die Fässer und Kästen runter in den Keller zu tragen und wegzustellen. Wenn der Barkeeper irgendwas aus dem Keller braucht, brüllt er Bulgy durch 'n Rohr zu, er soll es raufbringen und die leeren Flaschen mitnehmen und so. Ich weiß nicht, ob Harry überhaupt Zeit hat, mit Bulgy zu sprechen, weil nachts immer wer weiß was los ist. Außerdem geh' ich da sowieso nicht mehr hin, wenn es dunkel ist.«

»Wann haben Sie Bulgy von Chet Arthurs Testament erzählt?«

»Sofort nachdem wir unterschrieben haben. Joanie hatte nämlich an dem Nachmittag Dienst im Center und hat die Gäste betreut, und da hab' ich mir gedacht, was soll's, da kann ich doch eigentlich zum ›Zipper‹ gehen. Aber Dan war nicht da, und die neuen Jungs mögen mich nicht besonders, also bin ich runter in den Keller und hab' mich 'ne Zeitlang mit Bulgy unterhalten. Ich hab' ihm von dem Testament erzählt, weil ich es so komisch fand.«

»Fand Bulgy es auch komisch?«

»Was weiß ich? Bulgy ist nicht besonders helle. Er hat jedenfalls auch drüber gelacht.«

»Meinen Sie, er hat die Geschichte weitererzählt?«

»Kann schon sein«, gab Annie zu. »Wenn er jemand zum Zuhören gefunden hat, vielleicht. Bulgy kann einem die Ohren abschwatzen, wenn man ihn läßt.«

»Spricht er mit den Gästen?«

»Bloß wenn's Krach gibt. Dann rufen die Bulgy immer, damit er kommt und für Ruhe sorgt. Bulgy ist ziemlich stark, wissen Sie, weil er immer die Getränkekästen schleppt. Oder wenn ein Gast 'nen kleinen Unfall hat, wenn Sie wissen, was ich meine. Dann muß Bulgy raufkommen und den Boden schrubben.« Annie warf Theonia einen verlegenen Blick zu. »Das sind so die Sachen, die Bulgy macht. Eigentlich hat er nicht viel Gelegenheit, mit anderen zu reden.«

»Hat er Freunde außerhalb des ›Zippers‹?« erkundigte sich Brooks. »Jemanden, mit dem er sich trifft, wenn er frei hat?«

Annie sah zuerst aus, als habe sie die Frage nicht verstanden, und schüttelte dann den Kopf. »Bulgy hat nie frei. Der ist immer da. Er schläft im Keller und ißt in der Küche, und zum Waschen reicht ihm der Putzeimer, wenn sich mal wieder eins von den Mädels über ihn beschwert. Aber das macht ihm nichts, er kennt's nicht anders. Ich hab' ja schon gesagt, er ist nicht besonders helle.«

»Ich bin sicher, es gibt viele Menschen, denen es schlechter geht als ihm«, sagte Brooks, klang dabei aber nicht sonderlich überzeugend. »Dann gehen Sie also – eh – immer noch dort ein und aus, Mrs. Bickens?«

»Na ja, in die Männertoilette geh' ich natürlich nicht«, kicherte Annie und warf Theonia wieder einen unsicheren Blick zu.

»Ich denke, wir interessieren uns ohnehin mehr für den Keller. Schauen Sie sich bitte einmal dieses Foto an, Mrs. Bickens.«

»Na so was, das ist ja die Frau, die gestern bei uns im Center aufgetaucht ist.«

»Eh – richtig. Die Frau ist nicht so wichtig, wir würden gern mehr über die Dose wissen, nach der sie gerade greift. Hier, nehmen Sie die Lupe, dann können Sie besser sehen.«

»Den Knaben hab' ich schon öfters gesehen«, gab Annie zu. »Der trägt immer Lila, das ist mir aufgefallen. Lila ist nämlich meine Lieblingsfarbe.«

»Dann muß ich Ihnen unbedingt ein Foto von einem Purpurhuhn zeigen«, sagte Brooks. »Und von einem Purpur-Bootsschwanz. Ich finde immer, daß dieser Gattung nicht die Bewunderung zuteil wird, die ihr gebührt, da die prächtigen Vögel meist nur gemeinsam mit anderen Vögeln in großen, lärmenden Gruppen auftreten.«

»›Wie herrlich schillert im Frühling selbst das Gefieder der schlichtesten Taube‹«, sinnierte Theonia.

»Die Dose, Annie«, sagte Max etwas ungeduldig.

»Okay, die Dose. Was soll mit der Dose sein?«

»Sie sehen doch beim Sammeln sicher eine Menge verschiedener Dosen, nicht? Haben Sie jemals eine Dose gefunden, die genauso aussieht wie die auf dem Foto hier? Können Sie die Beschriftung erkennen?«

»Brauch' ich gar nicht, ich weiß, was drauf steht. Graperoola. Ja, so Dosen hab' ich schon mal gesehen.«

»Wo?« wollte Max wissen.

»Sie werden's kaum glauben, in Bulgys Keller! Die Dose ist nämlich 'ne Antiquität, müssen Sie wissen. Damals, zur Zeit der Prohibition, haben die im ›Zipper‹ ihren eigenen Schnaps gebrannt. Damals hieß der Laden allerdings noch nicht ›Zipper‹. Und dann haben die Schwarzbrenner das Zeug in diese Dosen gefüllt, so daß die Schnüffler von Eliot Ness bloß Tonic-Dosen gefunden haben, wenn sie kamen. Als die Prohibition vorbei war, hatten sie dann all die leeren Dosen rumstehen und wußten nicht, was sie damit anfangen sollen. Bulgy liebt die Dinger. Er findet sie hübsch.«

»Hat Bulgy Ihnen von den Schwarzbrennern erzählt?«

»Klar, wer sonst? Er kann sich allerdings nicht genau erinnern. Er vergißt nämlich alles, wenn man es ihm nicht immer wieder sagt. Aber an die Dosen kann er sich gut erinnern, weil Dan dauernd runter in den Keller kommt und sich welche holt, um sie als Antiquitäten zu verkaufen. Bulgy regt sich jedesmal wer weiß wie drüber auf. Er kann es nicht ausstehen, wenn man ihm die Dinger wegnimmt.«

»Sehr interessant«, sagte Brooks. »Mrs. Bickens, soweit ich mich erinnere, wurden sowohl während der Prohibition als auch längere Zeit danach sämtliche alkoholfreien Getränke allein in Flaschen und nicht in Dosen verkauft. Die ersten Metalldosen wurden erst in den vierziger Jahren eingeführt und waren zugelötet, so daß man sie nur mit einem Büchsenöffner öffnen konnte. Danach kamen erst die Aluminiumdosen mit den Ringen, die man hochziehen mußte und die sich dann leider als Umweltproblem herausstellten, so daß man schließlich die heutigen Dosen mit dem Eindrückmechanismus entwickelte. Wenn Dan wirklich schon so lange dort arbeitet, wie Sie sagen, müßte er eigentlich wissen, daß die Graperoola-Dosen unmöglich Antiquitäten sein können. Und Sie sollten das eigentlich auch wissen.«

»Na ja, ich bin eben auch manchmal ein bißchen vergeßlich«, murmelte Annie. »Dann sind die Graperoola-Dosen also gar nichts wert?«

»Das habe ich nicht gesagt. Warum fragen Sie? Haben Sie vielleicht selbst welche?«

»Bloß eine. Die hab' ich mal als Andenken mitgenommen. Das fällt denen gar nicht auf, die haben noch zwei Riesenkartons davon.«

»Der eine ist noch voll, und aus dem anderen fehlen einige Dosen, stimmt's?« sagte Max. »Aus einem vollen Karton hätten Sie doch bestimmt keine Dose genommen, weil es sicher jemand bemerkt hätte.«

»Stimmt. Ich hab' keine Lust, mich mit Dan anzulegen. Dan weiß, daß ich öfters runter in den Keller gehe.«

»Hat Bulgy gesehen, wie Sie die Dose genommen haben?«

»Nein. Ich hab' ja schon gesagt, Bulgy regt sich immer furchtbar drüber auf. Ich hatte meine Tragetasche dabei, also hab' ich einfach eine rausgenommen und unten reingestopft und 'ne Zeitung drübergelegt, als Bulgy mit dem Rücken zu mir gestanden hat, um mir leere Flaschen rauszusuchen. Er gibt mir öfters Leergut mit. Dan hat nichts dagegen.«

»Wie großzügig von ihm. Haben Sie die Graperoola-Dose noch?«

»Klar, ich hab' sie sogar dabei. Die nehm' ich immer mit, wissen Sie. Ich hab' doch gedacht, daß sie wertvoll ist.«

»Dürfen wir sie uns einmal ansehen?« fragte Max. »Ist sie in Ihrer Tragetasche?«

»Sie machen wohl Witze! Das riskier' ich nicht! Die klauen uns doch in der letzten Zeit ständig die Taschen.«

»Wollen Sie damit sagen, daß Phyllis und Chet nicht die einzigen SCRC-Mitglieder waren, die überfallen wurden?«

Annie schnaubte. »Nennen Sie mir lieber einen, der noch nicht überfallen worden ist. Inzwischen sind es schon zwei oder drei pro Woche. Schon komisch, früher hat sich nie jemand um uns gekümmert, und auf einmal, seit 'n paar Monaten, sieht's ganz so aus, als hätte es einer auf uns abgesehen. Joan sagt, es hat was mit der neuen Leergutbestimmung oder so zu tun, aber ich glaub' das nicht.«

»Haben die Überfälle angefangen, bevor oder nachdem Sie die Graperoola-Dose weggenommen haben?«

Annie wurde hellhörig. »Wieso interessieren Sie sich eigentlich so für die Dosen?«

»Laß mich das erklären, Max«, sagte Theonia. »Schauen Sie sich die Frau auf dem Foto noch einmal genau an, Annie.«

»Okay. Und was jetzt?«

»Diese Frau bin ich.«

Annie starrte sie fassungslos an.

»Machen sie Witze?«

»Keineswegs. Ich war natürlich verkleidet.« Theonia berührte flüchtig ihre Diamantbrosche. »Ich wollte gerade die Dose aufheben, wie Sie auf dem Bild sehen können, als der Mann in Lila herbeigestürzt kam und sie mir einfach unter der Hand weggetreten hat. Sehen Sie, wie unscharf sein rechter Fuß auf dem Bild ist? Er hat genau in dem Moment zugetreten.«

»Stimmt. Das sind also wirklich Sie? Jessas, das hätte ich nie für möglich gehalten!«

»Cousin Max hat das Foto gemacht. Er kann Ihnen erzählen, was danach passiert ist.«

»Theonia hat sich aufgerichtet und schnellstens aus dem Staub gemacht«, fuhr Max fort, »was äußerst klug von ihr war. Der Knabe hat daraufhin die Dose mit dem Fuß ganz vorsichtig wieder an genau dieselbe Stelle geschoben, wo sie vorher gelegen hatte, also da, wo sie auf dem Foto liegt. Weniger als eine Minute später kam Ihre Freundin Phyllis, sie trug an dem Tag einen lila Pullover, was Ihnen sicher aufgefallen ist. Phyllis hat die Dose aufgehoben und in ihre SCRC-Tasche gesteckt. Etwa zehn Minuten später hat ihr jemand aufgelauert und ihr die Tasche weggerissen, Sie erinnern sich bestimmt noch daran.«

»Sie meinen, da ist jemand hinter den Graperoola-Dosen her? Dann sind sie also doch wertvoll?«

»Nein, die Dosen selbst nicht. Aber ich biete Ihnen hundert Dollar, wenn Sie mir die Dose geben, die Sie bei sich haben.«

»Moment mal! Erst sagen Sie, die Dosen sind überhaupt nichts wert, und jetzt wollen Sie mir plötzlich hundert Eier dafür geben. Was soll der Quatsch?«

»Das kann ich Ihnen erklären, Annie. Wir glauben nämlich, daß jemand etwas in den Graperoola-Dosen schmuggelt und die ahnungslosen SCRC-Mitglieder als Kuriere benutzt. Anscheinend läuft es so ab, daß ein Mitglied der Bande, beispielsweise der Kerl in Lila, die Dose an einer Stelle deponiert, an der regelmäßig SCRC-Mitglieder vorbeikommen und Leergut sammeln. Die Person, für die der Inhalt der Dose bestimmt ist, verfolgt daraufhin den betreffenden Sammler und reißt ihm die Tasche weg.«

»Aber woher können die wissen, wer die Dose hat? Es gibt doch so viele von uns.«

»Als Erkennungsmerkmal dient ihnen wahrscheinlich die Farbe Lila. Phyllis zum Beispiel hatte an dem Tag einen lila Pullover an, Chets Tragetasche war mit lila Farbe gekennzeichnet. Wenn Theonia einen lila Schal getragen hätte, wäre sie wahrscheinlich zunächst unbehelligt geblieben und hätte die Dose problemlos einstecken können. Gestern waren uns diese Zusammenhänge leider noch nicht klar, sonst würden wir Sie jetzt auch nicht bitten, uns Ihre Dose zu überlassen.«

»Aber meine Dose ist leer.«

»Das macht überhaupt nichts. Wir werden etwas hineinfüllen und sie als Köder benutzen. Wir müssen die Verbrecher unbedingt fassen und verhindern, daß weitere SCRC-Mitglieder überfallen oder sogar umgebracht werden. Verstehen Sie jetzt, warum uns die Dose hundert Dollar wert ist?«

»Meine Güte! Das ist ja genau wie bei Elliot Ness! In Ordnung, klar, Sie können das Ding haben. Einen Moment.«

Annie drehte ihnen den Rücken zu, raffte ihren ausgebeulten alten Rock hoch und griff in eine Tasche, die sie an ihrem Petticoat festgenäht hatte. Ein alter Trick, der besonders bei Ladendieben sehr beliebt war. Max fragte sich, was Joan wohl von der Unterwäsche ihrer Freundin Annie halten würde.

»Bitte sehr, da ist sie.«

Da war sie tatsächlich, nagelneu, lila und einsatzbereit. Der eigentliche Verschluß war zwar offen, jedoch mit einem kleinen durchsichtigen Plastikdeckelchen verschlossen. Brooks nickte zufrieden.

»Äußerst praktisch. Wir sind Ihnen sehr dankbar, Mrs. Bickens. Bitte entschuldige uns eine Weile, Theonia. Max und ich werden uns sofort an die Arbeit machen. Und den Damen wünsche ich guten Appetit.«

»Hier sind Ihre hundert Dollar, Annie.« Max übergab ihr den Betrag in druckfrischen Zehn- und Zwanzigdollarscheinen. »Sie könnten uns noch einen zweiten Gefallen tun, mit dem Sie übrigens nicht nur uns, sondern auch sich selbst einen großen Dienst erweisen. Wie Sie wissen, wollen wir einen Köder auslegen. Wir haben zwar keine Ahnung, wie lange es dauern wird, bis der Fisch an der Angel zappelt, aber wenn es klappt, finden die Verbrecher sicher bald heraus, daß in Bulgys Keller eine Dose fehlt, und der Verdacht wird sehr schnell auf Sie fallen. Wir möchten Sie daher zu Ihrer eigenen Sicherheit bitten, diesen Raum nicht zu verlassen, bis wir sicher sein können, daß niemand hinter Ihnen her ist und versucht, Sie umzubringen, wie es bei Chet Arthur der Fall war.«

»Ach herrje, sind Sie etwa von der Drogenfahndung? Hat Chet auch für Sie geabeitet? Hat er deshalb das Testament gemacht?«

»Darüber dürfen wir keine Auskunft geben«, verkündete Max geheimnisvoll. »Solange Sie sich in unserer Obhut befinden, werden wir alles tun, damit Sie sich bei uns wohlfühlen. Theonia wird Ihnen Ihr Badezimmer zeigen und Sie mit Essen und Zeitschriften versorgen. Wenn Sie möchten, können Sie auch fernsehen. Soweit es uns möglich ist, werden wir alle Ihre Wünsche erfüllen. Aber halten Sie sich bitte von den Fenstern fern.« Die Fenster waren ohnehin klein und mit Eisengittern versehen. »Ziehen Sie die Vorhänge nicht auf, damit von draußen keiner ins Zimmer schauen und sie sehen kann. Ein Telefon können wir Ihnen leider nicht zur Verfügung stellen, aber wir werden Ihre Freundin Joan wissen lassen, daß es Ihnen gut geht und sie sich keine Sorgen zu machen braucht. Entspannen Sie sich einfach, und machen Sie es sich gemütlich. Wir sehen uns später noch.«

Kapitel 17

So, das hätten wir. Das nenne ich Maßarbeit.« Brooks hatte die ganze Zeit in der Küche herumgewerkelt. Er nahm an, daß die Schmuggler das Heroin in den Dosen fein säuberlich in den üblichen Papiertütchen zu achtzehn Gramm verpackt hatten. Die Kristalle, die Max in Chet Arthurs zerrissener Tasche gefunden hatte, waren möglicherweise herausgefallen, als Chet neugierig geworden war und eines der Tütchen geöffnet hatte, so daß den Drogendealern keine andere Wahl geblieben war, als ihn zu töten.

Die Mischung aus Zucker und Stärkemehl kam der Konsistenz von Heroin recht nahe. Brooks erwartete nicht, daß sie den Empfänger lange täuschen könnten, und war ziemlich sicher, daß niemand den Fehler machen würde, sich das Zeug in die Vene zu schießen. Es war eine knifflige Arbeit gewesen, die Mischung in kleinen Mengen von ungefähr einem Viertel Teelöffel in Papiertütchen zu füllen; doch nachdem er alle Tütchen in der Dose verstaut hatte, sah die Dose genauso aus und fühlte sich genauso an, wie er und Max es sich vorgestellt hatten. In Annies arg mitgenommener SCRC-Tragetasche müßte sie zwischen einigen von Brooks leeren Limonadendosen, diversen leeren Weinflaschen und einem Bündel Zeitungen eigentlich ein täuschend echter Köder sein.

Eine halbe Stunde später befand sich der ältere Herr, der noch am Vortag sein finanzielles Waterloo erlebt hatte, wieder auf den Straßen von Boston. In der Zwischenzeit hatte sich seine Situation anscheinend noch dramatischer verschlechtert, denn offenbar war er gezwungen gewesen, seine ohnehin schon schäbige Kleidung gegen armselige, schmutzstarrende Lumpen einzutauschen. Auch sein Gesicht war schmutzig. Seine Hände sahen vermutlich noch schlimmer aus, waren jedoch nicht zu sehen. Ein letzter Funken von Stolz hatte ihn wohl veranlaßt, sie in speckigen alten Arbeitshandschuhen zu verstecken, wie sie ein Mann in einer weniger aussichtslosen Lage vielleicht getragen hätte, um diverse Arbeiten im Haus zu verrichten, wenn das Dienstmädchen an Zahnschmerzen litt und der Butler einen Vorsprechtermin hatte.

Der bedauernswerte Mann mochte zwar verzweifelt sein, gab sich jedoch immer noch nicht geschlagen. Er trug eine bereits wohlgefüllte SCRC-Tragetasche, und an dem Eifer, mit dem er sich nach weiteren Sammelobjekten umschaute, konnte man erkennen, daß er sich seiner neuen Tätigkeit mit Herz und Seele verschrieben hatte.

Aufgrund eines jener Zufälle, wie sie das Schicksal gelegentlich bereithält, erregte der ältere Herr auch diesmal das Interesse eines Fotografen. Es war allerdings kein Tourist im Tweedanzug wie am Vortag, sondern ein junger Mann, der etwas moderner – zumindest nicht unmodern – gekleidet war und Jeans und eine leuchtend rote Windjacke trug. Die Jeans saßen äußerst eng und sahen aus, als gehörten sie einem Neffen, der gelegentlich in der Wohnung seines Onkels übernachtete und der sich nicht darum scherte, wo seine Klamotten überall herumlagen. Die Windjacke trug auf dem Rücken den Aufdruck Boston University und hätte theoretisch ebenfalls zu den vernachlässigten Kleidungsstücken des hypothetischen Neffen gehören können.

Zweifellos als Zugeständnis an den momentanen Spleen, die abgelegten Kleidungsstücke älterer Leute aufzutragen, trug der Fotograf an diesem Tag einen grünlichgrauen Filzhut, der schätzungsweise aus dem Jahre 1947 stammte und dessen Hutband die Feder eines Steinwälzers zierte. Unverständlicherweise schien er äußerst stolz auf seinen Federschmuck zu sein und hatte seine Kopfbedeckung so weit nach hinten geschoben, daß sein üppiger roter Schopf und die Sonnenbrille mit Spiegelglas noch mehr auffielen als dies ohnehin der Fall gewesen wäre. Wie viele rothaarige Menschen neigte der junge Mann zu starker Sommersprossenbildung. Einem Künstler wäre möglicherweise aufgefallen, wie gleichmäßig sie um den immensen kastanienbraunen Schnäuzer, der den Mund des Mannes völlig verdeckte, verteilt waren.

Wer wäre schon auf die Idee gekommen, daß es sich bei den beiden Herren um niemand anderen als die bereits mehrfach erprobten

Meister der Verkleidung Brooks Kelling und Max Bittersohn handelte? Höchstens Sarah, wenn sie entdeckt hätte, daß Max ihren Augenbrauenstift entwendet hatte, um sich mit Sommersprossen zu verschönern. Doch bis dahin hatten die beiden ihre Mission mit etwas Glück vielleicht schon erfolgreich beendet.

Sie hatten eingehend die Informationen ausgewertet, die Annie ihnen über die Sammelgewohnheiten der einzelnen SCRC-Mitglieder gegeben hatte. Einige arbeiteten nach dem Zufallsprinzip, andere gingen methodisch vor. Die meisten entfernten sich vom Center nie mehr als ein bis zwei Meilen, da sie nicht mehr die Jüngsten waren und die gefüllten Tragetaschen ein ziemliches Gewicht hatten. Annie hatte ihnen verraten, wer zuverlässig und wer unberechenbar war. Außerdem wußte sie, wer heute lila Kleidungsstücke trug, denn sie hatte beim Frühstück alle gesehen, und Lila fiel ihr immer auf, da es, wie sie mehrfach betonte, ihre Lieblingsfarbe war.

Ein Mann namens Joe war zwar in einem lila T-Shirt erschienen, arbeitete aber heute im hinteren Zimmer und verließ das Center nicht. Ein Mann, den sie Frodo nannten, trug eine lila Baseballkappe, aber Frodo war ein unberechenbarer Spinner, dem keiner über den Weg traute. Daß er bis jetzt noch kein einziges Mal überfallen worden war, ließ darauf schließen, daß die Dealer diese Auffassung teilten.

Also blieb nur Phyllis mit ihrem lila Pullover übrig. Normalerweise war es eher unwahrscheinlich, daß jemand an zwei aufeinanderfolgenden Tagen überfallen wurde, doch Max und Brooks gingen davon aus, daß bei der Lieferung, die Chet Arthur transportiert hatte, einiges schief gelaufen war. Das konnte bedeuten, daß die Drogendealer mit ihrem Zeitplan hinterherhinkten und unter großem Druck standen, denn immerhin war die Woche schon fast vorbei. Zudem sprach nichts dagegen, Phyllis ein zweites Mal als Kurier zu benutzen.

Der Informant aus dem Center wußte bestimmt, daß Phyllis am Vortag sofort aufgehört hatte zu sammeln und ins Center zurückgekehrt war, um dort allen ihre Geschichte von der weggerissenen Tasche zu erzählen. Mr. Loveday hatte den Vorfall zweifellos aus rein formellen Gründen der Polizei gemeldet, doch die Polizei hatte wahrscheinlich nichts unternommen, weil es nun einmal nichts zu unternehmen gab. Mr. Loveday hatte Phyllis vorgeschlagen, heute eine andere Route zu nehmen, woraufhin Phyllis ihm laut und deutlich mitgeteilt hatte, wohin er sich ihrer Meinung nach seinen Vorschlag stecken konnte. In der Achtung der anderen Mitglieder war Phyllis dadurch um einiges gestiegen, da ihr niemand ein so großes Vokabular zugetraut hatte. Allen guten Ratschlägen zum Trotz hatte sie darauf bestanden, heute dieselbe Route zu nehmen wie gestern, und wehe dem, der versuchen sollte, sie davon abzuhalten. Würde Phyllis, falls man ihr heute die Tasche an derselben Stelle und auf dieselbe Weise wie gestern abnahm, den Zwischenfall als festen Bestandteil in ihre tägliche Routine einbauen und den Dealern die Tasche freiwillig aushändigen? In diesem Fall hätte man den idealen Kurier gefunden, allerdings nur, solange keiner außer der zwanghaften Phyllis begriff, was passierte. Sobald sie den Empfänger der Dose kannte, würde man sie zum Schweigen bringen müssen.

Deshalb konzentrierte sich der Fotograf mit dem lustigen Hut und der engen Jeanshose auf die Ecke, an der Phyllis am Vortag die Graperoola-Dose aufgehoben hatte. Tatsächlich schlurfte die emsige Dame im lila Pullover kurz darauf in sein Blickfeld. Hinter der Ecke, um die Phyllis gleich biegen würde, lauerte bereits der heruntergekommene Mann mit der SCRC-Tasche. Wo aber steckte der flinke Läufer im lila Jogging-Anzug?

Vielleicht joggte er gerade fröhlich durch die Stadt. An der Ecke war nur eine Person zu sehen, die sich lässig an eine Straßenlaterne gelehnt hatte und einen haarigen Poncho und kräftige Wanderstiefel trug. Der Fotograf zückte die Kamera, achtete jedoch darauf, daß besagte Person ihn nicht bemerkte. Sie schien Phyllis gar nicht zu beachten, doch unter ihrem Poncho kam plötzlich eine Hand mit einer leuchtend lila Getränkedose hervor. Die Person hob die Dose an ihre Lippen, als wolle sie sich die letzten Tropfen ihres Getränks auf keinen Fall entgehen lassen, warf die Dose danach in den Rinnstein und trollte sich. Der Fotograf schoß mehrere Fotos.

Phyllis blieb stehen, schien einige Worte zu murmeln, die sehr wohl »Gelb, Orange, Rot, Grün, Lila?« hätten sein können, bückte sich und hob die Dose auf, um sie zu ihren übrigen Fundstücken zu stecken. Der Fotograf hörte auf zu knipsen und bog eilig um die Ecke.

Pünktlich wie ein Maurer trottete Phyllis über den Bürgersteig, prallte auf den zerlumpten Mann mit der SCRC-Tasche und wurde stinksauer. Die Art und Weise, wie sie ihren Unmut äußerte, entsprach genau der Schilderung von Bill Jones. Phyllis parkte ihre Tasche an einem Hydranten und packte den kleinen Mann am Kragen, als wäre er ein Eimer mit Wassereis, was dazu führte, daß er vor Schreck seine Tasche fallenließ. Sie schubste den Mann unter Beschimpfungen zur Ecke, teilte ihm lautstark und unmißverständlich mit, was sie davon hielt, wenn man ihr in die Quere kam, und ließ ihr sprachloses Opfer auf der Bordsteinkante sitzend zurück. Dann begab sie sich wieder zum Hydranten, schnappte sich ihre Tasche und setzte ihren Weg fort.

Der Fotograf reichte dem Mann auf der Bordsteinkante die verbliebene Tasche. »Wenigstens brauchten wir sie auf die Weise nicht zu überfallen.«

»Und sie ist richtig gut in Fahrt für ihr nächstes Opfer, Gott steh' ihm bei.« Brooks wühlte in der Tragetasche, ganz wie ein passionierter Leergutsammler. »Hier ist sie, und wohlgefüllt noch dazu. Ich habe mich mit dem Gewicht nur ein bißchen verschätzt. Kommst du mit?«

»Nein, ich gehe Phyllis nach und versuche, ein Foto von der Person zu machen, die ihr die Tasche abnimmt. Du hast übrigens einen Bodyguard, den Mann mit dem grauen Pullover drüben auf der anderen Straßenseite. Sein Name ist Pat Zewitzky. Wir sehen uns dann später im Gefängnis.«

Brooks nickte und schlurfte Richtung Polizeirevier davon. Max wartete, um sicherzugehen, daß Brooks' Schatten auch nahe genug hinter ihm war, um ihn im Notfall schützen zu können, und marschierte dann mit großen Schritten hinter Phyllis her.

Von Annie wußte er, welchen Weg Phyllis einschlagen würde und wo sie am Vortag überfallen worden war. Die Stelle, die man als Tatort gewählt hatte, war wirklich ideal: eine Kreuzung, von der mehrere enge, gewundene Gassen abzweigten, in die man problemlos flüchten konnte. Es war möglich, daß die Typen versuchen würden, auch ihn auszuschalten, falls sie bemerkten, daß Max sie fotografierte. Daß er sich so einfach ausschalten ließe, war allerdings unwahrscheinlich.

Da kam auch schon Phyllis und musterte mit Kennerblick und vielleicht sogar einem Anflug von Nostalgie eine leere Dose, die einst Orangenlimonade enthalten hatte. Anscheinend hielt sie die

Dose für sammelnswert, denn sie stopfte sie zu dem, was sie für ihre übrige Ausbeute hielt, in die Tasche. Max hatte glücklicherweise genug Zeit gehabt, die obersten Lagen der beiden Taschen auszutauschen, bevor er die Köderdose am Hydranten zurückgelassen und die Drogendose in Brooks' Tasche gestopft hatte. Phyllis schien von der Aktion nichts bemerkt zu haben. Wahrscheinlich hatte sie eine weniger innige Beziehung zu den täglich wechselnden Leergutobjekten als dereinst zu ihren vertrauten Sirupflaschen.

Da nahte bereits das Überfallkommando in Form eines stämmigen jungen Mannes mit einem beachtlichen Veilchen. Und da kam auch schon der nächste. Dem Veilchen nach zu urteilen, hatte Phyllis ein weiteres Mal unter Beweis gestellt, daß sie kein Schwächling war. Die beiden gingen auf die klassische Art vor, der erste Mann schlenderte an Phyllis vorbei und brachte sie durch einen gezielten Stoß aus dem Gleichgewicht, während der zweite ihr von hinten die begehrte SCRC-Tasche entriß. Die Männer waren verschwunden, noch bevor Phyllis Gelegenheit hatte, den Mund aufzumachen und um Hilfe zu schreien.

Doch dann schrie sie wie am Spieß. Der enormen Lautstärke nach zu urteilen, konnte sie unmöglich ernsthaft verletzt sein, dachte Max, wenn man von der Verletzung ihrer Würde einmal absah. Er schoß ein weiteres Foto von der brüllenden Phyllis und machte sich schleunigst aus dem Staub.

Sie würde sicher zurück zum Center gehen und genau wie am Vortag jedem ihre Leidensgeschichte erzählen. Wenn die Nachricht, daß ein und dieselbe Person an zwei aufeinanderfolgenden Tagen überfallen worden war, sich erst einmal verbreitete, verging den anderen Mitgliedern möglicherweise die Lust, auf die Straße zu gehen und sich die Tasche stehlen zu lassen. Und das wäre verdammt schade. Die SCRC-Leute leisteten wirklich hervorragende Arbeit, zu ihrem eigenen Nutzen und zum Nutzen der Stadt.

Doch Max hatte keine Zeit, sich länger mit diesem Problem zu beschäftigen, er mußte sich auf dem schnellsten Wege zum Polizeirevier begeben und nachsehen, wie es Brooks ergangen war. Er kam keine Minute zu früh, denn sein Komplize steckte bereits arg in der Klemme.

»Gut, daß du kommst, Max. Vielleicht kannst du den Captain überzeugen, daß ich kein Drogenkurier bin.«

»Wir haben keineswegs behauptet, daß Sie ein Drogenkurier sind, Mr. Kelling«, sagte der Captain in einem Ton, den er selbst wahrscheinlich für beruhigend hielt. »Aber Sie müssen zugeben, daß es wirklich etwas ungewöhnlich ist, daß ein Stadtstreicher plötzlich hier bei uns hereinschneit und uns eine Tragetasche mit Abfall überreicht, in der sich zufällig auch eine Dose mit Heroin befindet, die er angeblich im Rinnstein gefunden hat. Wer zum Teufel hat je von einem Getränk namens Graperoola gehört?«

»Sie werden noch eine ganze Menge darüber hören, bevor wir hier fertig sind«, sagte Max. »Brooks Kelling ist kein Stadtstreicher, sondern ein pflichtbewußter Bürger, der Ihnen gerade einen großen Dienst erwiesen hat. Wenn Sie Mr. Kelling erlaubt hätten, Ihnen die ganze Geschichte zu erzählen, wüßten Sie längst, daß er genau wußte, daß in der Tasche Heroin war, denn wir haben beide gesehen, wie es hineingelangt ist. Die Graperoola-Dose wurde absichtlich in den Rinnstein gelegt, weil man wollte, daß sie ein Mitglied des Senior Citizens' Recycling Centers aufhebt. Kennen Sie diese Einrichtung?«

Der Beamte gab zu, daß dies der Fall war.

»Genau dieselbe Frau hat gestern nachmittag an genau derselben Stelle eine andere Graperoola-Dose aufgehoben, und kurz danach wurde ihr die Tasche gestohlen. Zu Ihrer Information: Ich habe gerade beobachtet, wie man ihr erneut die Tasche gestohlen hat, nur mit dem Unterschied, daß wir die beiden Taschen vorher ausgetauscht hatten, wie Mr. Kelling Ihnen vielleicht bereits gesagt hat.«

»Und?«

»Und jetzt überreichen die beiden Männer, die der Frau die Tasche gestohlen haben, wahrscheinlich gerade jemandem eine Graperoola-Dose, die mit kleinen Tütchen gefüllt ist, in denen sich Stärkemehl und Zucker befinden. Sehr glücklich wird der Empfänger sicher nicht sein, wenn er es entdeckt. Hören Sie, ich weiß nicht, wieviel Ihnen Brooks schon erzählt hat, aber sollten wir nicht besser noch mal ganz von vorn anfangen? Unsere Geschichte beginnt mit einem Mitglied des Recycling Centers namens Chester Alan Arthur, der am Montag abend in einer Gasse in der Nähe der Kreuzung Marlborough Street und Massachusetts Avenue tot aufgefunden wurde.«

»Der Mann wurde überfallen.«

»Das will ich nicht bestreiten, auch wenn ich den Fall etwas anders sehe. Doch anscheinend ist Ihnen bei Ihren Ermittlungen entgangen, daß sich in Arthurs Tasche, die Brooks' Cousin Dolph, dem Leiter des Centers, übergeben wurde, Heroinkristalle befanden.«

»Wie bitte?«

»Meine Frau hat sie entdeckt, und ich habe sie mit Hilfe meines Chemielehrkastens analysiert.«

»Das ist ja unglaublich. Erzählen Sie weiter.«

Max erzählte. Brooks zeigte dem Captain die Fotos, die sie am Vortag gemacht hatten, und dazu ein Bild von Theonia in ihrem weinroten Abendkleid, damit der Mann sehen konnte, wie sie wirklich aussah. Dies erwies sich als folgenschwerer Fehler, denn sie brauchten eine Ewigkeit, um ihn davon abzubringen, Theonia fasziniert anzustarren, damit er sich endlich dem restlichen Beweismaterial zuwenden konnte.

Nachdem es Max gestattet worden war, die übrigen Fotos zu erklären, wies er auf die Kamera, die er immer noch um den Hals trug. »Ich habe inzwischen weitere Bilder geschossen. Zumindest hoffe ich das. Ich habe alles festgehalten, von dem Moment an, als die Dose plaziert wurde, bis zum Überfall.«

»Okay, Bittersohn, wir lassen den Film sofort entwickeln.«

»Wenn Sie nichts dagegen haben«, schaltete sich Brooks ein, »würde ich ihn lieber mit nach Hause nehmen und selbst entwickeln. Die Bilder wurden mit meinen Kameras gemacht, und ich bin sehr pingelig, was die Qualität meiner Abzüge angeht.«

»Wir ebenfalls«, konterte der Captain ungerührt.

Schließlich kamen sie überein, daß Brooks seine Kameras in die Dunkelkammer begleiten und die Entwicklung persönlich überwachen durfte. Max beendete seinen Bericht, begab sich auf die Herrentoilette und entledigte sich der roten Perücke, des Schnäuzers und der Sommersprossen. Die Jacke mußte er leider anbehalten, bis er wieder zu Hause war, und aus Mikes Jeans würde man ihn wahrscheinlich nur noch mit Hilfe eines Chirurgenbestecks befreien können. Leicht o-beinig betrat er wieder das Büro des Captains.

»Na so was«, stellte dieser erfreut fest, »ein Unterschied wie Tag und Nacht. Ich hatte gerade einen Anruf aus dem Labor, die Kontaktabzüge sind bereits fertig. Wir sollen uns die Bilder sofort ansehen.«

»Brooks hat sie mit seinen guten Ratschlägen wahrscheinlich ordentlich auf Trab gebracht«, sagte Max. »Dann wollen wir uns die Meisterwerke mal anschauen.«

Die Bilder waren tatsächlich gut geworden, was entweder auf das Geschick des Personals oder auf Brooks Einschüchterungsmethoden zurückzuführen war. Das Bild, auf dem Tigger gerade die Graperoola-Dose auf die Straße fallen läßt, schien den Captain ähnlich stark zu faszinieren wie vorhin die Aufnahme von Theonia.

»Eindeutiger geht es wirklich nicht. Nur schade, daß man nicht genau erkennen kann, wer es ist. Oder was es ist.«

»Weiblich, möglicherweise menschlich«, erläuterte Max. »Alter schätzungsweise Anfang Dreißig. Gemeinhin unter dem Namen Tigger bekannt. Die junge Frau ist eine Art Protegée der Tante meiner Frau, einer Dame namens Apollonia Kelling. Leider kann sie sich momentan nicht erinnern, wie Tiggers richtiger Name lautet. Appie weiß nur soviel, und zwar, daß der Name aus einer Geschichte von A. A. Milne stammt.«

»James James Morrison Morrison Wetherby George Dupree?« sagte der Captain und errötete dabei leicht.

»Würde mich nicht wundern. Appie hat versichert, daß es ihr früher oder später bestimmt einfällt. In der Zwischenzeit kann ich Ihnen nur mitteilen, daß meine Frau beobachtet hat, wie sich besagte Tigger in der Nähe vom Park Square mit jenem Ted Ashe gestritten hat, auf den ich Sie eben bereits aufmerksam gemacht habe. Sie erinnern sich bestimmt, es handelt sich dabei um den Mann, den wir als Wilbraham Winchell identifiziert haben, einen Reporter, der für das Schmierblatt *Syndicated Slime* arbeitet.«

»Worüber haben sich die beiden denn gestritten?«

»Das weiß meine Frau leider nicht. Tigger behauptet, Ashe habe versucht, sie zu vergewaltigen, aber das hält meine Frau für reichlich unwahrscheinlich. Jedenfalls hat sie die Gunst der Stunde genutzt, sich an die Fersen meiner Frau geheftet und ist einfach mit zum Center gegangen, wo sie seither ehrenamtlich tätig ist. Fragen Sie mich bitte nicht, wie diese Tätigkeit aussieht. Außerdem ist es ihr gelungen, Appie Kelling zu überreden, im Center helfend einzuspringen, was an sich schon eine Form von Sabotage darstellt. Was halten Sie davon, Captain, wenn ich mich gemeinsam mit Brooks um Tigger kümmere, während Sie versuchen, den Kerl in Lila und die beiden Tragetaschendiebe dingfest zu machen, die wir heute beobachtet haben? Vielleicht können wir auch herausfinden, wer sich hinter dem Thanatopsis Trust verbirgt.«

»Sie wollen mir doch wohl nicht sagen, wie ich meine Arbeit zu verrichten habe, Bittersohn?«

»Das würde mir nicht mal im Traum einfallen, Captain.«

»Dann ist ja alles in bester Ordnung. In diesem Fall schlage ich vor, Sie kümmern sich um die Tiggerdame, während wir den Rest übernehmen. Bitte informieren Sie mich umgehend, wenn Sie etwas herausfinden. Sie sind schließlich nicht der Lone Ranger und sein indianischer Freund Tonto, wie Sie hoffentlich wissen.«

»Zu Befehl, Kemo Sabe. Dürfen wir losreiten?«

Der Captain zuckte mit den Achseln. »Wieso haben Sie es denn so verflixt eilig?«

»Diese gottverdammten Jeans werden allmählich zu einer ernsten Bedrohung für meine Ehe.«

»Dann tragen Sie doch beim nächsten Mal einen Minirock. Also dann: losreiten!«

Der Captain betätigte seine Sprechanlage. »Lassen Sie ein Zivilfahrzeug vorfahren, das zwei Herren zu der Adresse bringen soll, die sie angeben. Einer der Herren ist ein wenig gehbehindert. Der Beamte soll dort von einer Zeugin, die sich momentan in Schutzhaft befindet, eine Aussage zu Protokoll nehmen. Brauchen Sie einen Rollstuhl, Bittersohn?«

»Feile Spötteleien passen nicht zu einem Mann Ihres Ranges«, sagte Max eisig. »Reite du voran, Brooks.«

Kapitel 18

Als sie zum Haus in der Tulip Street zurückkehrten, stellten sie fest, daß ihre Zeugin die Schutzhaft mit Fassung trug. Da Theonia und ihre Adjudanten die ihnen anvertraute Annie natürlich nicht den ganzen Tag ununterbrochen im Auge behalten konnten, hatte Mariposa ihren Onkel Pedro zu Hilfe gerufen, einen überaus liebenswürdigen Witwer im passenden Alter. Sie hatten Annie einen tragbaren Fernseher zur Verfügung gestellt, außerdem einen Walkman, der Charles gehörte, ein Päckchen Spielkarten und diverse Köstlichkeiten, für den Fall, daß sie Hunger bekam. Pedro hatte einen Krug Sangria und seine Rasseln mitgebracht. Als Theonia nach unten ging, um sich zu erkundigen, ob die beiden vielleicht Lust hätten, sich einen schönen historischen Roman vorzulesen, mußte sie unverrichteter Dinge wieder abziehen, weil es unmöglich war, sich bei den lauten »Cha cha cha"-Schreien überhaupt Gehör zu verschaffen.

Annie zeigte sich zwar erfreut, Sergeant Cooley kennenzulernen, hatte jedoch keine Lust auszusagen. Sie wollte lieber Conga tanzen. Nach langem, geduldigem Zureden und einem von Mariposas köstlichen Milkshakes redete Annie jedoch wie ein Wasserfall. Inzwischen war sie davon überzeugt, mit dem Graperoola-Diebstahl im ›Broken Zipper‹ eine wahrhaft heroische Tat vollbracht zu haben, hoffte allerdings sehr, daß sie Bulgy nicht in Schwierigkeiten gebracht hatte.

Schließlich klappte Sergeant Cooley sein Notizbuch zu, lehnte mit sichtlichem Bedauern ein Glas Sangria und eine Runde mit den Rasseln ab und machte sich auf den Weg zurück zum Revier, um dort seinen Bericht vorzulegen. Max ging nach Hause, um sich aus

Mikes Jeans schneiden zu lassen, seine malträtierten Glieder in einem heißen Bad zu entspannen und von Sarah die erfreuliche Neuigkeit, daß der Inness tatsächlich echt war, entgegenzunehmen.

»Gut gemacht, holde Gattin. Hast du es Dolph und Mary schon erzählt?«

»Versucht habe ich es. Mary hat nur gemeint, das sei aber nett, und sich im gleichen Atemzug erkundigt, ob sie nicht vielleicht doch besser noch hundert zusätzliche Stühle mieten sollte, schließlich könne man ja nie wissen. Bisher haben sie 137 Zusagen, und Mr. Loveday ist völlig außer sich, weil ich nicht ›Abendgarderobe erbeten‹ auf die Einladung geschrieben habe.«

»Bei einer Versteigerung? Der Kerl spinnt wohl!«

»Er ist der Meinung, es würde die Atmosphäre verbessern und die Gebote hochtreiben. Ich wünschte, er behielte seine tollen Ideen für sich. Mary käme viel besser klar, wenn er sie endlich in Ruhe ließe und ihr nicht ständig damit in den Ohren läge, wie sie wen behandeln soll. Er macht sie völlig fertig.«

»Wir sollten Loveday zu Annie in den Keller sperren«, sagte Max. »Sie würde ihm den Kopf schon zurechtsetzen.«

»Was geht da drüben eigentlich vor? Theonia hat mir eben eröffnet, Annie hätte einen Freund. Hoffentlich klaut sie ihm nicht die Armbanduhr und ruiniert damit den Beginn einer wunderbaren Freundschaft.«

»Ich glaube nicht, daß sie hinter seiner Uhr her ist.« Max entschied, daß seine Beine wieder einsatzbereit waren, und stieg aus der Wanne. »Bitte reich mir ein Handtuch, *angela mia*. Ich glaube, ich sollte in etwas Bequemes schlüpfen. Beispielsweise ins Bett.«

»So erschöpft kannst du doch unmöglich sein! Was hast du denn den ganzen Tag getrieben?«

Max erzählte es ihr.

»Und du bist ganz sicher, daß Tigger die Graperoola-Dose mit dem Heroin auf die Straße geworfen hat? Max, das ist ja schrecklich! Die Typen können sie doch unmöglich in der kurzen Zeit angelernt haben, oder? Wahrscheinlich arbeitet sie schon eine ganze Weile mit Ashe zusammen. Es würde mich nicht mal wundern, wenn sie auch eine *Slime*-Reporterin wäre. Das würde auch erklären, warum sie auf Tante Appies Partys immer nur herumgestanden hat, ohne den Mund aufzumachen, aber genau zugehört hat, was die anderen gesagt haben. Schriftsteller sind doch immer ein bißchen verrückt, nicht?«

»Nicht immer, aber es scheint ganz hilfreich zu sein. Oh, ich habe ganz vergessen, dir zu sagen, daß Bill Jones sich bei dem Heizkesselfreund seines Bruders nach Chet Arthur erkundigt hat. Arthur hat tatsächlich für Grotters und Wales gearbeitet. Er war sozusagen Vorarbeiter der Schrubber-und-Mopp-Abteilung, das heißt, er hatte den Oberbefehl über eine kleine Putzkolonne. Aber er besaß ein regelmäßiges Einkommen, hat nie einen Cent zuviel ausgegeben und bekam eine Abfindung, als die Fabrik geschlossen wurde, so daß keinerlei Zweifel daran besteht, daß mit Marys Erbschaft alles völlig in Ordnung ist.«

»Endlich mal eine gute Nachricht. Zumindest hoffe ich das. Am besten rufe ich schnell Tante Appie an und erkundige mich, ob ihr inzwischen Tiggers richtiger Name eingefallen ist.«

»Versuch's doch mal mit James James Morrison Morrison Wetherby George Dupret«, schlug Max vor.

»Wo hast du das denn schon wieder her?«

»Ich habe so meine Quellen.«

»Wollen wir hoffen, daß Tante Appie zur Abwechslung mal ihre fünf Sinne beisammen hat und die blöden Einsatzpläne wieder vergessen hat. Ach herrje, warum mußte ich auch ausgerechnet in diese Familie hineingeboren werden? Apropos Familie, es tut mir furchtbar leid, Liebling, aber ich fürchte, wir müssen unserem Sohn den Namen Kelling als Mittelnamen geben. Es sei denn, dir wäre Jeremy Frederick Adolphus Beddoes lieber. Tante Emma wäre am Boden zerstört, wenn wir Onkel Bed ausließen. Ich hatte mir gedacht, wenn wir einfach nur Kelling nehmen, stoßen wir keinen vor den Kopf.«

»Ich weiß nicht«, sagte Max. »Jeremy Frederick Adolphus Beddoes klingt eigentlich gar nicht so übel. Apropos klingen: geht Appie nicht ans Telefon?«

»Bei ihr muß man es immer ziemlich lange durchklingeln lassen, sie sucht wahrscheinlich noch das Telefon. Es hängt an einem extralangen Kabel, weißt du, weil Onkel Samuel sich zeitlebens geweigert hat, einen Zweitanschluß zu bezahlen. Appie vergißt immer wieder, wo sie das Ding zuletzt hingestellt hat, also schnappt sie sich das Kabel und folgt ihm durch sämtliche Zimmer. Hallo? Tante Appie? Hier ist Sarah. Nein, nicht Sarah Gamp. Deine Nichte Sarah. Genau, die Sarah, die mit dem amüsanten Mann verheiratet ist, dessen Namen du dir so schlecht merken kannst. Wo wir gerade von Namen sprechen, ist dir Tiggers richtiger Name inzwischen eingefallen?«

Appie begann zu sprechen. Sarah schloß die Augen und betete um Langmut. Max brachte ihr einen Sessel und später auch noch ein Glas Milch.

»Um wieder auf Tigger zurückzukommen«, versuchte Sarah den Redeschwall ihrer Tante zu unterbrechen, »wie heißt sie denn nun richtig? Du sagtest doch, es sei etwas aus *Pu der Bär*.«

»Sie hat gesagt, es sei von A. A. Milne«, zischte Max, doch sein Flüstern wurde von einem Jubelschrei am anderen Ende der Leitung übertönt.

»Genau! Was bist du doch für ein kluges Mädchen, Sarah! Sie heißt Perdita, Perdita Follow. Perdita bedeutet nämlich ›verloren‹, weißt du, und Pu geht im Wald verloren. Und als er dann immer mehr Spuren, die um den Baum führen, sieht, denkt er, daß ihm irgendein anderes Tier folgt. Und Follow heißt ja bekanntlich folgen. Völlig logisch, nicht wahr? Ich bin aber auch ein Dummchen! Da zerbreche ich mir den Kopf, wo es doch so kinderleicht ist! Ich hätte mir bloß den lieben alten Teddy von Sam anzusehen brauchen, dann wäre es mir sofort wieder eingefallen. Der gute Winnie, eigentlich heißt er ja Winston, er sitzt immer in Sams Lieblingssessel, jetzt wo mein Schatz nicht mehr bei mir weilt. Vare findet es albern. Du wahrscheinlich auch.«

»Überhaupt nicht«, erwiderte Sarah. »Ich kann es sehr gut verstehen. Onkel Sam war der bärigste Mann, den ich je getroffen habe. Bestell Winnie einen Gruß von mir. Wirklich großartig, daß es dir eingefallen ist, Tante Appie. Perdita Follow. Max, am besten, du schreibst es auf, sonst vergessen wir es am Ende auch noch.«

»Max?« krähte Appie vom anderen Ende der Telefonleitung fröhlich. »War das nicht der Pensionsgast von dir, der damals diese Affäre mit Alice Beaxitt hatte?«

»Nein, du verwechselst ihn wahrscheinlich mit James James Morrison Morrison Wetherby George Dupret. Ich muß jetzt aufhören, aber leg bitte nicht auf. Max möchte noch kurz mit dir sprechen.«

Max wollte keineswegs mit Apollonia Kelling sprechen. Er wollte lediglich, daß Sarah ihre Tante fragte, wie sie Perdita Follow kennengelernt hatte und wo Perdita Follow jetzt wohnte, nachdem Vare den Kontakt mit ihr abgebrochen hatte. Er versuchte sein Bestes. Als es ihm endlich gelungen war, aus dem Labyrinth von Appies Gedankengängen auszubrechen, ohne jedoch eine Antwort auf seine Frage bekommen zu haben, bewies Sarah zumindest genug Takt und entschuldigte sich bei ihm.

»Tut mir furchtbar leid, Liebling, aber ich hatte einfach keine Kraft mehr. Tante Appie erinnert mich immer an einen Sonnenbrand, weißt du. Wenn man sich ihrem sonnigen Gemüt zu lange aussetzt, wird die Qual unerträglich. Hast du irgend etwas Hilfreiches über Tigger herausgefunden?«

»Mit einem Wort: nein. Aber wenigstens wissen wir jetzt ihren Namen. Ich rufe am besten sofort die Polizei an. Speisen wir heute zu Hause oder soll ich dich ausführen?«

Da Max immer noch Bademantel und Pantoffeln trug, wirkte sein Angebot ein wenig halbherzig. »Die Leute vom Museum haben mir schon ein Mittagessen spendiert. Warum wirfst du nicht unser künstliches Kaminfeuer an und wir machen es uns mit einem Tablett davor gemütlich? Hast du heute überhaupt zu Mittag gegessen?«

»Ich habe nebenan ein Stück Käse und einen Apfel vertilgt, während Brooks das Heroin zusammengemixt hat.«

»Dann mußt du ja halb verhungert sein. Ich mach' dir schnell was.«

Die Idee mit der Mikrowelle stammte von Max und nicht von Sarah, doch sie mußte zugeben, daß sie gelegentlich äußerst nützlich sein konnte. Auch wenn sie sich noch nicht dazu herablassen konnte, Fertiggerichte aus der Tiefkühltruhe zu kaufen, hatte sie inzwischen immerhin begonnen, selbst kleine Portionen vorzubereiten und einzufrieren, um Max notfalls sofort etwas vorsetzen zu können, falls er wieder einmal plötzlich fort mußte oder unerwartet heimkehrte. Er hatte seinen üblichen Aperitif, einen kleinen Scotch mit Soda, kaum ausgetrunken, als bereits ein dampfender Teller mit Schmorbraten nach Yankee-Art mit Kartoffelpüree und Soße à la Wayside Inn vor ihm stand. Daneben wartete ein zweites Tablett mit Salat und heißen Maisküchlein.

»Das sieht ja lecker aus«, teilte er ihr mit. »Ißt du denn nichts?«

»Doch, natürlich.«

Sie holte ihr eigenes Tablett und machte es sich in dem Sessel, den Max neben seinen an den Kamin gezogen hatte, gemütlich. Eine Zeitlang sprachen sie kaum. Als Max seinen Teller geleert hatte, griff er nach Sarahs Hand.

»Das war einfach köstlich, Liebling. Was steht morgen auf dem Programm?«

»Ich dachte, ich könnte dich vielleicht bitten, mich direkt nach dem Frühstück nach Chestnut Hill zu fahren. Theonia wollte eigentlich auch kommen, aber da sie jetzt auf Annie aufpassen muß, geht es natürlich nicht, und Mary kann jede Hilfe brauchen. Ich könnte natürlich auch die U-Bahn nehmen und Dolph bitten, mich an der U-Bahnstation abzuholen.

»Kommt gar nicht in Frage. Du fährst auf gar keinen Fall mit der U-Bahn.«

»Diesmal trage ich doch gar keinen Inness.«

»Aber einen Bittersohn, wenn auch nur einen ganz kleinen. Schließlich könnte dich jemand versehentlich die Treppe hinunterstoßen.«

»Bisher hat das noch nie einer versucht. Sag mal, Schatz, du wirst doch hoffentlich nicht paranoid, was das Baby betrifft?«

»Warum zum Teufel denn nicht? Schließlich ist es doch auch mein Kind, oder?«

»Worauf du dich verlassen kannst, geliebter Gatte. Aber wie du eben so leichthin erwähntest, bin ich diejenige, die ihn tragen muß, und ich finde, du solltest mir offen und ehrlich sagen, wenn ich wegen dieser Graperoola-Geschichte in irgendeiner Art von Gefahr schwebe.«

»Sarah, denk doch mal nach. Wir können mit ziemlicher Sicherheit davon ausgehen, daß es ein Riesentheater gegeben hat oder sehr bald geben wird, wenn die Typen entdecken, was Brooks und ich ihnen heute nachmittag untergejubelt haben. Die Leute, für die Perdita Follow arbeitet, können zwar unmöglich wissen, daß wir sie zum Narren gehalten haben, es sei denn, sie haben einen Spitzel im Polizeirevier oder Annie ist eine Doppelagentin und hat ein Walkie-Talkie am Strumpfhalter. Aber Perdita Follow weiß, daß du Dolphs Cousine bist, und sie weiß, daß du Verbindungen zum SCRC hast, weil sie dir dorthin gefolgt ist. Außerdem weiß sie, daß du mit einem Privatdetektiv verheiratet bist. Sie war damals* schließlich mit Vare in Ireson's Landing, wie du dich sicher erinnerst.«

»Natürlich erinnere ich mich, und da Tigger den Heroinköder ausgelegt hat, wird der Verdacht natürlich automatisch auf sie fallen. Man wird denken, sie hätte den Stoff gestohlen und ausgetauscht. Daher wird sie möglichst schnell einen Sündenbock finden müssen, und ich käme ihr sicherlich äußerst gelegen. Ist es das, was du denkst?«

»Ich hoffe bloß, daß Tigger nicht dasselbe denkt. Ich rufe vorsichtshalber schnell bei der Polizei an.«

Sarah zuckte mit den Achseln und begann, das Geschirr in die Spülmaschine zu räumen. Die Vorstellung war zu abwegig, um ihr Angst zu machen, aber bei Tigger konnte man nie wissen. Zu ihrer großen Erleichterung sah sie, daß Max lächelte, als er zurückkam.

»Du wirst es nicht glauben, aber der Captain mußte zum State House, um dort etwas zu erledigen. Und als er gerade herumkurvte und nach einem Parkplatz suchte, sah er Tigger vor der Swedenborgian Church herumlungern. Also ist er aus dem Wagen gesprungen und hat sie auf der Stelle verhaftet. Aber aus Tigger ist kein Wort herauszubekommen. Sie verlangt nicht mal einen Anwalt, also hat man sie kurzerhand in eine Zelle gesteckt, damit sie besser über alles nachdenken kann.«

»Ich habe ja immer schon gesagt, daß sie spinnt«, meinte Sarah. »Jetzt glauben die Drahtzieher bestimmt, sie sei mit dem Heroin abgehauen. Ich würde sagen, dieser Punkt geht an uns.«

»Sieht ganz so aus, Kleines. Du verstehst doch hoffentlich, daß wir den Dealern diese Falle stellen mußten?«

»Natürlich verstehe ich das, Liebling. Es blieb euch ja gar keine andere Wahl. Ihr hattet ja nichts in der Hand, was ihr der Polizei zeigen konntet. Und wie sonst wärt ihr an das Heroin gekommen, es sei denn, ihr hättet Phyllis selbst überfallen, oder? Und so habt ihr der Polizei die Fotos und das Rauschgift ausgehändigt und seid dadurch die Verantwortung los, ohne Dolph und Mary mit in die Sache hineingezogen zu haben. Das war ein absolut brillanter Schachzug, und das weißt du auch. Hast du Lust auf Nachtisch?«

»Und ob ich Lust habe. Komm mal her, Schatz.«

* »Der Spiegel von Bilbao«, DuMont's Kriminal-Bibliothek Band 1037

Kapitel 19

Am nächsten Morgen verließ Sarah das Haus, während Max sein Ferngespräch mit Pepe Ginsberg führte, nahm ein Taxi und traf um halb zehn in ihrer Arbeitskleidung in Chestnut Hill ein. Da Theonia keine Gelegenheit gehabt hatte, die Kostüme für die jungen Schauspieler und Schauspielerinnen auszusuchen, begab sich Sarah als allererstes auf den Speicher. Leider verbrachte sie dort sehr viel mehr Zeit als geplant, da Mary keinen blassen Schimmer hatte, in welchen der unzähligen Kisten und Koffer sich die gesuchten Kleidungsstücke befanden.

»Ich hätte hier längst ordentlich ausmisten müssen«, entschuldigte sich Mary. »Aber ich bekomme schon kalte Füße, wenn ich den ganzen Plunder nur sehe. Am liebsten würde ich eine Entrümpelungsfirma kommen lassen, aber du kennst ja Dolph!«

»Mich stört es nicht. Ich stöbere gern ein bißchen herum«, log Sarah tapfer. »Warum gehst du nicht in den Garten und pflückst so viele Blumen, wie George dir erlaubt? Der Frost wird ohnehin die meisten davon ruinieren, da ist es sicher besser, wenn wir sie vorher noch richtig genießen. Tante Emma sagt immer, es gibt nichts Schöneres als möglichst viele tolle Blumenarrangements, um einen Raum festlich zu gestalten und die Stimmung aufzulockern.«

»Hoffentlich lockert es auch die Portemonnaies auf. Was genau meinst du mit ›viele‹? Einen Eimer voll? Oder mehr?«

»So viele Eimer wie möglich. Wenn man noch nie ein Arrangement gemacht hat, kann man sich gar nicht vorstellen, wie viele Blumen man dafür braucht.«

Fast den ganzen Vormittag war Mary mit dem Blumenpflücken beschäftigt, und es schien ihr wirklich gut zu tun. Als sie schließlich wieder aus dem Garten zurückkam, entspannt, mit rosigen Wangen und schmerzendem Rücken, hatte Sarah einen Schwung wunderschöner Jungmädchen-Kleider aus den zwanziger Jahren ausgegraben. Wahrscheinlich stammten sie noch von Dolphs Mutter, die zu Lebzeiten als kokett gegolten und einst bei einem Debütantinnenball sogar einen Charleston aufs Parkett gelegt hatte. Für die Jungs hatte sie mehrere Strohhüte, etliche Melonen, Blazer sowie Pullover mit grotesk breiten Halsbündchen entdeckt.

Sie aßen eine Kleinigkeit zu Mittag, wobei Sarah wieder ihr unvermeidliches Glas Milch trank, und begannen danach, die Blumen zu verteilen. Allmählich nahmen die großen, kahlen Räume Farbe an.

Mary hatte Dolph früher als sonst zum Center geschickt, weil sie genau wußte, daß er ihr andernfalls mit seinen hilfreichen Vorschlägen nur auf die Nerven gegangen wäre. Er kam um halb fünf wieder zurück und hatte Harry Burr, Jeremy Kelling und Jems treuen Kammerdiender Egbert im Schlepptau. Kurz darauf traf auch Max mit einem Wagen voller halbflügger Thespisjünger ein, setzte sie an der Tür ab und fuhr sofort wieder los, um Nachschub zu holen.

Sarah hätte ihn liebend gern gefragt, ob es etwas Neues zu berichten gab, doch sie mußte sich um die Kostüme der Schauspieler kümmern, ihnen ihre Aufgaben zuweisen und Onkel Jem in Schach halten. Max und Dolph hätten eigentlich wissen müssen, daß ein Schwarm junger Damen in knappen Kleidern aus den Wilden Zwanzigern mit Kunstseidenstrümpfen Jems betagte Hormone gefährlich in Wallung bringen würden.

Außerdem mußten natürlich alle beköstigt werden. Die arme Genevieve konnte unmöglich genügend Cocktailhäppchen für die erwarteten Menschenmassen vorbereiten, zweitausend Käsestangen backen und auch noch ein Abendessen für die versammelte Mannschaft kochen. Sie war daher Sarahs Vorschlag gefolgt und hatte Platten mit Schinken- und Hühnchensandwiches angerichtet und Großtante Matildas zweitgrößte Suppenterinne mit klarer Brühe gefüllt, die aus Bechern getrunken werden konnte. Wer Hunger verspürte, was bei Schauspielern anscheinend ein Dauerzustand war, ging einfach hin und bediente sich selbst.

Alkohol wurde den jungen Leuten nicht angeboten. Mary hatte Sarah um Rat gefragt, und Sarah hatte sich mit Bestimmtheit dagegen ausgesprochen. »Lieber nicht, Mary. Sie sind noch so jung, daß sie vielleicht nicht wissen, wann sie aufhören müssen. Du willst doch sicher keinen Haufen halbbesoffener Kellner, die Champagner über die Gäste gießen. Gib lieber anschließend jedem eine Flasche mit nach Hause, wenn noch genug übrig sein sollte.«

Was natürlich nicht bedeutete, daß irgend jemand Jeremy Kelling davon abhalten konnten, sich seinen üblichen Riesenmartini zu genehmigen. Und er hätte ihn höchstwahrscheinlich auch noch mit der hübschesten und albernsten jungen Schauspielerin geteilt, wenn Sarah ihm nicht gedroht hätte, ihm den Hals umzudrehen, sobald er es versuchen würde.

»Gott im Himmel, du bist ja noch prüder als Tante Matilda«, zischte Jem wütend. »Seit wann ist es verboten, daß ein Mann in einer selbstlosen Geste einer Dame eine kleine Erfrischung anbietet?«

»Hier soll eine Auktion stattfinden und kein wildes Saufgelage«, wies Sarah ihn ungerührt zurecht. »Gib Dolph was davon ab, wenn du unbedingt den Selbstlosen spielen willst. Er sieht aus, als könnte er momentan ein mildes Anästhetikum gut gebrauchen. Ach du liebe Zeit, ist das etwa schon Tante Emmas Bus?«

Sie hatte richtig geraten, aber der Bus war keineswegs zu früh. Die Zeit war wieder einmal wie im Fluge vergangen, genau wie sie es immer zu tun pflegt, wenn man dringend eine halbe Stunde zum Verschnaufen bräuchte. Emma rauschte als Anführerin ihrer Truppe in den Saal, begrüßte ihre Verwandten überschwenglich, geriet völlig in Verzückung über die vielen wunderschönen Blumen in den Fayence-Jardinieren, bewunderte die Kellner und Kellnerinnen in ihren amüsanten Kostümen, die köstlichen Cocktailhäppchen auf den Silberplatten und die silbernen Champagnerkühler.

»Absolut perfekt! Ich hätte es selbst nicht besser machen können!«

Aus Emmas Mund bedeutete dies höchstes Lob. »Ganz ehrlich, liebste Mary, im Moment sind wir noch kein bißchen hungrig. Wir haben im Bus ein kleines Picknick veranstaltet. Laß uns schnell dafür sorgen, daß alle ablegen können, damit wir die Stühle für die Musiker aufstellen können. Es wäre wirklich reizend, wenn ein paar von den starken jungen Herren das Klavier vielleicht ein winziges kleines bißchen näher an die Tür schieben könnten –«

Den starken jungen Herren ging es wie allen anderen jungen Herren: Sie fühlten sich geehrt, Emma Kelling behilflich sein zu dürfen.

Das Klavier wurde umgestellt, und schon bald konnten die Streicher und Holzbläser ihre Plätze einnehmen.

»Die Blechbläser und Kesselpauken haben wir nicht mitgebracht, wir wollten schließlich unseren Auktionator nicht übertönen. Heute spielen wir nur ruhige, romantische Kuschelmusik, damit allen schön warm ums Herz wird. Was hältst du davon?«

»Da fragst du noch?« Sarah gab ihrer Lieblingstante noch einen Kuß und hoffte inständig, daß Mary daran gedacht hatte, das Klavier stimmen zu lassen.

Emma nahm ihren Platz an den Tasten ein und schlug ein A an. Es klang lupenrein. Alles würde wie geschmiert laufen.

»Um Himmels willen, Sarah, hast du nichts anderes zum Anziehen dabei?« murmelte Max. Sarah schnappte nach Luft. Alle waren fertig, nur sie nicht.

Sie floh ins obere Stockwerk und erinnerte sich gerade noch rechtzeitig daran, die Räume hinter sich zu verriegeln. Als sie zurückkam, trug sie ein rosenfarbenes langes Samtkleid und dazu das Collier mit den erbsengroßen Perlen, das Max genau sechs Minuten, nachdem sie ihn angerufen und ihm die freudige Mitteilung gemacht hatte, daß sie schwanger sei, bei einem Juwelier in Zürich erstanden hatte. Inzwischen strömten immer mehr potentielle Käufer ins Haus, und der Champagner begann zu fließen.

Als Sarah die Treppe herunterkam, stellte sie belustigt fest, daß Osmond Loveday sich unmittelbar hinter der Eingangstür postiert hatte. Er trug tatsächlich einen Smoking und begrüßte die Neuankömmlinge, als sei er der Gastgeber. Sollte er doch, wenn es ihm Spaß machte! Diejenigen, die von ihm wiedererkannt wurden, fühlten sich zweifellos geschmeichelt, daß er sich an ihre Namen erinnerte, und die übrigen hielten ihn wahrscheinlich für den Butler. Dolph und Mary waren bestimmt erleichtert, daß er ihnen die lästige Pflicht abnahm.

Sie hatten beschlossen, Punkt acht Uhr mit der Versteigerung zu beginnen, egal, ob genug Leute da waren oder nicht, doch es bestand anscheinend gar kein Grund zur Sorge. Als Jeremy Kelling das Podest bestieg und nach dem Hammer griff, waren fast alle Stühle im Saal besetzt. Als Jems Eröffnungsschlag laut und deutlich bis in die Eingangshalle hinausdröhnte, gab Osmond Loveday seinen Posten an der Tür auf.

»Wo gehen Sie hin?« erkundigte sich Sarah.

»Ich werde die Gäste willkommen heißen und Ihnen kurz den Zweck der Auktion erläutern.«

»Das lassen Sie schön bleiben.« Jetzt war wirklich nicht der Zeitpunkt für Höflichkeiten. »Dolph wird stinksauer sein, wenn Sie die Auktion jetzt unterbrechen. Bleiben Sie lieber an der Tür stehen. Es kommen immer noch Gäste, und jemand muß sie schließlich hereinlassen. Es sei denn, Sie möchten lieber Champagner servieren und Ihren Platz an der Tür einem der Schauspieler überlassen«, fügte sie hinzu, wohl wissend, daß Loveday eher sterben würde, als dies zuzulassen.

Glücklicherweise traf just in diesem Moment Apollonia Kelling mit ihrem Troß ein, der samt und sonders völlig aus dem Häuschen war. »Ich war mir so sicher, daß ich den Weg hierher finden würde wie eine treue, graue Taube auf dem Weg zu ihrem Heimatschlag« – keuchte Appie –, »aber irgendwie muß ich mich ein klitzekleines bißchen mit der Richtung vertan haben.«

»Und wir kennen jetzt jede Straße von hier bis West Roxbury«, beschwerte sich eine ihrer Begleiterinnen, eine Dame in Appies Alter, die von Hut bis Socke in merkwürdige Kleidungsstücke gehüllt war, die alle aus derselben maulbeerfarbenen Wolle gestrickt worden waren. Auch ihr Gesicht war maulbeerfarben. Sarah identifizierte sie als eine gewisse Mrs. Plinth. Die superschlaue Mrs. Plinth, wie Appie sie immer nannte. Warum, wußte niemand, doch es war klar, daß eine Freundin von Mrs. Apollonia Kelling so superschlau sein konnte, wie es Appie paßte, jedenfalls soweit es Osmond Loveday betraf.

Er führte die Neuankömmlinge fort, damit sie sich aus ihren diversen Jacken und Mänteln schälen und am Champagnertisch erfrischen konnten, bevor sie sich setzten und ihre Geldbörsen öffneten. Oder auch nicht, was wohl eher zu erwarten war. Sarah setzte keine großen Hoffnungen in Appies Freunde, doch es gab schließlich genügend andere Besucher. Als sie einen Blick in den Ballsaal warf, war die Auktion bereits in vollem Gange.

Jeremy Kelling war der perfekte Auktionator, er redete wie ein Buch, war amüsant, sprudelte Informationen hervor, die Max ihm über die einzelnen Auktionsstücke zuflüsterte, spickte alles mit Familienanekdoten, die zum größten Teil von ihm erfunden und fast immer ein wenig boshaft waren, und animierte die Menge auf diese Weise, sogar bei den langweiligsten von Dolphs angeblichen Familienerbstücken wie verrückt zu bieten. Sarah wäre am liebsten geblieben und hätte sich die unterhaltsame Vorstellung weiter angesehen, doch da Osmond Loveday der superklugen Mrs. Plinth gegenüber deutliche Symptome schwerer Hingerissenheit zeigte, hielt sie es für besser, zur Tür zurückzukehren.

»Was für eine Affenschande! Die Welt hat ein absolutes Verkaufsgenie verloren, als Jem beschlossen hat, sein Leben der Verfolgung von Revuegirls zu widmen«, bemerkte Dolph, als er kurz darauf hinaus in die Eingangshalle kam. »Was machst du denn hier?«

»Momentan gar nichts«, antwortete Sarah wahrheitsgemäß. »Wie geht es Mary?«

»Sie amüsiert sich königlich. Sieht sie nicht wieder phantastisch aus?«

Mary trug das blaue Kleid, das sie an dem Tag ihrer ersten Verabredung mit Dolph getragen hatte. Damals war es das einzige vorzeigbare Kleidungsstück gewesen, das sie besessen hatte. Typisch Mary, dieses Kleid ausgerechnet heute, am Tage ihres Debuts als Gastgeberin und Hausherrin zu tragen, dachte Sarah.

»Sie ist wunderbar, Dolph«, sagte sie wahrheitsgemäß. »Beim nächsten Wohltätigkeitsfest solltet ihr unbedingt einen Walzerabend veranstalten, damit du richtig mit ihr angeben kannst.«

»Ich weiß nicht, ob das Mary gefallen würde«, brummte Dolph. »Aber Loveday wäre bestimmt hochentzückt. Der blöde Idiot, kreuzt hier doch tatsächlich im Smoking auf wie ein Oberkellner in einem gottverdammten Nachtclub. Wo ist er denn jetzt schon wieder? Ich dachte, er steht an der Tür und begrüßt die Gäste?«

»Tante Appie ist soeben mit ihrem Gefolge eingetroffen, und jetzt sorgt er dafür, daß alle ihre Plätze finden. Wie viele Leute sind inzwischen da, Dolph?«

»Über dreihundertfünfzig, sagt Porter-Smith. Ich hoffe bei Gott, daß es nicht noch mehr werden.«

»Einige gehen sicher schon früh.« Sarah hoffte, daß sie wußte, wovon sie sprach. »Was macht der Champagner?«

»Noch gibt es genug von dem Zeug. Keiner trinkt sonderlich viel. Jem hat sie alle hypnotisiert. Wer hätte gedacht, daß der alte Mistkerl so viel Charisma hat? Oh, verdammt, da kommt ja schon wieder ein Haufen Leute.«

»Nur drei. Nein, da ist noch ein Nachzügler. Meinst du, das könnten Eugenes Verlobte und ihre Familie sein? Das Mädchen sieht irgendwie verlobt aus.« Was möglicherweise daran lag, daß die junge Dame einen funkelnden neuen Diamantring am Finger trug, den sie höchst auffällig zur Schau stellte, indem sie die linke Hand ausgestreckt und die Finger leicht nach unten gebogen hatte.

Ihre Begleiterin trat vor und stellte sich und ihre Familie vor. »Guten Abend. Wir sind Diane und Henry Wilton-Rugge, und das ist unsere Tochter Jennifer.«

Wie reizend, daß Jennifers Familie sogar einen eigenen Bindestrich besaß, dachte Sarah.

»Und das hier ist unser Freund –«

»Ted Ashe«, ergänzte Dolph ihren Satz. »Grundgütiger, Ted, du hättest dich wirklich nicht herauszuputzen brauchen wie ein Wildschwein, das in die Schlacht zieht. Du solltest doch bloß Harry Burr dabei helfen, Parkplätze für die Gäste zu organisieren.«

Die Wilton-Rugges starrten Dolph verständnislos an. Das vierte Mitglied der kleinen Gruppe lächelte nur.

»Angeblich soll ja jeder Mensch einen Doppelgänger besitzen. Dieser Ted Ashe wäre dann sicher der meine. Mein Name ist Hetherton Montague, Mr. – ähem, Kelling, nehme ich an?«

»Hetherton Montague, daß ich nicht lache! Also ehrlich, Ted, ich bin wirklich kein Spielverderber, aber wenn du Mary und mich tatsächlich monatelang zum Narren gehalten hast, will ich wenigstens wissen warum.«

Sarah hielt es für besser einzugreifen. »Mrs. Wilton-Rugge, möchten Sie nicht mit in den Saal kommen? Eugene protokolliert zwar gerade die Auktionsergebnisse, aber ich weiß, daß er Sie und Ihren Gatten bereits ungeduldig erwartet. Und Jennifer natürlich auch, aber das brauche ich sicher nicht eigens zu erwähnen.«

»Ja, gehen wir.« Mrs. Wilton-Rugge schloß sich Sarah bereitwillig an, während ihr Ehemann und ihre Tochter zögernd folgten.

»Was für eine merkwürdige Verwechslung, die Mr. Kelling da unterlaufen ist«, sagte Mr. Wilton-Rugge.

»Es war keine Verwechslung«, teilte Sarah ihm mit. »Ich habe Mr. Ashe ebenfalls erkannt. Er ist als Verkleidungskünstler nicht ganz so gut, wie er zu glauben scheint. Doch da er ein Freund von Ihnen ist, hatte ich angenommen, Sie wüßten, was er im Schilde führt.«

»Als Freund kann man Hetherton eigentlich nicht bezeichnen.« Der Mann wußte offenbar, wie man sich am besten wieder aus der Affäre zog. »Er ist eher so etwas wie ein Bekannter. Vor einigen Wochen hat ihn jemand zu einer Cocktailparty mitgebracht, und seitdem sind wir ihm mehrmals zufällig begegnet. Als er zufällig erwähnte, daß er heute abend zu Ihrer Auktion gehen wollte, habe ich gesagt, daß wir auch kämen. Da hat er den Vorschlag gemacht, vorher gemeinsam essen zu gehen und dann zusammen herzukommen. Was meinen Sie mit ›im Schilde‹ führen?«

Sarah zuckte mit den Achseln. »Ich dachte, Sie wüßten, womit er seinen Lebensunterhalt verdient.«

Bevor er nachhaken konnte, hatte sie bereits eine der jungen Schauspielerinnen gerufen. »Magda, sind Sie bitte so lieb und schenken den Wilton-Rugges Champagner ein und führen sie in den Auktionssaal? Ich glaube, Eugene Porter-Smith hat die Plätze dort vorn für sie freigehalten. Entschuldigen Sie mich bitte, ich muß wieder zurück und nach dem Rechten sehen.«

Inzwischen war genau das passiert, was Sarah befürchtet hatte. Dolphs Wut stand kurz vor dem Siedepunkt, und ein stinkwütender Adolphus Kelling war nicht sehr leise. Wenn er erst einmal lospolterte, würde er Emmas Kammermusik, das Geplauder am Champagnertisch und sogar Jeremy Kelling mit dem Auktionshammer mühelos übertönen. Dreihundertfünfzig Gäste würden geschlossen herausgestürmt kommen, um sich den Kampf anzusehen.

Doch Ashe-Winchell-Montague, um ihn einmal in den Genuß sämtlicher Bindestriche kommen zu lassen, kämpfte eigentlich gar nicht. Er stand nur grinsend da und ließ Bemerkungen über angebliche Philanthropen fallen, die dumm genug waren, sich mit dem Teil der unterdrückten Menschheit abzugeben, der selbst daran schuld war, daß man ihn unterdrückte. Sarahs erster Gedanke war, zurückzulaufen und Max zu holen. Doch als sie den Ballsaal betrat, sah sie, daß er Jems Platz oben auf dem Podest eingenommen hatte, um dem armen Kerl eine Gelegenheit zu geben, sich die Kehle zu ölen. Max hielt gerade eines der geschnitzten Höckerchen an einem Bein in die Höhe, hatte die Bieter bereits auf hundertzwanzig Dollar hochgepeitscht und schien zuversichtlich zu sein, daß er noch mehr herausholen konnte. Sie wäre verrückt, ihn ausgerechnet jetzt zu stören.

Außerdem war es ohnehin egal. Im Notfall konnte Sarah ebensogut durchgreifen wie er. Sie hastete zurück in die Eingangshalle.

»Dolph, halt endlich den Mund. Mr. Winchell, warum sparen Sie sich Ihre Ansichten nicht für Ihre Leser, falls Sie überhaupt welche haben.«

Die beiden Männer waren so verblüfft, daß sie ihr widerstandslos gehorchten. Der schicke Außenseiter mit dem merkwürdig sauberen Gesicht erholte sich als erster wieder.

»Was soll der Quatsch? Zuerst soll ich angeblich Ashe heißen, und jetzt auch noch Winchell. Spinnt ihr eigentlich alle, oder was?«

»Nein, aber Sie anscheinend, wenn Sie glauben, uns mit einem schmutzigen Gesicht hinters Licht führen zu können«, gab Sarah zurück. »Leider haben Sie vergessen, sich einen Bart wachsen zu lassen, aber ein unrasiertes Gesicht paßt ja auch kaum zu einem rosalila Smoking, oder?«

»Rosalila Smoking?« Dolph hatte seine Stimme wiedergefunden. »Du meine Güte, was ist denn das für einer? Ein Perverser oder was?«

»Könnte man sagen. Er schreibt unter dem Namen Wilbraham Winchell sogenannte Reportagen über Wohltätigkeitsvereine für das Sudelblatt *Syndicated Slime*. Er benutzt auch noch andere Namen. Frag mich bitte nicht, warum er das Risiko eingegangen ist, hier heute abend als Hetherton Montague aufzukreuzen. Ich vermute, er hat entweder erwartet, noch mehr Material für seinen erlogenen Bericht über das SCRC zu sammeln, oder gehofft, euch irgendwie schaden zu können.«

»Das ist Verleumdung!« rief der junge Mann mit den vielen Namen.

»Dann erstatten Sie doch Anzeige gegen mich. Und jetzt, Mr. Wie-immer-Sie-heißen, möchte ich Sie daran erinnern, daß es sich hier um eine Privatveranstaltung handelt. Ich habe die Einladungen selbst verschickt, und ich weiß genau, daß wir weder einen Hetherton Montague noch einen Wilbraham Winchell eingeladen haben. Das heißt also, daß Sie einzig und allein hier sind, weil Dolph Sie als Ted Ashe eingeladen hat. Daher würde ich vorschlagen, wir benutzen diesen Namen und lassen Dolph entscheiden, was weiter mit

Ihnen passiert. Aber geh bitte mit dem Mann nach draußen, Dolph, bevor du zu brüllen anfängst.«

»Sarah.« Osmond Loveday hatte sich von hinten genähert. Er klang ziemlich verzweifelt. »Habe ich richtig gehört? Haben Sie gerade gesagt, Ted Ashe sei ein Reporter?«

»Das klingt aus Ihrem Mund ja fast wie ein Schimpfwort, Ozzie«, höhnte Ashe.

»Aus Ihrem ebenfalls«, sagte Sarah. »Sehr richtig, Mr. Loveday. Wie Sie vielleicht ebenfalls gehört haben, schreibt er für *Syndicated Slime*.«

»Und er plant, einen Bericht über das SCRC zu verfassen?«

»Ich kann mir nicht vorstellen, warum er sonst hier herumschleichen sollte. Sie vielleicht?«

»Aber das ist ja furchtbar!« In seiner Verzweiflung rang Loveday tatsächlich die Hände.

»Da haben Sie verdammt recht«, bellte Dolph. »Das ist wirklich furchtbar. Man beißt nicht die Hand, die einen füttert. Raus mit dir, Ashe! Wir werden die Sache ein für allemal klären – ich hätte fast gesagt, von Mann zu Mann, aber es wäre eine Beleidigung für unser Geschlecht, dich als Mann zu bezeichnen.«

»Ich komme mit«, rief Loveday aufgeregt. »Ich hole nur schnell meinen Mantel.«

»Wer zum Teufel hat Sie denn gebeten mitzukommen? Das kläre ich allein!«

Dolph knallte die Tür zu und trieb Ashe vor sich her wie ein wütender Gänserich. Sarah überlegte wieder, ob sie Verstärkung holen sollte, hielt es jedoch nicht für notwendig. Harry Burr war draußen, außerdem die beiden Gärtner George und Walter. Sie selbst hatte nicht vor hinauszugehen, Max würde bestimmt außer sich sein, wenn sie das tat. Außerdem hatte sie etwas weitaus Dringenderes zu erledigen.

»Mr. Loveday, ich gehe kurz nach oben. Bitten Sie einen der Schauspieler, die Gäste an der Tür zu begrüßen. Sie sehen besser nach, ob im Salon alles in Ordnung ist. Wenn jemand etwas gehört hat und neugierige Fragen stellt, sagen Sie einfach, ein Reporter hätte versucht, sich ins Haus zu schmuggeln, und Sie hätten Mr. Kelling dabei geholfen, ihn an die Luft zu setzen, was ja auch stimmt.«

Es stimmte zwar nicht, aber Osmond Loveday hatte sicher nichts dagegen, ebenfalls als Held zu gelten. Loveday nickte und entfernte sich. Sarah ging nach oben und begab sich in eines der Badezimmer, zu dem die Gäste keinen Zutritt hatten. Hier entspannte sie sich, kam ihren natürlichen Bedürfnissen nach, machte sich ein wenig zurecht, setzte sich auf einen der weichen Schemel und lehnte ihre Füße gegen die Badewanne, um ihnen ein wenig Ruhe zu gönnen.

Sie hatte gar nicht gemerkt, wie müde sie war. Vielleicht sollte sie einfach in eines der Schlafzimmer gehen und sich ein wenig hinlegen, nur für einen Moment.

Kapitel 20

Sarah war so müde, daß sie die Stimmen unten im Haus und das Motorengeräusch der Wagen draußen in der Einfahrt kaum noch wahrnahm. Dann spürte sie, wie Max sich über sie beugte und ihr zärtlich über das Haar strich. Sie lächelte ihn schlaftrunken an.

»Hallo, Liebling. Wie läuft die Versteigerung?«

»Sie ist bereits gelaufen. Weißt du denn nicht, wie spät es ist?«

»O nein! Sag bitte nicht, daß ich die ganze Auktion verschlafen habe! Wie ärgerlich. Haben wir viel Geld zusammenbekommen?«

»Du wirst es kaum glauben: 27 946 Dollar und 32 Cent. Die Cents stammen von einer Freundin deiner Tante, einer gewissen Mrs. Plinth. Appie hat übrigens sämtliche Algensprüche gekauft.«

»Kann ich mir vorstellen. Aber dann war der Abend ja ein voller Erfolg! Und wenn wir das Inness-Gemälde und die anderen Sachen auch noch verkauft haben, ist genug Geld da, um den ganzen Umbau zu finanzieren.«

»Gut möglich. Aber heute abend hätten wir es niemals ohne Jem geschafft, er war einfach phantastisch.«

»Du warst auch nicht schlecht, Schatz. Ich habe gesehen, wie du das geschnitzte Höckerchen herumgeschwenkt hast. Deshalb habe ich dich auch nicht gefragt, Dolph zu helfen, Ted Ashe an die Luft zu befördern.«

»Wie bitte? Wann war das denn?«

»Irgendwann so gegen halb zehn, glaube ich. Er ist mit Eugenes Verlobter und ihren Eltern, den Wilton-Rugges, aufgekreuzt, angetan mit einer schicken Wildlederjacke. Diesmal nannte er sich Hetherton Montague.«

»Das ist ja unglaublich! Und was hast du getan?«

»Eigentlich gar nichts. Dolph hat ihn sofort als Ted Ashe identifiziert und gefragt, warum er sich so in Schale geworfen habe, nur um den Gästen beim Einparken zu helfen. Ashe hat gesagt, Dolph würde sich irren, und behauptet, er habe den Namen noch nie gehört. Ich habe gesagt, daß Dolph vollkommen recht hätte und daß er Wilbraham Winchell sei. Daraufhin wurde die Lage etwas gespannt, also habe ich die Wilton-Rugges in den Auktionssaal gescheucht. Ich wollte dir Bescheid sagen, aber du warst gerade damit beschäftigt, den Leuten hundertdreißig Dollar aus dem Portemonnaie zu ziehen, und es sah aus, als könnte es klappen, daher habe ich beschlossen, dich lieber nicht zu stören. Und, hat es geklappt?«

»Sarah!«

»Schon gut. Ich bin also zurückgegangen und habe Dolph gesagt, er soll endlich den Mund halten, was er erstaunlicherweise sofort gemacht hat. Ashe fing wieder an, von Verwechslung zu faseln, daher habe ich ihm auf den Kopf zugesagt, daß wir genau wissen, wer er ist und was er vorhat. Ich dachte, daß einer von euch Dolph bereits informiert hätte, doch er schien keine Ahnung zu haben. Vielleicht hat er mich auch nur nicht richtig verstanden. Dolph ist wirklich nicht gerade der Schnellste.«

»Ich habe versucht, ihm alles zu erklären«, sagte Max, »aber er hat mir nicht zugehört. Ich glaube nicht, daß Dolph schwer von Begriff ist, er ist nur ein wahrer Meister, wenn es darum geht, Dinge abzublocken, die er nicht hören will.«

»Wenn du Großtante Matilda gekannt hättest, wüßtest du warum«, stimmte Sarah zu. »Ich bin nicht mal sicher, ob er mir zugehört hat. Er war vor allem stocksauer, weil Ashe ihn belogen hatte. Dolph hat es am liebsten, wenn alles einfach und unkompliziert ist, was nie der Fall war, als seine Tante und sein Onkel noch lebten. Am meisten getroffen hat es allerdings Mr. Loveday, er war wie vom Donner gerührt, als er hörte, daß Ashe Reporter ist.«

»Loveday war auch dabei?«

»Ja. Das heißt, zuerst war er nicht da, weil er Tante Appie und ihren Troß in den Ballsaal geführt hat. Er kam zurück, als ich gerade dabei war, Ashe zusammenzustauchen. Ich hatte schon Angst, er würde in Ohnmacht fallen, als er erfuhr, daß Ashe für *Syndicated Slime* schreibt. Er wollte Dolph sogar helfen, den Kerl an die Luft zu befördern!« Sarah kicherte. »Aber er mußte vorher unbedingt noch seinen Mantel holen, und Dolph hatte keine Lust zu warten.«

Jetzt mußte auch Max lachen. »Es ist wirklich nicht einfach, heutzutage ein Held zu sein. Dann hat Dolph es also allein erledigt?«

»Er hat Ashe jedenfalls aus dem Haus gescheucht. Ich wußte, daß George und Walter und Harry Burr draußen waren, daher habe ich mir weiter keine Sorgen gemacht. Außerdem ist Dolph größer als Ashe. Ich habe Mr. Loveday losgeschickt, um die Gäste, die möglicherweise etwas von der Auseinandersetzung mitbekommen hatten, zu beruhigen und ihnen zu sagen, ein Reporter hätte versucht, sich ins Haus zu schmuggeln, und Dolph hätte ihn rausgeworfen. Das war doch sehr diplomatisch, findest du nicht?«

»Geradezu machiavellisch. Hast du beobachtet, was weiter passiert ist?«

»Nein, Schatz, ich bin schnellstens ins nächste Badezimmer gerast. Dann habe ich beschlossen, mich ein klein wenig auszuruhen, und was daraus geworden ist, siehst du ja selbst. Was ist denn da unten los?«

»Unsere Künstler schälen sich aus ihren Kostümen und stürzen sich auf die Essensreste. Mary räumt auf. Jem genehmigt sich einen Martini. Loveday geht allen auf den Keks. Du weißt schon, das Übliche.«

»Wo ist Tante Emma?«

»Sie ist schon vor über einer Stunde mitsamt ihrer Truppe abgerückt.«

»Und ich habe mich nicht mal von ihr verabschiedet. Was wird sie jetzt bloß von mir denken?«

»Sie hat angenommen, daß du wahrscheinlich oben bist und dich ein bißchen ausruhst, also hat sie sich auf die Suche gemacht und dich gefunden. Sie hat mir aufgetragen, dir einen Kuß von ihr zu geben, woraufhin ich ihr einen Kuß von dir gegeben habe. Somit wäre das Problem zur allgemeinen Zufriedenheit gelöst.«

»Du denkst ja wirklich an alles. Aber jetzt muß ich unbedingt aufstehen.«

»Mary läßt dir ausrichten, du könntest gern hier übernachten, wenn du möchtest. Jem und Egbert bleiben auch. Ich muß gleich die ganze Schauspieltruppe in Dolphs Kombi in die Stadt chauffieren, aber wenn du möchtest, komme ich wieder zurück.«

»Du fährst auf keinen Fall ohne mich. Nicht auszudenken, was passieren könnte, wenn Jem dich beauftragt, den Schauspielerinnen einen Gutenachtkuß von ihm zu geben! Hilf uns bitte mal beim Aufstehen.«

»Bist du sicher, daß du dich fit genug fühlst?«

»Wahrscheinlich fühle ich mich bedeutend fitter als du. Du bist bestimmt todmüde. Meinst du, es ist noch Suppe übrig?«

»Komm, wir gehen nachsehen. Ich könnte auch gut einen Teller Suppe gebrauchen.«

So kam es, daß George Max und Sarah in der Küche vorfand, als er ins Haus kam, um Dolph zu suchen.

»O Gott, Mr. Bittersohn, was bin ich froh, Sie zu sehen! Is' der Chef da?«

»Was ist denn los?« Max stellte dem Mann einen Stuhl hin. »Setzen Sie sich doch. Haben Sie sich verletzt? Sie sind ja leichenblaß.«

»Mir geht es gut, aber im Gerätehaus liegt ein Toter.«

»Sind Sie ganz sicher, daß er tot ist?«

»Er is' eiskalt und atmet nich' mehr, und es steckt 'ne Spitzhacke mitten in seiner Brust. Is' Ihnen das tot genug?«

»Mehr als genug. Sarah, ich glaube, wir sollten sofort die Polizei anrufen. Kennen Sie den Mann, George?«

»Nein, aber das heißt nichts. Hier waren heute bestimmt dreihundert Leute, die ich im Leben noch nie gesehen hab'."

Sarah fand den Brandy, den Genevieve zum Kochen verwendete, und goß dem zitternden Gärtner einen ordentlichen Schluck davon ein. »Hier, George, trinken Sie das. Wie haben Sie den Mann denn gefunden?«

»Wir haben an Pfählen Seile gebunden, damit die Autos uns nicht in die Blumenbeete fahren. Das haben wir früher auch immer gemacht, wenn die alte Mrs. Kelling ihre Gartenpartys gefeiert hat. Ich bin rundgegangen und hab' die Seile zusammengerollt und die Pfähle aufeinandergelegt, genau wie wir es früher auch immer getan haben. Dann hab' ich gedacht, ich schließ' das Gerätehaus auf, dann können Walter und Harry eine von den großen Schubkarren rausholen und das ganze Zeug draufladen und wegbringen. Früher haben wir die Sachen immer bis morgens liegenlassen, und niemand hat sich drum gekümmert, aber heute kann man das ja nich' mehr. Also hab' ich die Tür aufgeschlossen, und da hab' ich ihn gefunden.«

»Haben Sie das Licht angemacht?«

»Klar. Der Schalter is' direkt neben der Tür. Ich hab' reingegriffen und angeschaltet und – es war schrecklich! Wo is' der Chef?«

»Vermutlich noch im Ballsaal. Meine Frau geht ihn suchen«, sagte Max. »Kommen Sie, George, wir gehen am besten zusammen zum Gerätehaus.«

»Ich will da nich' mehr hin.« Trotzdem kippte George den letzten Rest Brandy hinunter und hievte sich aus dem Stuhl.

Sarah fand die Karte mit den Notrufnummern von Arzt, Feuerwehr und Polizei, die Genevieve über dem Telefon aufgehängt hatte. Unter den Nummern befand sich auch die Hotline für Vergiftungen, was das Vertrauen in die Fähigkeiten einer Köchin nicht gerade förderte. Sarah wählte die Nummer der Polizei und teilte der sachlichen, ruhigen Stimme am anderen Ende der Leitung mit, was passiert war. Es werde sofort jemand kommen, versicherte man ihr. Dann ging sie Dolph suchen.

In der Zwischenzeit eilte Max mit George zum Gerätehäuschen. Es war keiner der üblichen kleinen Schuppen, sondern ein richtiges stabiles kleines Haus aus grauem Granit, das teilweise mit rotem Backstein verklinkert war. Eine Betonrampe für Schubkarren und Rasenmäher führte hinauf zu einer extrabreiten Doppeltür, wie man sie man zu Zeiten von Hupmobil und Pierce Arrow häufig für Garagen benutzt hatte. Sie war mit einem Messingschloß gesichert, das ziemlich neu aussah.

»Moment.« George nahm seinen Schlüsselbund und machte sich an dem komplizierten Schloß zu schaffen. »Heutzutage muß man alles wegschließen«, brummte er. »Die Kerle fahren einfach mit 'nem Transporter vor und klauen alles weg, wenn man ihnen die Gelegenheit gibt.«

»Die Tür vom Geräteschuppen war heute abend sicher nicht abgeschlossen, oder?«

»Von wegen! Bei den vielen Autos heut' abend wär' das bestimmt keine gute Idee gewesen, da braucht doch bloß einer mit 'nem Lieferwagen zu kommen, und schwuppdiwupp is' alles weg! Ich weiß nich', ob Sie das verstehen, Mr. Bittersohn, aber Gartengeräte sind heutzutage ganz schön teuer. Ein Mähtraktor kostet schon 'n paar tausend Dollar, je nachdem, was für einen man kauft. Der Chef kauft nur das Beste. Er sagt immer, damit spart man langfristig am meisten. Also schließen wir immer alles ein, wie ich eben schon gesagt hab'. Vielleicht können Sie mir erklären, wie der Kerl hier reingekommen is', ohne daß ich was gemerkt hab'?«

»Ist das hier der einzige Zugang?« erkundigte sich Max.

»Allerdings«, versicherte George.

»Gibt es vielleicht noch Fenster?«

»Zwei hinten raus und zwei an den Seiten, aber da sind dicke Gitter vor, mit Verankerungen, die bis in die Steine gehen.« George drehte ein letztes Mal seinen Schlüssel, drückte die rechte Tür auf und knipste das Licht an, ohne dabei das Häuschen zu betreten, um Max zu demonstrieren, wie er es vorhin gemacht hatte. »Sehen Sie selbst. Ich guck' mir das nich' noch mal an.«

Max warf einen Blick hinein und sagte nur: »O Gott!«

»Kennen Sie den Mann, Mr. Bittersohn?«

»Haben Sie schon mal einen Mann vom SCRC hier gehabt, der sich Ted Ashe nannte?«

»Harry Burr hat gesagt, ein Ted Ashe sollte uns heute abend helfen, aber er is' nich' gekommen. Das hier is' bestimmt niemand vom SCRC, Sie brauchen sich bloß die Klamotten anzusehen.«

»Ist Burr noch hier?«

»Ich glaub' schon.«

»Könnten Sie ihn bitte holen?«

Harry Burr mußte ganz in der Nähe gewesen sein. Als er auftauchte, stand Max immer noch an derselben Stelle und starrte auf die groteske schwere Spitzhacke mit dem dicken Eschenstiel herab, deren obere Spitze zum Dach zeigte, während die untere sich tief in eine modische, sorgfältig zugeknöpfte, teure hellbraune Wildlederjacke gebohrt hatte. Blut war nicht zu sehen, nur die tödliche Waffe aus gehärtetem Stahl.

Max konnte nicht erkennen, ob die Hacke den Toten auf dem Boden festgenagelt hatte, doch sie wirkte so starr und fest, daß man davon ausgehen konnte. Ashe lag friedlich auf dem Rücken. Seine Beine waren nicht verdreht, seine Arme hatten anscheinend nicht versucht, den Schlag abzuwehren. Sein totes Gesicht zeigte keinerlei Anzeichen von Entsetzen. Aber tote Gesichter sehen eben doch nur tot aus, sonst nichts.

»Geh ruhig rein, Harry«, hörte er George sagen. »Er will mit dir reden.«

»Kommen Sie bitte auch, George«, rief Max ihnen zu. »Und Walter ebenfalls, wenn er da ist. Falls es Ihnen unangenehm ist, können Sie auch draußen bleiben, aber gehen Sie bitte nicht weg.«

»Wir sind alle hier.« George sah ein wenig beschämt aus, als er hinter Harry Burr das Gerätehaus betrat. Ein dritter Mann in Jeans und Jacke folgte ihnen.

»Die Polizei müßte jeden Moment kommen«, sagte Max. »Man wird Ihnen heute nacht sicher eine Menge Fragen stellen, aber ich wäre Ihnen dankbar, wenn Sie mir schon vorher einige Informationen geben könnten. Harry, kennen Sie diesen Mann? Vergessen Sie die Kleidung, konzentrieren Sie sich nur auf das Gesicht.«

Harry konzentrierte sich und nickte. »Ja, ich kenne den Mann. Ich habe ihn allerdings noch nie so sauber gesehen. Er ist seit kurzem ein Mitglied bei uns im SCRC und nennt sich Ted Ashe.«

»Sie haben demnach nicht geglaubt, daß es sein richtiger Name ist?«

»Ich habe von Anfang an vermutet, daß Ted uns etwas vorspielt.«

»Hatten Sie eine Ahnung, warum er dies tun sollte?«

»Eigentlich nicht. Zuerst habe ich gehofft, er sei vielleicht ein Polizeibeamter in Zivil, der versucht, die Taschendiebstähle aufzuklären, die bei uns in der letzten Zeit immer häufiger vorkommen. Es scheint jemanden zu geben, der das Bibelzitat ›Wer aber nichts hat, dem wird auch das, was er hat, genommen werden‹ allzu wörtlich nimmt. Dolph Kelling hat Ihnen vielleicht von den Überfällen erzählt. Sie sind ein Verwandter von ihm, wenn ich recht verstehe?«

»Er ist ein Cousin meiner Frau. Ja, ich habe von dem Problem mit den Taschenräubern gehört. Aber was meinten Sie eben mit ›zuerst‹?«

»Den Leuten wurden trotzdem weiter die Taschen gestohlen, das letzte Mal gestern abend, und Ted schien sich dafür nicht sonderlich zu interessieren, selbst als einer unserer Mitarbeiter bei einem Überfall ums Leben kam. Das geschah diese Woche, Sie sehen also, daß die Situation sich kontinuierlich zugespitzt hat. Wir haben ihn am Dienstag begraben, und Ted hat nicht mal an der Trauerfeier teilgenommen. Was mich letztendlich bewogen hat, meine erste Theorie aufzugeben, war etwas, was man als innere Stimme bezeichnen könnte. Als ich ihn nämlich näher kennenlernte, sagte mir mein Gefühl, daß er unmöglich Polizist sein konnte. Das mag in Ihren Ohren vielleicht absurd klingen, aber Sie wurden sicherlich nicht so oft verhaftet wie ich. Wahrscheinlich wird man mich gleich auch wieder verhaften.«

»Warum? Haben Sie denn Ted Ashe umgebracht?«

»Nein, aber ich fürchte, die Polizisten werden mir nicht glauben. Sie haben mir bis jetzt meistens nicht geglaubt. Was für ein schrecklicher Tod für einen Menschen! Würde es Sie stören, wenn ich ein kleines Gebet spreche?«

»Ganz und gar nicht.«

Max schämte sich, daß er Ashe bisher weniger als einen Menschen betrachtet hatte, der gerade ums Leben gekommen war, sondern eher als einen Mistkerl, der sein Schicksal selbst herausgefordert hatte. Doch niemand verdiente, auf so grausame Weise zu sterben. Und niemand hatte das Recht, sich zum Herrn über Leben und Tod aufzuspielen. Er versuchte, sich mit der angemessenen Andacht auf Harry Burrs Gebet zu konzentrieren, hoffte jedoch gleichzeitig, daß es nicht allzu lange dauern würde. Bei dem Gedanken, wer wohl die Spitzhacke geschwungen haben mochte, war ihm verdammt mulmig, außerdem wollte er unbedingt noch ein paar Dinge herausfinden, bevor die Polizei eintraf.

»Wer hat außer Ihnen noch einen Schlüssel für das Gerätehaus?« fragte er George sofort, nachdem Burr geendet hatte. »Haben Sie auch einen, Walter?«

»Ich hab' keinen«, sagte der zweite Gärtner. »Aber der Chef hat natürlich einen. Ich nehm' an, der alte Mr. Kelling hatte auch einen, als er noch am Leben war, obwohl ich mich nich' erinnern kann, daß er ihn je gebraucht hat.«

»Ich mich auch nich'«, bestätigte George. »Mr. Kelling hat nie was im Garten getan, außer über die Wege zu marschieren und mit dem Spazierstock auf die Pflanzen einzudreschen, die nich' so wuchsen, wie er wollte. Wir mußten damals immer vor ihm rumkriechen wie Soldaten vor ihrem General und uns von morgens bis abends anhören, was wir alles falsch machen.«

»Unser jetziger Chef«, sagte Walter, »is' da ganz anders. Wenn was falsch läuft, krempelt der sich sofort die Ärmel hoch und hilft uns, es wieder in Ordnung zu bringen. Erinnerst du dich noch an das Jahr, als wir den schrecklichen Schneesturm hatten, George? Als das Eis anfing zu schmelzen und wir den Rückstau im Keller hatten und wir die Rohre nicht freikriegen konnten? Der Chef hat sich einfach die Spitzhacke gegriffen und –«

Als Walter bewußt wurde, was er gerade gesagt hatte, hielt er sofort den Mund.

»Um wieder auf die Schlüssel zu sprechen zu kommen«, sagte Max. »Gibt es vielleicht Nachschlüssel, die irgendwo herumliegen? Was ist beispielsweise nach dem Tod des alten Mr. Kelling aus seinem Schlüssel geworden? Und sollte es nicht im Haus einen Hauptschlüssel geben? Es könnte doch sein, daß Sie mal nicht da sind, George, und Walter in das Gerätehaus muß? Was macht er in so einem Fall?«

»Verdammt wenig, wenn man sich den Garten so ansieht, wenn ich mal weg war. Nein, das war nur Spaß. Walt is' in Ordnung. Sie haben völlig recht, Mr. Bittersohn, er würde wohl zum Haus gehen und Genevieve fragen, ob er sich den Schlüssel vom großen Schlüsselbord nehmen kann. Das Ding hängt direkt neben der Küchentür.«

»Sehr praktisch.«

»Schon. Mr. Kelling hatte immer alles am liebsten da, wo er es schnell finden konnte, für den Fall, daß hier plötzlich Marsmenschen einmarschiert wären oder was weiß ich. Unser jetziger Chef hat sich so sehr dran gewöhnt, daß er wohl noch gar nich' gemerkt hat, daß es nich' grade der beste Ort is', um seine Schlüssel aufzubewahren. Aber ich glaub' sowieso nich', daß er oft in die Küche geht.«

»Außerdem hat er bestimmt immer noch Gewissensbisse, wenn er Sachen verändert, auf die seine Tante und sein Onkel großen Wert gelegt haben«, fügte Walter hinzu. »Mir würd's wahrscheinlich genauso gehen, wenn man mir all die Jahre so schreckliche Sachen eingetrichtert hätte. Gott, es war wirklich zum Heulen. Da muß sich 'n erwachsener stattlicher Mann, der alt genug is', selbs' Enkel zu haben, von zwei alten Leuten rumkommandieren lassen wie 'n kleines Kind. Er ist immer raus auf 'n Tennisplatz gekommen und hat Bälle rumgedroschen, um Dampf abzulassen. Der Chef hat 'ne höllische Vorhand. Der kann 'nen Ball glatt durch 'n Zaun schmettern.«

»Mr. Bittersohn interessiert sich bestimmt gar nich' für all das Zeug, das du ihm da erzählst«, unterbrach George. »Um wieder auf die Schlüssel zurückzukommen, Mr. Bittersohn, ich glaub', es is' ganz leicht, an den Schlüssel zu kommen, wenn man erst mal im Haus is' und weiß, wo der Generalschlüssel hängt.«

»Wäre es möglich, daß jemand sich heimlich Ihren Schlüssel ausgeliehen und dann wieder zurückgesteckt hat?«

»Völlig unmöglich.« George zog erneut seinen Schlüsselbund hervor und zeigte Max einen Ring, den er mit einer dünnen Kette an einer der Gürtelschlaufen befestigt hatte. »Dazu hätte der Kerl mir gleichzeitig die Hose ausziehen müssen, und das hätte ich bestimmt gemerkt. Es kann nur der Schlüssel im Haus gewesen sein. Fragen Sie lieber mal Genevieve.«

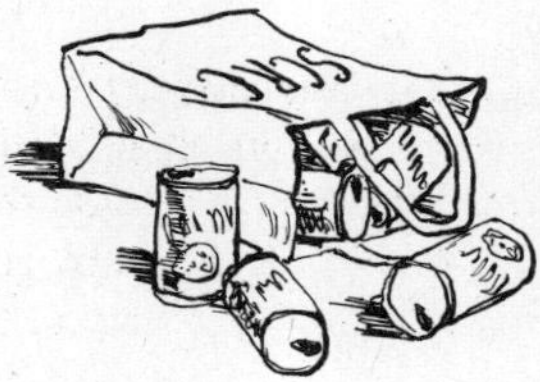

Kapitel 21

Genevieve mußte vorerst warten, denn die Polizei war bereits eingetroffen, und zwar in Person von Lieutenant Codfin in einem eleganten blauen Anzug und Sergeant Mufferty in einer schmucken blauen Uniform. Osmond Loveday hatte sie vom Eingang aus um das Haus herum zu ihnen geführt. Diesmal hatte er es sogar geschafft, sich etwas überzuziehen, denn er trug einen förmlichen schwarzen Homburg, einen schwarzen Kaschmirmantel und den unvermeidlichen weißen Seidenschal. Dolph stapfte laut grölend mit schwerfälligen Schritten aus dem Ballsaalflügel des Hauses nach draußen und stieß genau in dem Moment zu ihnen, als die Beamten das Gerätehaus betraten.

»Was zum Teufel geht hier vor?« brüllte er. »Sarah hat gesagt, es sei jemand – oh, der schon wieder!«

»Dann kennen Sie diesen Mann?« fragte Lieutenant Codfin.

»Und ob ich den verdammt noch mal kenne. Er hat sich unter Vorspiegelung falscher Tatsachen auf meine Kosten zwei Monate lang den Bauch vollgeschlagen. Was macht der Kerl überhaupt hier? Ich habe ihm doch ausdrücklich gesagt, er soll sich zum Teufel scheren und hier ja nicht mehr aufkreuzen.«

»Wann genau war das?«

»Wer sind Sie überhaupt, daß Sie sich anmaßen, mir diese Fragen zu stellen?«

»Oh, entschuldigen Sie bitte. Ich bin Lieutenant Codfin, und das hier ist Sergeant Mufferty. Und Sie sind sicher Mr. Adolphus Kelling, der Eigentümer dieses Grundstücks, wenn ich mich nicht irre.«

»Sie irren nicht. Und dieser Mann ist mein Cousin Max Bittersohn.«

»Max Bittersohn ist ihr Cousin?«

»Er hat eine meiner Cousinen geheiratet, wenn Sie es genau wissen wollen. Aber das ist ja wohl dasselbe, oder? Wo zum Teufel war ich stehengeblieben? Ach ja, das hier ist Harry Burr, er hat uns heute abend ausgeholfen, und das sind meine beiden Gärtner, George Hanover und Walter Presman. Zwei absolut zuverlässige Männer, die schon seit vielen Jahren für uns arbeiten. Wie lange genau, George? Zwanzig Jahre?«

»Vorigen Juni waren es genau dreiundzwanzig, Chef. Ich hab' die Leiche übrigens gefunden, wenn Sie das fragen wollten.«

»Du meine Güte, das muß ja furchtbar für Sie gewesen sein. Gehen Sie lieber schnell zu Genevieve und lassen sich auf den Schreck einen ordentlichen Whiskey geben.«

»Ich bin okay, Chef. Mrs. Bittersohn hat mir schon Brandy gegeben.«

»Mr. Hanover«, sagte Lieutenant Codfin entschlossen. »Wie haben Sie den Mann gefunden?«

»Den hätte ich ja wohl kaum übersehen können, oder? Ich hab' die Tür aufgemacht, und da hat er gelegen, genau wie jetzt.«

»Sie haben ihn also nicht angerührt?«

»Ich wollte zuerst seinen Puls fühlen, aber als ich sein Handgelenk berührt hab', wußte ich, daß jede Hilfe zu spät kam. Da hab' ich die Tür wieder abgeschlossen und bin ins Haus gelaufen, um den Chef zu holen. Aber als ich in die Küche kam, waren bloß Mr. und Mrs. Bittersohn da. Mr. Bittersohn hat gesagt, er kommt mit, und Mrs. Bittersohn geht den Chef suchen. Da hab' ich mir gedacht, der Mann is' Detektiv, der weiß schließlich, wie man sich bei so was verhalten muß, und bin mitgegangen.«

»Was genau haben Sie getan, Mr. Bittersohn?«

»Zuerst habe ich meine Frau gebeten, die Polizei anzurufen, dann bin ich hergekommen und habe mir die Leiche angesehen. Danach habe ich George gebeten, die beiden anderen Männer zu holen, die ebenfalls hier gearbeitet hatten, und schließlich haben wir gemeinsam auf Sie gewartet.«

»Sie haben demnach genau das Richtige getan«, sagte der Lieutenant, und sein Tonfall ließ keinen Zweifel daran, daß er wußte, daß Max alle interessanten Details ausgelassen hatte. »Also, Mr. Hanover, Sie sagten eben, Sie hätten die Tür wieder abgeschlossen, bevor

Sie zum Haus gingen. Heißt das, Sie mußten die Tür aufschließen, um die Leiche zu finden?«

»Ich hab' die Tür nicht aufgeschlossen, um die Leiche zu finden. Ich hab' aufgeschlossen, weil ich die Pflöcke und Seile wegpacken wollte, die wir zum Markieren der Parkplätze gebraucht haben.«

»Ach ja, richtig, Sie hatten heute abend eine Art Wohltätigkeitsveranstaltung hier, Mr. Kelling. Ich hoffe, alles ist zu Ihrer Zufriedenheit verlaufen. Gehörte der Tote zu Ihren Gästen?«

»Angeblich war er einer unserer Mitarbeiter.«

»Vielleicht kann ich Ihnen das erklären«, unterbrach Osmond Loveday.

»Was zum Teufel fällt Ihnen ein?« fuhr Dolph ihn verärgert an. »Ich habe doch schließlich selbst einen Mund, oder?«

»Entschuldigen Sie bitte«, sagte der Lieutenant, »den Namen dieses Herrn kenne ich noch nicht.«

»Osmond Francis Loveday, ehemaliger Privatsekretär und Vertrauter von Mr. Frederick Kelling, inzwischen für Mr. Adolphus Kelling in vergleichbarer Funktion tätig«, erklärte Loveday eilfertig. »Daher nahm ich auch an, ich könnte Ihnen vielleicht irgendwie behilflich sein. Aber wenn ich nicht mehr gebraucht werde, kann ich ja wieder zurück ins Haus gehen.«

»Gehen Sie nur«, sagte Dolph.

»Bleiben Sie bitte noch hier«, widersprach der Lieutenant. »Sergeant, gehen Sie bitte zum Streifenwagen, und informieren Sie das Revier. Lassen Sie die Männer von der Mordkommission herkommen, und sagen Sie ihnen, sie sollen sich beeilen. Mr. Loveday, Ihr Arbeitgeber hat ausgesagt, er habe dem Toten zu verstehen gegeben, er solle verschwinden und nicht wiederkommen. Waren Sie zu diesem Zeitpunkt ebenfalls anwesend?«

»Allerdings war ich das, und ich möchte noch hinzufügen, daß Frederick Kelling das Problem nicht besser hätte lösen können.«

Walter grinste. »Soll das 'n Witz sein? Der alte Mr. Kelling hat Leute, die er nich' mochte, einfach am Kragen und am Hosenboden gepackt und kopfüber ins Geranienbeet geschmissen. Ich hab' in meinem Leben mehr Geranien einpflanzen müssen, als mir lieb war. Einmal hat er sogar 'nen Polizisten über die halbe Einfahrt geschleudert, bloß weil er ihm 'ne Karte für 'nen Polizeiball verkaufen wollte.«

»Ich erinnere mich an den Zwischenfall, als wäre es gestern gewesen«, sagte Osmond Loveday mit einer Befriedigung, die Lieutenant Codfin höchst deplaziert erscheinen mußte. »Mr. Kelling war ein Mann mit ehernen Prinzipien. Er vertrat die Meinung, daß Polizisten auf die Straße gehörten, um dort die Bürger zu schützen, und auf dem Tanzboden nichts zu suchen hätten.«

»Gottverdammich, Osmond, lassen Sie doch endlich Onkel Fred aus dem Spiel!« wies Dolph ihn wütend zurecht. »Sie werden noch genauso bescheuert wie er. Ich packe niemanden am Kragen und schmeiße ihn durch die Gegend. Ich habe Ted Ashe nicht angerührt. Fragen Sie doch Sarah, die war dabei.«

Loveday räusperte sich. »In Wirklichkeit ist Sarah nach oben gegangen, nachdem Sie Mr. Ashe – eh – hinausgeleitet und die Tür hinter sich zugezogen hatten.«

»Wollen Sie damit sagen, daß Mr. Kelling und Mr. Ashe gemeinsam nach draußen gegangen sind, während Sie und diese Frau namens Sarah im Inneren des Hauses geblieben sind?« wollte der Lieutenant wissen.

»Sehr richtig. Ich hatte zwar meine Hilfe angeboten, aber Dolph lehnte mein Angebot ab.«

»Und was haben Sie dann gemacht? Aus dem Fenster geschaut und alles beobachtet?«

»Nein, ganz im Gegenteil. Sarah – die ehemalige Sarah Kelling und jetzige Mrs. Bittersohn – schlug vor, ich sollte mich unter die Gäste in den angrenzenden Zimmern mischen und herausfinden, ob sie etwas von dem Zwischenfall mitbekommen hätten.«

»Und, hatten sie?«

»Anscheinend nicht. Das Kammerorchester von Mrs. Emma Kelling spielte noch, die Leute plauderten, und die Versteigerung war natürlich noch in vollem Gange. Die meisten Personen waren damit beschäftigt zu bieten.«

»Verstehe. Nur aus reiner Neugier, Mr. Loveday, aber was hätten Sie den Leuten denn gesagt, wenn sie doch etwas gehört hätten?«

»Mrs. Bittersohn hatte mir aufgetragen zu sagen, ein Reporter habe versucht, sich ins Haus zu schmuggeln, und sei an die Luft gesetzt worden, was ja auch der Wahrheit entsprach.«

»Dann wußten Sie also, daß Mr. Ashe Reporter war?«

Loveday blickte Dolph an. Dolph wandte sich an Max.

»Erzähl du es ihnen.«

»Soweit ich informiert bin, Lieutenant, hat der Mann, den wir unter dem Namen Ted Ashe kennen, unter dem Namen Wilbraham Winchell Sensationsartikel für eine Zeitung namens *Syndicated Slime* geschrieben. Anscheinend hatte er noch weitere Pseudonyme, die mir allerdings nicht bekannt sind. Jedenfalls arbeitete er als Winchell an einer Serie über Unterschlagung, Betrug und Korruption in Wohltätigkeitsorganisationen und stand in dem Ruf, mitunter Beweise zu fälschen, wenn er bei seinen sogenannten Recherchen nicht fündig wurde. In der letzten Zeit hat er sich offenbar auf das Senior Citizens' Recycling Center konzentriert, das von Dolph Kelling und seiner Frau Mary gegründet wurde und dem auch die heutige Versteigerung zugute kommen soll. Wir vermuten, daß Ashe dabei war, sich auf das SCRC einzuschießen. Wir nehmen außerdem an, daß Ashe nur eine seiner zahlreichen Identitäten war, aber wir haben erst vor kurzem entdeckt, daß er den Namen Wilbraham Winchell benutzte, und hatten noch keine Gelegenheit, der Sache nachzugehen.«

»Und wie haben Sie ihn enttart, Mr. Bittersohn?«

Jetzt wurde es ungemütlich. »Durch einen glücklichen Zufall, wie man so schön sagt. Ich habe neulich abends einem Freund einige Fotos von Mitarbeitern des Centers gezeigt, und er hat Ashe wiedererkannt. Er kannte ihn unter dem Namen Winchell und war ihm erst vor kurzem in einem Nachtclub und auf einer Cocktailparty begegnet.«

»Würde es Ihnen etwas ausmachen, uns den Namen Ihres Freundes mitzuteilen? Nur für die Akten.«

»Kein Problem. Er heißt Bill Jones. Vielleicht kennen Sie ihn ja?«

»Oh, Bill Jones? Klar, kenne ich den. Kennt den nicht jeder?« Lieutenant Codfins Freundlichkeit wurde ein wenig herzlicher. »Dann hat Bill Ihnen auch gesagt, daß Ashe die Berichte manipuliert hat, die er unter dem Namen Winchell verfaßte?«

»Na ja, Sie kennen ja Bill.« Max zuckte mit den Achseln und wedelte mit den Händen. Lieutenant Codfin mußte lachen.

»Ich weiß genau, was Sie meinen. Mr. Kelling, hatte Ashe sich irgendwie verkleidet, als er im Center war?«

»Er war angezogen wie der letzte Penner und so schmutzig, daß keiner Lust hatte, sich in seiner Nähe aufzuhalten und ihn sich genau anzusehen«, sprudelte Dolph hervor. »Aber heute abend hat er sich in Schale geschmissen, als Hetherton Montague ausgegeben und geglaubt, ich würde ihn nicht erkennen, nur weil er sich ausnahmsweise mal das Gesicht gewaschen hatte.«

»Wirklich sehr merkwürdig«, sagte Lieutenant Codfin höflich. »Als Sie ihn nach draußen begleitet haben, Mr. Kelling, war da einer Ihrer Gärtner in der Nähe? Oder vielleicht auch Mr. Burr? Ich nehme an, Sie sind ein Freund der Kellings, Mr. Burr?«

»Es wäre wohl angebrachter zu sagen, die Kellings haben sich mir gegenüber stets wie gute Freunde verhalten«, erwiderte Harry. »Ich bin nur ein Mitglied des Centers. Nein, tut mir leid, ich befand mich zu diesem Zeitpunkt nicht in der Nähe der Tür. Einer der Nachbarn hatte sich verbeten, daß fremde Autos in der Nähe seines Grundstückes parkten, daher hatte Mr. Kelling mir aufgetragen, mich an der betreffenden Seite der Auffahrt hinzustellen und darauf zu achten, daß keiner der Gäste seinen Wagen auf der Straße abstellte.«

»Wo genau befanden Sie sich?«

»Hinten bei den Tennisplätzen«, sagte George. »Ich kann Ihnen die Stelle zeigen, wenn Sie möchten, aber da is' jetzt nich' mehr viel zu sehen. Walter und ich waren den größten Teil des Abends dort. Es sind viel mehr Wagen gekommen, als wir erwartet hatten, und wir mußten ständig neue Parkplätze organisieren, um sie alle unterzubringen. Außerdem wollten einige Besucher, die früher gekommen waren, auch früh wieder weg, und denen mußten wir helfen, ihre Wagen zu finden, und sie auf dem richtigen Weg rauslotsen. Wir hatten wirklich alle Hände voll zu tun.«

»Verstehe. Vielen Dank. Mr. Kelling, nachdem Sie nach draußen gegangen waren und die Tür hinter sich zugezogen hatten, wie Mr. Loveday bezeugt hat, haben Sie da Mr. Ashe hierher zum Gerätehaus gebracht?«

»Verdammt noch mal, was soll denn die dämliche Frage? Nein, natürlich nicht! Ich bin nur mit ihm auf die vordere Veranda gegangen, habe ihm gesagt, ich würde ihm eins aufs Maul geben, wenn er es wagen sollte, mir je wieder hier oder im Center unter die Augen zu treten, und dann habe ihm dann den Weg zur Chestnut Hill Station gezeigt.«

»Warum taten das? Hatte Mr. Ashe keinen Wagen?«

»Ich habe ihn nicht gefragt. Ich bin davon ausgegangen, daß er keinen hatte, weil er mit ein paar anderen Leuten zusammen gekommen ist.«

»Handelte es sich dabei um Freunde von Ihnen?«

»Nein, aber die Leute sind in Ordnung«, sagte Dolph. »Ihre Tochter ist mit Eugene Porter-Smith verlobt. Ein junger Mann, der in der Pension meines Cousins Brooks wohnt und für meinen Cousin Percy arbeitet. Gene war bei der Auktion Schriftführer.«

»Können Sie dem irgend etwas hinzufügen, Mr. Bittersohn?«

»Nur, daß meine Frau sich ein paar Minuten mit den Leuten unterhalten hat, als sie gemeinsam in den Auktionssaal gingen. Sie hatte den Eindruck, daß Ashe sich den Wilton-Rugges nur angeschlossen hatte, um sie für seine Zwecke zu mißbrauchen. Als Dolph Ashe an der Tür zur Rede stellte, hielt Sarah es für besser, die Wilton-Rugges wegzuführen und dabei gleichzeitig in Erfahrung zu bringen, wie gut sie Ashe kannten. Vorausgesetzt, es stimmt, was sie ihr erzählt haben, dann ist Ashe mit irgendwem auf der Cocktailparty aufgekreuzt, von der auch Bill Jones gesprochen hat. Bill Jones hat mir erzählt, Ashe sei ihm dort als Wilbraham Winchell vorgestellt worden, aber davon wußten die Wilton-Rugges anscheinend nichts. Sie behaupten, sie würden ihn nur unter dem Namen Hetherton Montague kennen. Anscheinend ist er Mr. Wilton-Rugge danach noch mehrfach über den Weg gelaufen, und es war sein Vorschlag, heute abend gemeinsam zu Abend zu essen und anschließend die Auktion zu besuchen.«

»Warum hat er sich Ihrer Meinung nach ausgerechnet die Wilton-Rugges ausgesucht?«

»Höchstwahrscheinlich weil er genau wußte, daß ihre Tochter mit Eugene Porter-Smith verlobt ist. Gene war ein paarmal ehrenamtlich für das Center tätig, und wie Dolph bereits erwähnte, hat er heute abend als Schriftführer fungiert. Zum Zeitpunkt der Cocktailparty wußte wohl noch niemand etwas von der Auktion, aber ich nehme an, Ashe war einfach auf gut Glück dort. Sensationsreporter wie er sind wahrscheinlich ständig auf der Suche nach einer Story.«

»Vielen Dank, Mr. Bittersohn. Mr. Kelling, die Bahnstation liegt doch ziemlich weit von hier entfernt. Haben Sie wirklich angenommen, der Mann, den Sie als Ashe kannten, würde den langen Weg zu Fuß zurücklegen?«

»Ich bin doch selbst oft genug zu Fuß hingegangen, warum sollte er es dann nicht? Ein bißchen Bewegung hätte ihm bestimmt nicht geschadet.«

»Jedenfalls beträchtlich weniger als hierzubleiben. Was haben Sie getan, nachdem Sie ihm den Weg gezeigt hatten?«

»Ich bin wieder ins Haus gegangen. Es hat vor Leuten nur so gewimmelt, und ich mußte schließlich meinen Pflichten als Gastgeber nachkommen.«

»Und Mr. Ashe ist einfach sang- und klanglos verschwunden?«

»Selbstverständlich nicht, sonst wäre er ja wohl nicht mehr hier, oder? Ich habe es natürlich angenommen, weil ich mich deutlich genug ausgedrückt hatte. Aber es sieht ganz so aus, als hätte das gemeine Schwein sich zurückgeschlichen, um sich von jemandem nach Hause kutschieren zu lassen. Und als er niemanden gefunden hat, sah er plötzlich, daß die Tür zum Gerätehaus offen stand –«

»Tut mir leid, Chef, aber das is' unmöglich«, sagte George. »Ich hatte strikte Order, die Tür verschlossen zu halten, und daran hab' ich mich gehalten.«

»Dann hat er eben das Schloß geknackt. Hatte sich wahrscheinlich einen Dietrich ans Bein geklebt. So machen die das doch immer im Film. Jedenfalls ist er ins Gerätehaus geschlüpft, hat solange gewartet, bis jemand kam, ist dann über die Spitzhacke gestolpert und hat sich dabei aufgespießt. Furchtbare Art, ums Leben zu kommen, aber so kann es einem gehen. Ist doch alles sonnenklar, finden Sie nicht? Und jetzt bringen Sie ihn bitte weg. Ich habe gesagt, ich will den Kerl nicht mehr sehen, und daran hat sich nichts geändert. Ich gehe jetzt zurück ins Haus.«

»Einen Moment bitte, Mr. Kelling«, protestierte Lieutenant Codfin. »Der Mann liegt auf dem Rücken. Die Spitzhacke hat seinen Brustkorb durchbohrt und ist bis in den Boden gedrungen. Finden Sie es nicht etwas unlogisch, in diesem Fall von einem Unfall auszugehen?«

»Keineswegs. Sie werden die genauen Umstände sicher klären. Meine Frau fragt sich bestimmt schon, wo ich so lange bleibe. Kommen Sie, Osmond. Hier stehen Sie nur unnötig herum und sind anderen im Weg. Falls Sie beabsichtigen, George und Walter die ganze Nacht auf den Beinen zu halten, Lieutenant, denken Sie bitte freundlicherweise daran, daß den beiden für Überstunden fünzig Prozent

Zuschlag zusteht und ich das Geld aus meiner eigenen Tasche bezahlen muß.«

»Wie Sie meinen, Mr. Kelling. Ich hoffe doch, daß weder Sie noch Mr. Loveday beabsichtigen, das Haus heute nacht zu verlassen?« Codfin blickte hinüber zu der riesigen architektonischen Scheußlichkeit, in der immer noch etliche Fenster hell erleuchtet waren. »Ich nehme an, Sie haben genug Platz, um Mr. Loveday heute nacht irgendwo unterzubringen?«

»Für mich steht jederzeit eine Suite bereit«, informierte ihn Loveday mit herablassender Miene. »Zumindest gehe ich davon aus, daß dies immer noch der Fall ist. Ich hatte in letzter Zeit wenig Gelegenheit, sie zu nutzen.«

»Ich glaube kaum, daß sich jemand an Ihren rosa Schlafanzügen vergriffen hat«, knurrte Dolph. »Nein, Lieutenant, außer in mein Bett gehe ich heute nacht ganz bestimmt nirgendwo mehr hin. Max, ihr übernachtet am besten auch hier. In ihrem Zustand müßte Sarah eigentlich schon im Bett sein.«

»Du wirst es nicht glauben, aber genau das hat sie vorhin auch getan. Ich muß allerdings noch schnell die jungen Leute nach Boston zurückbringen.«

»Ach, zum Teufel damit. Wir schicken sie einfach per Taxi nach Hause.«

»Von welchen jungen Leuten sprechen Sie, Mr. Bittersohn?« fragte Codfin.

»Von einer Gruppe junger Schauspieler und Schauspielerinnen, die heute abend netterweise bei uns eingesprungen sind. Ich glaube allerdings nicht, daß einer von ihnen das Haus verlassen hat. Sie trugen Kostüme, haben sich unter die Gäste gemischt und Champagner und Snacks serviert. Wahrscheinlich möchten Sie aus Routinegründen gern die Namen wissen, aber die Leute werden Ihnen nicht viel weiterhelfen können.«

»Haben die jungen Leute etwas mit dem Senior Citizens' Recycling Center zu tun?«

»Nicht das geringste. Sie wurden speziell für diesen Abend von einem Mann namens Charles C. Charles, der unter anderem auch als Schauspieler arbeitet, engagiert. Charles ist außerdem für die Frau meines Cousins Brooks Kelling tätig und wohnt in Boston, in der Tulip Street 30.«

»Verstehe. Vielen Dank. Sergeant Mufferty, warum gehen Sie nicht zusammen mit Mr. Kelling und Mr. Loveday ins Haus und versuchen herauszufinden, ob diese Schauspieler nicht vielleicht doch etwas gesehen haben. Und jetzt zurück zu Ihnen, Mr. Burr. Es lag wirklich nicht in meiner Absicht, Sie so lange zu vernachlässigen, aber Sie wissen ja, wie das ist.«

»Und ob ich das weiß. Also, mein Name ist Harold Eustis Burr. Ich wohne in der Herbei-o-ihr-Gläubigen-Kirche, Amber Street 27 in Boston.«

»Arbeiten Sie dort als Geistlicher?«

»Nein, man läßt mich lediglich aus Kollegialität unten im Keller schlafen.«

»Ich dachte eben schon, daß mir Ihr Name bekannt vorkam. Ich hatte vor langer Zeit die Ehre, Sie verhaften zu dürfen, Mr. Burr, in den sechziger Jahren, als ich noch Streifenpolizist war. Sie nahmen an einem Sitzstreik auf der Kreuzung Boylston Street und Hammond Street teil und hielten ein rotes Schild hoch, auf dem ›Gebt dem Frieden eine Chance‹ stand.«

»Das ist sehr gut möglich«, sagte Burr. »An den speziellen Zwischenfall kann ich mich nicht erinnern, aber es waren schließlich bewegte Zeiten.«

»Dann sollte ich Sie korrekterweise mit Reverend Burr anreden, nicht wahr?«

»Nein, das brauchen Sie nicht. Im Grunde ist Reverend nur ein Adjektiv. Wenn Sie unbedingt wollen, können Sie Reverend Dr. Burr zu mir sagen, aber es ist schon so lange her, daß ich eine eigene Pfarre hatte, daß der Titel heute lächerlich anmaßend klingt. Im Gefängnis nennt man mich schlicht und einfach Harry, und daran habe ich mich inzwischen gewöhnt.«

Anscheinend war Lieutenant Codfin noch nicht ganz so weit, ihn ebenfalls so zu nennen. Er räusperte sich. »Ich muß Sie leider fragen, ob Sie außer wegen zivilen Ungehorsams noch andere Vorstrafen haben.«

»Ja, ich habe einmal einen Polizisten angegriffen, weil er auf ein junges Mädchen eingeschlagen hat, obwohl dazu meiner Meinung nach nicht der geringste Anlaß bestand. Ich nahm ihm den Gummiknüppel ab und demonstrierte ihm die tiefere Bedeutung der Goldenen Regel ›Alles nun, was ihr wollt, daß es euch die Menschen tun, sollt auch ihr ihnen tun‹. Der Richter hatte wenig Verständnis für meine handfeste Art der Religionslehre und hat mir sechzig Tage ohne Bewährung gegeben.«

Harry zuckte mit den Achseln. »Aber ich will Sie nicht mit meinen Erinnerungen langweilen. Sie möchten wahrscheinlich wissen, wann ich Ted Ashe zum letzten Mal lebend gesehen habe. Das war gestern um die Mittagszeit im Center. Er fand wieder einmal einen Grund, bei der Essensausgabe direkt hinter mir zu stehen und mich in ein Gespräch zu verwickeln.«

»Worüber?«

»Meist über Einzelheiten, die andere Mitglieder betrafen.«

»Hat er sich je nach den Sammelmethoden der anderen erkundigt?« schaltete sich Max ein. »Welche Mitglieder auf gut Glück losziehen und welche eine feste Route haben, etwa in der Art?«

»Ich glaube schon, jetzt, wo Sie es sagen. Die meisten von uns nehmen ihre Sammeltätigkeit sehr ernst, wissen Sie, und einige neigen sogar dazu, gewisse Territorialansprüche geltend zu machen. Ted hat sich vielleicht nur erkundigt, weil er niemandem ins Gehege kommen wollte, obwohl ich zugeben muß, daß mich wahrscheinlich seine ständige Fragerei auf die Idee gebracht hat, daß er ein Undercoveragent sein könnte. Sind Sie wirklich absolut sicher, daß er dieser Reporter Wilbraham Winchell gewesen ist? Handelt es sich nicht vielleicht doch um zwei verschiedene Personen?«

»Das scheint mir reichlich unwahrscheinlich«, sagte Max. »Wie kommen Sie darauf? Kannten Sie ihn?«

»Damals war er jünger und hatte einen Bart, aber ich glaube, es könnte vielleicht tatsächlich derselbe Mann gewesen sein. Er hat mich einmal im Gefängnis interviewt.«

»Tatsächlich?«

»Ja, wir haben uns lange miteinander unterhalten. Er schien so ein sympathischer junger Mann zu sein. Doch dann hat er mir eine Kopie seines Artikels geschickt. Ich weiß nicht, warum er das getan hat. Es war eine Heimsuchung, wie sie schlimmer nicht hätte sein können, aber die Wege des Herrn sind manchmal unergründlich.«

»Was meinen Sie mit Heimsuchung?« erkundigte sich Max.

»Dieser Wilbraham Winchell hat jedes Wort, das ich gesagt habe, so verzerrt und entstellt, daß ich am Ende wie ein arroganter Heuchler dastand. Erst machte er mich zu einem Faschisten, dann hat er mich beschuldigt, ein Kommunist zu sein. Zum damaligen Zeitpunkt hatte die Presse aufgrund meiner Unnachgiebigkeit, was gewisse Probleme betraf, bereits eine Menge über mich veröffentlicht, also kam der Artikel einigen Zeitungen höchst gelegen und wurde gnadenlos ausgeschlachtet. Als ich aus dem Gefängnis kam, mußte ich feststellen, daß Wilbraham Winchell mich völlig ruiniert hatte. Kein Verein, keine Kirche und keine Privatperson, die etwas auf sich hält, will etwas mit einem Geistlichen zu tun haben, dem eine kommunistische Vergangenheit nachgesagt wird, ob dies nun den Tatsachen entspricht oder nicht.«

»Dann hatten Sie also gute Gründe, Wilbraham Winchell zu hassen«, sagte Lieutenant Codfin.

»Mein guter Mann, niemand, vor allem kein praktizierender Christ, hat jemals gute Gründe, seinen Nächsten zu hassen. Die Einstellungen und Methoden einiger Mitmenschen mögen uns zwar mißfallen, doch dies gibt uns noch lange nicht das Recht, ihnen das Leben zu nehmen. Nein, Lieutenant, ich habe diese Spitzhacke bestimmt nicht in den Körper dieses armen Mannes gebohrt. Ehrlich gesagt, wäre ich dazu nicht einmal imstande, wenn ich es tatsächlich wollte. Ich bin ein alter Mann, und das Leben, das ich geführt habe, war meiner Gesundheit nicht sonderlich zuträglich. Ich besitze zwar großes Durchhaltevermögen, aber nur wenig Muskelkraft.«

»Die hätten Sie dazu gar nicht gebraucht«, sagte Codfin. »Die Hacke ist so schwer, daß sie einem sozusagen die meiste Arbeit abnimmt.«

»Das stimmt nicht ganz«, protestierte George. »Man muß schon wissen, wie man mit dem Ding am besten umgeht. Es kommt nicht nur auf die Arme an, wissen Sie. Man muß auch die Beine und den Rücken richtig einsetzen. Harry kriegt schon 'nen steifen Rücken, wenn er sich nur bückt.«

Der Gärtner schien inzwischen keine Angst mehr vor der Leiche zu haben. Er starrte hinab auf die teure Lederjacke. »Ich versteh' bloß nich', warum da kein Blut is'. Meine Güte, bei so 'nem Schlag sollte man doch wirklich denken –«

»Der Polizeiarzt wird uns diesen Umstand sicherlich erklären können«, sagte Codfin.

»Ich wette, ich weiß auch schon, wie die Erklärung lautet«, sagte Max.

»Wenn es Ihnen nichts ausmacht, Mr. Bittersohn, warten wir doch lieber erst den offiziellen Bericht ab. Übrigens habe ich Sie noch gar nicht gefragt, wo Sie waren, als sich der Zwischenfall mit Mr. Kelling und dem Herrn ereignete, den wir der Einfachheit halber weiterhin Mr. Ashe nennen wollen.«

»Meine Frau sagt, ich hätte zum besagten Zeitpunkt gerade ein geschnitztes Höckerchen versteigert. Sie hat nämlich sofort nach mir gesucht, als sich die beiden in die Haare gerieten.«

»Aber sie hat Sie im Auktionssaal nicht darauf angesprochen?«

»Nein. Die Versteigerung war in vollem Gange, und sie wollte nicht stören, daher ist sie unverrichteter Dinge wieder zurückgekehrt und hat den beiden selbst den Kopf zurechtgesetzt. Für den Fall, daß Sie sich jetzt ein falsches Bild von meiner Frau machen, lassen Sie sich gesagt sein, daß sie klein, zierlich und momentan äußerst schwanger ist. Außerdem haßt sie jede Form von Gewalt. Doch sie weiß sich trotzdem durchzusetzen«, fügte Max mit einem Grinsen hinzu. »Wie Loveday eben sagte, ist sie danach sofort nach oben gegangen. Sie ist in einem der Zimmer eingeschlafen und nicht einmal aufgewacht, als ihre Tante ihr einen Abschiedskuß geben wollte. Nachdem die Auktion vorbei war, habe ich sie schließlich selbst geweckt. Vermutlich möchten Sie sie gern noch persönlich befragen, aber das ist das Wesentliche.«

»Vielen Dank. Haben Sie dem noch etwas hinzuzufügen?«

»Ja. Ehe Sie Ihre kostbare Zeit mit der Theorie verschwenden, Ashes Tod sei ein isolierter Einzelfall, möchte ich Ihnen lieber gleich mitteilen, daß dieser Mord sehr wahrscheinlich nur das vorläufig letzte Kapitel einer langen Geschichte ist, die Brooks Kelling und ich gestern nachmittag bereits dem Rauschgiftdezernat der Bostoner Polizei geschildert haben. Wir waren dort, um Fotografien und anderes Beweismaterial vorzulegen. Es wäre sicher hilfreich für Ihre Ermittlungen, wenn Sie sich so schnell wie möglich mit ihren Kollegen dort in Verbindung setzen würden.«

»Rauschgift?« Lieutenant Codfin blinzelte. »Ich werde mich selbstverständlich sofort dort melden. Äh – Sie deuteten eben an, Sie wüßten möglicherweise, wie Ashe umgebracht wurde?«

»Lassen Sie es mich anders ausdrücken: Würde ich die Ermittlungen leiten, würde ich mir als erstes die Schubkarren genau ansehen, besonders die große dort drüben, und nach frischer Erde an den

Rädern, möglichen Blutspuren in der Wanne und auffällig wenig Fingerabdrücken an den Griffen Ausschau halten. Ich glaube zwar nicht, daß Sie die Kugel dort finden, aber es kann nicht schaden, trotzdem nachzuschauen.«

»Welche Kugel, Mr. Bittersohn?«

»Das kleine Kaliber, mit dem Ashe höchstwahrscheinlich erschossen wurde, kurz nachdem er von Dolph Kelling aus dem Haus geworfen und bevor er zum Gerätehaus gebracht wurde. Das würde nicht nur die merkwürdige Lage des Körpers, sondern auch die fehlenden Blutspuren erklären, eine Tatsache, auf die George eben zu Recht hingewiesen hat. Sie glauben doch sicher auch nicht, daß sich jemand ohne weiteres friedlich auf den Boden legt und wartet, daß ihn jemand mit einer Spitzhacke durchbohrt, es sei denn, er ist bereits tot oder verdammt nah dran.«

Kapitel 22

Aber den Schuß hätte doch bestimmt jemand gehört«, wandte Mary ein.

Sie hatten eine anstrengende Nacht hinter sich, denn sie hatten lange warten und Lieutenant Codfins Fragen beantworten müssen, bevor sie endlich zu Bett gehen konnten. Dennoch war immer noch unklar, mit welchem Schlüssel der Mörder in das Gerätehaus gelangt war. Niemand wußte, ob Großonkel Frederick nun einen Zweitschlüssel gehabt hatte oder nicht, ganz zu schweigen davon, was mit dem Ding passiert war. Dolph fand zwar seinen Schlüssel, doch es stellte sich heraus, daß er sich für die Versteigerung umgezogen und den Schlüsselring auf der Kommode hatte liegenlassen, da er nicht vorgehabt hatte, in dieser Nacht etwas aufzuschließen. Soweit er sehen konnte, lagen die Schlüssel immer noch genau dort, wo er sie hingelegt hatte, aber er hatte dabei natürlich nicht auf jedes Detail geachtet.

Was das Schlüsselbord in der Küche betraf, hatte Genevieve gestanden, daß ihr nicht wohl dabei gewesen war, die Schlüssel für jeden zugänglich an der Wand hängen zu lassen, wo doch das Haus voll fremder Leute war, also hatte sie das Bord heimlich abgenommen und in der Speisekammer hinter den Backblechen versteckt. Keiner der Anwesenden war in der Speisekammer gewesen, weil es keine Veranlassung dazu gegeben hatte, und selbst wenn sie dort gewesen wären, hätten sie das Schlüsselbrett ohnehin nicht bemerkt. Die Liste der möglichen Verdächtigen schien immer kleiner zu werden, und die meisten von ihnen wünschten sich, Genevieve hätte das Brett einfach in Ruhe gelassen. Max, Jem, Egbert und Eugene Porter-Smith schienen aus dem Schneider zu sein. Keiner von ihnen hatte den Auktionssaal länger als ein paar Minuten verlassen, gerechnet von dem Zeitpunkt an, als sie hineingegangen waren, bis zum letzten Schlag des Auktionshammers.

Die jungen Schauspieler und Schauspielerinnen hatten zwar einstimmig bestätigt, daß Mary die ganze Zeit anwesend gewesen sei, doch leider konnte niemand mit hundertprozentiger Sicherheit sagen, wie lange Dolph fort gewesen war, nachdem er Ted Ashe an die Luft befördert hatte.

Genevieve und Henrietta hatten schlichtweg keine Zeit gehabt, um irgend etwas anzustellen. Sarah zählte theoretisch zu den Verdächtigen, da sie zugegeben hatte, mehrere Stunden allein oben im Haus gewesen zu sein, und problemlos Dolphs Schlüssel hätte fortnehmen können, entweder um ihn selbst zu benutzen oder aber einem Komplizen zu geben. Auch Osmond Loveday hatte kein stichhaltiges Alibi. Er war so oft aufgetaucht und wieder verschwunden, daß weder Mary und Henrietta noch die kellnernden Schauspieler mit Gewißheit sagen konnten, wo er sich wann aufgehalten hatte.

Darüber hinaus gab es eine unbestimmte Zahl anderer potentieller Verdächtiger, da niemand sagen konnte, wie viele Gäste in der fraglichen Zeit draußen gewesen waren, einmal ganz abgesehen davon, daß man nicht einmal wußte, wann genau die fragliche Zeit anzusetzen war. Als Lieutenant Codfin sie schließlich verließ, damit sie das bißchen Schlaf genießen konnten, das ihnen noch verblieben war, bestand kein Zweifel daran, daß seine Hauptverdächtigen Dolph Kelling und Harry Burr hießen. Harry hatte sich zusammen mit George ins Gärtnerhaus zurückgezogen. Dolph saß zwischen den anderen am Tisch, aß viel und sagte fast nichts.

»Ganz bestimmt hätte jemand den Schuß gehört«, wiederholte Mary.

»Vielleicht haben einige Leute tatsächlich etwas gehört, es aber nicht als Schuß gedeutet«, meinte Max und nahm sich noch ein Brötchen. Es hatte so lange gedauert, das Haus wieder einigermaßen auf Vordermann zu bringen, daß aus dem Frühstück ein Brunch geworden war. »Der Knall einer kleinkalibrigen Pistole ist nämlich nicht sehr laut.«

»Und schließlich haben während der ganzen Zeit Champagnerkorken geknallt«, beendete Sarah seinen Satz, damit Max in Ruhe sein Brötchen kauen konnte.

»Warum meinen Sie, daß es eine kleine Pistole gewesen ist?« fragte Osmond Loveday. »Ich für meinen Teil würde die größte Pistole nehmen, die es gibt, wenn ich so eine abstruse Tat planen würde.«

»Damit würden Sie sich ziemlichen Ärger einhandeln«, klärte Max ihn auf. »Großkalibrige Waffen sind unhandlich, schwer und auffällig. Sie machen einen Riesenkrach, verursachen häßliche Wunden, und man wird sie anschließend schwerer wieder los.«

»Wenn es wirklich eine kleinkalibrige Waffe war, dann müßte man doch die Kugel noch in der Leiche finden, nicht wahr?« fragte Sarah. »Ich frage mich, ob der Mörder den Eindruck erwecken wollte, daß Ashe mit der Spitzhacke erschlagen wurde, oder ob er lediglich Zeit gewinnen wollte, um die Spuren zu verwischen und die Waffe verschwinden zu lassen. Oder ob er Ashe so abgrundtief gehaßt hat, daß er ausgerastet ist? Grauenhafter Gedanke.«

»Also, ich könnte mir vorstellen, daß er ihn absichtlich ins Gerätehaus gebracht hat und mit der Spitzhacke durchbohrt hat, um den Verdacht auf Dolph zu lenken«, sagte Mary. »Und ich bin stocksauer deswegen, das könnt ihr mir glauben. Sarah, trink deine Milch aus und denk lieber nicht an Waffen und Spitzhacken. In deinem Zustand solltest du dich wirklich mit angenehmeren Dingen beschäftigen.«

»Sehr wohl, Mylady«, sagte Sarah. Sie war es gewöhnt, von älteren Verwandten dominiert zu werden. »Trotzdem finde ich –«

»Entschuldigen Sie bitte, Mrs. Kelling«, unterbrach Henrietta. »Lieutenant Codfin ist wieder da und wünscht Mr. Kelling zu sprechen.«

»Ach ja?« sagte Mary. »Dann bringen Sie ihn bitte direkt hierher ins Frühstückszimmer. Wenn er meinem Gatten etwas zu sagen hat, kann er es genausogut in meiner Gegenwart tun. Bestellen Sie ihm das bitte von mir.«

»Sollen wir euch nicht lieber allein lassen?« erkundigte sich Sarah.

»Hölle noch eins, untersteht euch!« sagte Dolph. »Bleibt ruhig hier und schaut zu, wie die Fetzen fliegen. Mary ist äußerst sehenswert, wenn sie richtig in Wut gerät. Geh nicht zu grob mit dem armen Kerl um, Liebes. Der Mann erfüllt schließlich nur seine Pflicht.«

»Dann soll er sie aber auch richtig erfüllen, sonst wird es ihm noch leid tun.«

Mary tupfte sich die Lippen ab, legte ihre Serviette auf den Tisch und stand auf, um Codfin zu begrüßen. Sie reichte ihm ungefähr bis zum Ellbogen. »Guten Morgen, Lieutenant. Möchten Sie eine Tasse Kaffee?«

»Nein, danke.« Lieutenant Codfin sah genauso gepflegt und ausgeschlafen aus wie am Vorabend, obwohl er wahrscheinlich die ganze Nacht kein Auge zugetan hatte. Sein Gesichtsausdruck verriet jedoch, daß er mehr als verlegen war.

»Ich würde lieber mit Mr. Kelling allein sprechen.«

Mary stemmte die Fäuste in die Hüften, warf den Kopf zurück und starrte ihn mit ihren veilchenblauen Augen durchdringend an. »Ach, tatsächlich? Jetzt machen Sie schon, spucken Sie es aus, dann haben Sie es hinter sich.«

»Wenn Sie wirklich darauf bestehen.« Codfin holte tief Luft. »Adolphus Kelling, es liegt ein Haftbefehl gegen Sie vor wegen –«

»Wagen Sie ja nicht, weiterzusprechen! Falls Sie der Meinung sind, daß Dolph zu der Sorte Männer gehört, die einen anderen Menschen einfach erschießen und anschließend mit einer Spitzhacke durchbohren, um ihre Spuren zu verwischen, dann –«

»Er wird nicht des Mordes angeklagt, Mrs. Kelling. Lassen Sie mich doch bitte zuerst meinen Satz zu Ende bringen –«

»Was es auch ist, Sie verschwenden Ihre Zeit, weil er es nämlich nicht getan hat. Sie können von mir aus ruhig weiter reden, wenn es unbedingt sein muß, aber erwarten Sie ja nicht, daß einer von uns Ihnen auch nur ein Sterbenswörtchen glaubt.«

Osmond Loveday schob seinen Stuhl nach hinten. »Ich rufe besser sofort Mr. Redfern an.«

»Noch nicht, Osmond«, widersprach Dolph. »Wollen Sie nicht lieber warten und sich anhören, weswegen man mich einlochen will? Am besten holt einer von euch schnell Jem aus dem Bett. Sonst ärgert er sich nachher noch schwarz, weil er die Vorstellung hier unten verpaßt hat.«

»Ich schlage vor, ihr beruhigt euch erst mal alle und laßt Lieutenant Codfin endlich ausreden, bevor er uns noch alle einsperrt, weil wir ihn an der Ausübung seiner Pflicht gehindert haben«, meinte Max besänftigend.

»Okay, Max, wie du meinst. Hölle auch, das wird allmählich wirklich spannend. Ich bin noch nie in die Mühlen der Justiz geraten. Nur zu, Codfin. Machen Sie mich dingfest.«

»Ding was?« Jem war inzwischen aufgetaucht, beneidenswert rosig und sprudelnd vor Lebensfreude, da er beträchtlich besser und länger geschlafen hatte als alle anderen. Egbert hatte seinen höchst angeheiterten Herrn ins Bett verfrachtet, kurz bevor George die schlimme Kunde vom Gerätehaus gebracht hatte. »Egbert sagt, ich hätte einen Mord verpaßt. Warum ist denn keiner hochgekommen und hat mir Bescheid gesagt?«

»Weil du wie üblich völlig zugedröhnt in die Federn gesunken bist, du alter Saufsack«, knurrte Dolph. »Halt die Klappe und spitz die Ohren, ich werde nämlich gerade verhaftet. Und hört um Gottes willen endlich auf, den Mann dauernd zu unterbrechen, das ist schließlich eine verdammt ernste Angelegenheit.«

Er richtete sich kerzengerade auf und saß auf seinem Stuhl wie ein verdienter Staatsmann, der gerade portraitiert wird, und starrte den inzwischen reichlich demoralisierten Vertreter des Gesetzes an. »Jetzt kommen Sie endlich zur Sache, Codfin. Dafür bezahlen wir Sie ja schließlich.«

Codfin räusperte sich und wagte einen neuen Anlauf. »Adolphus Kelling, ich verhafte Sie wegen Drogenschmuggels.«

»Was?« brüllten Dolph, Max, Jem und Egbert wie aus einem Munde.

»Das ist doch idiotisch!« kreischte Mary.

»Das kann man wohl sagen«, bestätigte Sarah. »Wie sind Sie denn bloß auf diese abstruse Idee gekommen?«

Codfin schenkte ihr einen Blick, den man als selbstgefällig bezeichnen konnte.

»Das Rauschgiftdezernat der Bostoner Polizei hat gestern nacht aufgrund von Informationen, die ihnen der Privatdetektiv Max Bittersohn und sein Assistent Brooks Kelling zugespielt haben, eine Razzia in einem Bostoner Nachtclub namens ›Broken Zipper‹ vorgenommen. Dort wurden große Mengen Heroin und zwei Kartons mit leeren Dosen gefunden, die angeblich mit einem nicht existierenden Getränk gefüllt werden sollten, in Wirklichkeit jedoch zum Schmuggeln von Rauschgift benutzt wurden. Dabei wurden fünf Personen verhaftet, unter anderem ein gewisser Daniel Purffle, Barkeeper und allem Anschein nach Kopf der Bande. Alle fünf versicherten, sie würden lediglich die Anweisungen des Clubeigentümers befolgen.«

»Sehr interessant«, sagte Max. »Soweit ich weiß, gehört der Club einer Gesellschaft, die sich Thanatopsis Trust nennt.«

»Genau«, sagte Codfin. »Und die Kontrolle über diesen Trust hat Mr. Adolphus Kelling.«

»Das sind doch gemeine Lügenmärchen«, schrie Dolph. »Hören Sie, Lieutenant, es ist mir schnurzegal, wenn Sie mich wegen eines halbwegs nachvollziehbaren Verdachts verhaften, aber mir zu unterstellen, ich würde einen verdammten Sündenpfuhl besitzen und mich noch dazu hinter einem gottverfluchten Trust verstecken, von dem ich noch nie im Leben gehört habe, ist absolut bescheuert, und ich bin nicht bereit, den Hals dafür hinzuhalten. Osmond, rufen Sie auf der Stelle Redfern an.«

»Am besten, wir setzen uns außerdem mit deinem Wirtschaftsprüfer in Verbindung«, sagte Max. »Wer ist es?«

»Cousin Percy natürlich.«

»Für den Eugene Porter-Smith arbeitet.«

»Was hat das mit diesem Thanatopsis Trust zu tun?«

»Nichts, wenn wir Glück haben. Wohin bringen Sie ihn, Lieutenant?«

»Nach Boston. Sie schicken einen Wagen.« Lieutenant Codfin unterdrückte den Stoßseufzer, nach dem ihm so offensichtlich zumute war.

»In Ordnung«, sagte Max. »Er wird Ihnen keine Schwierigkeiten machen. Nicht wahr, Mary?«

»Wie du meinst, Max. Ich hoffe nur, du weißt, was du tust. Soll ich die Reisetasche für dich packen, Schatz?«

»Nein, spar dir die Mühe. Man würde mir bestimmt nicht erlauben, sie zu behalten. Die hätten todsicher Angst, ich könnte mich an meinen verdammten Socken erhängen. Was ich selbstverständlich nicht tun würde. Wo ist Harry Burr? Er ist doch Experte, was Verhaftungen angeht.«

»Harry ist schon weg.« Genevieve stand an der Tür und versuchte gar nicht erst, ihre Tränen zu verbergen. »Daß ich das noch erleben muß! Ich könnte Ihnen einen Kuchen mit einer Feile drin backen, Chef.«

»Wunderbar. Wie wär's mit Kokosnußglasur? Los, Codfin. Lassen Sie uns verschwinden, bevor ich es mir anders überlege.«

»Wir sehen uns bald wieder, Dolph«, versicherte Max. »Kommen Sie, Loveday, wir erledigen rasch ein paar Telefonate. Und die anderen packen schnell ihre Sachen zusammen, damit wir gleich aufbrechen können.«

»Ich komme mit«, sagte Mary. »Genevieve, Sie halten mit Henrietta die Festung. Macht euch keine Sorgen, ich sorge dafür, daß euer Chef bald wieder wohlbehalten zurückkommt. Was für ein Glück, daß wir beschlossen haben, das Center heute nicht zu öffnen, so sind wir wenigstens diese Sorge los. Was meint ihr, wo Harry Burr hin ist? Wahrscheinlich mit der Bahn zurück nach Boston, könnte ich mir vorstellen. Heute gibt es in der Kirche Kaffee und Kuchen. Ich wollte Harry eigentlich die Reste von gestern mitgeben, aber die jungen Leute haben alles verputzt.«

Sie redete tapfer immer weiter, um die aufsteigenden Tränen niederzukämpfen. Sarah umarmte sie.

»Hab keine Angst, Mary. Irgendwer hat da einen schrecklichen Fehler gemacht. Max wird alles wieder in Ordnung bringen. Geh dir doch das schöne grüne Kostüm anziehen, das Dolph so sehr mag.«

Osmond Loveday seufzte. »Ich muß gestehen, daß ich mich ebenfalls liebend gern umziehen würde.«

»Das kann ich sehr gut nachvollziehen«, erwiderte Sarah nicht sonderlich taktvoll. Loveday wirkte um diese Tageszeit in seinem vornehmen Abendanzug mehr als lächerlich. »Ihre Vermieterin glaubt bestimmt, Sie hätten die ganze Nacht durchgefeiert.«

»Glücklicherweise habe ich keine Vermieterin.«

Das hätte sie eigentlich wissen müssen. Wahrscheinlich besaß er ein gepflegtes kleines Apartment in der Bodmin Street oder weiß der Teufel wo, mit einem signierten Foto von Großonkel Frederick im Silberrahmen auf dem Kaminsims. Sarah wurde klar, wie wenig sie eigentlich über Mr. Lovedays Privatleben wußte – und wie herzlich egal es ihr war. Sie ging nach oben, holte die Sachen, die sie gestern mitgebracht hatte, und begab sich nach draußen, um in den Wagen zu steigen, den Max vor den Eingang fuhr.

Es war ein klein wenig eng im Wagen. Jem, Egbert und Loveday saßen hinten, Mary und Sarah vorn bei Max. »Gut, daß die Gendarmen Dolph mitgenommen haben«, bemerkte Jem.

»Das dürfte wohl Ansichtssache sein«, fuhr Mary ihn an. »Wie bald wirst du ihn sehen, Max?«

»Kann ich leider noch nicht genau sagen, Mary. Ich habe vor, dich und Sarah an der Tulip Street abzusetzen. Ich halte es für das beste, wenn ihr dort bleibt, bis wir herausfinden, was wirklich passiert ist. Ihr könntet Theonia helfen, Annie zu unterhalten.«

»Ach du meine Güte, Annie hatte ich total vergessen. Ich muß unbedingt versuchen, Joan zu finden, und ihr mitteilen, daß sie sich keine Sorgen zu machen braucht.«

»Da bin ich mir nicht so sicher.« Sarah begann, Mary darüber aufzuklären, wie Annie sich ihre Schutzhaft versüßte.

Das weckte natürlich sofort alte Erinnerungen in Jem. Sie lachten sehr viel lauter über seine Anekdoten, als sie es normalerweise getan hätten. Alles war besser, als über Dolphs Schicksal zu brüten.

»Ich fahre zusammen mit Max zum Revier«, insistierte Jem, als sie die Stadt erreichten.

»Das läßt du schön bleiben«, konterte Sarah. »Am Ende gibst du noch einem der Polizisten eins auf die Nase, und dann müssen wir die Kaution für zwei Personen aufbringen. Du gehst schön nach Hause und ölst dir die Kehle, damit du später bei Dolphs Willkommensparty ein paar schlüpfrige Lieder zum besten geben kannst.«

Am Ende begleitete ausgerechnet Osmond Loveday, der einzige, der partout nicht mitwollte, Max zum Revier. Während der ganzen Fahrt bettelte er, Max möge an seinem Apartment vorbeifahren, damit er sich endlich aus seinem Smoking schälen könne, doch sein Begleiter blieb unerbittlich und sagte, es täte ihm wirklich sehr leid, aber dazu hätten sie leider keine Zeit.

Tatsächlich kamen sie keinen Augenblick zu früh. Redfern war bereits eingetroffen und sprach mit Dolph, im Beisein des Captains und einiger seiner Mannen. Der Häftling und sein Anwalt waren mit diversen Dokumenten beschäftigt, die sie vor sich auf dem Tisch ausgebreitet hatten.

»Jetzt behaupten Sie bloß nicht, Sie würden die Unterschrift von Adolphus Kelling nicht kennen, Mr. Redfern«, schimpfte der Captain. »Sie haben sie doch inzwischen bestimmt tausende Male gesehen.«

»Aber nie in Zusammenhang mit dieser Transaktion«, schoß Redfern zurück. »Wenn dieses Geschäft überhaupt je stattgefunden hat.

Ich finde die ganze Geschichte absolut unglaubwürdig. Mir ist das alles völlig unverständlich.«

»Warum? Es ist doch alles ganz einfach. Frederick Kelling hat den ›Broken Zipper‹ im Jahre 1976 gekauft und ein Jahr später beschlossen, ihn seinem Neffen zu überschreiben, das wäre also zwei Jahre vor seinem Tod gewesen, wenn wir richtig informiert sind. Er tat dies zweifellos, um seinem Neffen die Erbschaftssteuer zu ersparen. Das hier ist eindeutig die Unterschrift von Frederick Kelling, Sie brauchen es gar nicht erst abzustreiten. Wir haben genügend unterzeichnete Dokumente, mit denen wir sie vergleichen können. Der Mann muß seine gesamte Zeit mit Briefeschreiben verbracht haben.«

»Trotzdem möchte ich –«

Der Captain schnitt Redfern das Wort ab. »Okay, und sobald Adolphus Kelling im Besitz der Immobilie war, hat er sie in einen anonymen Vermögensfond eingebracht, deren einziger Begünstigter er selbst war. Vielleicht wollte Mr. Kelling nicht, daß seine ehrenwerten Freunde wußten, daß er eine heruntergekommene Kneipe in einem verrufenen Viertel besaß. Das hier ist eindeutig die Unterschrift von Adolphus Kelling, ob es Ihnen nun paßt oder nicht. Außerdem wurden jedes Jahr ordnungsgemäß sämtliche Steuern überwiesen, und zwar über ein Konto des Thanatopsis Trusts, mit Schecks, die ein gewisser William C. Bryant unterschrieben hat. Wer ist dieser William C. Bryant, Mr. Kelling?«

»Ich habe Ihnen doch schon gesagt, daß ich keinen William C. Bryant kenne. Auch diesen John G. Whittier, der angeblich sein Sekretär sein soll, kenne ich nicht. Und wer zum Teufel ist Oliver Wendell Holmes?«

»Mein lieber Mr. Kelling, hören Sie bitte auf, uns an der Nase herumzuführen. Das hier ist Ihre Schrift, und das wissen Sie auch ganz genau.«

»Ich streite ja gar nicht ab, daß es meine Schrift ist. Ich sage nur, daß ich die vermaledeiten Papiere hier nicht unterschrieben habe. Ich habe sie noch nie im Leben gesehen!«

»Dann streiten Sie also ab, daß Ihr Onkel Ihnen den ›Broken Zipper‹ überschrieben hat?«

»Das will ich gar nicht abstreiten. Kann sein, daß er das wirklich getan hat. Woher soll ich das wissen? 1976 war Onkel Fred schon so durchgedreht, daß er alles nur Vorstellbare getan haben könnte. Ich sage lediglich, daß ich diese Papiere hier noch nie gesehen habe. Ich weiß nichts davon. Redfern weiß nichts davon. Cousin Percy auch nicht. Haben Sie was davon gewußt, Osmond?«

Loveday warf sich in die Brust wie ein pikierter Pinguin. »Woher sollte ich? Sie wissen doch genau, daß ich lediglich für die Vereinskonten und nicht für die persönlichen Angelegenheiten Ihres Onkels zuständig war.«

»Und Sie haben ein Riesenchaos damit angestellt«, knurrte Dolph.

»Aber die Unterschrift von Frederick Kelling und die seines Neffen sind Ihnen doch sicher vertraut, Mr. Loveday«, setzte ihm der Captain weiter zu.

»Selbstverständlich. Wie sollte es auch anders sein, wenn man bedenkt, für wie viele Briefe ich den beiden im Laufe der letzten siebenunddreißig Jahre ihre Unterschrift abgerungen habe. Tut mir leid, Dolph, alter Knabe, aber ich muß nun mal nach bestem Wissen und Gewissen aussagen, und sowohl Ihre Unterschrift als auch die Ihres Onkels sind absolut authentisch.«

»Und sehen alle absolut identisch aus«, sagte Max. »Dolph, wie lange ist es her, daß Loveday Stempel mit deiner Unterschrift und der deines Onkels anfertigen ließ, damit du nicht länger all die tausend Briefe selbst zu unterzeichnen brauchtest?«

»Mein Gott, jetzt fällt es mir wieder ein, Max. Er hat tatsächlich Stempel anfertigen lassen. Ich glaube, das ist etwa dreißig Jahre her. Kurze Zeit später hat Onkel Frederick diesen Schreibautomaten gekauft, der unsere Unterschrift in verschiedenen Farben schreiben konnte, so daß wir die Stempel fast nie benutzt haben. Ich hatte sie total vergessen. Aber Loveday natürlich nicht, der Mistkerl!«

»Stempel?« Der Captain nahm die Lupe, die Max ihm reichte und sah sich die Unterschriften genauer an. »Das ist ja wohl die Höhe!«

»Das können Sie mir nicht in die Schuhe schieben«, rief Loveday. »Einen Stempel kann sich schließlich jeder machen lassen.«

»Aber wer, außer Ihnen, würde schon auf so eine Idee kommen?« brauste Dolph auf. »Und wer sonst kann so gut mit den Dingern umgehen, daß es jedesmal absolut perfekt aussieht? Sie haben Ihr ganzes Leben lang alles abgestempelt, was Ihnen in die Finger gefallen ist.«

»Da fällt mir gerade etwas ein«, sagte Max. »Wir könnten dazu eine Zeugin befragen. Befindet sich Perdita Follow immer noch in Polizeigewahrsam, Captain?«

»Die Frau mit dem Poncho? Ja, die ist noch hier.«

»Hat sie schon etwas gesagt?«

»Keinen Ton.«

»Können Sie sie holen lassen?«

»Kein Problem.«

»Das ist doch absurd«, stotterte Osmond Loveday.

»Finden Sie?« sagte der Captain. »Sie dürfen gern Ihren Anwalt anrufen, wenn Ihnen danach ist.«

»Vielen Dank für die Erlaubnis, genau das werde ich auf der Stelle tun.«

Diesmal hatte Osmond Loveday Glück. Sein Anwalt war tatsächlich zu Hause. Er wohnte nicht weit entfernt auf der Flußseite der Berkeley Street und sagte, er könne in zehn Minuten da sein. Er traf sogar früher ein als Tigger, die man aus der Zelle geholt hatte, in der sie die Nacht verbracht hatte, allerdings nicht sehr viel früher. Tigger, die immer noch ihren Poncho und die schweren Stiefel trug, stapfte wütend in den Raum, starrte gereizt unter ihrem Haarschopf hervor und hielt die Lippen fest zusammengepreßt. Erst als sie Osmond Loveday sah, lösten sich ihre Lippen.

»Loverboy!«

»Loverboy?« rief Dolph, verständlicherweise mehr als überrascht. »Meint die etwa Sie, Osmond?«

»Ich habe keine Ahnung, wen diese Person meint«, erwiderte Loveday, der plötzlich Artikulationsschwierigkeiten zu haben schien.

»Ach ja?« jammerte Tigger. »War ich denn nichts als ein Spielzeug für dich, mit dem du dir die Langeweile vertrieben hast? Nur ein Spiegel, der die Strahlen deiner Leidenschaft zurückgeworfen hat und dann achtlos beiseite geschleudert wurde? Ozzielein, bitte sag, daß das nicht wahr ist!«

»Heiliger Strohsack!« Dolphs Augen quollen aus ihren Höhlen, wie sie es noch nie zuvor getan hatten. »Sagen Sie bloß, Sie haben sich an dieser Frau hier vergriffen, Osmond?«

»Ich – ich konnte nicht anders«, stammelte Loveday. »Siebenunddreißig Jahre lang waren es immer nur Nerzmäntel, die die Frauen an meinen Bettpfosten aufhängten, und dann trat dieses wilde Geschöpf mit den glühenden Augen und dem abgetragenen alten Poncho in mein Leben, und –«

Der Anwalt aus der Berkeley Street räusperte sich. »Ähem, Osmond, meinen Sie nicht auch, Sie sollten jetzt besser nichts Unüberlegtes sagen?«

»Was habe ich denn schon gesagt? Ich habe lediglich zugegeben, daß ich eine kurze Affäre mit Miss Follow hatte.«

»Miss Follow?« Tigger begann herzzerreißend zu schluchzen. »Und zu mir hat er gesagt, ich wäre unwiderstehlich unkonventionell!«

Es ist immer ein gefährliches Spiel mit dem Feuer, wenn ein Mann im besten Alter in Leidenschaft für eine junge Frau entbrennt. Osmond Loveday konnte sich nicht länger beherrschen. »Oh, das bist du doch auch! Das bist du doch auch! Bitte, Struwwelchen, hör doch auf zu weinen.“

»Struwwelchen?« Dolph Kellings Kinnlade fiel fast bis auf seine Krawattennadel herab. »Herr des Himmels und aller Heerscharen! Eine Affenschande, daß Onkel Fred das nicht mehr mitansehen kann!«

Kapitel 23

Osmond Loveday und seine kleinen Stempel.« Mary Kelling schüttelte ihr gepflegtes silbergraues Haupt. »Wer hätte das gedacht?«

»Eigentlich ist mir Osmond Loveday von Anfang an verdächtig vorgekommen«, sagte Max. »Ich konnte ihm bloß nichts nachweisen, bis er Ted Ashe ermordet hatte.«

»Was dazu führte, daß Struwwelchen anfing, alles auszuplaudern«, kicherte Dolph. »Obwohl man darüber eigentlich nicht lachen sollte. Schließlich war Ted ihr älterer Bruder, Wilbert Follow, wie sich inzwischen herausgestellt hat.«

»Deswegen haben sich die beiden auch in dem Gäßchen so angefaucht«, sagte Sarah.

»Sehr wahrscheinlich war Tigger stinksauer auf Wilt, wie sie ihn nannte, weil er sich unter falschem Namen ins Center eingeschlichen hatte und damit drohte, den Schmuggelring ihres Loverboys auffliegen zu lassen«, meinte Max. »Wilt wollte sich nicht davon abbringen lassen, die Sensationsstory zu veröffentlichen, auch wenn ihn seine Schwester noch so darum bat, und sie hatte eine Heidenangst, daß Loveday die wahre Identität ihres Bruders herausfinden und ihr an allem die Schuld geben könnte. Sie hat wahrscheinlich selbst mit dem Gedanken gespielt, Wilt aus dem Weg zu schaffen, doch als sie erfuhr, daß Ozzie ihr gestern abend zuvorgekommen war, konnte sie es doch nicht ertragen. Danach hat sie angefangen zu singen wie ein Kanarienvogel. Ich wette, sie hat immer noch nicht aufgehört.«

»Hat Tigger auch gesagt, daß Osmond Chet Arthur umgebracht hat?« erkundigte sich Mary.

»Sie hat alles bis ins kleinste Detail geschildert. Übrigens hattest du recht mit der Tiefgarage, Sarah, aber es war nicht die unter dem Common. Folgendes ist passiert: Hoopie – das ist der Vogel in dem lila Jogginganzug, der jetzt ebenfalls in Untersuchungshaft sitzt und singt, was das Zeug hält – hat eine Dose mit Heroin auf die Straße gelegt, und Chet hat sie aufgehoben. Aber Chet merkte sofort, daß etwas nicht stimmte, schaute sich die Dose genauer an, fand die kleinen Papiertütchen und machte eins davon auf.«

»Deshalb waren auch Heroinkristalle in seiner SCRC-Tasche«, sagte Brooks.

»Richtig«, stimmte Max zu. »Chet war klar, was er gefunden hatte, aber er fühlte sich außerstande, allein damit zur Polizei zu gehen, und marschierte daher schnurstracks zurück zum Center, um Dolph alles zu erzählen. Wie das Leben so spielt, traf er um Punkt fünf Uhr dort ein, genau in dem Moment, als Loveday das Gebäude verlassen wollte. Als Loveday sah, daß Chet die Tragetasche immer noch bei sich hatte, wußte er, daß etwas schiefgelaufen war. Er sprach Chet an, horchte ihn aus und log ihm vor, die Kellings seien bereits nach Hause gegangen, doch er sei gerne bereit, Chet im Wagen hinzufahren.«

»Ich wußte gar nicht, daß Osmond Loveday ein Auto hat«, sagte Mary.

»Anscheinend gab es verdammt viele Dinge in Lovedays Leben, von denen niemand etwas wußte. Wenn Tigger die Wahrheit sagt, hat er dem armen Chet ganz schön zugesetzt, indem er ihm in allen Einzelheiten schilderte, was die Drogendealer mit ihm anstellen würden, wenn sie ihn erst geschnappt hätten. Als sie schließlich das Auto erreicht hatten, war Chet froh und dankbar, als Loveday vorschlug, er solle sich hinten im Wagen auf den Boden legen und von ihm zudecken lassen, damit ihn niemand sehen konnte.«

»Womit denn?« fragte Brooks.

»Mit ein paar großen schwarzen Müllsäcken aus der Center. Die hatte sich Loveday schnell aus der Küche geholt, als er Chet mit seiner Tragetasche kommen sah. Deshalb steht es außer Frage, daß er den Mord vorsätzlich begangen hat. Als er Chet sicher verstaut hatte, erschlug er ihn mit dem Wagenheber, höchstwahrscheinlich mit genau dem, der später am Tatort gefunden wurde, und fuhr nach Hause zu Struwwelchen.«

»Mein Gott!« sagte Dolph.

»Osmond hatte wirklich Nerven. Tigger hat ausgesagt, sie hätten einen interessanten Abend miteinander verbracht. Zwischendurch ging Loveday zurück in die Garage, fuhr mit der Leiche an die Stelle, wo man sie später gefunden hat, lud sie dort ab, riß die Tasche auf und verteilte die Dosen überall auf der Straße, so daß alles aussah wie ein ganz normaler Raubüberfall. Und die Polizei ist ihm prompt auf den Leim gegangen.«

»Aber am Ende ist er in seine eigene Grube gefallen, weil er sich nie für die Mitglieder des Centers interessiert hat und daher nicht wußte, daß Chet panische Angst vor der Back Bay hatte«, sagte Mary. »So clever war er dann doch wieder nicht.«

»Ach Gott, wenn ich daran denke, daß Onkel Fred ihn mir immer als Ausbund an Tugend vorgehalten hat«, schnaubte Dolph. »Dabei hat der Kerl die ganze Zeit Onkel Freds Geld unterschlagen und sogar diese Kaschemme in seinem Namen gekauft. Kein Wunder, daß die Bücher in so einem katastrophalen Zustand waren. Wahrscheinlich hat er das absichtlich getan, damit er hin und wieder ein nettes Sümmchen für sich selbst abzweigen konnte, ohne daß jemand etwas merkte.«

»Und dann die bizarre Idee mit diesem Thanatopsis Trust, mit William Cullen Bryant, John G. Whittier und Oliver Wendell Holmes als Vorstandsmitglieder«, sagte Brooks. »Der Mann schreckt wirklich vor nichts zurück!«

»Das Wichtigste wißt ihr noch gar nicht«, sagte Max. »Tigger hat ausgesagt, er hätte geplant, mit einem Teil des Heroingeldes Dolphs Lagerhaus im Namen des Thanatopsis Trusts zu kaufen, um dort anstelle von dem Wohnheim für Senioren teure Eigentumswohnungen zu bauen.«

»Mit einem Penthouse für sich und Struwwelchen«, fügte Dolph hinzu, »und ich hätte wie der größte Heuchler aller Zeiten dagestanden, wenn die Sache je ans Licht gekommen wäre. Selbst Harry Burr wird wohl kaum noch Mitleid mit Osmond haben, wenn er davon erfährt.«

»Harry wird es überleben «, sagte Sarah. »Was für ein Leben der arme Kerl gehabt hat, nur weil er versucht hat, genau so zu leben, wie er gepredigt hat. Ist es nicht seltsam, daß wirklich gute Menschen anderen fast immer ein Dorn im Auge sind?«

»Es ist eben sehr viel einfacher, jemandem zu folgen, der eine gute Show abzieht und die eigenen Vorurteile bestätigt«, stimmte Brooks zu. »Apropos Show, Dolph, ich hoffe, du bist bereit für deinen großen Auftritt. Ich nehme an, in Chestnut Hill warten bereits eine Menge Reporter auf euch.«

»So ist es in der Tat«, sagte Mary. »Deshalb wollte ich ja auch ein Weilchen hier bleiben, damit Dolph sich etwas erholt. Als ich erfahren habe, daß der Fall gelöst war, habe ich sofort auf Onkel Freds alter Privatleitung zu Hause angerufen. Henrietta sagt, das andere Telefon würde ununterbrochen klingeln und vor der Türe stände ein Haufen Leute mit Kameras und Mikrophonen. Ich habe gesagt, sie soll den Hörer neben das Telefon legen und niemandem aufmachen, bis wir zurück sind. Die Polizei war noch draußen im Gerätehaus und hat in der Schubkarre nach Blutspuren gesucht, als die Sendewagen anrollten, und die Beamten sind sofort eingesprungen und haben angefangen, den Verkehr zu regeln, was wirklich sehr nett von ihnen ist. Genevieve versorgt sie heimlich über die alte Kohlenrutsche mit Kaffee und Doughnuts. Aber hast du nicht eben gesagt, daß bereits feststeht, daß Osmond Ted Ashe getötet hat?«

»Daran besteht kein Zweifel, Mary. Ich habe Loveday nur deshalb keine Gelegenheit gegeben, sich zu Hause umzuziehen, weil ich hoffte, daß er die Waffe noch bei sich trug. Und tatsächlich hatte sich der arrogante alte Mistkerl seine niedliche kleine Pistole mit Perlmuttgriff zwischen seine Socke und seinen Sockenhalter geklemmt. Die Polizisten haben die Waffe gefunden, als sie ihn gezwungen haben, sich auszuziehen.«

»Genau wie sie es immer im Film machen, hat Dolph gesagt. Wie klug du bist, Schatz.«

Mary schenkte ihrem Gatten einen Blick, der grenzenlose Bewunderung verriet. Dolph warf den Kopf zurück und schob die Unterlippe vor, widersprach jedoch mit keinem Wort. Jeremy Kelling, der bis jetzt seine Stimme für eines seiner schlüpfrigen Lieder geschont hatte, konnte sich einen merkwürdigen Laut, der gleichzeitig wie Schnauben und Glucksen klang, nicht verkneifen.

»Jessas, noch ein paar Szenen wie diese hier, und du würdest sogar mich überzeugen, Mary Macushla. Aber wie hat Loveday es fertiggebracht, Ashe in Gegenwart all der Leute umzulegen?«

»Erstens waren sie allein«, sagte Sarah, »und nicht in Gegenwart all der Leute. Du weißt ja, daß Dolph Ashe an die Luft gesetzt und dann draußen allein gelassen hat. In der Zwischenzeit habe ich Mr. Loveday gebeten, sich um die Gäste zu kümmern, und mich nach oben zurückgezogen. Ich bin sicher, sobald ich ihm den Rücken zugekehrt habe, ist er in eines der abgesperrten Zimmer geschlichen und von dort aus heimlich durch eine Tür oder irgendein Fenster nach draußen geklettert. Er kennt das Haus wie seine Westentasche, wißt ihr. Als Dolphs Tante und Onkel noch lebten, hat er sich wer weiß wie oft hier aufgehalten. Vermutlich hat er Ted Ashe aufgespürt und ihm angeboten, ihn nach Hause zu fahren, hat ihn dann an einen für ihn günstigen Ort gelockt und dort erschossen. Wie schrecklich, ich darf gar nicht daran denken. Wenn ich nur ein paar Minuten länger unten geblieben wäre, würde der Mann wahrscheinlich noch leben.«

»Hör bloß auf, dir Vorwürfe zu machen«, sagte Max. »Osmond hätte ihn so oder so umgebracht. Als er erfuhr, daß sich ein Schmierfink von der Presse ins Center eingeschmuggelt hatte, konnte er gar nicht riskieren, Ted Ashe am Leben zu lassen. Ashes Tarnung war aufgeflogen, man hatte ihn an die Luft gesetzt, und Loveday wußte, daß Ashe ein rachsüchtiger Mistkerl und ein verdammt geschickter Lügner war. Es war zu erwarten, daß er auf der Stelle nach Hause ging, sich an seine Schreibmaschine setzte und anfing, das SCRC in der Luft zu zerreißen. Selbst wenn er keine Ahnung von der Drogengeschichte gehabt hätte, was Loveday allerdings nicht mit Sicherheit wissen konnte, hätte Ashe genügend Dreck aufgewirbelt, um die Aufmerksamkeit der Öffentlichkeit auf das Center zu lenken. Er hätte Chet Arthurs Tod hochgespielt und sich möglicherweise eine Story aus den Fingern gesogen, die der Wahrheit ziemlich nahe gekommen wäre, selbst wenn er dies gar nicht beabsichtigt hätte. Zumindest hätte er Loveday einen Strich durch die Rechnung gemacht, so daß dieser seine äußerst lukrativen Drogengeschäfte nicht weiter über die ahnungslosen Kuriere abwickeln konnte, und ihn vielleicht sogar bei seinen eigenen Dealern in Schwierigkeiten gebracht.«

»Aber Loveday ist so ein armseliges Würstchen«, meinte Jem. »Es ist wirklich schwer vorstellbar, daß er Ashe mit der niedlichen kleinen Pistole erschossen hat, die er bei sich hatte, ihn ins Gerätehaus geschleift, dort abgelegt und dann kaltblütig mit der Spitzhacke durchbohrt hat. Dazu ist der Kerl doch gar nicht stark genug!«

»Er hat es trotzdem getan«, sagte Max. »In Ashes Leiche wurde eine Kugel Kaliber 22 gefunden, die zu Lovedays Waffe paßt, genau wie ich gehofft hatte. Auf dem Rücken von Ashes Wildlederjacke klebten genügend Kompostreste. George hält den Boden im Gerätehaus so sauber, daß man davon essen kann, also mußten die Spuren aus dem Garten stammen. Loveday hat die Leiche wahrscheinlich auf einer der Schubkarren in das Gartenhaus transportiert.«

»Warum hat er Ashe nicht einfach sofort ins Gerätehaus gelockt und dort erschossen?«

»Wahrscheinlich weil Ashe in dem Fall Lunte gerochen hätte und nicht mitgegangen wäre. Die zugesperrte Tür war für Loveday sicher ein Kinderspiel. Es ist gut möglich, daß Frederick Kelling einen Ersatzschlüssel hatte, den Loveday sich irgendwann unter den Nagel gerissen hat.«

»Würde mich kaum wundern«, sagte Dolph. »Osmond hat ja schließlich auch Onkel Freds Geld gestohlen und seinen Namen mißbraucht, warum sollte er da vor einem kleinen Schlüssel zurückschrecken? Er hat ihn behalten, weil er sich gedacht hat, daß er ihn vielleicht eines Tages brauchen könnte, nehme ich an. Genau wie die Stempel.«

»Das glaube ich auch«, sagte Max. »Den Schlüssel hatte er allerdings nicht mehr bei sich; wir müssen annehmen, daß er ihn nach dem Mord irgendwo ins Gebüsch geworfen hat. Er hatte seinen Zweck erfüllt und war somit wertlos geworden.«

»Aber woher wußte er denn, daß er ihn diesmal brauchen würde?« insistierte Jem.

Brooks zuckte mit den Achseln. »Vielleicht eine Art zweites Gesicht. Was meinst du, Theonia?«

Seine Gattin ordnete den Spitzenbesatz ihres Kleides und lächelte genauso geheimnisvoll wie Mona Lisa. »Ich vermute, Mr. Loveday hat den Schlüssel nur deshalb bei sich gehabt, weil er das Gefühl genoß, daß er sich auf dem Anwesen sehr viel freier bewegen konnte als sein momentaner Arbeitgeber ahnte. Die Tatsache, daß nicht er, sondern Dolph der Erbe von Frederick Kelling war, muß ihm sehr zugesetzt haben.«

»Ich glaube, Theonia hat recht«, sagte Sarah. »Erinnert ihr euch, wie er sich gestern abend in seinem albernen Smoking aufgeführt hat? Er hat die Gäste an der Tür empfangen, als sei er der Herr im Haus. Bevor die Auktion losging, wollte er sogar eine kleine Begrüßungsrede halten. Ich mußte ihn mehr oder weniger fesseln und knebeln, um ihn davon abzuhalten.«

»Ein Glück, daß du ihm in die Parade gefahren bist«, knurrte Jeremy Kelling. »Andernfalls hätte ich den Mistkerl nämlich am Kragen gepackt und ihm einen Tritt in den Hintern gegeben.«

»Das kannst du deiner Großmutter erzählen«, sagte Dolph, bei dem trotz seiner momentanen Hochstimmung wieder einmal die Macht der Gewohnheit den Sieg davontrug. »Osmond ist nämlich bedeutend fitter als du es je in deinem Leben gewesen bist. Lange Spaziergänge, Gewichtheben, Weizenkeime. Ich habe es selbst gesehen.«

»Gütiger Himmel, was die Menschen für einen Unsinn treiben! Kein Wunder, daß Loveday die Verbrecherlaufbahn eingeschlagen hat. Jeder weiß schließlich, daß Weizenkeime den Geist umnebeln. Egbert, ich glaube, einige der Gäste könnten eine kleine Erfrischung vertragen.«

»In diesem Haus ist Egbert ein ebenso gerngesehener Gast wie alle anderen Anwesenden«, sagte Brooks entschlossen. »Bitte setzen Sie sich wieder, Egbert. Ich kümmere mich selbst um die Getränke.«

»Was ist denn aus eurer Dienerschaft geworden?« erkundigte sich Max.

»Charles hat eine Probe, und Mariposa besucht Verwandte«, teilte ihm Theonia mit. »Ich glaube, sie geben eine Verlobungsparty für Annie und Onkel Pedro. Und jetzt müßt ihr mich leider entschuldigen. Sonntagabends haben wir nämlich immer ein Buffet für unsere Pensionsgäste, und es wird allmählich Zeit, daß ich mit den Vorbereitungen anfange.«

»Ich helfe dir«, sagte Sarah. »Max kann Mary und Dolph nach Hause bringen, damit sie sich in die Medienschlacht stürzen können, und ich schlage vor, daß Onkel Jem sie begleitet. In dem Presserummel braucht das SCRC dringend einen wortgewandten Verteidiger, und seit gestern abend bin ich felsenfest davon überzeugt, daß die Leute Onkel Jem einfach alles abkaufen.«

»Verdammt richtig«, sagte Dolph. »Na los, du alter Saufsack. Mach dich nützlich, zur Dekoration taugst du schließlich schon seit Ewigkeiten nicht mehr.«

»Wenn ihr es wünscht«, erwiderte Jeremy Kelling mit großer Würde. »Wie der Prince of Wales dereinst zu Lillie Langtry sagte: ›*Ich dien*‹. Ich bitte lediglich um die Erlaubnis, mir vorher einen meiner eigenen Schlafanzüge holen zu dürfen. Ich habe vorige Nacht in einem von Dolphs Riesendingern geschlafen und geträumt, mich hätte ein Elefant verschluckt. Verteufelt unangenehme Erfahrung, kann ich euch sagen. Ihr könnt euch nicht vorstellen, wie kompliziert Elefanten im Inneren ihrer schlechtsitzenden grauen Haut aussehen.«

»In der Tat, also erzähl uns um Himmels willen besser keine Einzelheiten«, sagte Mary. »Du hast recht, Sarah, wir sollten uns wirklich auf die Socken machen. Ich darf nicht daran denken, was Genevieve und Henrietta ohne uns zu erleiden haben.«

»Ich rufe sie schnell an und sage ihnen, daß ihr schon unterwegs seid«, versprach Brooks. »Ich würde ja selbst gern mitkommen, wenn hier nicht Not am Mann wäre.«

»Ihr beiden habt ohnehin schon mehr als genug getan, Brooks. Der Himmel weiß, wie wir das alles ohne deine und Theonias Unterstützung geschafft hätte.«

»Bevor du zum Telefon gehst, Brooks, würde ich gern noch schnell ein kurzes Telefonat erledigen, wenn es dir nichts ausmacht«, sagte Max. »Hast du was dagegen, wenn ich den Apparat oben benutze, Theonia?«

»Natürlich nicht.« Warum sollte sie auch, schließlich gehörte das Haus ihm inzwischen viel mehr als ihr.

Das kurze Telefonat dauerte bereits gute fünf Minuten, und Mary wurde allmählich nervös. »Dolph, meinst du nicht, wir sollten doch lieber ein Taxi rufen?«

»Ich gehe nachschauen, was Max so lange macht«, sagte Sarah.

Sie kam gerade rechtzeitig, um ihn sagen zu hören: »O Gott! *Eh bien*, Pepe, *tant pis*. Laß den Schnurrbart nicht hängen, wir regeln die Sache schon irgendwie.«

»Was ist denn passiert?« fragte sie, als er aufgelegt hatte. »Hat Pepe die beiden Paul Klees und den Winslow Homer nicht gefunden?«

»Doch, doch, er hat sie gefunden. Außerdem auch noch einen Utrillo und einen Vuillard.«

»Aber der Klient vermißt doch gar keinen Utrillo und keinen Vuillard.«

»*Précisément, ma chérie*. Genau deswegen muß ich jetzt auch schnell nach Marseille jetten, bevor die Jungs von der Sûreté sich Pepe schnappen.«

»Mary möchte unbedingt möglichst schnell nach Hause.«

»Dann wollen wir sie auch nicht länger warten lassen.«

Nachdem sich alle genügend Zeit zum Verabschieden genommen hatten, machte sich Max mit seinen Fahrgästen auf den Weg, und Sarah blieb allein mit Theonia zurück. Als sie gemeinsam das Porzellan für das Buffet aus dem Schrank holten, ergriff Sarah die Gelegenheit.

»Theonia, darf ich dich was fragen? Es ist aber ziemlich unhöflich.«

»Meine liebe Sarah, du darfst mich alles fragen, egal, was es ist.«

»Es betrifft den Abend, an dem wir bei Dolph und Mary zu Besuch waren und du die Teetasse gegen die Kaminwand geworfen hast.«

»Ach, das.« Theonia zögerte, musterte eingehend eine vollkommen saubere Tasse und drehte sie in ihren zarten Händen, als suche sie auf dem zerbrechlichen Porzellan nach den richtigen Worten.

»Vermutlich könnte man es als forensische Zukunftsdeutung bezeichnen. Ich glaube, ich habe dir schon mal erzählt, daß ich beim Wahrsagen gelegentlich eine Art Geistesblitz bekomme – so nenne ich es jedenfalls.«

»Wenn du etwas mit absoluter Sicherheit weißt. Ja, ich erinnere mich.«

»Richtig. Aber da gibt es noch eine andere Art von Geistesblitz. Man kann etwas deutlich spüren, es aber nicht benennen. Und genau das geschah in dem Moment, als ich in die Tasse sah. Ich spürte die Gegenwart von etwas Unheilvollem, Bösem, als würde unser kleiner Kreis von einer großen Gefahr bedroht. Meine Großmutter war ja Zigeunerin, und sie hätte gesagt, jemand praktiziert Schwarze Magie gegen uns. Jetzt kann ich es dir ja sagen, aber im ersten Moment dachte ich, Max sei in Gefahr, doch das war mein Verstand, nicht mein Gefühl. Ich wußte nicht, woher die Verwünschung kam oder gegen wen sie sich richtete. Daher konnte ich nur eins tun: sie umkehren.«

»Umkehren?«

»Verwünschungen kehren zum Verursacher zurück, wenn die Person, gegen die sie gerichtet sind, den Fluch einfach an sich abprallen läßt. Ich wußte, daß ich niemandem schaden würde, nur der Person, von der das Böse ausging, daher habe ich keine Rücksicht genommen und einfach das getan, was ich in dem Moment für richtig hielt. Ich gebe zu, daß es eurem wunderschönen Porzellan gegenüber nicht sehr schön war, ähnlich wie bei den alten Tyrannen, die den Überbringer einer schlechten Nachricht kurzerhand umbrachten. Im Grunde war es dasselbe Prinzip. Damals glaubte man, der Überbringer der schlechten Nachricht sei ebenfalls von der bösen Aura durchdrungen.«

»So wie ein Postbote, der alle Postkarten liest?« schlug Sarah vor.

»Du machst dich über mich lustig«, sagte Theonia, »und es wundert mich nicht einmal.«

»Stimmt überhaupt nicht. Warum sollte ich? Es hat ja schließlich funktioniert, oder? Einer der beiden ist tot, und der andere ist im Grunde noch viel schlimmer dran, wenn du mich fragst. Und eigentlich sind sie selbst daran schuld, wenn man es sich richtig überlegt. Ted Ashe hat mit seinem Leben gespielt, als er sich heimlich als Hetherton Montague einschleichen wollte, wozu im übrigen gar kein Grund bestand. Wäre er damit zufrieden gewesen, als Ted Ashe Autos zu parken, wie Dolph vorgeschlagen hatte, hätte er höchstwahrscheinlich tun können, was er wollte, und keiner hätte etwas gemerkt.«

»Da könntest du recht haben. Niemand hätte ihn angegriffen, und Osmond Loveday hätte ihn nicht aus lauter Panik erschossen«, meinte Theonia.

»Und Mr. Loveday hat sein Schicksal herausgefordert, indem er die Waffe behalten hat«, fuhr Sarah fort. »Das war wirklich verrückt, vor allem, wenn man bedenkt, wie pingelig er sonst immer ist. Es scheint ganz so, als wären sie beide von ihrem eigenen Größenwahn geblendet gewesen. Und jetzt, wo alles vorbei ist, stehen Dolph und Mary bedeutend besser da als je zuvor und können ihr gutes Werk zu Ende zu führen. Wenn das die Teetasse nicht aufwiegt, dann weiß ich es wirklich nicht.«

»Vielen Dank, daß du mir verzeihst, Liebes. Und jetzt wollen wir uns einem angenehmeren Thema zuwenden. Ich habe immer noch nichts von der Auktion gehört. Hat sie Spaß gemacht?«

»Das kann ich dir leider nicht sagen, weil ich die meiste Zeit geschlafen habe. Ich weiß nur, daß Tante Appie die ganzen Algensprüche gekauft hat.«

»O nein!« Ein merkwürdiger Ausdruck glitt über Theonia Kellings makellos schönes Gesicht.

»Was ist denn jetzt passiert?« erkundigte sich Sarah belustigt.

»Etwas absolut Grauenhaftes. Ich habe das untrügliche Gefühl, daß Appie plant, uns die Dinger als Weihnachtsgeschenk zu verehren. Würde es dir sehr viel ausmachen, wenn ich noch eine deiner Teetassen opfern würde?«

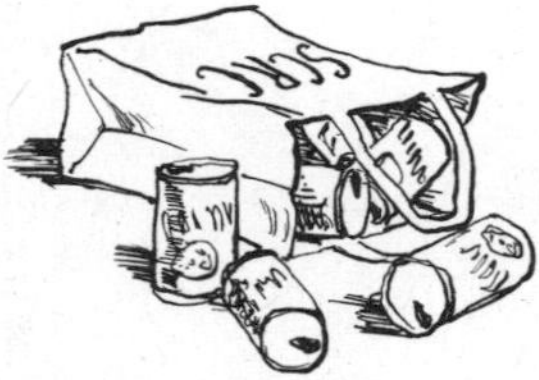

Epilog

Mit großer Freude geben wir die Geburt unseres Sohnes
David Josiah Kelling
am 21. November dieses Jahres bekannt.

Mr. und Mrs. Max Bittersohn, Beacon Hill und Ireson's Landing

Brief von Mrs. Beddoes Kelling an Mrs. Max Bittersohn:

Liebste Sarah,

Max hat mich kurz nach Mitternacht angerufen, um mir die freudige Nachricht zu überbringen – ich freue mich ja so mit Euch! Am liebsten wäre ich mitten in der Nacht noch ins Auto gesprungen und hätte mich von Heatherstone auf dem schnellsten Weg zum Phillips House fahren lassen, doch leider muß ich unbedingt zu dem lästigen Eröffnungslunch für den Wohltätigkeitsbasar des Kinderhilfswerks und zu einer Benefizveranstaltung, die einem Verschönerungsprojekt des Gartenclubs zugute kommt – verschönert werden natürlich die Parks und nicht die Mitglieder, obwohl es einigen sicher nicht schaden würde. Ich werde auf jeden Fall so schnell wie möglich kommen. Ich kann es kaum erwarten, mit eigenen Augen zu sehen, ob Klein Kell auch genauso hübsch ist wie sein Daddy und genauso reizend wie seine Mami – Du warst als Baby so ein süßes kleines Bündel, Schätzchen! Vergiß nicht, daß Dein alter Babysitterdienst nur darauf wartet, gerufen zu werden. Du kannst jederzeit Bescheid sagen, Mrs. Heatherstone ist ganz wild darauf, endlich wieder Deine Häschentasse aus dem Schrank zu holen, und mir geht es nicht anders. Paß gut auf Dich auf, Liebes. Alles nur erdenklich Gute für Euch alle,

Tante Emma

Brief von Mrs. Isaac Bittersohn an Mrs. George Gordon:

Liebe Leah,

ich wollte Dir nur kurz mitteilen, daß meine Schwiegertochter Sarah letzte Nacht um halb zwölf ihr Baby bekommen hat. Max freut sich wie ein Schneekönig. Ich hoffe bloß, daß seine Hochstimmung auch noch anhält, wenn er mitten in der Nacht aufstehen muß. Es ist ein Junge. Sie haben ihn nach seinen beiden Großvätern väterlicherseits David Josiah genannt und Kelling nach ihrer Familie, was eigentlich durchaus vertretbar ist. Ich hätte zwar lieber eine kleine Enkelin gehabt, aber wenigstens ist der Kleine gesund und munter, auch wenn er nur sechseinhalb Pfund wiegt. Es wäre schön gewesen, wenn sie in einem Krankenhaus entbunden hätte, das näher liegt, aber was soll man machen?

Miriam und Ira fahren uns hin, damit wir uns den kleinen Davy Joe ansehen können, sobald Ira sich von der Werkstatt loseisen kann. Du weißt ja, wie sehr Isaac es haßt, in Boston Auto zu fahren. Die Beschneidungsfeier findet übrigens nächsten Donnerstag nachmittag hier bei uns statt, wenn Ihr zufällig nichts besseres vorhabt, würde ich mich freuen, wenn Du mit George vorbeikommen könntest.

Deine Schwester Bayla

Brief von Miss Mabel Kelling an Mrs. Apollonia Kelling:

Liebe Appie,

es war wirklich nicht nötig, das viele Geld für ein teures Ferngespräch aus dem Fenster zu werfen, nur um mich zu informieren, daß

Sarahs zweitem Gatten eine neue Steuervergünstigung ins Haus geschneit ist. Wenigstens nehme ich an, daß Du mir das mitteilen wolltest, den Notizen meines Dienstmädchens nach zu urteilen. Zeriah ist in mancher Hinsicht sehr zuverlässig, aber für Stenographie wird sie nicht bezahlt.

Wie in aller Welt ist Sarah bloß auf so einen absurden Namen für das Kind gekommen? Soweit ich weiß, hat es in unserer Familie niemals einen David und erst recht keinen Josiah gegeben. Wenigstens war sie vernünftig genug, ein Kelling an der richtigen Stelle einzufügen, so daß der Junge das Bittersohn streichen kann, was er zweifellos tun wird, sobald er alt genug dazu ist. Ich hoffe nur, sie hat daran gedacht, ihr Testament zu ändern, bevor die Wehen einsetzten, man kann schließlich nie wissen, aber mit Vernunft war sie ja leider nie sonderlich gesegnet. Wir müssen dankbar sein, daß sie die Prozedur lebend überstanden hat; allein beim Gedanken daran, daß Walter Kellings sauer verdientes Geld ihrer angeheirateten Sippschaft in die Hände gefallen wäre, kann einem angst und bange werden.

Herzl. Gr.
Deine Cousine Mabel

Brief von Mr. Jacob Bittersohn an Max Bittersohn:

Lieber Neffe,

massel tov! Du wirst es kaum glauben, aber Dein Vater hat mich um ein Uhr morgens Eastern Standard Time angerufen, als ich bereits friedlich schlummernd in meinem Hotelbett hier in Chicago lag! Er hat gesagt, er ruft persönlich an, weil es Deiner Mutter vor lauter Aufregung die Sprache verschlagen hat. Ich kann es mir lebhaft vorstellen! Ich schwöre bei Gott, Max, er hat vor Freude wie ein Schloßhund geweint. Ich übrigens auch. Ein Enkel, der den Namen Bittersohn weiterleben läßt. Isaac und ich hatten gar nicht mehr zu hoffen gewagt, daß wir das noch erleben würden. Daß Du ihm die Namen seiner Großväter gegeben hast, war eine *Mízwa*, die wir nie erwartet hätten, und ich kann mir schon denken, wer auf diese wunderbare Idee gekommen ist. Deine Sarah ist ein Juwel. Aus ihrem Mund fließt Weisheit, und ihre Zunge kennt nichts als Freundlichkeit.

Versteh mich jetzt bitte nicht falsch, Max. Ich weiß, daß Du ein wunderbarer Ehemann und fürsorglicher Familienvater bist, aber Dein alter Onkel wäre überglücklich, wenn er für den kleinen David das gleiche tun könnte, das er auch für den kleinen Mike Deiner Schwester getan hat. Ich hoffe, Du hast nichts dagegen. Dein Onkel hätte es auch für Dich getan, wenn er damals die Möglichkeit gehabt hätte, aber ich glaube, das weißt Du auch. Ich würde schrecklich gern ein kleines Sparbuch für ihn anlegen, um auf diese Weise später etwas zu seiner Ausbildung beizusteuern, und ich hoffe, daß Du und Sarah, der Herr möge sie beschützen und behüten, mir diese kleine Freude gönnt.

Wenn der Richter lange genug wach bleibt, ist der Fall, an dem wir gerade arbeiten, in ein paar Tagen abgeschlossen. Ich komme zurück nach Boston, sobald die Geschworenen ihr Urteil gefällt haben. Das richtige, wie ich hoffe. *Kejn ayin ra.* Gib Sarah einen Kuß von mir. Dem Baby natürlich auch, wenn die Säuglingsschwester es Dir erlaubt. Ach was, wo ich schon mal dabei bin, kannst Du der Säuglingsschwester ruhig auch einen Kuß geben. Oder ich werde es selbst übernehmen, wenn ich die stolze Mutter besuchen komme.

Bis bald,
Onkel Jake

Nachwort

Mit dem jüngsten Werk ihrer Boston-Serie knüpft Charlotte MacLeod bewußt an frühere Bände der weitgespannten Familien-Saga um den Kelling-Clan an; statt neue exzentrische Seitentriebe sprießen zu lassen, spinnt sie eher einige lose Fäden der früheren Werke weiter. So geht es z. B. gleich zu Beginn immer noch um das Erbe von Großonkel Frederick Kelling, mit dessen Tod vor wenigen Jahren das Geschehen einst begann: Weil er auf seinem Begräbnisrecht in der schon lange nicht mehr genutzten und längst zugemauerten Familiengruft bestand, kam es zur Entdeckung eines Skeletts. An sich ist das in einer Gruft nichts Ungewöhnliches, aber in diesem Falle handelt es sich um die sterblichen Überreste einer vor einem Menschenalter plötzlich verschwundenen Revuetänzerin, und sie erweisen sich schnell als das im Englischen sprichwörtliche ›Skelett im Schrank‹ der Familie oder um die deutsche ›Leiche im Keller‹ der Kellings (»Die Familiengruft«, DuMont's Kriminal-Bibliothek Band 1012).

Seitdem ist sein Neffe, Stiefsohn und Alleinerbe Adolphus, genannt Dolph, mit der Sichtung und Ordnung des gewaltigen Nachlasses beschäftigt. Als besonders zeitraubend erweist sich die Auflösung der zahllosen Stiftungen, für die Frederick Kelling in Boston berüchtigt war. Der auf Außenstehende fast krankhaft wirkende Yankee-Geiz der Familie, die diebische Freude an jedem gesparten Cent, verträgt sich durchaus mit einer noblen Stiftergesinnung – schon die kleine Sarah, die Heldin der Serie, war dazu erzogen worden, das wöchentliche Taschengeld von zehn Cent einerseits zu sparen, andererseits regelmäßig das Zusammengesparte einer der Frederick-Kellingschen Stiftungen zuzuführen. Leider war beim Großonkel dann im Alter diese an sich noble Gesinnung ins Kuriose umgeschlagen. Der Versuch, alle Damen eines bestimmten Luxusbordells zu retten, trug ihm und seinem Neffen eine Anzeige wegen Unsittlichkeit ein; der Versuch, dem Bostoner Froschteich lebende Frösche zu spenden – die Neffe Dolph seinerseits aus Geiz alle eigenhändig gefangen hatte –, schlug gänzlich fehl, und seine Stiftung Tausender von Windeln für alle Tauben Bostons, die Dolph dann täglich wechseln sollte, führte zu seiner Entmündigung.

Inzwischen ist die Kellingsche Stiftergesinnung in sinnvolle Bahnen gelenkt worden: Dolph, dem Großtante Matilda, bei der er aufgewachsen war, die Frauen für immer verleidet zu haben schien, hat jenseits der Pensionierungsgrenze in Mary Smith noch eine Frau fürs Leben gefunden. Als verschämte Arme hat sie einst ihren Lebensunterhalt aus Bostons Papierkörben gefristet; auf sie geht der Plan einer Stiftung zurück, die die wirksame Hilfe für Senioren mit dem Umweltschutz verbindet (»Der Rauchsalon«, DuMont's Kriminal-Bibliothek Band 1022). In den USA, in denen etwa Pfandflaschen noch heute so gut wie unbekannt sind, war das Umwelt- und Recycling-Bewußtsein zumindest in den achtziger Jahren noch wenig entwickelt und eher die ex-und-hopp-Mentalität gang und gäbe. So sammeln jetzt Bostons mittel- oder gar obdachlose Senioren Zeitungen, Flaschen und Getränkedosen auf und liefern sie gegen eine angemessene Gebühr im »Senior Citizens' Recycling Center« ab, das ihnen zugleich als Anlaufstelle, Treff, Wärmstube und Kantine dient. Jetzt soll der Stiftungszweck auch noch um die Bereitstellung preiswerten Wohnraums erweitert werden; hierzu soll eins der Lagerhäuser aus Fredericks Immobilienbesitz umgebaut werden.

Mit einem Familienrat zu Fragen des ›fund raising‹, der Akquisition von Spenden und Mitteln, in Fredericks und Matildas ehemaliger Residenz beginnt das Buch. So bescheiden die Kellings, deren Vermögen auf den Asienhandel im Anfang des 19. Jahrhunderts zurückgeht, in ihren Backsteinhäusern im Bostoner Nobelviertel Beacon Hill residierten, so protzig wilhelminisch-viktorianisch liebten sie es, wenn sie um die Jahrhundertwende in die Vororte ausschwärmten. Zudem wurden die riesigen historistischen Bauten von der Größe und Schönheit mittelstädtischer Bahnhöfe noch mit allem erdenklichen Plunder und gelegentlichen Kostbarkeiten vollgestopft, so daß man keinen der Räume betreten kann, ohne sich das Schienbein aufzuschlagen, wie die neue Eigentümerin Mary Kelling geborene Smith erklärt. Warum nicht möglichst viel davon auf einer

Wohltätigkeitsauktion zugunsten der Seniorenstiftung losschlagen? Das Ereignis, das diesen neuenglischen Frieden stört, läßt nicht lange auf sich warten: Dolph wird ans Telefon gerufen und erfährt, daß einer der treusten seiner Stiftungssenioren erschlagen worden ist – vermutlich wegen des Kleingelds, das er bei sich trug. Ist dies auch menschlich bedauerlich – zumal sich Überfälle auf die Senioren häufen –, so ist ein anderer Umstand viel besorgniserregender: In der stiftungseigenen Plastiktüte, die den Senioren zum Sammeln dient und die Dolph bei der Identifikation der Leiche zusammen mit den anderen Habseligkeiten ausgehändigt wird, finden sich Spuren eines Pulvers, das sich bei diskreter Analyse als Heroin erweist. Damit nicht genug – der Ermordete, der als bettelarm galt, hinterläßt über 40.000 Dollar, und zwar ausgerechnet Mary Kelling und ihrer Stiftung.

Hier erweist sich eine weitere exotische Akquisition des Kelling-Clans wieder einmal als hilfreich: Max Bittersohn, der promovierte Kunsthistoriker und Spezialdetektiv, der seit etwas über einem Jahr Sarah Kelling Kellings zweiter Mann ist. In der Vergangenheit pflegten Kellings überwiegend Kellings zu heiraten, um das Familienvermögen zusammenzuhalten; so kam es, daß Sarah in erster Ehe mit einem entfernten, vornehmen, liebenswürdigen und recht lebensuntüchtigen Onkel verheiratet war, der ihr Vater hätte sein können und nie richtig ihr Ehemann wurde. Das Eis gebrochen hat sozusagen der steinreiche Dolph, als er die bettelarme Mary Smith heiratete. Ihm folgte der schlecht und recht vom kleinen Legat einer Tante lebende Hobbyornithologe Alexander Brooks Kelling, als er mit dem Balzritual des Rauhfußhahns um die stattliche Theonia Sorpende warb, die als Halbzigeunerin Bostoner Damen diskret die Zukunft aus Teeblättern weissagte (»Madam Wilkins' Palazzo«, DuMont's Kriminal-Bibliothek Band 1035). Die dritte Mesalliance, die Sarahs mit dem aus der jüdischen Unterschicht aufgestiegenen Arbeitersproß, verzeihen ihr die meisten Mitglieder des Clans erst dann, wenn Max sich wieder einmal als nützlich erwiesen und sie aus einer Kalamität befreit hat (»Kabeljau und Kaviar«, »Ein schlichter alter Mann«, DuMont's Kriminal-Bibliothek Bände 1041, 1052). Auch jetzt ist sein diskretes Wirken mehr als angezeigt: An sich müßte der Drogenfund unverzüglich der Polizei gemeldet werden. Aber welche Stiftung kann schon eine Publicity gebrauchen, die sie mit Drogen in ihrem engsten Umfeld in Verbindung bringt, von denen sie auch durch das geheimnisvolle Testament noch zu profitieren scheint? Zudem scheint sich ein für seine rüden bis kriminellen Methoden berüchtigter Journalist, dessen Spezialität kriminelle Machenschaften bei Stiftungen sind, als ein zweiter Günter Wallraff in das Seniorenzentrum eingeschlichen zu haben. Den Namen des Blattes, für das er arbeitet, könnte man in etwa mit ›Schlammschlacht mit beschränkter Haftung‹ wiedergeben ...

So gilt es, das Geheimnis um den Ermordeten, sein Vermögen und sein Heroin so schnell aufzuklären, daß der Polizei eine überzeugende und für die Stiftung unschädliche Lösung präsentiert werden kann, bevor Max Bittersohn oder Dolph Kelling wegen Begünstigung eines Mörders oder eines ganzen Rauschgiftrings belangt werden können. Ein einziger Clue weist darauf hin, daß es sich in Wirklichkeit nicht um einen offenen Mord handelt, den jeder Drogenabhängige im Zuge der Beschaffungskriminalität begangen haben könnte: Er fällt Mary Kelling aufgrund ihres engen Umgangs mit ihren Schützlingen auf – das Opfer hatte die fixe Idee, das durch Aufschüttung befestigte ehemalige Sumpfgelände des Charles River jenseits der Arlington Street versänke eines Tages plötzlich wieder im Schlamm, weshalb er es zwanghaft mied. Und genau in diesem Gebiet ist er angeblich erschlagen worden – wie kann er dorthin gelangt sein?

Natürlich müssen die Ermittlungen wortwörtlich in der Familie bleiben, will man die Stiftung nicht gefährden. So sind es die Bittersohns und die Brooks Kellings, die in teils abenteuerlichen Verkleidungen der einzigen Spur nachgehen, die sie haben. Zum Showdown kommt es bei der Versteigerung, die der letzte noch unverheiratete Kelling-Vetter, der Tunichtgut und Lebemann Jem, souverän durchführt.

Das letzte Wort aber hat die Familiensaga: Die sich über sieben Bände hinziehende Liebes- und Ehegeschichte zwischen Sarah und Max, der neuenglischen Aristokratin und dem jüdischen Emporkömmling, wird durch die Geburt eines Sohnes gekrönt, der die sich so fremden Familien im Namen vereint: David Josiah Kelling Bitterson – »David Josiah« nach den Großvätern seines Vaters und »Kelling« – Kelling ist einfach Kelling!

Volker Neuhaus

DUMONT's Kriminal-Bibliothek

»Knarrende Geheimtüren, verwirrende Mordserien, schaurige Familienlegenden und, nicht zu vergessen, beherzte Helden (und bemerkenswert viele Heldinnen) sind die Zutaten, die die Lektüre zu einem Lese- und Schmökervergnügen machen. Der besondere Reiz liegt in der Präsentation von hier meist noch unbekannten anglo-amerikanischen Autoren.« *Neue Presse/Hannover*

Band 1001	Charlotte MacLeod	**»Schlaf in himmlischer Ruh'«**
Band 1005	Hampton Stone	**Tod am Ententeich**
Band 1006	S. S. van Dine	**Der Mordfall Bischof**
Band 1007	Charlotte MacLeod	**»...freu dich des Lebens«**
Band 1012	Charlotte MacLeod	**Die Familiengruft**
Band 1016	Anne Perry	**Der Würger von der Cater Street**
Band 1022	Charlotte MacLeod	**Der Rauchsalon**
Band 1025	Anne Perry	**Callander Square**
Band 1026	Josephine Tey	**Die verfolgte Unschuld**
Band 1028	Leslie Thomas	**Dangerous Davies, der letzte Detektiv**
Band 1029	S. S. van Dine	**Der Mordfall Greene**
Band 1030	Timothy Holme	**Tod in Verona**
Band 1031	Charlotte MacLeod	**»Der Kater läßt das Mausen nicht«**
Band 1033	Anne Perry	**Nachts am Paragon Walk**
Band 1035	Charlotte MacLeod	**Madam Wilkins' Pallazzo**
Band 1037	Charlotte MacLeod	**Der Spiegel aus Bilbao**
Band 1041	Charlotte MacLeod	**Kabeljau und Kaviar**
Band 1042	John Dickson Carr	**Der verschlossene Raum**
Band 1044	Anne Perry	**Rutland Place**
Band 1045	Leslie Thomas	**Dangerous Davies... Bis über beide Ohren**
Band 1046	Charlotte MacLeod	**»Stille Teiche gründen tief«**
Band 1048	Timothy Holme	**Morde in Assisi**
Band 1050	Anne Perry	**Tod in Devil's Acre**

Band 1054	Timothy Holme	**Der See des plötzlichen Todes**
Band 1057	Sarah Caudwell	**Adonis tot in Venedig!**
Band 1058	Phoebe Atwood Taylor	**Die leere Kiste**
Band 1059	Paul Kolhoff	**Winterfische**
Band 1060	**Mord als schöne**	**Kunst betrachtet**
Band 1061	Lee Martin	**Tod einer Diva**
Band 1062	S. S. van Dine	**Der Mordfall Canary**
Band 1063	Charlotte MacLeod	**Wenn der Wetterhahn kräht**
Band 1064	John Ball	**In der Hitze der Nacht0**
Band 1065	Leslie Thomas	**Dangerous Davies... Auf eigene Faust**
Band 1066	Charlotte MacLeod	**Eine Eule kommt selten allein**
Band 1067	Lee Martin	**Mörderisches Dreieck**
Band 1068	Paul Kolhoff	**Menschenfischer**
Band 1069	Ellery Queen	**Das ägyptische Kreuz**
Band 1070	John Dickson Carr	**Mord aus Tausendundeiner Nacht**
Band 1071	Lee Martin	**Tödlicher Ausflug**
Band 1072	Charlotte MacLeod	**Teeblätter und Taschendiebe**
Band 1073	Phoebe Atwood Taylor	**Schlag nach bei Shakespeare**
Band 1074	Timothy Holme	**Venezianisches Begräbnis**
Band 1075	John Ball	**Das Jadezimmer**
Band 1076	Ellery Queen	**Die Katze tötet lautlos**
Band 1077	Anne Perry	**Viktorianische Morde** (3 Romane)
Band 1078	Charlotte MacLeod	**Miss Rondels Lupinen**
Band 1079	Michael Innes	**Klagelied auf einen Dichter**
Band 1080	Edmund Crispin	**Mord vor der Premiere**

DuMont's Kriminal-Bibliothek
Die
Familiengruft
Charlotte MacLeod

Band 1022
Charlotte MacLeod
Der Rauchsalon

Für eine Lady aus der Bostoner Oberschicht ist es auf jeden Fall unpassend, ihr Privathaus in eine Familienpension umzuwandeln, um ihren Lebensunterhalt zu verdienen. So ist der Familienclan der Kellings entsetzt, als die junge Sarah, die gerade auf tragische Weise Witwe geworden ist, ankündigt, sie werde Zimmer vermieten. Doch selbst die konservativen, stets die Form wahrenden Kellings ahnen nicht, daß Sarahs neue Beschäftigung riskanter ist, als man annehmen sollte – mit den Mietern hält auch der Tod Einzug in das vornehme Haus auf Beacon Hill … Kein Wunder, daß die junge Frau froh ist, daß ihr der Detektiv Max Bittersohn beisteht, der mehr als ein berufliches Interesse daran hat, daß wieder Ruhe und Ordnung in das Leben von Sarah Kelling einkehren.

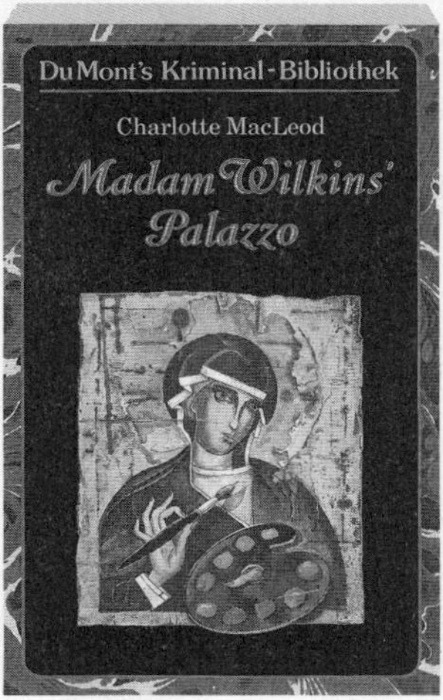

Band 1035

Charlotte MacLeod

Madam Wilkins' Palazzo

Sarah Kelling sagt nur zu gern zu, als der smarte Detektiv in Sachen Kunstraub und Fälschung, Max Bittersohn, sie zu einem Konzert in den Palazzo der Madam Wilkins einlädt, ein Museum, das für seine exquisite Kunstsammlung berühmt und für den schlechten Geschmack seiner Besitzerin berüchtigt ist. Doch Bittersohns Einladung steht unter keinem guten Stern: Die Musiker sind schlecht, das Buffet läßt zu wünschen übrig – und einer der Museumswächter fällt rücklings von einem Balkon im zweiten Stock des Palazzos. Als Bittersohn dann noch entdeckt, daß die berühmte Kunstsammlung mehr Fälschungen als Originale enthält, steht eines zumindest fest: Mord sollte eben nie nur als schöne Kunst betrachtet werden!

Band 1037

Charlotte MacLeod

Der Spiegel aus Bilbao

Nachdem die hübsche Pensionswirtin Sarah Kelling in den letzten Monaten von einem Mordfall in den nächsten gestolpert ist, fühlt sie sich mehr als erholungsbedürftig. Ihr Sommerhaus am Meer scheint der ideale Ort für einen Urlaub, zumal Sarah hofft, daß sie und ihr bevorzugter Untermieter, der Detektiv Max Bittersohn, sich noch näherkommen ... Zu ihrer Enttäuschung wird die romantische Stimmung jedoch durch einen Mord empfindlich gestört – und statt in Sarahs Armen landet Max zu seinem Entsetzen als Hauptverdächtiger in einer Gefängniszelle. Schon bald stellt sich eines heraus: Ehe nicht das Geheimnis des alten Spiegels gelöst ist, der so plötzlich in Sarahs Haus auftauchte, wird es für die beiden kein Happy-End geben.

Band 1041

Charlotte MacLeod

Kabeljau und Kaviar

Nach seiner Hochzeit mit Sarah Kelling würde Detektiv Max Bittersohn am liebsten jede freie Minute mit seiner Frau verbringen. Doch Sarahs überspannte Verwandtschaft verwickelt ihn gleich in einen neuen Fall: Erst wird Sarahs Onkel Jem eine wertvolle Silberkette, das Wahrzeichen des noblen Clubs des ›Geselligen Kabeljaus‹ gestohlen, dann ereignet sich ein fast tödlicher Unfall, und schließlich stehen auf einer Party neben Champagner und Kaviar auch kaltblütiger Mord auf dem Programm . . .

Band 1052

Charlotte MacLeod

Ein schlichter alter Mann

Tante Emma Kelling hat keinen Feind auf der Welt. Doch sie besitzt »Ernestina«, ein wertvolles altes Portrait, das sie zusammen mit ihrer Villa Pleasaunce geerbt hat, und sie inszeniert mit Leidenschaft Musicals von Gilbert & Sullivan. Ihre Nichte Sarah Kelling Bittersohn, ihres Zeichens Amateurdetektivin und Bostoner Intellektuelle, ist vor Ort, als »Ernestina« verschwindet und Charlie Daventer, der »schlichte alte Mann« aus der diesjährigen Aufführung des »Hexers« von Gilbert & Sullivan, bei einem Unfall ums Leben kommt. Eine scheinbar bedeutungslose Notiz überzeugt Sarah, daß jemand bei Charlies Abgang nachgeholfen hat …

Band 1066

Charlotte MacLeod

Eine Eule kommt selten allein

Die alljährliche Eulenzählung ist ein bedeutendes Ereignis für die Dozenten des ehrwürdigen Balaclava Agricultural College. Wie entsetzlich, daß ausgerechnet während dieser nächtlichen Veranstaltung Emory Emmerick, einer der Teilnehmer, erstochen und in einem Netz versteckt im Wald aufgefunden wird! Der Dozent für Nutzpflanzenzucht und Detektiv aus Leidenschaft, Professor Peter Shandy, beginnt mit seinen Ermittlungen und stößt schon bald auf Ungereimtheiten. Und als wäre die heile Welt des Colleges durch diesen heimtückischen Mord noch nicht genug erschüttert, wird auch noch die reiche Miss Winifred Binks entführt! Was geht hier vor?

Band 1078

Charlotte MacLeod

Miss Rondels Lupinen

Professor Peter Shandy fährt an die Küste, um blumigen Gerüchten auf den Grund zu gehen. In den wildesten Farben erzählt man sich von prächtigen Lupinen, die hier gedeihen sollen.
Noch andere Überraschungen findet Shandy auf Miss Rondels Farm. Tiere und Pflanzen strotzen vor gespenstischer Gesundheit und auch die alte Dame selbst ist seltsam quicklebendig. Im Gegensatz zu Jasper Flodge, der eines Tags tot über seinem Teller Hühnerfrikasse zusammenbricht.
Peter Shandy darf seinen botanischen und detektivischen Leidenschaften nach Herzenslust frönen. Ein Band aus der Balaclava-Serie.